新潮文庫

沈黙法廷

佐々木 譲著

新潮社版

11187

沈黙法廷　目次

沈黙法廷

フェリー乗り場の建物の中に、またアナウンスがあった。

「お客さまは、乗船をお急ぎください。本船はまもなく出港です」

高見沢弘志《たかみざわひろし》は、東京湾フェリー・ターミナルの二階で、乗船ブリッジに目をやった。いましがたまで二階の待合室にいた乗船客たちはすでにみなブリッジを渡って、フェリーボートに乗ってしまっている。いま残っているのは、弘志だけだ。ブリッジの手前では、キャップに制服姿のターミナルの係員が、弘志に「乗らないのか?」という目を向けている。

待ってください、と弘志は係員に目で懇願した。来るはずのひとが、来ていないんです。一緒に船に乗るはずの女性が、まだなんです。

弘志は時計を見た。

午前九時二十三分だ。

六月の土曜日の朝だった。大きなガラス窓の向こうには、神奈川県久里浜の家並みとその背後の丘が見える。丘を覆《おお》う樹木の緑が鮮やかだった。風もなく、気温も肌に心地よい夏の快晴の日。この分なら東京湾を横断する四十分の航海も、快適なものになるはずだ。まばゆい明日に向かうような、希望と期待に満ちた移動になるだろう。

彼女さえ、中川綾子《なかがわあやこ》さえ来てくれるなら。一緒に船に乗ってくれるなら。

でも、中川綾子は来ていない。遅れている。船はもう出港するというのに。

十五分前から心配になり、二度彼女に電話した。二度とも彼女は出ない。コール音なしに、電源が切ってあるか圏外であるというアナウンスがあった。なぜか留守電の設定もされていない。メッセージを残すことができなかった。二度目の電話は三分前だ。

電源を入れ忘れている？　だとしたら、彼女はなぜ電源を切ったのだろう？　切らねばならない理由は思いつかない。それに、電源をオフにしていても、メッセージは残せるのではなかったか？

やむなく弘志はショート・メールを送った。

「フェリー・ターミナルで待っています」と。

弘志は左手で携帯電話を握りしめたまま、上着の右ポケットから二枚のチケットを取り出した。すでに彼女の分まで買ってあるのだ。

この久里浜の東京湾フェリー・ターミナルから、東京湾の対岸、千葉県金谷までの乗船券。

チケットにはきょうの日付が印字されている。平成二十五年六月一日。便の指定はなかった。二日間有効の乗船券なのだ。一便遅らせることはできる。次の便はほぼ一時間後である。

待とう。

弘志はそう決めて、乗船ブリッジの係員に顔を向けた。乗りませんと首を振ると、彼はわかったというようにうなずいて、仕切りを閉めた。

弘志はチケットを上着のポケットに収めると、携帯電話を持ち直して、また中川綾子にかけた。やはり出ない。

弘志はいったん通話を切ってから、もう一度ショート・メールを送った。

「十時二十分の船にしました。遅れても大丈夫。ターミナルで待っています」

不安がいっそう募ってきた。

中川綾子は遅れているのではなく、すっぽかしたのではないか？　自分と一緒にこの週末、館山《たてやま》で過ごすというつもりなど最初からなかったのではないか？　両親に会って欲しいと頼むのは性急過ぎた？　うっとうしい求めだった？

知り合ってほぼ五カ月、会ってその度に弘志のアパートに泊まってゆくようになったのは、この三月ばかりなのだ。その頻度は月に二回ぐらい。一緒に暮らしていたわけではないとはいえ、自分たちは強くつながっている、と思えるだけの根拠はあった。自分は彼女にとって、将来を考えてもいいだけの男になりつつある、とは感じていたのだ。

それは自分だけの妄想だった？　彼女は自分のことをあまり語らなかったが、結婚していたことがある、と言っていた。その結婚は、じつは続いていたということはないだろうか？

いいや。

弘志は自分の憶測を否定した。

中川綾子に、そんな様子はなかった。

そもそも彼女と知り合ったのは、横浜・桜木町のネットカフェだった。お互い、客同士としてだ。地味で堅そうな印象の女性だった。メガネをかけて髪をひっつめにしており、ジーンズにダウン・ジャケットという身なりからは、生活感がにじんでいた。

弘志は正月を前に仕事を失い、職探しに館山からやってきていた。宿泊費を節約するためにそのネットカフェを使ったのだった。中川綾子のほうも、やはり仕事探しの途中だった。クリスマスから年末年始にかけてをずっとネットカフェで過ごしていたという。

あの深夜、ネットカフェでちょっとした事件があった。いや、事件というよりは、アクシデント、あるいは騒ぎか。自分たちはその騒ぎをきっかけに口をきき、名乗り合い、携帯電話の番号を交換した。ただ、そのときは、つきあいが続くようになるとは予想していなかった。

翌朝、中川綾子はひとつ面接を受けに行くと言い、そのままネットカフェには戻って来なかった。弘志自身はそれから五日目に派遣工員の口をみつけ、新杉田の会社借り上げアパートに移った。

「仕事が見つかりましたよ」と中川綾子にショート・メールを送ると、すぐに返信があった。

「おめでとう！　わたしも横須賀の食品加工場で働き始めました。寮に住んでいます」

弘志は、仕事が見つかった安堵《あんど》から、思い切って提案した。

「落ち着いたらお祝いしませんか」

その返信は数時間後だった。

「いいですね。お給料が出たあとにでも」

ほぼ一カ月後、弘志たちは横須賀で会った。彼女は出会ったときと同じ身なりで、京浜急行の汐入《しおいり》駅前に現れた。

弘志たちは全国チェーンの居酒屋に入って、食事をし、少しお酒を飲んだ。職探しの苦労が話題の中心だった。話の流れで、中川綾子は弘志より二歳年上の二十七歳だとわかった。

その夜は、午後九時半で店を出て、別れることにした。給料が入ったからと、弘志は中川綾子には支払いをさせなかった。中川綾子は礼を言うと、次はわたしがごちそうする、と言って、二週間後に会うことを約束した。汐入駅で別れたあと、弘志は自分が二歳年下であることは、つきあいの障害になるだろうかと考えた。なるはずもない、とすぐに答えが出た。

時計を見た。

午前九時四十五分になろうとしている。

まだ中川綾子は来ない。電話もなかった。遅れているとは考えにくい。やはり、彼女はきょうの約束をすっぽかしたのだ。たぶん。

両親に会ってくれという頼みが、彼女の負担になったのだろう。自分の真剣さを伝えたいという思いだったけれど、それは彼女を結婚相手として紹介する、という意味にも取れる。だからこのすっぽかしは、自分はそこまでは考えていない、というメッセージと取るべきなのだ。

よしてよ、あなたとはそんなつもりでつきあっていない。

ちがう、とまた否定してみた。

自分たちは、それほど軽くつきあっていたつもりはない。そもそも最初に部屋に誘ったとき、中川綾子は訊《き》いたではないか。

「本気なの?」と。

弘志の誠実さを探るかのような、真剣なまなざしだった。

弘志は彼女をまっすぐに見つめて答えた。

「本気です」

弘志はまた時計を見た。

前の便が出てからすでに四十五分待った。十時二十分の船の出航まで、あと十分だ。この船に乗れなければ、次の便はさらにおよそ一時間後の出航となる。十一時十分だ。念のためにまた電話した。これできょうは六回電話したことになる。つながらなかった。

自分も中川綾子も、SNSのアカウントは持っていない。自分が中川綾子と連絡を取る方法は、通常の音声電話かショート・メールだけだった。これ以外につながる手段はない。

寮に電話してみよう、と思いついた。

彼女はなにかよんどころない事情ができて、来られないのだ。何か身体《からだ》の不調ということは考えられる。電話も取れないまま伏せってしまうぐらいに。

中川綾子から聞いていた勤め先を携帯電話で検索した。会社のホームページはなかったが、地元情報のサイトに、横須賀の食品加工会社のひとつとして所在地や電話番号が載っていた。弘志はその電話番号をメモした。

きょうは土曜日、営業日ではないかもしれないが、運がよければ宿直者とか警備室に回る。そこで寮の電話番号を聞くのがいいだろう。寮に固定電話がなかったとしても、誰か管理人かその代わりになる人物と連絡はつくはずだ。そのひとに、中川綾子の様子を見てくれと頼むことはできる。

ただ、関係を訊かれたら、なんと答える？　つきあっている男にならば、本人から連絡があるはず。なのにわざわざ寮に電話して、様子を確かめる電話だ。うさんくさいと判断される。個人的な問い合わせではない、と思わせるほうがよいのではないか。

その電話番号にかけると、二回のコールのあとに年配らしい男性が出た。会社名を名乗ったので、弘志は宅配便業者の名を出した。

「そちらの従業員の中川綾子さん宛《あ》ての荷物があるのですが、寮の電話番号がわからなくてお電話しました」

相手は怪訝《けげん》そうな声になった。

「うちの従業員の？」

「ええ。お届け物の荷物があるんです。そちらの寮の中川綾子さん宛てです」

「うちには、寮なんてないよ。ほんとにうちの会社の寮宛てなの？」

「はい」弘志はその会社の名を出した。「間違いありませんよね」

「そうだけど、何ていう名前だって？」

「中川綾子」

「いないよ、そんな従業員」

「もしかしたら、派遣社員かもしれません。そちらで働いていることは確かなんですが」

「うちは、従業員五人の会社だよ。派遣なんて使っていない。何かの間違いだよ」

「中川綾子という女性は、働いていない？」

「いない」

通話が切れた。

弘志はまばたきして携帯電話を耳から離した。

従業員五人の会社で、寮もない。

弘志は困惑した。

中川綾子は、弘志に嘘《うそ》を言っていたのか？　就職口が見つかったというのは、嘘だった？

二週間前の、中川綾子と交わした会話の最後の部分を思い出した。

フェリーで金谷に渡って、館山に住む両親に会わせたいと言ったとき、彼女は戸惑い顔で何か言いかけたのだ。

「本気なら……」

「本気なら何ですか？」と訊き返したが、彼女は首を振った。

「ううん、なんでもない」と。

だからそのときは、彼女は両親に会うことを承諾してくれたのだと思った。急ぎすぎではないか、とは言わなかった。自分には心の準備ができていない、とも。

「本気なら」

そのあとに彼女は何を続けようとしていたのだろう。

とつぜん弘志は、さらに想像したくもないことに思い至った。

中川綾子という名は、彼女の本名なのか？

またアナウンスが待合室に流れた。

「まもなく出港です。乗船をお急ぎください」

弘志は乗船ブリッジに顔を向けて、また係員に首を振った。乗りません。

ブリッジにかかる鉄パイプ製の仕切りが閉じられて、がしゃりと金属の音が響いた。

警視庁赤羽警察署は、北区の神谷にある。

ＪＲの赤羽駅から、直線で一キロほどの距離だ。赤羽駅周辺の繁華街から、一歩引いた場所に建っているとも言える。東京メトロ南北線志茂《しも》駅が近い。

北本通《きたほんどお》りに面しており、道路をはさんでやや右手は北清掃工場だ。その敷地内には高さ百二十メートルの大煙突が建っており、このあたりのランドマークとなっている。署の裏手は神谷ポンプ所で、その敷地の東端はもう隅田川だ。

刑事課の捜査員、伊室真治《いむろしんじ》は、午後の十時に、部下の西村敏《にしむらさとし》と一緒に、一週間前に発生したコンビニ強盗事件の聞き込みから戻ってきたところだった。西村は、今年春に高島平署から移ってきた若手だ。

捜査車両を庁舎左手の駐車場に停めて、伊室たちが降り立ったときだ。エントランスをはさんで反対側の駐車スペースに、黒いセダンがタイヤのきしみ音を響かせて滑りこんできた。セダンはエントランス横で急停車した。後部席から降りてきたのは、警務課長の石倉浩一《いしくらこういち》だった。苦虫を噛《か》みつぶしたような顔で、正面エントランスに入っていった。

伊室はいぶかった。

この時刻、警務課長が緊急に呼び出しを受けるような事件でも発生したか？

西村が訊いた。

「こんな時間に警務課長が飛んでくるって、珍しくないですか？」

伊室はエントランスに向かって歩きながら答えた。

「面目をつぶされたって顔だな」

いい終わらぬうちに、こんどはエントランスの真正面でタクシーが停まった。目を向けると、三人の男女が降りてくる。署員ではなかった。スーツ姿の男がふたりと、初老の女性だ。その三人の顔も、いくらか緊張している。ひとりは自分の腕時計を気にしていた。

男はふたりとも、黒っぽいビジネスバッグを手にしていた。ひとりは長身で、四十代だろう、少し長めの髪の男だ。もうひとりは、三十歳前後か。学生っぽくも見える髪にメガネだ。

初老の女性は銀髪で、ジャージに黒っぽいスパッツを穿《は》いている。大きめのトートバッグを肩にかけていた。

その三人は、ちょうど伊室たちの前を横切るようにして、エントランスに駆け込んでいった。伊室は男たちふたりのスーツの胸に、金色のバッジを認めた。ひまわりをかたどった弁護士バッジだ。

午後十時の警察署は、もう職員の数も少なく、エントランス・ロビーのカウンターの奥にいるのも、男性の当直警察官だ。伊室たちは、カウンターの脇《わき》から階段へと向かおうとした。カウンターの前に、いま駆け込んでいった三人がいて、当直の警察官に何か言っている。

「東京第二弁護士会のヤタベです。いま留置されている藤村勝夫《ふじむらかつお》さんの弁護人です。もう地検から連絡が入っているかと思いますが、勾留《こうりゅう》請求が却下されたので、藤村さんの身柄を引き取りに来ました」

伊室は足を止めて、思わずヤタベと名乗った弁護士を見つめた。その名前は聞いたことがある。たしか矢田部完《やたべたもつ》。陰ではヤダカンと呼ばれているという弁護士。熱心に刑事事件の国選弁護人を引き受けている男だ。やり手であり、警察や検察にとってはかなりうるさく手ごわい弁護士だという評判があった。最近ではたしか殺人未遂幇助《ほうじょ》罪で起訴された青年の弁護を引き受け、無罪判決に導いているはずだ。

当直の地域課警察官は、二十代なかばか。西村と同じような年齢と見える。確か原口《はらぐち》という名前ではなかったろうか。

いま矢田部が言った藤村というのは、昨夜逮捕されたホームレス男性のことだろう。昨日零時過ぎ、近くのアーケード街で公務執行妨害で逮捕された。酔って路上で眠りこんでいたところ、近隣住民から迷惑だという通報を受けて駆けつけた地域課警察官に注意され、このとき暴行を働いたというものだった。伊室もこの男のことは知っているが、年齢は七十歳。温和で、警察官に暴行するような人間ではない。数年前から新荒川大橋に近い隅田川の河川敷にブルーシートの小屋を造って住むようになった。今朝、その藤村が逮捕されたと聞いたとき、伊室は、やりすぎだと感じたものだった。商店主の一部が迷惑なホームレスをどこかにやってくれと通報してくるのは、赤羽ではよくあることだ。事件化する必要などまったくない。地域課警察官はもしかすると、このとき周囲にいる野次馬の目などをつい意識して、逮捕と口にしてしまったのかもしれない。いや、じっさいに藤村は警察官の手を払うぐらいのことはしたかもしれないが、酔っぱらいを相手にいちいち逆上していては、地域課警察官は仕事にならない。

それにしても、勾留請求が却下された？　いったん逮捕してしまった被疑者に対しては、滅多にないことだ。

原口は当惑した顔で手元の電話に手を伸ばしながら言っている。

「聞いています。ちょっとお待ちください。責任者が出てきます」

伊室は受け付けカウンターの横に移動して、この成り行きを見守ることにした。西村も横に並んだ。興味深そうな顔になっている。

原口が電話で言っている。相手は石倉だろうか。

「そうです。いま、弁護士さんがここに。はい。身柄引受人？　お待ちを」

原口が受話器を手でふさいで、矢田部に訊いた。

「身柄引受人は来ているのですか？」

矢田部が、初老の女性を示して言った。

「こちらです。藤村さんの実のお姉さん」

その女性が、原口に頭を下げた。

「もう一度身分証明書を」

矢田部が手帳のようなものをカウンターの上に置いて言った。

「釈放指揮書がもう届くはずです」

原口が手帳を確認してから、また電話に言った。

「はい、被疑者の姉という女性が一緒です。ここに来ています。弁護士は、上野協同法律事務所の矢田部というひとです。釈放指揮書がもう届くはずとのことですが」

原口が、受話器を耳に当てたまま、しきりにうなずき始めた。何か指示が伝えられているのだろう。

矢田部のほうを見ていると、彼と視線が合った。彼はなぜ刑事らしき男がそこに立っているのか、いぶかったのかもしれない。釈放手続きに不服でもあるのかと。いや、矢田部の目にそのような敵意があったわけではない。ただ意味なく視線を伊室にめぐらしただけかもしれない。それでも視線が合ったことで、伊室は矢田部の顔を覚えた。

原口が受話器を置いてから、矢田部に言った。

「二階に上がってください。留置係の者が案内しますので」

「お姉さんもですね?」と矢田部。

「ええ。身柄引受人もです。上で釈放の手続きとなります」

矢田部たち三人は、伊室たちの前を通って、階段へと向かっていった。

原口はカウンターの後ろで、まだ納得できていない、という顔だ。

伊室もその場から離れた。

喫煙室脇のコーヒーの自動販売機の前まで歩くと、西村が訊いてきた。

「いったん逮捕して、勾留請求も出ているのに釈放って、よくあることですか？」

「ほとんどない」と伊室は答えてから言い直した。「おれも、こういう場面は初めて見た」

「弁護士の仕事としても、簡単なことじゃないでしょうに」

「だな。あの弁護士、ホームレスの藤村のためにきょう一日で身柄引受人を探しだし、準抗告申立書を作り、検察と会い、判事に面会し、説得して勾留請求を却下させ、この時間に赤羽署までやってきたんだ」

「よくやりますね」素直に感嘆している。「何かの事案であああいう弁護士に当たると、やりにくいでしょうね」

伊室は、同意する、とうなずいた。

第一章　捜査

1

乾いたグレーの印象の町だ。

島田《しまだ》裕哉《ゆうや》は、クルマのフロント・ウィンドウごしに、低い町並みを見やった。

高層の、いわゆるマンションと呼ばれる建物はほとんどない。狭い通りに面して、外壁を接するようにして、戸建ての民家が多く建っている。合間にはアパート。みなまだ築二十年以内の建物と見える。少なくとも三十年以上の建物は少ない。どれも外壁は新しい。黴《かび》のせいで黒ずんだりはしていなかった。

北区岩淵《いわぶち》の、狭い通りだ。北本通りをはさんで、南側は赤羽という地区である。

裕哉はまた思った。このあたり一帯、一応はバブルの時期に、町の様相を一変させたのではないか？　それ以前の建物は、あらかた解体されてしまっているのだろう。もちろん通りのところどころには、多少は古い木造住宅も混じる。長屋ふうの建物も少しあるし、何か商店か町工場だったと思える外観の建物もある。緑は少ない。大きな樹木が茂る地域ではなかった。

全体の趣は下町の住宅街ふうだけれど、かつては軽工業エリアだったのではないかという印象もあった。じっさい地図を見れば、この一帯にはそれなりの敷地を持った工場が散在するのだ。そういえば付近を貫く幹線道、北本通りに面しては、設備資材の商店とか卸商なども目についた。この岩淵のどこかに、東京二十三区内でただひとつの造り酒屋がある、とも聞いたことがある。

さらに昔は、岩淵は宿場町だったとか。すぐ北を流れる新河岸《しんがし》川の岸には、渡し場があったのかもしれない。あるいはその北の隅田川や荒川にもあっただろうか。荒川の対岸はもう埼玉県だ。つまりここは東京の北の境に接した一角だ。少し東寄り、隅田川にかかる岩淵水門のあたりでは、毎年秋に花火大会が開かれる。自分は行ったことはないが、その映像はテレビ番組で何度か観《み》たことがあった。

北本通りを境にしてJR赤羽駅側には、商店や飲食店が多い。赤羽駅前につながるアーケード街を別としても、商店街と呼べるだけの通りがいくつもあった。低層、中層のマンションが、それらの通りに多く建つ。人口密度は、この北本通りの北側、岩淵と呼ばれる地区の数倍はあるだろう。

通りの先に、また交差点が見えてきた。もちろんぎりぎり二車線の住宅街の中の通りだ。交差する道もほとんど路地のようなものだとわかった。左手角に酒屋らしき店がある。古めかしい看板を出していた。店の名も、赤羽駿河屋《するがや》、と、ずいぶん老舗《しにせ》めいたものだ。

裕哉は、助手席の相棒に訊《き》いた。

「そろそろじゃないのか？」

ノートと地図を交互に見ていた市原航平《いちはらこうへい》が、顔を上げた。

「もうすぐです。そこの酒屋を左折」

「一方通行じゃないのか？」

「左手方向への一通になってます」

裕哉は軽自動車を左折させて、その一方通行の通りに入った。

酒屋の隣りは銭湯だ。その並びには、町工場と見える建物。

銭湯のある通りなのに、通行人の姿は見えない。午後三時という時刻、道は閑散としている。

航平が言った。

「もう二、三軒先です。左手」航平がウィンドウごしに、電柱の地番表示を読み取ろうとしている。「もうこのあたりですね」

その並びに、一軒だけ築年数がやや古いと思える民家があった。瓦《かわら》屋根だ。間口が広く、手前左手に駐車スペースがあるが、車は停まっていない。

「これです」と、航平が建物の表札を見て言った。「馬場《ばば》幸太郎《こうたろう》」

裕哉は軽自動車を通りの左手に寄せて停めてから、航平に訊いた。

「何か商売でもやっていた親爺《おやじ》だよな」

「馬場商店って、金物屋だったようです」

「いくつだって？」

「六十三。いや、今年は四ですね。ひとり暮らし」

「実績は？」

「最近のでは、マッサージ・チェアです。業務用四十万の」

「買うやつは買うんだな」

「このあたりにけっこう不動産を持っているってことです。一昨年には、浄水器も買っていますね」

「似たセールスがトラブル起こしてないといいけどな」

裕哉は後部席から営業用の黒いアタッシェ・ケースを取った。紺のスーツでこのケースを提げれば、裕哉は堅気の若手セールスマンに見える。髪も染めていないし、伸ばしてもいない。けっして悪徳リフォーム業者の営業マンのようには見えないだろう。とりわけ六十代の親爺や婆《ばばあ》の目には。

航平も助手席から降りた。彼は胸に設備メーカーのロゴの縫い取られたジャンパーに、作業ズボン姿。髪を染めているが、このような職種の青年にはよくいるタイプと見える。不自然ではない。アルミ製の工具入れが、彼の小道具だった。

軽自動車のドアをロックしてから、その家の正面に立った。航平は右後ろに。ちょうど自転車に乗った中年男が、軽自動車の脇《わき》を通り抜けてゆくところだった。中年男と一瞬だけ目が合った。

建物は、間口五間ほどはあるだろう。左手に玄関があって、格子戸《こうしど》ふうのアルミ製の引き戸となっている。右手に窓がひとつ。二階は、一階部分から少し奥まっている。窓がふたつ並んでいた。何度も改装を繰り返しているらしく、建具の様式に統一感はなかった。一階と二階とでは壁の建材の色が違っている。

玄関の右手に郵便受けの口があり、その真上、ひとの胸の高さにインターフォンがある。裕哉はそのボタンを押した。屋内でチャイムの鳴ったのが聞こえた。

五つ数えるまで待ったが返事はなかった。裕哉はもう一度ボタンを押した。また屋内でチャイムの音。

留守か？

三度目のチャイムを鳴らしたが、返事はなかった。航平が引き戸に手をかけた。

コロコロという音を立てて、引き戸は軽く開いた。

航平がうれしそうに言った。

「開いてる。いますよ」

裕哉はまず自分が玄関口から身体《からだ》を入れた。

そこは奥行きが一間半ほどだろうか。左右に細長いコンクリートの三和土《たたき》の空間だった。かつては店舗だった部分なのだろう。新聞が何部か、引き戸のすぐ右手内側に落ちていた。左側の壁に靴箱があり、脇に白いゴミ袋がいくつかまとめてある。かすかに生ゴミの臭気がした。

照明はついていなかったが、玄関口から射《さ》し込む光で、中を観察することはできた。

右手には、テーブルがひとつと、これを囲む椅子《いす》が四脚。接客用のスペースなのだろうか。バケツやら小型のコンテナなどを収めたスチールの棚も設置されている。

真正面にも引き戸がある。障子ふうのデザインで、乳白色のアクリル板を貼《は》ったものだ。その奥が居室となっているのだろう。引き戸の下、三和土にサンダルがある。

裕哉は、その引き戸に向けて大声であいさつした。

「こんにちは。いらっしゃいますか」

航平も入ってきて、裕哉の横に立って室内を見渡した。

やはり返事がないので、裕哉は正面の引き戸に近づいた。

「こんにちは。先日ご案内差し上げました、設備点検の担当の者です」

言いながら、引き戸に手をかけた。

「失礼します」

すっと引き戸は左に開いた。

裕哉は部屋のすぐ内側の壁を探った。照明のスイッチがあった。そのスイッチを押し上げると、すぐに天井の蛍光灯がついた。

そこはカーペット敷きで、居間のように見える空間だ。テレビとサイドボードと応接セットがある。真正面の奥が台所らしい。電気ポットの置かれた食卓が見えた。右側に襖《ふすま》がある。その奥にもひと部屋あるようだ。ひとり暮らしの高齢者の家らしく、全体に散らかっている。

裕哉は居間の奥の上のほうに向かって言った。

「こんにちは、馬場さんいらっしゃいますか」

まだ返事はない。

航平が、靴を脱ぎながら大声で言った。

「早速ですが、お約束ですので、点検のほうやらせていただきます。上がらせていただきます。失礼します」

相手がいようといまいと、やることはここまで同じだ。

誰かが立ちはだかってこない限り、航平が点検と称して上がり込むのを止めることはない。事前に約束があったかのように言うのも、このセールスの約束ごとのひとつだった。

「じゃあ、まず、台所のほうから」

航平は、工具入れから拳銃《けんじゅう》のようなかたちの温湿度測定器を取り出して、真正面の台所へと入っていった。

裕哉も靴を脱いで居間に上がり、階段の下まで進んで、二階に向けて言った。

「点検、始めさせていただきました。馬場さん、いらっしゃいませんか？」

それでも声は返らない。ひとが動くような物音も聞こえなかった。

いま外出中か？　裕哉は居間を見渡しながら考えた。馬場幸太郎というこの家の主人は外出中なのか？　しかし玄関は施錠《せじょう》されていなかった。

サイドボードに目を向けると、いくつかの引き出しが引っ張り出されている。応接セットの上には、書類のようなものが散らかっていた。引き出しの中のものでもぶちまけたかのように。

航平が台所から居間に戻ってきた。

「ご主人、すごい数値が出てますよ。これじゃあ、病気になりますよ」

航平は居間の天井に温湿度測定器を向けてから、居間の右手の襖の前に歩いた。

「どこも沼の上みたいな数値ですよ。この襖、開けさせていただきます」

航平が襖を左手に開けた。裕哉も航平の後ろに立って、中をのぞいた。寝室というか、この家の主人の私室として使われている部屋のようだ。照明はついていないが、左手の奥にベッドと洋服ダンスが見える。ベッドは空だ。開けた襖のすぐ前には、巨大なマッサージ・チェアが置かれていた。白いビニール装で、温泉旅館やスポーツジムなどでもよく使われているものだ。マッサージ・チェアの向こう側の壁には、ノートパソコンの置かれたデスク。その脇にガラス戸の入った書棚。さらにその左手には、カーテン。窓があるようだ。かすかに異臭がある。独身男の部屋にはありがちだが。

航平が、部屋の奥に温湿度測定器を向けながら言った。

「寝室がこの数値じゃ、たいへんなことになりますよ」

部屋の奥に進もうとしたので、裕哉は彼のジャンパーの袖《そで》をつかんで止めた。

航平が足を止めて、不思議そうに振り返った。

「どうしたんです?」

裕哉は、マッサージ・チェアを示した。チェアは後ろ向きだ。左側の肘《ひじ》掛け部分が見える。裕哉もこのタイプのチェアを売っていたことがあるので、構造はわかっている。肘掛けの上に腕を乗せて厚手のシートでくるみ、ちょうど血圧を測るときのようにして、刺激を与える仕組みになっている。

その肘掛けの先に、ひとの手がある。誰かがマッサージ・チェアを使っている最中と見える。でもチェアは振動もしていないし、モーター音も立てていない。部屋の明かりがついていないせいか、その手は黒っぽく見えた。

この家の主人か？　マッサージ・チェアを使いながら、眠ってしまっているのだろうか。

裕哉は、いったん唾《つば》を飲んでから、一歩だけチェアに近づいて声をかけた。チェアに腰掛けた人物の頭頂部が見えた。髪の薄い男性だ。

「ご主人」声が少し震えた。「設備点検です。起きてらっしゃいますか？」

返事はなかった。声に反応した様子はない。頭はまったく動かない。

航平が裕哉の右腕に触れて言った。

「裕哉さん、そこ」

航平が、測定器の先をチェアの下部のカーペットに向けた。カーペットには、染《し》みができている。チェアの上から何かの液体が垂れてできた汚れのようだ。赤黒くはないので、血の痕《あと》ではないだろうが。

航平が腕をまた強く引いて言った。

「生きてないんじゃないですか」

裕哉はゆっくりとあとじさりながら言った。

「警察に、通報しなきゃ」

「逃げたほうがいいですよ」

「ひとに見られてる。指紋もつけた。逃げれば、まずいことになる」

裕哉は居間まで戻ると、身体の向きを変えて三和土に飛び下りた。居間の散らかり具合を考えれば、何か事件が起こったとも考えられる。強盗？　殺人？　裕哉は靴に足先だけを入れると、玄関の引き戸を開けて、表の通りに飛び出した。

通行人はいない。ひと通りの少ない道だ。裕哉は車の運転席に乗り込むと、上着のポケットから携帯電話を取り出した。

携帯電話からでも、警察への通報は一一〇でよいはずだった。最寄《もよ》りの警察本部に通じるはずだ。

一一〇とプッシュすると、すぐに女性の声が出た。

「警察です。どうされました？」

裕哉は答えた。

「ひとが死んでいるみたいです」

「まず、場所から教えてください」

裕哉は、あの高齢者リストを思い起こしながら答えた。馬場幸太郎の家の所在地は、北区岩淵だった。

「北区の、岩淵です」

航平が助手席に乗ってきた。彼の顔からは、血の気が失《う》せている。蒼白《そうはく》だ。もしかすると、あのマッサージ・チェアを正面からのぞきこんだのかもしれない。

伊室真治は、午後三時十五分にその現場に到着した。

赤羽署からきわめて近い位置だ。移動にかかった時間は、ほんの五分程度だったろう。赤羽署の面する北本通りは、赤羽交差点で直角に曲がり新荒川大橋に折れる。通報のあった現場は、その手前で右折という位置だ。東京メトロ南北線の赤羽岩淵駅に近い住宅街の中だった。伊室の記憶では、このあたりにはたしか寺が三つほど固まっている。

伊室は運転する西村敏に言った。

「変死体、いくつぐらい見てきた?」

西村敏巡査は、四年前に伊室の部下となった若い捜査員だった。

「赤羽署で、二体です」と、西村は答えた。「伊室さんは、いくつぐらい?」

「せいぜい二十体だ」

「意外に少ないんですね」

「三十年間警官やっても、そんなものだ。殺人事件にしても、じっさいに担当したのはたぶん五、六件だからな」

その殺人事件にしても、暴行の通報があったとか、犯人の自首から捜査、立件となったものが半分だった。死体の発見から始まった捜査に関わったことは、三件しかない。いま通報のあった変死体の一件がもし殺人事件だった場合、ようやく四件目の担当事案となるのだ。

北本通りから北側に折れて、酒屋のある交差点を左折した。その通りは西向きの一方通行で、先に軽乗用車が停まっている。車の脇にはふたりの男が立っていた。スーツ姿の三十男と、作業服のような格好の若い男。ふたりとも当惑気味の顔だ。まずいところに来てしまったと、少し悔やんでいるようでもある。

赤羽署の捜査車両は、その軽乗用車の真後ろに停まった。ほかに警察官の姿は見当たらない。機動捜査隊よりも早く到着したのだ。道の先に、自転車に乗った警察官の姿が小さく見えた。新荒川大橋のたもとの岩淵交番から、地域課警官が急行してきたのだろう。

伊室は装備品の中からマスクと手袋、それにオーバーシューズ代わりのビニール袋を取り出して、捜査車両を降りた。

西村も続いて、車から降りた。

ふたりの男に警察手帳を示すと、スーツ姿のほうの男が言った。

「中の、マッサージ・チェアの上で、ひとが死んでいるみたいです。何も返事をしませんー」

伊室はふたりを交互に見ながら訊いた。

「みたい、というのは？」

「きちんと見ていないんです」とスーツ姿の男。「頭と手が見えたんですが、動きません」

「ほかの住人は？」

「いないみたいです」

「あんたたちはどうして中に入れたんだ？」

「鍵《かぎ》がかかっていなかったんです。床下換気扇のセールスなんで」

「勝手に上がり込んだのか？」

「家の中でまず測定するのが仕事なんですよ」

「住人の許可なしに？」

「声はかけています」

厳密には不法侵入を構成するが、通報しているし、現場から逃走してもいない。伊室はその点を追及することなく訊いた。

「死体はどこだって？」

「三和土の向こうがリビングなんです。その右側の部屋」

そこに自転車で地域課警察官が到着した。年配の巡査部長だった。

伊室はその警察官に言った。

「このふたりの身元を確認しておいてくれませんか。中に入りますので」

伊室はマスクをつけ、ゴム手袋をはめて、引き戸を開けた。左右に延びたコンクリートの三和土になっている。もともとは商店として造られた家のようだ。は目の前にもうひとつ引き戸があるが、半分開けられている。その前まで近づくと、中はリビングルームと見える。サイドボードの引き出しの一部が引っ張り出されていた。真正面が台所のようだ。シンクが見える。

伊室は西村に合図し、靴を脱いでビニール製の袋に足を入れてから、リビングルームに上がった。カーペットを敷いた洋室だ。ざっと見渡したが、カーペットにも壁にも血痕《けっこん》は見当たらなかった。

西村も伊室に続いてリビングルームに上がってきた。

リビングルームの右手に目を向けると、襖が半分開いている。白っぽいマッサージ・チェアが見えた。

伊室はその襖のあいだから、奥の部屋に入った。左手奥にベッドが置かれている。ほかの家具も多い。畳八枚ほどの空間は、さまざまな家具や備品で狭苦しく感じられるくらいだ。

チェアの左側の肘掛けに、人間の手が見えた。厳密に言えば、手首から先だけが見えている。チェアの下のカーペットが汚れていた。自分がこれから目にすることになるものを予想しながら。

伊室は慎重にチェアの正面にまわってみた。脈があるかどうか確認するまでもなかった。目をむいており、顔は紫色に膨らんでいる。

チェアの上にあるのは、死体だった。

年配の男だ。髪が薄い。紺のジャージの上下を着ている。靴下も履いていた。

外傷は見当たらない。自然死？　いや、と考え直した。リビングルームは荒らされている。誰かが侵入しているのだ。

伊室はチェアの脇にしゃがんで、死体の首を見た。首に青黒く変色した圧迫痕があった。

他殺体だ。間違いない。これは絞殺死体だ。

表で、車の停まった音がした。

西村が、大股《おおまた》に部屋から外に出ていった。

伊室もすぐにもこの部屋を出たかったけれど、とりあえずいま一度部屋の中を見渡した。被害者の首には、圧迫痕があるのだ。ロープか帯状のもので絞めた、と伊室には見えた。そのロープか、もしくは帯状のものはどこにある？

見当たらなかった。

通りのほうで、男たちのやりとりが聞こえた。いまの車は、地域課の応援だったようだ。

伊室は寝室を出ると三和土に下り、事件現場となった家を出た。

自分たちの捜査車両の後ろに、パトカーが停まっている。ルーフの赤色警告灯を回転させていた。ふたりの制服警官が、先にこの場に来ていた年配の巡査部長と話をしている。伊室が家を出ると、三人が目を向けてきた。どうでした？　と訊いている。事件性のある死体ですか？

伊室はマスクをはずすと、自分を見つめてくる警官たちに言った。

「殺人だ。ここを封鎖してくれ」

本部刑事部の鑑識課の応援が必要だった。赤羽署にももちろん鑑識班はあるが、その仕事はせいぜい空き巣や強盗事件の指紋や足跡の採取だ。このような殺人事件の証拠の採取は手に余る。経験と実績の豊富な部門にまかせるしかない。

西村もマスクをはずしたが、その顔は真っ青だ。

伊室は西村に声をかけた。

「ここでやるな。道路の反対側にしろ」

西村は黙って駆け出し、向かい側のブロック塀に手をついた。次の瞬間、屈《かが》んだ西村の口から、勢いよく白いものが吐き出された。

伊室はそれを横目で見ながら、携帯電話を取り出した。車載の署活系無線よりも、この報告は携帯電話のほうがいい。

係長の新庄正男《しんじようまさお》が出た。

「事件か？」

「はい。年配の男が、寝室の椅子に腰掛けた状態で死んでおりました。他殺体です」

「馬場幸太郎という男が、そこの地番の家の住人だ。ひとり暮らしのようだ」

地域課の住民連絡カードからわかったことなのだろう。

伊室は言った。

「死体がその本人なのかどうかはわかりません。家族がいる様子もありませんね」

「他殺だという根拠は？」

「首に圧迫痕がありました。絞殺かと思えます」

「犯行直後か？」

「ぱっと見たところ、数日は経《た》っているようです。本部の鑑識の応援を」

「こっちから要請する。第一発見者たちがそこにいるだろう？」

「若いのがふたりいます。リフォーム工事のセールスのようです。玄関の引き戸が施錠されていなかったので、中に入ったと言っています」

「寝室まで？」

「湿度の測定で、上がりこんだと」

「あやしげだな。署に連れてこい」

「パトカーで送ります」

「すぐにも応援を出す。手分けして、周辺から聞き込め」

「身元確認できる家族を見つけてください」

「わかった」

通話を終えると、伊室はパトカーの制服警官たちに近寄り、リフォーム営業の男たちを示して言った。

「このおふたりを、署まで送ってやってくれませんか。発見時のことを、詳しく聞かせてもらうので」

営業マンのうち、年長のほうが伊室に訊いた。

「時間かかりますか。仕事中なんですが」

「長くても、せいぜい小一時間」

「おれたち、何か疑われてるってことないですよね」

「まったくない。あんたはそっちのパトカーに乗ってください。もうひとりは、あんたたちの車を運転して」

年長のセールスマンがパトカーに乗り、若いほうは軽自動車に乗った。伊室たちの乗ってきた車の後ろに、中年の女性が立っていた。何があったんです？　と、周囲に訊きたがっている顔だ。普段着で、荷物を持っていない。近所に住む主婦だろう。

伊室は警察手帳を開いて、その女性のそばに歩いた。

「赤羽警察署です。ご近所の方ですか？」

その女性が伊室に顔を向けてうなずいた。

「どちらです？」

「ここなの」と、女性は隣接する民家を示した。

二階建ての、アパートと見える建物だ。その建物と、馬場幸太郎の家の駐車スペースとの隙間《すきま》が通路になっている。アパートの奥の部屋の入り口は、その通路に面しているとみえた。

「うちは、いちばん手前なの」

道路寄りのドアの横に表札が見えた。打越《うちこし》と書かれている。

打越が訊いた。

「何があったんです？」

伊室は、正直には答えなかった。

「馬場さんが、倒れているんです」

打越は目をみひらいた。

「死んでるってこと?」

「みたいです」

「まあ」と、打越は口を開けた。「事件なんですか?」

「まだわかりません。この数日、馬場さんのお宅で、何かいつもと違うようなことなどありませんでした?」

「いえ、とくには。静かなところなんですよ」

「こちらの馬場さんとは、親しかった?」

「そうでもないです。やっと最近、会えば頭を下げるようになった程度で。うちも二年前に引っ越してきたばかりだし」

「馬場さんは、何をしていたひとなんでしょう?」

「さあ。とくに何もしていないんじゃないのかな。昔は馬場さんちは、何かの商店だったと聞いたけど」

「馬場さんのご家族のことを、ご存じ?」

「ご家族って、ご家族、いたんですか? ひとり暮らしだと思っていた。ときどき女性が来ていたのは見たことあるけど」

「いつも同じ女性ですか?」

「ううん、違うひとじゃないかな。年格好も、そのときどきで違っていたから」

「ときどきというのは、月に一度とか二度とか？」

「目にしたのは、これまで四、五回だけですよ。もっと来ていたのかもしれないけど」

そこに西村が戻ってきた。ハンカチで口のまわりを拭《ふ》きながらだ。目が赤く見える。

伊室はさらに打越に訊いた。

「馬場さんと親しいお宅は、どこになりますか？　よく行き来しているようなひとは？」

「さあ。町内会の役員さんたちは、多少は親しいのかな。地元に長いひとたちだから」

「たとえば？」

「そこの銭湯のご主人とか」打越は道を振り返り、いましがた伊室たちがその前を通ってきた銭湯を指さした。「銭湯の永山《ながやま》さんは、町内会の仕事にも熱心だから」

「どうも。もし何か思い出したら、いつでもご連絡をください」

伊室は、聞き込みに使う名刺を取り出して打越に渡した。

打越が訊いた。

「事件なら、うちも何か用心したほうがいいんでしょうか？」

「まだ何もわからないし、ふだん通りでいいと思いますよ」

二台の車がその場を発進していってから、伊室は西村と一緒に馬場幸太郎の家の向こう隣りの建物へと向かった。

馬場幸太郎の家と、隣りの家とのあいだには、空き地があった。最近建物が解体され、更地となったように見える。幅は七、八間ほど、奥行きは五、六間だろうか。道と敷地との境に鎖が張り渡されている。敷地の奥にはブロック塀があった。一本向こう側の道に面して建つ民家の裏手となっている。

空き地をはさんで、まったく同じ外観の民家が三軒並んでいる。建て売り住宅なのだろう。さほど古い建物ではなかった。

三軒のうちの、もっとも馬場幸太郎の家に近い一軒の前に立った。その民家は道に面して建物の右手に玄関があり、左手には大きな窓があった。その窓の内側はたぶん居間なのだろう。レースのカーテンがかかっているが、外の道の様子は見える造りのはずだ。玄関脇の表札には、高塚一郎《たかつかいちろう》を筆頭に、五人の名が書かれている。二世帯で住む家なのかもしれない。

玄関のドアが半分開いていた。年配の男の顔がのぞいている。パトカーが到着したところを見ていたのだろうか。

伊室は玄関前で警察手帳を示して、顔をのぞかせている男に言った。

「赤羽署の者です。ご主人ですか？」

「そうだけど」ドアが開いて、中の年配者がすっかり身体を見せた。「何があったの？」

七十歳は超えているだろうかという年齢の男性だ。メガネをかけており、白いシャツに折り目のついたパンツ。勤めをリタイアして長い、という雰囲気がある。この男が、表札に出ている高塚一郎なのだろう。

伊室は言った。

「お隣りの馬場幸太郎さんはご存じですか？」

「知っていることは知ってるが」と高塚。

「家の中でひとが倒れているようだ、という通報があって来たんですが」

「ようだ？」

「まだ中を詳しく見ていないんです。荒らされている様子もあるんですが、何か心当たりでもありませんか」

「それって、きょうの話かい？」

「はっきりしません。何日か前にあったのかもしれない」

「馬場さん、ご無事なの？」

「これから確認するところです」

「確認？」

伊室は高塚の反応を無視して訊いた。

「馬場さんを、よく見かけられます？」

「あんまりは。一日に一、二回ぐらいしか、外には出なかったんじゃないのかな」

「お仕事は何をなさっているんでしょう？」

「勤めには出ていないと思う。悠々自適なのかな。この近所にアパートとか、不動産を持っているとか聞いたことがある」

「ひとり暮らしだそうですが」

「そうだよ。うちが引っ越してきたときは、もうひとり暮らしだったね」

「高塚さんのお引っ越しはいつです？」

「もう六、七年になるかな」

「馬場さんには、ご家族はいるんですよね。近所に住んではいないにしても」

「よく知らない。わたしも地元に長い人間じゃないし、馬場さんとはそんなに親しかったわけじゃないんだ」

「女性がよく来ていたようですが、ご存じですか？」

「ああ。でもあのひとたちは、ご家族じゃないと思うな」

「ひとたち？」

「ひとりじゃない」

　現場に車が二台到着した。赤羽署の捜査車両だ。係長の新庄正男も下りてきた。事件性ありと確認されて、新庄は現場指揮を執ることにしたのだろう。彼は制服ではなくグレーのスーツ姿だが、スーツは少し窮屈そうだ。

伊室は高塚に黙礼して、その場を離れた。馬場幸太郎宅の前まで戻ると、新庄以下、刑事課の捜査員たちが伊室を囲むように立った。

新庄が言った。

「本部の鑑識は、あと三十分ぐらいで着くだろう。死後数日だって？」

伊室は答えた。

「触っていないので、死後硬直の程度はわかりません。身元確認できる家族は、見つかりました？」

「まだ連絡がつかない。連絡カードでは、弟が綾瀬に住んでるらしいんだが。家の中、ほんとにひとり暮らしの様子か？」

「家族がいるようではありませんね。もっとも、二階にも部屋はあるようですが」

「病気で孤独死、って可能性は？」

そう問われて、伊室は少しだけ確信がゆらいだ。自分は検視のプロではないのだ。判断を早まったか？　伊室は正直に答えた。

「その可能性はあると思います。絞殺体と見ましたが、そばにロープのようなものはありませんでした。わたしが、死体を見て動転してしまったのかもしれません」

「お前が動転だって？」

ありえないだろうと言っているのだろうか。

伊室は言った。

「けっして慣れているわけじゃありませんよ」

「寝室の椅子の上で、と言ったか?」

「マッサージ・チェアの上です」

「トイレで見つかったなら、ほぼ確実に脳溢血《のういっけつ》で孤独死、なんだがな」

そのとき、道の東側、酒屋のある交差点のほうから、男が小走りにやってくるのが見えた。

キャップをかぶった、いくらか肥満気味の男だ。手に紙袋をさげている。

「何かあったんですか?」と、男が大声で訊いてきた。「何ですか?」

年齢は三十代の前半だろうか。ゆったりしたカーゴパンツにチェックのシャツ。スニーカーを履き、ショルダーバッグを肩から斜めがけしている。

若い制服警官が、規制線の外で両手を広げた。

「入らないで。住人ですか?」

キャップの男は、その警官の脇をすり抜けようとした。

「うちで、何か?」

制服警官はキャップの男を両手で抑え、道の反対側へとのけようとした。男はもがいた。

伊室はふたりに近づいて、キャップの男に訊いた。

「ここはあんたのうち？」

キャップの男が、警官の手をふりほどこうとしながら言った。

「うちだよ。父さんのうちだよ」

「息子さん？」と伊室は確認した。「馬場幸太郎さんの？」

「そうだよ。何があったの？」

伊室は制服警官に、手を離してくれと頼んだ。

制服警官は一歩下がった。西村が代わりに、キャップの男の横に立った。

伊室は、キャップの男に訊いた。

「身分証明書のようなものを持っていますか？」

「運転免許証でいい？」

男はバッグから財布を取り出し、免許証を見せてくれた。

馬場昌樹《まさき》、という名だ。写真を見てからキャップの男に目を向けると、男はキャップを脱いだ。脂《あぶら》っぽい髪の下に、丸い顔。細い目と短めの鼻。間違いない。この顔だ。馬場昌樹本人だ。

住所は、目黒区上目黒となっていた。昭和五十六年生まれということは、今年三十五歳か。

伊室はその免許証を横に立つ西村に渡した。お前も確認してくれ。

それから伊室は訊いた。

「お母さんも、ここには同居はしていないんですね？」

「はい」昌樹が言った。「父さんと母さんは離婚したから。ぼくは、母さんと暮らしている。何があったんですか？」

身内であれば、正確なところを話してもいいだろう。伊室は答えた。

「中で、ひとが死んでいる」

馬場昌樹は目をみひらいた。

「死んでいる？」

「お父さんかどうかは、わからないが、年配の男性です」

昌樹が動揺した顔で言った。

「父さんはひとり暮らしだ。中で死んでるとしたら、父さんだと思う。正直、孤独死を心配していたんです。だから、よく顔を出すようにしていた」

「お父さん、何かの病気だった？」

「重くはないけど、高血圧。一度軽い脳梗塞《のうこうそく》もやったことがあった。薬をずっと飲んでるし、ふた月に一度は検診を受けてるんですよ。死んだのは、いつですか？」

「見つかったのは、ついいましがた。それで一応警察も来たんです。変死体ということになるんで」

「ぼく、上がっていいのかな」

「少し待ってくれませんか。いま検視官が来る。それから、それがお父さんかどうか、確認してもらう」

昌樹は周囲を見渡しながら言った。

「孤独死が見つかると、こんなに警察が出てくるようなものなんですか？」

「変死体の場合は」

昌樹が、何かに思い至ったという顔になった。

「もしかして、事件ですか？　父さんは、殺された？」

係長の新庄が近づいてきた。そいつは誰だ？　という顔をしている。伊室の代わりに西村が、息子さんです、と小声で教えた。新庄はすぐに離れていった。歩きながら、携帯電話を取り出して言っている。

「違う。赤羽越後屋の通りじゃない。目印は駿河屋だ」

伊室は昌樹に答えた。

「まだわからないんです。部屋は荒らされた様子とも見えるんですが、あとでこれも確認してください」

昌樹がひとりごとのように言った。

「孤独死だけじゃなく、そういうことも心配すべきだったんだよな」

「お父さんとお母さんが離婚したのは、いつごろなんです？」

「ずいぶん前です。ぼくがまだ中学生だったときだから」

「そのあと、お父さんはこの家でずっとひとり？」

「いや」と昌樹が首を振った。「父さんがこのうちに戻ってきたのは、十年ぐらい前のことだと思う」

「戻ってきた？」

「父さんは、大学を卒業して就職したときにこのうちを出たんだ。そして母さんと結婚して、赤羽台に住んだ。ぼくが生まれて育ったのも、そっちなんです」

「そのころ、この家には、お祖父《じい》さんお祖母《ばあ》さんが住んでいたということかな？」

「そうです。祖父さん祖母さんの身体が弱ってきたんで、父さんは会社を辞めてここに戻って、店を手伝っていた」

「何のお店だったんだろう」

「金物。荒物って言うのかな。だけど、父さんが戻ったころはもう、あんまり売り上げもなかったみたいだよ。そして祖父さん祖母さんが亡《な》くなってから、ひとり暮らしになった」

「ご両親が離婚したあとも、お父さんとはよく会っていたんですか？」

「最近は、わりあい多くなった。疎遠《そえん》だったときもあるんだけど、父さんが身体悪くしてからは、会うようにしてる」

「きょうは久しぶりということですか？」

「ひと月ぶりぐらいかな」

「きょうは約束で？」

「いいや。何度か電話しても出ないんで、きょうはそのまま来たんです」

横で西村が反応したのがわかった。死亡時刻が推定できるのだ。西村が手帳を取り出した。

伊室は訊いた。

「電話に出ないのは、いつからです？」

「三日前にしたときも出なかったな」

「土曜日ということですね？」

「ええ。お昼ごろに。きょうの午前中も」

「携帯電話にかけたんですね？」

「いや。父さんは携帯を持っていなかった。イエデンにです。だからちょっと外出してるだけだろうと思って、来ちゃおうと」

伊室は昌樹が持っている紙袋に目を向けた。

昌樹が言った。

「日本酒。父さん、酒が好きなんだ。持って来ると喜ぶから」

「このうちには、女性も訪ねてきているようだと耳にしたけど、知っています？」

「女性？」

「ひとりじゃないみたいだけど」

昌樹の後ろから、男がひとり近づいてきた。かなりの高齢で、くすんだ色の長袖シャツに、折り目をつけないズボン姿の男。裸足にサンダル履きだ。

男が伊室に目を向けて訊いた。

「何かありましたか？」

「確認中です」伊室は答えた。「ご近所の方ですか？」

「そこの銭湯の永山というんですが」

町内会の幹事という男だろうか。永山と名乗ったその男は、馬場昌樹を見てもとくにあいさつもしなかった。昌樹も黙ったまま一歩脇《わき》によけた。

伊室は警察手帳を示してから訊《き》いた。

「馬場幸太郎さんのことは、よくご存じでしょうか？」

「まあ、同じ町内会だからね。一応は」さほど親しくはない、という口調だ。「幸太郎さん、どうかしたの？」

「中で、ひとが死んでいるようなのです。正式の検視待ちなんですが」

「事件？」

「まだわかりません」

「ひとり暮らしだったからなあ。顔を見かけるたびに、体調はどうなのか訊いてはいたんだけど」

「どう答えていました？」

「いつだって、べつに、どうも、という返事さ」

「馬場さんは、永山さんの銭湯には通っていたんですか？」

「ときどき来る程度だった。来るときはだいたい十一時ぐらい、終わりころに」

「暮らしぶりなど、ご存じでした？」

「ふつうに年寄りのひとり暮らしだと思うけど」

「というと？」

「ときどき散歩、ときどき買い物」

「じゃあ、わりあいお元気だったんですね」

「元気だったかと聞かれると、わからんと言うしかないな。町会のラジオ体操には出てきていない。ゴルフとか、釣りとか、そういう趣味もなかったようだし」

「ご近所づきあいは？」

「あんまり積極的じゃなかった」

「それは、地元のひとたちと折り合いが悪かったという意味ですか？」

「いいや」永山は心外だというように首を振った。「ただ幸太郎さんは、就職するときに家を出ていた。ご両親の面倒を見るために戻ってきてからも、やっぱりほら、地元民だって意識はそんなに強くないし」

「隣り近所とはさほど親しいつきあいがなかった。でも、不自由なくやっていたんですね」

「最近は不自由はしてたんじゃないかな。ああいう歳《とし》だし、食事とか、洗濯、掃除なんて、こまめにやるひとには見えなかったから」

「ご親族もあまり来てはいない？」

「よくは知らないけど、あまり行き来はなかったと思うよ」

伊室は数歩離れて立っている馬場昌樹を手で示して言った。

「息子さんが、よく来ているみたいですよ」

「息子さん？」永山は昌樹に視線を向けて怪訝《けげん》そうな顔になった。

やりとりを聞いていた昌樹が、永山に頭を下げた。自分が息子です、というあいさつなのだろう。

永山は瞬《まばた》きしている。見覚えがない、という表情に見えた。あるいは、そんなによく来ているか？　という疑問のようにも感じ取れた。

「どうかしました？」と伊室は永山に訊いた。

「いや、そういえば、息子さんがいたんだよなと思って」

昌樹が、こんどは声を出してあいさつした。

「どうも。幸太郎の息子の昌樹です」

永山も頭を下げた。

「町会の永山です」

ふたりは初対面ということになるのか。あるいは、顔は知っていたけれども、あいさつし合うのが初めてか。

伊室は永山にさらに訊いた。

「女性が訪ねてきている、という話を聞いていますが、ご存じですか？」

「女性？」

「おひとりじゃないみたいです」

永山は首を傾《かし》げた。

昌樹が伊室に言った。

「それって、ハウスキーパーさんとか、家事代行サービスのひとのことじゃないかな。父さんは、そういうところに雑用を頼んでいると言っていましたから」

伊室は昌樹に顔を向けた。

「何人も？」

「数はわかりません」

「会ったことはありますか？」

「いいえ」

永山が、自分の銭湯のほうに戻ろうとした。彼には商売があるのだ。いつまでもここで野次馬をやっているわけにはいかないのだろう。永山が道を戻り始めたので、伊室は西村をその場に残して、永山を追った。

規制の黄色いテープをくぐって永山に並ぶと、伊室は歩きながら訊いた。

「幸太郎さんは、ご親族やご家族とは、疎遠のようですが、何か理由でも？」

「一家の家業がなくなれば、みなばらばらになるさ。地元で固まって助け合う必要もなくなるんだ」

「幸太郎さんのお父さんの代で、お店はうまくいっていなかったとも聞きましたが」

「時代だよ。このあたりの小さな商店も、たいがい店を畳んだ。いくつかは、コンビニになったけれどもね。でも、忠義《ただよし》さんは」

「忠義さん？」

「先代。幸太郎さんの父親。あのひとは、この近所に不動産をけっこう持っていたんだ。

そっちからの収入で、とくべつ困ってはいなかったはずだ」

高塚が言っていた悠々自適という暮らしぶりは事実だったのだ。

伊室はさらに訊いた。

「永山さんは、あの息子さんを知らなかったように見えましたが」

「知らなかった。幸太郎さんは、若いときに離婚しているんだろう？」

「ええ。でもあの昌樹くんは、お父さんとはけっこう行き来があるように言っていました」

「見たことはなかったな。忠義さんのあの葬式のときにも、たぶん」

伊室は、永山の言葉にひっかかった。あの葬式？　何か特別なことのように聞こえるが。

「馬場さんの葬式で、何かあったんですか？」

永山は苦笑した。言い過ぎた、と思ったのかもしれない。

「最近じゃあまり見ない葬式だったんだ」

「派手だったとか？」

「列席者の前で、近親者たちが大喧嘩《おおげんか》さ」

「何が理由なんです？」

「葬式で近親者が揉《も》めるとしたら、遺産相続問題が相場だろう」

真正面からスーツ姿の男女が近づいてくる。ふたりとも、黒いブリーフケースを手にしていた。男は四十歳前後か。女のほうはそれよりもひと回り若そうだ。怪訝そうな顔をしている。馬場の家の前のパトカーや警察官の姿に驚いているようだ。

男のほうが伊室に訊いてきた。

「何かあったんですか？」

永山が、小さく黙礼して伊室のそばから離れていった。伊室は立ち止まり、男に警察手帳を見せてから言った。

「どちらに用事です？」

「馬場幸太郎さんのところですが」

「失礼、どちらの方でしょう？」

男は、カタカナの混じった会社名を口にした。伊室には、それがどんな業種の企業名なのか、見当がつかなかった。

男はつけ加えた。

「馬場さんの不動産の管理を請け負っている会社です。きょうは打ち合わせの約束なのですが、馬場さんに何か？」

伊室は、いったん振り返って後ろを確認してから言った。

「馬場さんかどうか未確認ですが、中で倒れているひとがいるんです」

「倒れている！」

女性のほうが一歩前に出てきた。上背があり、やり手のビジネスウーマンと見える女性だ。彼女が訊いた。

「事件ですか？」

伊室は女性の質問には答えずに、男に訊いた。

「よく馬場さん宅にいらしているんですか？」

「管理会社ですから。このところは、少し多くなりました」

「それは、何か理由でも？」

「お持ちの物件の活用に関して、相談を受けているものですから」

また女性が訊いた。

「事件じゃないんですか？」

少し不安げだ。

伊室は逆に訊いた。

「何か心当たりでも」

「いえ、そうじゃないんですが」女性は男のほうに顔を向けてから、伊室に視線を戻して言った。「不用心じゃないかと、ちょっと心配していました」

「ひとり暮らしだからですか？」

「はい。そこに先月、手付け金を現金で持参したものですから」

伊室は驚いて確かめた。

「いくらぐらいです」

女性がためらうと、男が代わって答えた。

「三百万円」

かなりの額だ。いま、これだけの額の現金が動く機会は限られている。犯罪を誘発しかねないだけの額だと言えた。

「それは正確にはいつのことですか？」

「先週の水曜日です」

六日前のことになる。

「その額の手付け金を現金で、というのは、馬場さんからの希望ですか？」

「不動産取引の場合、手付け金が現金であることは、さほど珍しいことではありません」

「三百万でも？」

「こんどのケースなら、妥当な範囲です」

馬場幸太郎の他殺が確認された場合、この情報は意味を持ってくることになりそうだった。伊室はふたりに言った。

「名刺をいただけますかね」

男が渡してきた名刺には、会社名の次にこうある。

「第二営業企画室長　岡田隆一《おかだりゅういち》」

女性の名刺はこうだった。

「第二営業企画室主査　小松明日香《こまつあすか》」

小松明日香の名刺を渡してくれた女性がもう一度訊いた。

「事件なんですね？」

「もう少しではっきりします。このあと、お話を聞かせていただけませんか？」

「どこで？」と岡田。

「署のほうで。その前にもう一、二点だけ。先週水曜日に馬場さんを訪ねたのは、何時ごろです？」

「ちょうどいまごろです。四時の約束でした」

「お元気でした？」

「ええ」

「ひとりでしたか？」

「いつものとおり、おひとりでしたよ」

「水曜日以降、馬場さんには電話していますか？」

岡田が小松を見た。

小松は答えた。

「きょう、午前中に電話しました。アポイントの再確認ということで」

「電話に出ました？」

「いいえ。でも固定電話でしたし、ちょっとだけお留守なんだろうと。約束ですから、再確認しないまま、いま来たところなんです」

そこに係長の新庄が近づいてきた。

「どうした？」

伊室は振り返って、新庄に言った。

「きょう約束があったという不動産業者です。不動産関連の相談がある予定だったとか」

「取り込んでいるんだ。出直してもらえ」

「すでに手付け金三百万を支払ったところまで、話が進んでいたそうです」

新庄が、ふたりを見て言った。

「少し時間を取ってもらう必要があるな」

そのとき、サイレンの音が聞こえてきた。北本通りを東方向から近づいてくる警察車両のようだ。

伊室は時計を見た。そろそろ本部の鑑識課が到着しておかしくはない時刻だった。伊室は岡田と小松に、少し離れて待っていてくれと頼んだ。

規制線の内側に戻り、西村と並んで無言で馬場幸太郎の家の前に立った。近づいてきたサイレンの音が、ごく近いところで消えた。鑑識車両はもうたぶん、ここから二、三百メートルのところまで来ている。もうサイレンの必要はなくなったのだ。

ほどなく、酒屋のある角を曲がって、ワゴン車が姿を見せた。その後ろから、さらにもう一台続いて来る。

制服警官が黄色いテープをはずして道を空けた。先頭のワゴン車は、馬場幸太郎の家の十メートルほど手前で停まった。もう一台は、いまテープが張られていた位置のすぐ外側だ。

先頭の車両から、濃紺の作業服を着た鑑識課員たちが降りてきた。ほとんどがジュラルミンのケースを手にしている。

新庄が鑑識課の責任者らしき男の前に進み出て、名乗った。

相手は野方勲《のがたいさお》という検視官だった。もう定年近いと見える。首から下げているのは、老眼鏡だろうか。いかにも警視庁の専門職という雰囲気がある。

野方が新庄に訊いた。

「中ですか?」

「座敷に上がって右手の部屋です」

「第一発見者は?」

「署で事情聴取中です」

「汚してる?」

「かなり。指紋もべたべたつけまくっているようです」

野方はうなずくと、ビニールの手袋をはめ、マスクをつけて、さらに靴にもオーバーシューズ様のビニール袋をつけて、家の中に入っていった。あとに、ジュラルミンケースを提げた係員たちが五人続いた。そのうちのひとりは女性だ。さらに、大型の一眼デジカメを胸の前に抱えた男がひとり。

三分ほどで、野方が家の外に出てきた。

伊室たち、その場にいた捜査員たちはみな、野方の言葉を待った。

野方はマスクをはずした。とくに顔をしかめてもいない。見慣れた変死体のひとつ、という表情だ。野方は言った。

「他殺です」

野方は手袋をはずしながら続けた。

「死後四、五日でしょう。ざっとみたところ、絞殺。目立った外傷はなし」

新庄が言った。

「というと、つまり」

野方は遮った。

「ここから先は、司法解剖してみなければわからない。わたしが語れることじゃない」

それから野方は、道の左右を見渡して新庄に言った。

「規制線をもっと広げたほうがいい。この道の左右の出入り口をふさいでくれませんか」

その規制線の範囲内の側溝、ゴミ箱、空き地、ブロック塀の後ろなどを捜索するからという理由だった。

新庄が、検視官の野方に訊いた。

「どのくらい時間がかかります?」

新庄の言葉づかいはていねいだった。検視官は法医学を学んだ専門職だ。階級も警部以上である。検視官だから鑑識課員を束ねる立場ではないとしても、殺人事件に関わった経験はいまこの場にいる警察官の中ではもっとも豊富だろう。野方の助言は尊重されねばならなかった。

野方が答えた。

「死体は、あと少しで運び出します。鑑識課は、まだ三、四時間は欲しいと言うんじゃないかな。ほかの捜査員たちも、できるだけこの家から遠ざけてください」

「鑑識課の報告が出るのは？」

「一部はきょうのうちに。あとは明日の朝」

「司法解剖はすぐに？」

野方は、法医学教室のある大学の名を出した。板橋区にある。この赤羽にも近い。

「あそこに送ることになる」

野方は規制線の外に停まっていたワゴン車のほうへ歩いていった。運転手が野方の合図で、手前にワゴン車を進めてきた。死体を運び出すのだろう。ワゴン車は馬場幸太郎の家の玄関前に停まった。

家の中に入っていた鑑識課員のうち数人が出てきて、ワゴン車から担架状の道具を運び出した。さらに一部は、玄関先と道路とのあいだにブルーのシートを広げ始めた。遠巻きにする住民や、窓から覗《のぞ》く近隣のひとたちの目から死体を隠すため、通路を作るようだ。ひとりがワゴン車から黒いビニールの袋をおろし、家の中に戻っていった。

新庄が、伊室のほうに歩いてきた。

「今夜やれることは、地取りだけだ。とにかく不審なことを目撃していないか、あるいは聞いていないか、片っ端から当たれ。死亡時刻が正確にわかれば、捜査は一気に進む」

伊室は、はい、と答えてから新庄に言った。

「被害者は、家庭が複雑なようです。家族関係、整理しておいたほうがいいかもしれません」

「そこの息子は」と、新庄は、規制線の外に下がっている馬場昌樹を指で示した。「詳しくはないのか？」

「被害者と母親が離婚したあとは、あまり頻繁には会っていなかったようです」

新庄が首を傾げた。

「ようです、というのは？」

伊室は言った。

「町内会の親爺《おやじ》も、その息子の顔を知らなかったぐらいですから。本人が言っているほど、行き来は頻繁じゃないんでしょう」

「地域課のカードに記してある弟ってのが、まだ連絡がつかない。その彼が、たぶんいちばん行き来があるんだろうが」

「あの息子に、死体の身元確認をさせましょうか？」

ワゴン車の脇に立っていた野方が、これを聞いて言った。

「ご対面は、ここじゃないほうがいい。生々しすぎる。大学へ行ってもらおう」

新庄は野方にうなずいてから、伊室に言った。

「じゃあ、あとだ。引き留めて、署で事情を訊いておけ。指紋も取らせる必要があるな」

「はい」

「きょうここに来た理由は何だって？」

「ひとり暮らしを心配していたようです。日本酒の瓶を土産に来ていた」

「親孝行だな。というか」新庄は馬場昌樹のほうにもう一度目を向けてから、少し声を落として言った。「急に親孝行に目覚めたのか」

玄関前にいた鑑識課員たちが動き始めた。中から死体が運び出されてくるようだ。ブルーシートを持ち上げて通路を作った。奥から、四人の鑑識課員たちが、担架状のものを持ち上げて進み出てきた。担架の上には、黒い袋が載っている。

野方はワゴン車の助手席に乗り込んだ鑑識課員に、ウィンドウの外から何か指示した。その鑑識課員は、車載の本部系警察無線機からマイクを手に取った。死体を収容した、という報告をしているのだろう。

野方も乗ったところでワゴン車が動き出した。伊室たちは道を開けた。

そのワゴン車が一方通行の道の先に消えてから、新庄が言った。

「あの不動産会社の連中も、署に連れて行け。協力者指紋、取らせてもらう必要がある。大学のほうから身元確認の要請があったところで、息子はそっちにやる」

伊室は言った。

「その前にひとつだけいいですか。地元で馬場幸太郎と親しかった男を探したいんです」

「いそうか？」

「被害者が馬場幸太郎だとして、もともと地元の人間です。大学を出るまでは、ここに住んでいたのですから、友達だったって誰かが、近所に確実にいます」

「誰が知っている？」

「そこの銭湯の親爺なら、知っているかと」

新庄は、行けと言うように顎《あご》を突き出した。

伊室は西村に合図し、いましがた永山という老人が戻っていった方向に歩きだした。背後で新庄が、ほかの捜査員たちに聞き込みの分担を指示する声が聞こえた。

銭湯の名は、沢の湯、だった。すでに営業している。男湯の暖簾《のれん》をくぐると、番台に永山が入っていた。老眼鏡をかけて、手元に目を落としている。本を読んでいるのだろう。伊室たちに気づいて、永山は顔を上げた。

「さきほどはどうも」と伊室はあいさつした。「赤羽署の伊室です。ご主人、ひとつだけ。馬場幸太郎さんは地元の出身ですけど、子供時代から親しい近所の友達って、どなたかご存じですか？」

「子供のころからの？　小学校は岩淵小学校のはずだけど、誰になるかな」

永山はいったん天井に目をやってから答えた。

「この近所に、高野《たかの》クリーニングって店がある。あそこの三代目は、幸太郎さんと同級生だったと聞いたことがある。高野裕一《ゆういち》さんだ」

「馬場さんとは、親しかった？」

「さほど深くはないにしても、多少のつきあいはあったんじゃないかな。たぶん高野さんは、中学校も一緒のはずだ」

永山は、高野クリーニングの場所を教えてくれた。同じ通りで、酒屋のある交差点から少し東寄りだ。チェーン店ではないという。自営業なら、この時間に訪ねても本人がいる可能性は大きいだろう。

行ってみると、高野クリーニングは間口二間ほどの店だった。中にドライ・クリーニングの設備一式がある。三人の男女が奥で作業中だ。

高野裕一らしき初老の男は、自分でシャツにアイロンをかけていた。丸い顔で、髪が薄い。ひとあたりのよさそうな雰囲気だ。アイロンは天井からのホースにつながった業務用のものだ。

警察手帳を見せて名乗ると、その男がやはり高野裕一だった。彼はアイロンをかける手を止めて、カウンターまでやってきた。

伊室は言った。

「馬場幸太郎さんの同級生とお伺いしましたが」

高野は怪訝そうな顔で訊き返してきた。

「何かあったの?」

「じつは、馬場さん宅で死んでいる男性が見つかりました。身元確認中ですが、たぶん馬場さんです」

高野は目を丸くした。

「死んでる!」

店の奥で働いている男女が、ちらりとこちらを見た。

「ええ。どうやら事件のようです」

「警察が来てるってことは、殺されたってことかい?」

「まだ断定できてはいないのですが。最近お会いになっています?」

「いや、この一週間ぐらいは見ていないな。幸ちゃん、この並びのそば屋にときどき行ってたから、この道を通るときはわかるんだ。殺されたの、いつなの?」

「まだわかりません。先ほど、見つかったばかりなんです」

「ひとり暮らしだし、病気で倒れたってことじゃないのかい? もう少し気をつかってやるべきだったかな」

「どうやら、ご病気ではないようなんです」

「じゃあ強盗?」

「それを調べています」

「だとしたら、物騒だね」

「まだ事情はわかっていないんです。馬場さんはあまり近所とつきあいのない方だったようですが」

「しばらくこの地元を離れていたひとだからね。だけど、特別に偏屈ってわけでもなかったよ」

「高野さんは、たしか小学校が一緒だったんですよね?」

「ああ。中学もだ。区立で一緒だった」

高野は、中学卒業後、馬場幸太郎が巣鴨《すがも》の男子高に進学したと教えてくれた。高野自身は王子の私立高校である。高野は高校を卒業してから店で働き出した。馬場幸太郎は御茶ノ水にある私立大学の経済学部に進み、卒業と同時に家を出たという。

「幼馴染《おさななじ》みなんですね。じゃあ、馬場さんとは親しかった?」

「会えば、世間話をする程度だ」

「その世間話で」と伊室はさらに訊いた。「最近誰かとトラブルになっている、といったようなこと、聞いています?」

「いいや。とくになかったな」

「馬場さんの健康状態はどうだったのでしょう？　お元気でした？」

もちろん鑑識の作業が終わり、部屋から病院の診察カードでも見つかれば、正確にわかることだが。

高野が答えた。

「もう五、六年前になるか。脳梗塞の軽いので、入院したことがあった。病院に行ったのが早かったので、後遺症は残らなかったけど」

「誰が発見したんです？」

「わたしだよ」と高野は言った。

朝、立ち話したときに、高野は馬場幸太郎の舌がもつれていることに気づいた。それを指摘すると、馬場幸太郎は、朝から舌がしびれているという。高野はすぐに脳梗塞を疑った。止める馬場幸太郎を押し切って一一九番し、救急車に来てもらった。想像したとおり脳梗塞の初期症状だった。

「放っておいたら、それこそ孤独死だったよな。たまたまあの日、この店の前で会えたのがよかった」

「病院はどちらでした？」

高野は、この赤羽にも近い大学病院の名を挙げた。司法解剖のために、いましがた死んだ馬場幸太郎が運ばれていった病院だ。助かったときも、亡くなったときも、彼は同じ病院に行ったことになる。

「じゃあ、機能障害なども残っていないんですね？」

「ふつうに喋《しゃべ》る。ふつうに生活してる。際《きわ》どかったけどね」

「ほかに、地元で馬場さんと親しい方というと、どなたになります？」

「さあ。顔見知りは多いだろうけど、親しいとなると」

「馬場さんは、お酒を飲む方でした？」

「ひと並み程度には、飲むだろう。晩酌もしていたろうし」

「行きつけの飲み屋とか居酒屋とか、近所にありますか？」

「行くとしたら、赤羽駅のほうだろうけど」

「どこかご存じですか？」

「一緒に飲みに行ったことはないな」

「女性がいる店などは、どうでしょう？」

「さあ、知らない」

西村が横から高野に訊いた。

「幸太郎さんの、前のお勤め先をご存じでしょうかね？」

高野は、建築資材の卸し会社だと教えてくれた。業界の中堅どころだという。ずっと営業マンだったとのことだ。その会社名を聞いても、伊室は知らなかった。

「十年ほど前に退職されていますね」と、西村がメモを取りながらさらに訊いた。

「お袋さんが倒れて、ご両親の面倒をみるために勤めを辞めたって話だ」

「親御さんのために、幸太郎さんが家事をやっていたということですか？」

「年寄りの暮らしを見かねて、ということなんだろうけど」

伊室は、さきほど入ったときの室内の印象を思い起こしながら訊いた。

「幸太郎さんは、家事もできるひとだったのですか？」

居間は荒らされたような跡があったが、ほかは男のひとり暮らしにしては、片づいていたように思えた。ただしあれは、息子が言っていたハウスキーパーのおかげかもしれない。銭湯の永山の話では、けっして家事が得意そうには聞こえなかったのだが。

高野が答えた。

「当時はそこそこやったんじゃないかな。さすがに最近は、面倒になった、というようなことを言っていたけど」

「家事代行業者が来ていたようですが」

「そうかい？　それがいいよな。へたに自分でやるより、プロにまかせたほうがいい、ってことはあるから」

「ご結婚のことは、聞いています？」

「披露宴には出たよ。職場結婚とかで、男の子が生まれた。その子がまだ中学生のころに別れて、再婚したんじゃなかったかな」

「再婚されていたんですか」

これは新しい情報だ。息子だという昌樹は、父親の再婚について何も言っていなかった。離婚後再婚していたということは、馬場幸太郎は勤め人であった当時は、女性とのつきあいもそれなりに派手で、積極的だったということか。

高野が言った。

「再婚した相手とは、長続きはしなかったんだろう。けっきょくひとり身だったんだから」

西村がまた伊室に代わって質問した。

「幸太郎さんのご家族のこと、教えていただけませんか? ご兄弟とか。ご親戚《しんせき》のこととか」

高野は、幸太郎は三人姉弟だ、と覚えていた。姉と弟がいて、どちらも結婚し、生家を出ている。また、幸太郎の父かたの叔父叔母が、ふたりか三人いたはずだ、と記憶していた。ただし、そんなに濃密な親戚づきあいをしているようには見えなかったと。

「そういえば」と伊室が引き取って訊いた。「お父さん、忠義さんの遺産相続のことで、親族で揉めたと聞きましたが」

高野は顔をしかめて首を振った。

「そっちのことは、知らないんだ」

まったく知らない、と言ったようではなかった。その話題については話したくない、という答え方のように聞こえた。

伊室は、もうひとつの質問で終えることにした。

「馬場幸太郎さんは無職のようですけれど、どうやって食べていたのでしょう。店もとうに閉めていたのに」

「馬場さんのうちは、この近所に不動産を少し持っているんだ。アパートや、マンションだ。コイン・パーキングになってる土地もある。そっちからの収入で暮らせたんだと思う」

永山の言っていたことと合致する。働かなくてよいだけの不動産収入。周囲には、資産家、と見えていたことだろう。

伊室は、高野に頭を下げた。馬場幸太郎の周囲の関係がだいぶ見えた。とりあえずきょう押さえておくべき情報としては十分だ。

西村と一緒に高野クリーニング店を出るとき、高野が背中で言ったのが聞こえた。

「幸ちゃんの葬式は、いったい誰が出すことになるんだ?」

道を戻ると、いまはもう鑑識課のワゴン車以外はみな規制線の外に出ていた。新庄が赤羽署の捜査車両のそばに立って、携帯電話を耳に当てている。ほかの捜査員たちの姿は見えない。

伊室が新庄に近づいて行くと、新庄が携帯電話を上着のポケットに収めて訊いた。

「そっちはどうだった？」

伊室は、いまの高野裕一からの話を要約して伝えた。やはり家族、親族の関係が複雑であること。二度の結婚歴があるが、いま身辺に女の影は見当たらないこと。被害者の周囲で、とくにトラブルはなかったようだということ。不動産収入で暮らしていたこと。さほどの近所づきあいはないが、これを教えてくれた小、中学校の同級生とは、多少の交流は続けている。ただし、一緒に酒を飲むほどの仲でもないということ……。

新庄が、伊室の報告を聞き終えてから言った。

「ほかの捜査員たちの地取りでも、まだたいした情報は入っていない。お前たちは、引き続きそっちの鑑取りのほうを続けろ」

被害者の人間関係を重点的に調べろということだった。

「つけ加えますと」と、伊室は銭湯の永山の話の気になった部分を伝えた。「被害者の父親が死んだとき、親族のあいだで遺産相続をめぐるトラブルがあったようなんです」

「不動産収入で暮らしていると言ったな」

「いままた、不動産関連の交渉が進んでいたようです」

「強盗殺人か、身内のトラブルか、まだ絞るわけにはいかないか」

「遺産をめぐるトラブルの件、いま話を聞いた幼馴染みは、知らないとのことでした」

「いまはまだ、誰もあたりさわりのないことしか言わないさ。だけど夜にはニュースにもなる。明日になれば、それぞれ別の情報も出てくる。参考人が何人か浮上してくる」

新庄が、馬場昌樹や不動産会社の社員たちを指さした。署に同道して、より詳しい事情聴取と協力者指紋の採取を、という指示だ。

伊室はその三人を車に乗せて、赤羽署まで戻った。戻ったとき、刑事課のフロアには、ほんの五、六人の捜査員や女性職員がいるだけだった。幹部たちの姿も見えない。

伊室と西村は、まず馬場昌樹を自分たちのデスクのそばの椅子《いす》に腰掛けさせた。不動産会社の社員たちには、十分ほど待っていてほしいと頼んだ。ふたりは拒まずに、フロアの隅の応接セットに腰を下ろした。

伊室は昌樹に、携帯電話の番号を訊いた。今後、被害者の電話の着発信記録から、関係者の番号を除外していくためだ。これまで昌樹は、自分の携帯電話以外から馬場幸太郎に電話したことはないという。

ついで伊室たちは、昌樹から協力者指紋を取らせてもらった。

昌樹は伊室のデスクの上で指の一本一本を特別の用紙に押しながら言った。

「初めてですよ。これがデータベースに残るんですね?」

西村が、手伝いながら答えた。

「事件と関係がないとわかれば、片っ端から廃棄ですよ。窃盗《せっとう》事件ひとつでも、何十人もの関係者に協力をもらうんですから」

昌樹の指紋採取が終わったところで、伊室は昌樹に訊《き》いた。

「ご家族構成のことを聞かせてください。お母さんのお名前は？」

西村が自分のデスクで、大判のメモパッドを広げた。

「ユウコです」と昌樹は答えた。裕子、と書くのだという。

「いまもご健在？」

「ぼくと一緒に暮らしてます。上目黒」

「お仕事しているのかな」

「外食チェーン本部の事務員です」

「ご両親が離婚したのは、何年でした？」

昌樹は天井を見上げ、それから指を折って答えた。

「ぼくが十五歳のときですね。いや、じっさいにはもうその何年か前には、父さんは家を出ていたんですけど」

「ご兄弟はいるんでしたっけ」

「いえ。ひとりっ子です」

「離婚してから、ご両親はよく会っていたんですか？」

「いいえ、全然。きれいな別れ方じゃなかったですから。いまだから軽く言えますけど」

「お父さん、再婚されたんですよね」

最初に訊いたときには伝えられなかったことだ。それを確認した。

「ええ」と昌樹が答えた。「別れたとき一緒に暮らしていたひとと、籍を入れたそうです。でも何年も続かなかったらしい」

「なんていう方か、知っています？　そのひとの連絡先も」

「西本《にしもと》だったかな。西本アケミ。それ以上のことはぼくは知りません」

「ご両親が別れたあと、昌樹さんはお母さんに引き取られて育った」

「ええ」

「昌樹さん自身は、お父さんとは頻繁に会っていたんですね？」

「いや、学校を出るまでは年に一、二回会っていたんですけど、大人になってから、ちょっと疎遠《そえん》なのが続いていた」

「いつごろから、また会うようになったんです？」

「父さんが一度入院したときです。久しぶりに会って、それからまた」

「それからはずっと、あのうちに会いに行くようになった？」

「いえ、よく行くようになったのは、わりあい最近なんです」

「いつごろから？」

「今年の正月から。行くと喜んでくれるんで、最近多くなったんです」

昌樹の椅子の向こう側でメモを取っていた西村が顔を上げた。意外そうだ。伊室も思った。さきほどの昌樹の言葉では、昌樹は父親とはずっと接触を持っていたように感じられたのだ。

「どのくらいの頻度です？」と伊室は訊いた。

「ひと月に一回ぐらい」

「ということは、今年はもう十回ぐらい？」

「いえ、四回、かな」

計算がまるで合わない。頻繁に会うだけの父子関係ではなかったようだ。それは、あとでまた確認することになる。

「最近お父さんによく会うようになったのは、何か理由でも？」

「父さんもああいう歳《とし》ですから」と、昌樹はカーゴパンツの腿《もも》のあたりをかきながら答えた。「心配になって」

「ご両親が別れたとき、慰謝料とか養育費はきちんと支払われました？」

「いえ。ときどきぼくが父さんに電話して、学費なんかを出してもらっていたんです。父さんは父さんで、その西本さんって女性との生活もあって、出すのが苦しかったみたいです」

西村が横から訊いた。

「昌樹さん、いまのお仕事は？」

「ええと」昌樹が西村に顔を向けた。「いまちょっと、キギョウの準備で」

「キギョウ？」

「ええ。店を持とうと」

「起業ですか。どんなお店です？」

「秋葉原にあるような喫茶店です」

西村も一瞬意味を考えたようだ。

「つまり、メイド喫茶とか？」

「ええ」

伊室が訊いた。

「これまでのお仕事は？」

昌樹がまた伊室に身体《からだ》を向けた。

「いろいろ、接客業なんかを中心に」

「どこかお勤めになった会社はありますか？」

「ま、バイトを続けてきたんで、正社員だったことはないんです」

視界の隅で、不動産会社の社員の姿が目に入った。岡田隆一のほうが、応接セットのそばで立って、携帯電話で話している。腕時計を見たり、ちらりとこちらに目をやったり、会社への報告なのかもしれない。

伊室は昌樹に言った。

「このあと、ご遺体を見ていただくことになります。司法解剖が始まりますが、身元確認していただきたいんです。それまで署でお待ち願えますか」

昌樹が訊いた。

「何時くらいになります？」

「そろそろかと思います」

「いいですよ。トイレはどっちです？」

西村が昌樹の後ろを指さした。

昌樹がその場を離れてから、西村が苦笑して言った。

「万世橋署の警官なら、職質したくなるタイプですね」

伊室は西村の冗談には応《こた》えずに、岡田たちを席へと呼んだ。岡田と小松が、ブリーフケースを提げて伊室たちのデスクへと歩いてきた。

伊室はあらためてふたりの名刺を見た。

会社名は（株）上野アステージ・マネジメントだ。

本社は台東区上野だった。

上野不動産の関連会社です、と岡田が言った。上野不動産なら、中堅どころのディベロッパーとして、伊室もその名前は知っている。主に京浜東北線の沿線、上野よりも北のエリアで事業を展開しているはずだ。

伊室は岡田に訊いた。

「馬場幸太郎さんと御社とは、長いつきあいなのですか？」

岡田が答えた。

「わたしの前任者の時代からですので、かれこれ十年近くです」

「具体的には、何をされているんです？」

「馬場さん所有のアパート、賃貸住宅の管理が中心なんですが、コンサルタント業務も」

「アパートの管理というのは？」

「委託を受けて、家賃の徴収から、物件の管理、補修、店子《たなこ》さんの斡旋《あっせん》といったところです」

岡田は、馬場幸太郎の所有する不動産物件を挙げた。アパート二軒、四階建ての小さな集合住宅一棟、さらに貸している土地が二筆、更地にしたばかりの土地がやはり一筆。

「ということは」と伊室が訊いた。「馬場さんは自分のお持ちの物件については、ほとんどおまかせ。自分は収入が入ってくるのを待つだけ、ということになりますか？」

「ええ。手前どもはその代行手数料をいただいている、ということになります」

「十年近く前からというと、馬場幸太郎さんのお父さんが亡《な》くなった時期のあたりですね」

「そうですね。それまでは先代が自分で管理されていたようです」

それはつまり、馬場幸太郎が遺産相続したあと、いわば事業として所有する不動産を使い始めたということになるのだろうか。地元商店の親爺の副業としてではなく。

「コンサルタント業務というのは？」

「お持ちの物件のより有利な使いかたのご提案です。最近では、いま更地になった土地に、コンビニとファミレス向けの建物を建てましょう、というところまで交渉が進んでおりました」

「手付けの三百万円というのが、その交渉の結果ですね」

「はい、馬場さんには手前どもの提案に納得していただきまして、やっと交渉がまとまったところです」

「やっと、ということは、かなり長くかかった案件なのでしょうか？」

「はい。古い木造アパートが建っていた土地でしたので、住民が完全にいなくなるまで、いろいろと時間もかかりました」

「立ち退きをめぐって、何かトラブルでも?」

「トラブルというほどのことではありませんが、まあ、よくあることが、この件でも」

「いつごろのことなのでしょう」

「アパートが解体されたのは、去年のことです。ですから、立ち退きはその半年ぐらい前になりますか」

「馬場さんのお宅の隣りが更地ですが、そこですか?」

「いいえ。あそこではありません」

「馬場さんが先代から不動産を引き継がれたころも、たぶん同じような話はあったのでしょうね?」

「ええ」と岡田がうなずいた。「推測ですが、そういうことが面倒で、馬場さんはうちに管理委託されたのだと思います」

「具体的にどなたとどんなことがあったか、ご存じですか?」

「さあて、わたしも引き継ぎを受けて五年目なので。前任者は退職してしまいましたし」

伊室が小松に顔を向けると、彼女も首を横に振った。

「わたしもこの部署に移って二年なんです」

伊室は確認した。

「それ以前の具体的なトラブルについては、まったくご存じないんですね？」

岡田が、ええ、と答え、小松がうなずいた。

フロアに、係長の新庄が入ってきた。もうきょうは現場にはいる必要もなくなったということのようだ。これからほかの幹部たちへの連絡や報告があるのかもしれない。

新庄と目が合った。来い、と呼んでいる顔だ。伊室は上野アステージ・マネジメント社のふたりをそこに残して、新庄のデスクに近寄った。

新庄が言った。

「身元確認に来てほしいとのことだ。あの息子と行ってくれ」

新庄は、板橋区にある大学病院の名を出した。そこの法医学教室。鑑定人である解剖医の準備もできたのだという。

伊室は少し声を落として言った。

「あの息子、別れて暮らしていたし、そんなに頻繁に父親と会ってはいないんです。被害者の弟と連絡がつくのを待ったほうがいいかもしれません」

「顔を見間違える？」

「ほんとうに身内なのかどうかも、まだ確認できていないんです。弟のほうが確実です」

「部屋の中で、馬場幸太郎の歯医者の診察券も見つかっている。最終的な身元確認は医学的にできる。いまは、解剖許可をもらうことが第一義だ」

伊室は了解した。司法解剖では法的には身内の同意を得る必要はないが、遺族感情を考慮していちおうは承諾を得てからすることになっている。

「わかりました。すぐ向かいます」

伊室はデスクに戻ると、不動産管理会社のふたりに礼を言い、それぞれの携帯電話番号を聞いた。さらに指紋の採取への協力を頼んだ。ふたりが快諾してくれたので、伊室は刑事課の若い捜査員に指紋採取を頼み、西村に声をかけた。

「司法解剖だ。あの息子を呼んでくれ」

昌樹は応接椅子の上で、スマホをいじっているところだった。西村が声をかけると、ふと現実に戻ったという顔で立ち上がった。

伊室はスマホを左手に持ったまま近づいてきた昌樹に言った。

「……大学病院に一緒に行ってください。司法解剖の了解をいただいても、いいですね?」

昌樹が面倒くさそうに言った。

「まだ始まっていなかったんですか?」

「準備ができたところです」

「それで終わりですね」

「きょうのところは」

伊室たちは署の裏手の駐車場に出て、捜査車両に乗り込んだ。西村が運転し、伊室は後部席で昌樹からもう少し話を聞くことになる。

赤羽署の向かい側は、東京都の北清掃工場だ。敷地の奥に巨大煙突がそびえたっている。捜査車両はその工場の前で北本通りに出て左折した。

走り出してから、伊室は昌樹に訊いた。さっき気になっていた部分だ。

「つまり今年は、お父さんとは正月から四回しか会っていない、ということなのかな」

昌樹は横目で伊室を見て答えた。

「そういうことになりますね」

「頻度はひと月に一回というほどのものじゃないね」

「この三カ月は、毎月来ていたんです」

「何か理由でも？」

「ですから、父さんのひとり暮らしが心配だし」

「去年は何回ぐらい会っていたんです？」

「去年は、一回かな。あとは電話で様子を聞いたぐらいで。元気そうだったし」

「お父さんが一回体調を崩したあとから、会うようになったと言ったね」

「ええ。息子としては、心配になりますから」

「そのときから、前回まで、どのくらい会ったことになるんだろう。だいたい覚えている回数でいいけど」

「十回ぐらいかな」

「そのうち四回は、今年ってこと？」

伊室の質問の意味に、昌樹も気づいたようだ。そんな頻度では、よく会っている、と言えるようなものではないと。つい最近、会うようになったと言うべきではないかと。

昌樹が弁解するような口調で言った。

「離婚した父親だし、ほら、面と向かうとやっぱり気まずいこともあるから」

やがて車両は環七通りに折れた。車の流れは順調だ。あの大学病院まで、あと五分ほどで着くかもしれない。

車両が環七通りに入って加速してから、伊室はまた昌樹に訊いた。

「お父さん自身は、もっと会いに来いと言っていた？」

「ええ」

「最近の、お父さんとの話題は？」

昌樹の答えは、遅れた。

「いろいろです」

「たとえば？」

昌樹は、ひと呼吸してから答えた。

「お前の事業を援助してやるって話でした」

「メイド喫茶のこと？」

「ええ。いつまでもひとに使われていないで、事業家になれって」

「それはつまり、息子のあんたに出資してやると言ったということかな？」

「そういうことだと思ってました。まだ具体的な話じゃなかったけど。そうだ」昌樹の口調が変わった。「自分が株主になってやる、ということも言ってましたよ。共同経営者ってことかな。ぼくは、ま、現場担当のパートナーってことになるんでしょうけど」

「出資金額はいくらということでした？」

「まだ、そこまでは。でもたぶん一千万ぐらいは、出してくれるつもりだったんじゃないかな」

「あんた自身はいくら出資することになっていたんだろう？」

「ですからぼくは、働くほう。父さんが出資者、という分担なんですよ」

「あんた自身には、出すカネはない、ということかな」

「ぼくは子供ですからね」

昌樹は当然だと言わんばかりだった。

伊室はいまの昌樹とのやりとりを整理した。昌樹は、このところよく父親と会っているとは言っていたが、じっさいはこの三カ月のことだ。長いこと年に一度も会っていなかった息子が、突然親孝行に目覚めたのではない。昌樹には、もっと切実な理由があったのだ。

起業する。その計画がある。昌樹はそのための出資金を、父親にねだっていた。それも一千万円ほど。父親は出資するつもりだった、と言っていたが、これも怪しいものだ。三十五歳になるまで、まともに勤めて働いた経験もない息子に、ポンと事業資金を出してやる父親はどれほどいるだろう。その事業の内容がメイド喫茶の経営ということであればなおさらだ。

もちろん馬場幸太郎がプライベート・ジェットを持つほどの資産家であれば別だ。しかし残念ながら、馬場幸太郎は東京北区に、不動産を少し持つだけの小金持ちにすぎない。それにきょう耳にした馬場幸太郎のひととなりを考えても、そのような事業に関心や期待を持つような男ではなかった。父親の遺産相続のときに揉《も》めたということを考えれば、むしろ馬場幸太郎はかなりカネには汚い。強欲とまでは言わないにしてもだ。そのような商売を思いつく息子を、むしろ嘆き、遠ざけていたとしても、おかしくはないのだ。

車両は十条通りとの交差点に近づいた。ここを左折して数百メートル進むと、その大学病院の名のついた交差点に出る。

「ところで」と、伊室は昌樹に訊いた。「お父さんの誕生日は、いつだったっけ？」

昌樹はスマホから顔を上げて、伊室に目を向けてきた。

「昭和二十七年生まれ。ほら、団塊世代ですよ」

「昭和二十七年なら、団塊じゃない」

「そうなんですか？　でも近いでしょう？」

かすかにその言葉に、あざけりか侮蔑《ぶべつ》の調子が感じられた。父親に向けられたものではないにせよ、父親の世代に。そういえば、と伊室は思った。このところ若い犯罪者を取り調べていて、年配者への憎悪《ぞうお》をよく聞く。若い犯罪者たちは、ほぼ例外なしに年寄り世代が金持ちだと信じている。むしろ年配の世代では、貧富の差が若い世代よりももっと極端に現れているとは想像しない。

昌樹も、いまうっかり内心を漏らしてしまったが、彼は父親世代を憎んでいる。

伊室は質問に戻った。

「生まれたのが昭和二十七年で、月日は？」

「あれ、四月だったかな。五月？」昌樹はあわててつけ加えた。「父さんも、おれの誕生日なんて覚えていませんでしたからね。公式書類に書く用事でもない限り、親父《おやじ》の生年月日なんて意識しないし」

その程度の親子の関係だったのだ。伊室は左手を顎《あご》に当てて、沈黙した。

交差点を左折してしばらく走ってから、運転席の西村が言った。

「もうじき着きます」

伊室は窓の外を見た。右手側が大学のキャンパスだ。もうじき、大学病院入り口の交差点に出る。

車両は交差点を折れた。西村は門衛に警察手帳を見せて、法医学教室、と告げた。門衛は慣れた様子で、道を教えてくれた。伊室自身は、ここに来たのは二度目だ。地理的に近いとはいえ、赤羽署管内で起こった事件の司法解剖すべてが、この法医学教室で行われるわけではなかった。門衛はすぐに門衛ボックスに戻ると、受話器を取り上げていた。法医学教室に連絡したのだろう。

西村が再び車両を発進させ、指示された通用口へと向かった。午後の五時三十分になるところだった。

2

法医学教室での身元確認は、想像以上に簡単に終わった。

冷んやりした空気の解剖室で、馬場昌樹は遺体の顔を見つめて言ったのだ。さほど動揺も見せずに。

「父さんです。間違いありません」

もちろん遺体の顔は洗浄され、目は閉じられている。昌樹自身も、遺体を見ることについて覚悟はしていたのだろう。さきほどの西村のような反応は起こさずにすんだのだ。

解剖医が、昌樹をドアの近くまでうながして確認した。

「司法解剖に同意してもらえますね？」

「はい」

「あちらでサインをお願いします」

昌樹は、ドアの外に出ていった。遺体の脇《わき》には、伊室と西村が残った。

解剖医が言った。

「暫定《ざんてい》的な所見であれば、一、二時間で」

彼の胸のＩＤカードには、野口幸也《のぐちゆきや》と名前が記されている。

伊室はその解剖医の野口に訊いた。

「死亡推定時刻の幅は、どのくらいのものになるでしょう？」

「そうですね」野口はちらりと解剖台の上の遺体に目をやってから答えた。「すでに死後数日たっています。十二時間から二十四時間ぐらいの幅は出るかもしれません」

「二十四時間の幅ですか？」

「最後の食事がいつだったかわかれば、そこから何時間後の死亡か、絞ることができると思います。胃に内容物が残っていれば、ですが」

「むしろ、胃の内容物がわかれば、それを食べたのはいつだったのかと、逆に調べていけるかもしれません」

野口は微笑した。

「お互いの情報を、突き合わせていきましょう。お待ちになりますか？　本部鑑識課のひとも来るはずですが」

「暫定的な所見が出たところでご連絡いただければ、またやってきます」

「お身内に同意をいただいたので、司法解剖は始めてもかまいませんね？」

「もちろんです」

部屋に若い白衣の男がもうひとり入ってきた。野口と同じようなマスクをつけ、帽子をかぶっている。助手なのかもしれない。

伊室は野口に小さく頭を下げて、西村と一緒に外の準備室へと出た。入り口近くの椅子に、馬場昌樹が腰掛けていた。またスマホに目を落としている。

伊室たちが近づいて行くと、昌樹はスマホから顔を上げて立ち上がった。

「もう帰っていいんですか？」

「ええ」伊室は答えた。「また連絡します。地下鉄駅まで送りましょうか？」

「いえ、いいです。ここからJRの十条まで、近いですよね」

「歩いても十分以内でしょう」

「あの」昌樹が伊室に訊いてきた。「こういう場合、ぼくが遺体を引き取ることになるんですか？」

「ご長男ですからね」

「いつごろです？」

「たぶん明後日には」

「ということは、葬式の喪主もぼくなんでしょうか」

「ご一族で決めることでしょうけど」

「祖父《じい》さんの葬式のとき以外、親族の法事っていうのに出てないんですよ。やりかたもわからないな」

「地元で商売やってたんだから、馬場さんは、近所のお寺の檀家《だんか》になっていたはずです。そこで相談するといい」

「あ、そうか。祖父さんの葬式があったお寺ですね」

それでも昌樹はまだ不安げな顔だった。そんな重い役割を自分がやれるのだろうか、という顔だ。

伊室は携帯電話で係長の新庄に、息子が父親であることを確認した、と報告した。

通話を終えると、昌樹を伴ってエレベーター・ホールへと向かい、一階の通用口まで彼を送った。

伊室は西村に目で合図した。また運転してくれ、と。

西村が言った。

「あの息子、我々と一緒にいるのを嫌がってますね」

「喋れば喋るほど、言ってることの辻褄《つじつま》が合わなくなってきてるからな。このままでは被疑者になる、と心配してるんだろう」

「身柄、押さえておかなくてもいいですか？」

「あいつは、きょう現場に一升瓶を持ってやってきたんだ。真犯人だとしたら、自分が第一発見者になるかもしれない危険は冒さないだろう。まだ容疑をかける段階じゃない」

西村がうなずいた。

「次は？」

「もう一度現場に」

車は環七を戻り、北本通りを左折した。

赤羽署の前を通過するとき時計を見ると、午後六時になろうとしていた。刑事課の捜査員たちの多くは、まだまだ現場周辺で地取りを続けていることだろう。少しは解決につながりそうな情報が上がっているのだろうか。

車は岩淵の細い道を迷路をたどるように進んで、酒屋のある交差点に出た。現場のある一方通行の道の入り口だ。ここにもパトカーが停まっている。西村がそのパトカーの手前で車を停めた。そこから先は住人たちだけが入って行けるように規制されている。いや、銭湯に行くところらしい女性もいた。プラスチックの手《て》籠《かご》を手にしている。

もう本部鑑識課が到着してから二時間ほどたっている。すっかり日は暮れていたが、街路灯の明かりで、馬場幸太郎の家の前から本部鑑識課のワゴン車は消えているとわかった。

黄色いテープをまたいで、伊室たちは現場である馬場幸太郎の住宅の前まで歩いた。制服警官がふたり立っている。建物の玄関や窓には、すべてブルーのシートがかけられていた。

「終わったの？」と、若い制服警官に訊くと、その警官は答えた。

「ついいましがた。明日、また九時から始めるそうです」

「うちの捜査員たちは？」

「この周辺での地取りは終わったようですね。少し範囲を広げて続けているのかもしれませんが」

酒屋の方向から、足音が近づいてきた。

振り返ると、四十代と見える女性だ。地味なグレーのジャケットにパンツ姿。大きな革のトートバッグを肩に引っかけている。勤め帰りと見える。

その女性は足をゆるめ、伊室たちを怪訝《けげん》そうに見つめてきた。近所の住人のようだ。

「何かあったんですか？」と女性が足を止めて訊いた。

伊室は警察手帳を示して言った。

「馬場さんが亡くなられたんです。このお近くの方ですか」

女性は、幸太郎の家に隣接するアパートを指差した。さきほどの打越という女性のアパートと同じだ。

「ここに住んでいるんです。事件なんですか？」

「ええ。こちらの馬場さんとは親しくされていました？」

「あのおじさんのことですよね。とくに口をきいたこともないひとですけど。事件っていうのは、殺人とかですか？」

「どうやらそうらしいんです。お宅は、このアパートのどちらになります？」

その女性はもう一度アパートを指差した。

アパートは道に対して直角に建てられている。奥方向に住戸が並んでいるのだ。幸太郎の家との境に幅一メートルほどの通路があり、その通路に面して四戸分のドアがついていた。敷地の境界には、腰の高さほどの金網の塀が設けられていた。

女性は言った。

「一階の、奥から二軒目なんです」

伊室は通路の奥に目を向けた。ちょうど幸太郎の家の台所の真向かいあたりが、彼女の住戸ということになる。駐車スペースの奥だ。

伊室はさらに女性に訊いた。

「失礼、お名前はなんと?」

「炭谷《すみたに》です」

「こちらには長いのですか?」

「五年になります」

「最近、馬場さんのお宅で、何か変わったことなどありませんでした?」

「変わったことと言うと?」

「口論の声とか。大きな物音。不審な人物が馬場さん宅の様子を窺《うかが》っていたとか」

「さあ、何かあれば覚えているでしょうけど」

かすかに迷惑そうだ。近所で事件が起こったことが迷惑なのか、それとも捜査員にこんな質問をされることが面倒なのか、判別はしがたかった。

「不審なお客とか。訪ねてきたひとをよく見ていたとか」

「訪ねてきたひと？」炭谷は、ふと何か思い出したという顔になった。「そういえば」

どうぞ、と伊室は目で炭谷をうながした。聞かせてください。

炭谷は、もう一度アパートの通路の奥を示した。

「馬場さんち、あそこに勝手口があるんです」

それは気がつかなかった。そもそも伊室は、変死体発見の報《しら》せで現場に到着したとき、居間と馬場幸太郎が死んでいた部屋しか見ていない。奥の台所には足を踏み入れていなかった。台所に勝手口があることを知らなかった。

炭谷は続けた。

「あっちのほうから出てきた女性を見たことがあります」

「女性ですか」具体的な情報がやっと出てきた。「それはいつごろのことなんでしょう」

「この前見たのは、ひと月ぐらい前ですかね。夜にやってきて、しばらくいてまた勝手口から帰っていった」

「時間はどのくらいでした？」

「七時。いや、八時くらいに来たのかな。帰っていったのは、九時とか十時くらい」

「一度ではないんですね」

「もう一回見たことがあります。それは、かなり前。半年ぐらいたつかな」

「どんなひとです？　若いひと？　ご年配？」

「ええと」炭谷は少し口ごもった。「同じひとじゃないんです。若かった。その、ちょっと派手めの格好の若い女性です。ふたりとも」

西村が横でちらりと伊室の顔を見たのがわかった。西村が、どんな種類の女性を想像したのかわかる。彼も自分と同じことを思ったはずだ。

「馬場さんのお身内の女性でしょうか？」

「さあ。ただ、その、ほら、水商売とか、フーゾクとか、なんとなくそっちのほうの女の子かなという雰囲気がありましたけど」

「二度とも、女性が勝手口から入って、帰るところも見ているんですね？」

「半年前のは、出てきたところを見たんです。台所の窓の隙間《すきま》から、真正面に見えるんです」

炭谷と名乗った女は、アパートの建物の前の通路を歩いた。伊室たちもあとに続いた。馬場幸太郎の家の正面から見て左側は、駐車スペースのような空間となっている。駐車スペースと言っても、軽自動車をぎりぎり入れられるだけの幅だ。運転席側のドアも、いっぱいに開けることは不可能だろう。それでも屋根が差しかかり、地面はコンクリートだった。いまはブルーシートで覆《おお》われ、道路側からもアパートの通路側からも見えないようになっている。しかしふだんは、アパートの住人からはこの駐車スペースはよく見ることができたはずだ。

さっき見たときは、そのスペースには道路寄りに小型のコンテナーが置いてあったように思った。いや、道路際《ぎわ》には低い位置に鎖が張ってあったかもしれない。自分の記憶は不確かだ。さっきはとにかく、中に入って死体を確認することが先決だった。家周りを観察している余裕はなかったのだ。そこに、勝手口へ回る通路があるとは、思い至らなかった。

通路を炭谷の住戸のドアの前まで歩いた。このあたりもブルーシートがかかっていて、馬場幸太郎の家を見ることはできない。

伊室はそれでも、炭谷に訊いた。

「勝手口は、この真向かいあたりにあるんですか？」

炭谷が答えた。

「ええ。突き当たりに物置小屋があって、その手前にドアがあるんです。ときどき馬場さんがサンダル履きで出入りするのは見たことがあるんですけど」

「馬場さんは、車はお持ちでしたか？」

「いえ。そこに車が入っているのは、見たことがないですね」

「では、いつもここは空っぽ？」

「ときたま箱とか、ゴミ袋なんかも置かれていましたけど」

「箱というと」

「発泡スチロールのとか、段ボール箱とか」

配達荷物の一時保管場所にでもしていたのだろうか。共稼ぎの家では、生協の配達用の箱なども玄関前に置いていたりする。馬場幸太郎は、配達荷物の受け渡しが面倒で、いちいち配送員と顔を合わせていなかったのかもしれない。そこに置いていけ、空箱も置いておくから引き取っていけ、という具合に。

それはともかくとして、駐車場の奥には勝手口があった……。

伊室はさらに訊《き》いた。

「その女性たち以外で、こちらの出入り口を使うお客など、見たことはありますか？」

「いいえ、ないですね」

西村も炭谷に何か訊きたいという表情を見せた。

うながすと、西村は訊いた。

「その女性たちは、このドアを出たあと、どうしたでしょう？　歩いてそのまま立ち去っていったようでしたか？」

「さあ、そこまでは見ていないけど。いえ」炭谷は言い直した。「車が待っていたんじゃないかしら。表の通りのほうから、ドアの開け閉めの音が聞こえて、エンジンの音も聞いたから」

「見てはいないんですね？」

「音だけ」

伊室が炭谷に訊いた。

「馬場さんのうちの前に、お客の車が停まっているとか、ここの駐車スペースに車が停まっているところなど、ご覧になったことはありますか？」

「いいえ。ないです。それより」

「何です？」

「馬場さんの死体って、もう家の中にはないんですよね？」

「もう運び出しました。いま、司法解剖のさなかです」

「匂《にお》いとか、血とかって、どうだったんでしょう？　わたし、そういうのが苦手で」

「きょうまで誰も気がつかなかったぐらいですから。それとも、何か気がついたことってありました？」

「いえ、そうじゃないんです。ただ、しばらくはそういうことを想像してしまうのかなって」それからひとり言のように小さく言った。「引っ越しを考えたほうがいいのかな」

そのとき、伊室の携帯電話が鳴った。係長の新庄からだった。

新庄が訊いた。

「いま、どこだ？」

伊室は答えた。

「現場に戻っています」

「そろそろ記者会見だ。いったん戻れ。何かあったか？」

横には、炭谷という女性がいる。伊室はあいまいに答えた。

「ええ、まあ」

新庄も状況を察したようだ。

「切りのいいところで」

「はい」

伊室が通話を終えると、西村が名刺を炭谷に渡した。また何か思い出したら、いつでも連絡を、と言っている。伊室は炭谷に礼を言って、そのアパート前の通路から、表の道に出た。

車に戻ったところで、西村が言った。

「若い女が夜にやってきて、勝手口からそっと帰る。被害者は、孤独死なんかしそうもないタイプに思えてきました」

伊室はわずかに口元をゆるめて言った。

「女が帰ったあとは、ひとりきりだろう」

「そうですが」

西村が捜査車両を発進させた。

北本通りに出て、赤羽署まで戻った。着くと、ビルの前の駐車スペースには何台か放送局の中継車が停まっている。ほかにもメディア関係のものらしいセダンやワゴン車が七、八台。照明をつけて、中継の準備を始めているグループもあった。ただ、さほどその場が興奮している様子でもない。いまのところ、事件の様相は地味なのだ。多少は資産があるようだとはいえ、無名のひとり暮らしの老人が殺された、という事件だ。メディアが飛びついて盛り上げる要素は薄かった。彼らがうれしがって食らいつくには、被害者が有名人であるか、手口が特異か、あるいは人間関係が複雑であるとか、何かしら話題性のあるキーワードが必要なのだ。

伊室たちの車は、ビル裏手の駐車場に入るため、メディア関係者の横を通った。たむろする彼らを見ながら、伊室は皮肉に思った。もし同じ日にふたつ殺人事件が起こったとして、彼らは無職の独居老人が被害者の事件よりも、たとえば美人ピアニストが被害者のストーカー殺人事件のほうに、記者を投入するだろう。要はセンセーショナルなタイトルをつけやすい事件かどうかということが、彼らの判断基準なのだ。

庁舎二階の刑事課のフロアに戻ると、すでにきょうの班の同僚たちが十人以上戻ってきていた。係長の新庄正男のデスクを、四人の捜査員が囲む格好だった。新庄がうなずきながら聞いている。新庄のデスクの横にはホワイトボードが二台運ばれており、そこにひとりの若い捜査員が、マーカーでメモを書き込んでいた。新庄が伊室に気づいて、来いと目で合図してきた。伊室は西村とふたりで、自分たちの椅子《いす》を引っ張って新庄の前に移動した。同僚たちが、伊室たちにスペースを空けてくれた。

伊室は報告した。

「被害者の身元確認は、息子がやりました。馬場幸太郎で間違いありません」

新庄が訊いた。

「死亡推定時刻は、もうわかったか？」

「わたしが出るとき、ちょうど解剖が始まったところでした。こっちには連絡は？」

「ない。となると、関係者のアリバイから絞っていけるのは、明日以降か」

「その関係者というのも、複雑です。家族親族もそうなんですが、出入りしている女がいるようです」

「家事代行業者だけじゃなくか？」

「ええ。複数の証言は同じ女のことを言っているのかもしれませんが」伊室は自分の想像を口にした。目撃されている若い女というのは、無店舗型性風俗業の従業員かもしれないと。さらに伊室は続けた。「被害者の父親が死んだとき、遺産相続の件で被害者の姉弟が、相続に不満をもらして揉めたそうです。近所の住人の証言です」

「どうして揉めるんだ？」

「被害者が生家で両親と暮らすようになった事情について、姉弟たちは遺産目当てだと言っていたのではないでしょうか。被害者が両親の面倒をみたので、遺言でそっくり遺産を相続した、ということとか。それに、被害者の最初のカミさんも、何か要求していておかしくはありません」

「家族関係を、そこに書き出してくれ」

新庄がホワイトボードを指差した。左側のボードには、わかっている家族、親族の名がすでに記されている。

真ん中に「馬場幸太郎」とあって、四角で囲まれていた。その下に線が引かれて、馬場昌樹、の名。この名は丸で囲まれている。息子、と丸の外側にやや小さめの文字で記されていた。被害者の両親の名が馬場幸太郎の上にある。忠義と、澄江《すみえ》である。さらに忠義の名の左側に、叔父として、克己《かつみ》という名。被害者の名の左に姉の奈津《なつ》、右に弟の孝二《こうじ》の名が記されていた。

伊室はホワイトボードの前に立ち、幸太郎の最初の配偶者である馬場裕子の名を幸太郎の名の左に記し、幸太郎の四角と線で結んだ。幸太郎の息子、昌樹の名は、幸太郎と裕子の線の下にあらためて書き直した。

伊室はいったんホワイトボードから一歩離れて眺め渡し、裕子の名の横に数字で1と書いた。

新庄が訊いた。

「その1というのは何だ？」

伊室は答えた。

「被害者は二度結婚しているんです。裕子は、最初の結婚相手。苗字《みょうじ》は離婚後も変えていません。再婚相手は西本アケミ。長くは続かなかったようで、まだ所在はわかっていません」

「円満な別れかたじゃないな？」

「事情はわかりませんが、最初の結婚でも被害者は、離婚成立前に西本アケミと同居していたようです」

「再婚相手のことは誰が知っている？ 息子か？」

「息子は知らないとのことでした。弟のところに、年賀状でも残っているかもしれません」

「その弟のところに、きょうのうちに誰かやろう。わかる範囲で、親族の名前、居場所を把握しておきたい」

女性の職員が近づいてきた。プリントを手にしている。

「被害者宅の固定電話の発着信記録が来ました。過去三カ月分のです」

プリントは二枚だった。

新庄がそのコピー用紙をデスクに並べ、指で記録をさっとなぞってから言った。

「発信は、先週木曜の十三時十一分が最後だ。通話時間は二分四十秒」

それは必ずしも、そのときまで被害者が生きていたということを意味しない。犯行後に加害者が固定電話を使ったとも想定できるのだ。犯行時刻を特定させないための工作の可能性も排除できない。発信先に確認する必要がある。

新庄が言った。

「発信は日に一、二本だ。少ないな。携帯電話は持っていなかったんだろう?」

伊室は答えた。

「息子は、持っていなかったと証言しています」

「ひとり暮らしだと、逆にあちこちに電話をしたくなるように思うが。この年代の男は違うかな」新庄は着信記録のほうにも目をやってから言った。「毎日四、五本ずつかかってきている。金曜は、ずっと留守電になっていたようだ」

「息子が土曜日に電話しています。でも、出なかったと。不動産管理会社もきょう午前中に電話しています」

新庄のデスクの電話が鳴った。新庄は受話器を取り上げて耳に当てると、一回、はい、と答えてから言った。

「すぐ参ります」

記者会見がいよいよ始まるようだ。その前に刑事課長や副署長たちとの最後の打ち合わせがあるのだろう。きょうはまだ、基本的な事実を発表するだけで終わるだろうが。

新庄が立ち上がって、伊室たちに指示した。

「一週間分、発着信の相手を当たれ。相手の身元、被害者が電話した用件、被害者宅にかけてきた用件を調べるんだ。これはと思える相手であれば、きょうのうちに直接事情を訊いてこい」

「はい」

新庄がフロアを出ていった。伊室はプリントをデスクから取り上げると、西村をうながして自分たちのデスクに戻った。

上着を脱いで椅子の背もたれにかけてから、伊室はあらためて着信記録を目の前に置いた。

右隣りの西村も、その記録をのぞきこんだ。

金曜日は、十一時五分の着信が最初だ。携帯電話からだった。ついで十三時三十二分も。同五十分は固定電話。十六時五十分の最後の電話は、携帯電話からだ。

西村がメモ帳と着信記録とを見比べて言った。

「金曜最後の電話は、息子の昌樹ですね。最初の携帯と、午後の二本は、誰からかわかりません」

伊室は言った。

「最初の電話は、三秒だ。留守電なのですぐに切ったのだろう。あとの二本は五秒前後」

「金曜の朝にはもう殺されていたということでしょうか」

「まだわからない。金曜日は、外出が多かったのかもしれない。たまたま留守中にかかってきたか」

西村が、発信記録を広げた。

「金曜は、発信が一本もありません。というか、金曜以降は発信がなくなっています」

伊室は、あの被害者の私室に入ったときのことを思い起こした。マッサージ・チェアは、デスクに向かい合うように置かれていたが、デスクにノートパソコンがあったはずだ。

「被害者は会社勤めの経験もある。ある程度パソコンを使えたろう。だとしたら、電話よりもメールをよく使っていたのかもしれない」

確認できるのは、鑑識作業が終わって現場の品々を押収《おうしゅう》してからだが。

伊室は、西村に着信記録のプリントを渡して言った。

「木曜、金曜、かけてきた相手をお前がやってくれ。おれは、発信のほうを当たる」

西村は、はいと短く答え、上着を脱いで、手元に電話機を引き寄せた。

伊室は、自分のデスクの電話機で、木曜日の昼の発信先番号を入力した。

コール音が一度鳴ったか鳴らないかというタイミングで、男の声が出た。

「毎度ありがとうございます。赤羽ベルサイユです。会員さまでしたら、まずお電話番号を」

軽すぎると感じられる口調だった。風俗系の店なのだろうか。地元のことだから、多少その手の店は知っているが、この名前は初めて聞く。

「赤羽警察署だ」と、伊室は無愛想に言った。「殺人事件の捜査なんだ。そっちの名前を、もう一度ゆっくりと教えてくれ」

「警察？　お客さん、切りますよ」声の調子が変わった。「つまんない冗談言ってると」

「もう一回言うぞ。赤羽警察署刑事課の伊室というんだ。そっちは？」

「ほんとうに警察？」

「殺人事件の捜査なんだ。面倒なことにしたくなかったら、協力しろ。そっちの会社名を、もう一度ゆっくりと言ってくれ」

相手の男は、気圧《けお》されたような、そしていくらか不服そうな声で答えた。

「店の名前は、赤羽ベルサイユ」

「店の業態は？」

「無店舗型性風俗営業」

想像したとおりだ。いわゆるデリバリーヘルス店ということになる。

「あんたの名前は？」

「それ、言わなきゃならないですか？」

「もう一度だけ言う。赤羽署刑事課の伊室だ。うちの生安の捜査員、誰か知ってるだろう」伊室は生活安全課の職員の名をふたり出してみた。「一戸《いちのへ》か種村《たねむら》とは、面識ないか？」

「ああ、はい。一戸さんでしたら」

ようやく伊室の電話を信じたようだ。声の調子が、真面目《まじめ》なものとなった。

「急いでいるんだ。あんたの名前を」

「斉藤《さいとう》です。斉藤ヤスキ」

「先週木曜日、馬場幸太郎って男性が電話したはずだ。記録は残っているか？」

「そのひと、会員ですか？」

「わからない」

「もし電話番号がわかれば」

伊室は、プリントアウトの上部に記されていた馬場幸太郎宅の固定電話の番号を言った。

斉藤はパソコンの記録を確認したようだ。

「あ、お電話いただいています。岩淵の方ですね」

「常連か？」

「何度かご利用いただいています」

「木曜日の電話の用件は？」

「ええと、派遣の依頼ですね。夕方に従業員が自宅にお伺いしています」

「時間は？」

「五時半に、ということでした」

「従業員は誰だったかわかる？」

「トモミって子ですね」

「いま店にいるか？」

「いいえ、きょうはまだ出勤していません。もうじき来るシフトになってますが」

「店はどこだ？」

斉藤は、赤羽駅南口の通りの名を答えた。最近は中国人女性の接客する店が目立って増えてきている一角だ。ほかにも風俗営業店が多い。そこの雑居ビルの四階に事務所があるという。

伊室は言った。

「トモミって従業員が来たら、待たせておいてくれ。これから行くから」

「わかりました。はい」

受話器を戻すと、隣りでは西村がメモをとりながら電話中だ。相手は事情がよく呑《の》み込めないらしい。西村も、困惑ぎみに説明している。ですからこれは殺人事件の捜査で、知りたいのはつまり、といった言葉が聞こえている。

伊室はもう一度発信記録を見て、いまの電話のひとつ前の番号を確かめた。〇九〇から始まる携帯電話の番号だった。

番号を入力したが、つながらなかった。例の、電源が入っていないか電波の届かないところに、というメッセージが返った。伊室はプリントアウトを見直して、水曜日の発信記録にある電話番号にかけた。固定電話である。午後三時過ぎの発信だった。

年配女性の落ち着いた声が返った。

「城北ハウスキーパー・サービス、吉川《よしかわ》でございます」

伊室はいましがたと同じことを繰り返した。

「赤羽警察署の伊室といいます。殺人事件を捜査中なのですが、こちらに馬場幸太郎さんが電話されているようなので、お電話しました」

「殺人事件？」吉川と名乗った女性は、少しだけ動揺したようだ。「うちと何か関係が？」

「それを調べております。記録では、先週水曜に、被害者はおたくへ電話しているんです。そちらは、どういった会社なのでしょうか」

「いわゆる家事代行サービスです。共働きやお年寄りのご家庭に、ハウスキーパーを派遣しています」

その説明では、いま電話した赤羽ベルサイユのような無店舗型性風俗特殊営業とも受け取れた。その業界では、そのものずばりの企業名をつけるか、べつの業態と誤解されるような企業名をつけるかの、ふたつに大別できる。業務内容の説明にしても同じだ。けっして風俗営業には聞こえない言葉で、業務内容を説明するところもあった。もちろん警察による手入れを警戒してだ。馬場幸太郎は、どんな業態だという理解で、ここに電話したのだろう。

相手も伊室の疑問を察したか、つけ加えた。

「厚労省の認可を受けております。その被害者の方のお電話番号はわかりますか？」

伊室は馬場幸太郎の電話番号を伝えた。

相手の吉川と名乗った女性は、困惑気味の声を出した。

「あら、赤羽の馬場さんですね？」

「そうですが、何か問題でも？」

「ええと、ちょっと担当の者に代わってもかまいませんか。事情を知っていると思いますので」

通話音が保留となった。伊室は横の西村に目を向けた。彼もまだ通話中だ。いましがたの困惑の表情は消えていた。

「お待たせしました」と男の声に代わった。かなり年配のようだ。「相坂《あいさか》といいます。赤羽署の方と伺いましたが」

同じことを繰り返すしかなかった。

「刑事課です。伊室といいます」

「馬場幸太郎さんが、何か事件に？」

「殺されました。先週、馬場さんは、おたく、城北ハウスキーパーさんに電話しているんですが、どういう用件であったか知りたいのです」

「たしかにこの池袋営業所に電話をいただいています。ただ、馬場さまは以前にも、うちの業務内容をご理解いただけず、うちとしては、派遣をお断りしている状態です」

「どんなトラブルがあったんです？」

「ご承知かと思いますが、ときおり弊社の業務内容を誤解されて、派遣した女性従業員に対して、セクハラめいたことをされるお客さまがいらっしゃいます。あるいは、契約にはない仕事の要求をされるとか。馬場さまはそれを何回か繰り返されまして、いまはいっさいご希望にはお応《こた》えしていない状態です」

「最後の派遣はいつだったんです？」

「今年六月です。そのときに、派遣したハウスキーパーからセクハラを受けたという苦情がありました。三回目ですので、無条件にわたしどものお得意さま名簿から外しました」

「その三回のセクハラというのは、全部同じ方にですか？」

「いいえ。それぞれ別の女性です。逆に馬場さまから、派遣したキーパーに苦情があったこともございました。仕事の手を抜くとか」

「どのくらいの期間で、そういうトラブルが繰り返されたのでしょうか？」

「六月の時点で、ほぼ一年だったと思います」

「そういうことは、よくあることですか？」

「そうですね。どうしても、うちの仕事内容やシステムをご理解いただけないお客さまは、いらっしゃいます」

「馬場さんは、その困った客のひとりだったのですね」

「とは申しましても、ごねたり、怒鳴り込んでこられたりというわけではなく、けっして粗暴でもありませんし、執拗《しつよう》に苦情を持ち込まれるようなお客さまではございません」

「水曜日の電話はどんなものだったか、記録に残っておりますか？」

「わたしが応対しましたが、また明日ハウスキーパーさんを派遣してもらいたいんだが、ということでした。これまでの経緯から、ご希望には添いかねると、お断りいたしました」

伊室は自分で書いたメモに目を落として少し考えた。

この会社への最後の依頼が六月。そのときを最後に、この城北ハウスキーパー・サービスは馬場を顧客リストから外している。なのに四カ月たって、馬場はまた派遣の依頼の電話をかけていた。この四カ月間の意味はなんだろう？　ハウスキーパーが必要なかったのか。それとも別の業者から派遣してもらっていたか。もし後者だとするなら、その業者はどこだろう。

また、近隣の住民たちが目撃している女性というのは、この業者が派遣した女性たちのことなのだろうか。

伊室は訊いた。

「セクハラされた三人のハウスキーパーさんとか、苦情を受けた方とか、みなさん連絡は取れますか？」

「ええと、ひとり退社した者はおりますが」

「近々、事情を聞かせていただきたいと思います。連絡先をまとめておいていただけると、助かります」

「あの」と、相坂が言った。彼のほうから、何か質問があるようだ。

「はい？」

「その事件は、もうニュースになっているんですか？」

「いいえ。たぶん今夜のテレビ・ニュースに出るか、明日の朝の新聞に載るでしょう」

「もしですが、馬場幸太郎さんのことをテレビのひとに質問されたら、どのように答えたらいいんでしょう？」

「どのようにお話されてもかまいませんが、馬場さんはあくまでも殺人事件の被害者です。それを頭に入れておいていただけたら、とは、個人的に思います」

その電話を切ってから、伊室は西村を見た。彼も受話器を戻している。

伊室は西村に言った。

「被害者は、家事代行業とデリヘルに電話していた。デリヘルは赤羽の業者だ。池袋の家事代行業とは以前トラブルを起こしていて、その業者は木曜のハウスキーパーの派遣を断っている」

西村が言った。

「着信のほう、午後のわからなかった二本のうち固定電話は、セールスの業者でした。もう一本と、午前中の携帯電話からのものはわかりません」

「木曜五時半に、デリヘル嬢が被害者宅を訪ねている。もしかしたら、その彼女が、生きている馬場幸太郎を最後に見た人間かもしれない。会いに行くぞ。赤羽駅南口だ」

伊室は椅子の背にかけた上着を取って立ち上がった。

駐車場に向かっていると、西村が言った。

「被害者は、木曜日にデリヘル嬢とハウスキーパーと、両方呼ぼうとしていたということになりますか。ほんとうに必要だったのはどっちなんでしょう？」

伊室は言った。

「被害者の頭の中では、似たようなものだったってことか」

「親族以外にも、じっくり事情聴取したい関係者は、多そうですね」

「ひとり暮らしの老人の割には、家に出入りしていた人間が多いな」

敷地を出るとき、何人かのメディア関係者が、伊室たちの車を見つめてきた。きょうの事件のことで何か動きがないか、捜査員や職員たちの出入りが気になっているようだ。伊室も西村も、彼らとは視線を合わさぬまま、署から北本通りに出た。

赤羽ベルサイユの事務所は、赤羽署から見てほぼ真西という位置にある。赤羽東本通りとＪＲのガードとのあいだのエリアだ。捜査車両は北本通りに入ってからすぐに左折し、赤羽南二丁目の交差点を目指した。赤羽駅周辺は一方通行路が多いため、その事務所に行くには少し回り道をしなければならない。

目指す飲み屋街に着いたのは、五分後である。ＪＲ赤羽駅の南口近くから、小路を東に折れたのだ。このあたり、中国人ホステスのいる酒場も少なくなかった。ビジネス・ホテルも数軒固まって建っている。酔客が多いので、西村が車を徐行気味に進めた。目指す通りの入り口近くに、赤羽ではもっとも大きなキャバレーがある。そのキャバレーのある角を左折すると、目指す通りだ。北から南への一方通行の道で、通りの左右には五、六人の客引きと見える男女がいる。

通りの南側の出口に近い位置で、そのビルが見つかった。西村が車を左側に寄せて停めた。伊室たちが路上に降り立つと、伊室たちに顔を向けた客引きの男が、さっとビルの入り口に飛び込んだ。これに気づいたか、通りの反対側にいた女も消えた。あとはほぼ一斉にと言っていいような時間差で、客引きたちが路上から姿を消した。

それはかなり古い雑居ビルで、スナックなどの看板のほかに、マージャン店と消費者金融らしき会社の看板もついている。窓やベランダの造りを見ると、もともとは集合住宅として建てられたビルかもしれなかった。

ビルの入り口の向かい側、通りの反対側に小型の乗用車が停まっていた。乗用車の運転席には、若い男が乗っている。長髪の若い男だ。グラブをはめた右手を窓の外に垂らしている。目が合うと、その若い男もすっと視線をそらした。彼も風俗系の仕事に就いているのだろう。

入り口の案内表示を確かめてから、伊室たちはエレベーターで四階に上がった。

案内にあった番号の部屋には、テナントの名が記されていた。赤羽ベルサイユだ。

インターフォンのボタンを押すと、男の声が返った。

「はい？」

不機嫌そうな、拒絶的な調子だ。さっき電話で聞いた男の声かどうか、判断できなかった。

「赤羽署だ。少し前に電話した」

「あ、待ってください」

さっき電話で聞いた声だった。

カチリとロックのはずれる音がして、ドアが外側に開いた。歳《とし》は三十代なかばか、と見える男が立っている。ホストふうの男を想像していたが、むしろラーメン職人ふうだ。固太りで、黒いTシャツ姿だった。

伊室は警察手帳を示しながら、中に入った。男はあとじさりして、玄関のスペースを開けた。西村も伊室のあとに続いて中に入り、ドアを閉じた。

男が名刺を差し出しながら言った。

「届け出ています。法律の範囲内で、健全にやっていますよ。もし苦情があったとしたら、それは女の子とお客さんとの問題で」

名刺には、店長代理・斉藤泰樹《やすき》、と印刷されている。

伊室は、運転免許証も見せろと指示した。斉藤は素直に財布から免許証を取り出した。名刺にあったのは本名だった。

斉藤は、カラーのプリントも数枚、伊室に手渡してきた。

「これはうちのホームページをプリントしたものです。赤羽署の一戸さんには、いろいろご指導いただいています。女の子たちにも、こういうことは違法だからねと厳しく言って聞かせていますからね」

伊室は言った。

「そっちの用じゃないって。客の馬場幸太郎が殺された件だ。女はどうした？」

「もうじき来ます」

「ここに？」

「この階の、別の部屋です。来たら連絡があります」

「その子に、馬場のことを聞きたい」

斉藤が、伊室たちを事務所の奥に案内した。乱雑な部屋で、スチールデスクにパソコン、二台の固定電話機がある。色違いのスマートフォンも二台。表紙が少し汚れた、厚いノートも一冊置いてあった。デスクの上の壁には、届出確認書が額装されて掲げられている。

そのデスクの前に、小さな応接セットがあった。斉藤は椅子の上の衣類やらペットボトルやらを片づけて、ひとつに腰を下ろした。伊室たちも、斉藤の前の椅子に腰掛けた。

斉藤が、厚いノートを広げながら言った。

「岩淵の馬場さんは、ときたまうちに電話してきます。三月に一度ぐらいのペースですかね」

「常連ということだな」

「ひいきにしていただいてます」

「むかしから？」

「せいぜいこの二年。といっても、うちもまだここで営業を始めて三年なんですけどね」

「女の子は、いつも指名か？」

「いいえ。その日の都合優先」

「好みも幅広い？」

「けっしてうるさいひとじゃないです。チェンジしたこともないお客さんですね」

「トモミって子は、先週が初めて？」

「いいえ、データ見てみたら、彼女は二回目ですね。入って半年って子なんですが、六月にも一度行ってます」

「ということは、先週は指名だったのか？」

「偶然です。前回と同じトモミちゃんでいいですかと確認すると、ああの子かと、気に入っていたみたいな感じでした」

「人気の子なのか？」

「好みによりけりでしょうけど、歳が二十六です。ナンバーワンってわけじゃありません」斉藤が逆に訊いてきた。「そのひと、いつ殺されたんです？」

「はっきりしていない。トモミって子が帰ってきたところを、見ているか？」

「確認してますよ。七時ぐらいですかね。九十分コースの希望で、少し早めに終わったんです」

「向こうに着いたときと、出るときに、電話があるんだよな？」

「ええ。安全確認と、送迎の車のことがありますから、必ず」

「着信は、どの電話に？」

斉藤はデスクの上の白いケースに収まったスマートフォンを指差した。

「通話記録、出してもらうことになるかもしれない」

「全然かまいません」

「そのトモミ、帰ってきたときの様子は？」

「べつに。とくに何もおかしいところはありませんでしたが」

「トラブルがあったということもない？」

「聞いていません。ちょっとした悪口さえなかったな」

「悪口を聞かされることは多いのか？」

「どういう男を相手のビジネスなのか、刑事さんだって想像つくでしょう？」

伊室はその質問には答えずに、さらに訊いた。

「彼女の、それからきょうまでの出勤状況は？」

斉藤はノートに目を落としてから言った。

「あの日はあともう一件、この近くのホテルに呼ばれています」

「時間は？」

「十時二十分から、ちょうど零時ぐらいまで。二時まで待機して帰ってますね。木曜は、けっこう忙しい日だったな」

「フル稼働《かどう》か？」

「トモミにもふたりついたんだし、送迎のドライバーも足りなくなった」

「次の日以降は？」

斉藤が答えた。

「次の日、つまり金曜日は午後の四時から待機で、近所のホテルに二件。八時と十一時。土曜日は一件だけ。九時にやはり近くのホテルへ。日曜、月曜と休み、とのことだった。

「その休みというのは、無断欠勤か？」

「いえ。暇な日なんで」

「客の管理は、そのパソコンでやっているのか？」

「管理ってほどのことじゃないですよ。電話番号で、お得意さんかどうか、わかるようにしているってだけです」

「馬場幸太郎についてのデータ、見せてくれ」

斉藤は一瞬ためらいを見せたが、すぐに応接セットから立ち上がって、パソコンの前に腰掛けた。伊室たちも立ち上がって、斉藤の後ろからパソコンのディスプレイを覗《のぞ》きこんだ。

電話番号が記され、その下には住所が書かれている。「駿河屋の交差点、左へ」というのは、派遣するときの目印のメモか。

さらに下に着信の履歴が並び、派遣した従業員の名と、派遣の時刻がその横に記されていた。

「それだけか？」と伊室は訊いた。

西村が、ちらりと伊室を見つめてきたが、何も言わなかった。

「お客については、これだけです」

「送迎は、女の子ひとりにひとりずつドライバーがついているのか？」

「まさか。うちの子は、タレントとは違いますよ。適当に空いている人間に送迎させてます。ふたりいますが、ふたりともアルバイトです」

「この日、トモミを送り迎えしたのは？」

「送りと迎えと、両方とも宮内《みやうち》って若いのがやりましたね。木曜は忙しかったんで、もうひとり知り合いの若いのを呼んで、送迎をやらせました」

「宮内はきょうは？」

「いまちょうど外に待機中ですが」

そのとき、デスクの上の黒いスマートフォンが振動をし始めた。斉藤がちらりと目をやってから、そのスマホを取り上げた。

斉藤は、ああ、ああ、と二度短く口にしてから、伊室に言った。

「トモミが来ました。ここに呼びますか？」

「待機している部屋には、ほかに誰か？」

「もうふたり、従業員がいます」

立ち入った話を聞くことになる。人の目や耳があれば、相手も身構えて、正直にはならない。かといって、その女性を乗せた車で署に戻るとメディアが注目する。余計に頑《かた》くなになる。

「ここを使わせてくれ」と伊室は言った。「十分だけ外してくれたらいい」

「それは勘弁してくださいよ。商売の電話、かかってくるんですから」

「殺人事件の捜査に協力してくれないかと言っているんだが」

斉藤は伊室を黙って見つめてきた。伊室の言葉の意味をすぐに理解したようだ。この事情聴取では、ほかの件、たとえば風俗営業法違反については立ち入らない、ということだ。店にとっては、悪い話ではない。斉藤が二台のスマホを両方手にして立ち上がった。

「トモミを呼んできます」

斉藤が部屋を出ていってから、西村が訊《き》いた。

「馬場についてのデータ、何か気になることでも？」

伊室は答えた。

「資産家かどうか、とか、健康状態はどうか、とか、老人ビジネスのデータ集めみたいなことをやっていないか気になったんだ」

「データが売られて、被害者がターゲットにされたと？」

「第一発見者たちを思い出せ。被害者のデータがあの手の連中のあいだに出回っているから、あいつらがピンポイントで被害者宅を訪ねられたんだ。ひとり暮らしで資産家の老人、ってデータがな。その出元がどこで、どのあたりに出回ったのかは気になる。だけど、出元はここではなかったようだ」

「男を無防備にする商売です。データなしでも、危ないことはやれます」

「トモミって子は、次の日も、その次の日も働いてる。少なくとも、現金三百万円を奪ってはいないんじゃないか」

ドアが開いて、女の声がした。

「トモミです。入ります」

少し緊張気味の声だ。

振り返ると、髪を染めた小柄な女性だった。カットソーに短めのスカートをはいている。素足のようだ。化粧はきつめで、ブランドもののトートバッグを持っている。

トモミは、いましがたまで斉藤の座っていた椅子に腰を下ろした。スカートの裾《すそ》を気にして引っ張りながらだ。ふっくらした体型だ。

伊室は警察手帳を見せて言った。

「木曜日に、馬場幸太郎さんのところに行っているよね。斉藤さんの話だと、五時過ぎに呼ばれていったそうだけど」

「はい」とトモミがおびえたような声で言った。「あたし、どういう罪になるんですか？」

不安そうだ。斉藤から伊室たちの用件については聞いたはずだけれども、彼女の心配はそちらのほうではない。

「その件じゃないって。馬場さんが殺されたんだ」

「岩淵のおじさんですよね。殺されたって、誰にですか？」

「それを捜査中なんだ。二回呼ばれているんだって？」

「ええ」

「先週、あんたが行ったときの様子を教えてくれないか」

「わたし、殺してないですよ。絶対に」

「正直に話してくれれば信じる。木曜日のことを、できるだけ詳しく話してくれ」

トモミは少し前かがみになって言った。

「電話があって、指名じゃなかったけど、あたしが行くってことになって、お客さんのうちまで行ったんですけど」

「会社の車でだよね」

「そうです。よっぽど近いところでなければ、送ってもらいます」

「着いた正確な時間は？」

「五時三十分くらいかな。ほんの少し前かもしれない。三分ぐらい」

「玄関でチャイムを鳴らしたの？」

「いえ。最初に行ったとき、横の勝手口から黙って入ってきてくれって言われてた。赤羽ベルサイユです、なんて大声で言われるの、体裁悪いんでしょ。こんども同じようにしました」

「勝手口を、ノックするの？」

「ううん。開いているからと言われてた。黙って戸を開けて、中に入ってから、来ました、と言ったんです」

するとと家の奥から、入ってきてくれと声がした。トモミが靴を脱いでダイニングに入ると、馬場がリビングルームの奥から出てきた。前回と同じく、ジャージの上下という格好だった。トモミの顔を覚えていたようだ。まだあの店にいたんだね、と言った。

伊室は訊いた。

「奥っていうのは？」

「テレビのある部屋の向こう側です」

「寝室ってことだね」

「ええ。ベッドのある部屋」

「それから？」

「会社に電話して、着きましたって連絡入れて、それからその」トモミは確認してきた。

「わたし、ほんとうに捕まったりしないんですか？」

「馬場さんを殺していないなら」

「殺していません。トラブルもなかったし、いやなこともされていない。最後には、またよろしくって言われたぐらいです」

「チップはもらった？　料金とは別に、帰るときに」

トモミは、少しためらいを見せてから答えた。

「うん。一万円くれた。あんたにって」

「豪気な客だね」

「酔っぱらっているお客には、もっと気前いいひともいるけど。馬場さんは、ボーナスが入ったって言ってた」

「臨時収入があったってことかな？」

「なんか、そういう話だった。それで、うちの会社に電話する気になったんでしょ。給料日直後のサラリーマンと一緒」

「馬場さんのうちを出た時刻は、正確には？」

「会社に電話して、出たのは六時四十五分ぐらいかな」

「勝手口から？」

「そうです。馬場さんはベッドにいて、裏手から静かに帰ってくれって言われた。そのときは元気でしたよ」

「馬場さんは、あんたが出たあと、勝手口の錠をかけたかな？」

「さあ。わかりません」

「そのとき、もう迎えは来ていたんだね？」

「ううん。少し離れたところまで歩いて待った。酒屋さんがある四つ角。近所の目を気にするお客さんもいるんで」

「宮内の車はすぐに来た？」

「うん、三分もしないうちに」

「会社に戻った時刻は？」

「七時少し前かな。店長、言ってませんでした？」

店長というのは、斉藤のことだろう。彼の名刺には店長代理と記されていたが。

伊室は西村を見た。自分が質問しすぎた。べつの視点からの質問を、お前が。

西村がトモミに訊いた。

「馬場さんは、一回目からトモミちゃんを気に入ってたんだよね？」

伊室の口調よりも柔らかい。

トモミは微笑して答えた。

「けっこうストライクだったみたい」

「トモミちゃんに優しくされて、のぼせていた様子はなかったかい？」

「というと？」

「休みの日につきあえないかと言ってきたとか」

「ない、ない」トモミは笑った。「ありえないでしょ」

「プライベートな話もなかった？　ひとり暮らしのわけとか、奥さんのこととか？」

「奥さんいるの？」

「別れたそうだけど」

「そうだよね。そうじゃなきゃ、自宅に女の子を呼んだりしない。家の中も、そんなにこぎれいじゃなかったな」

「汚れていた？」

伊室は、あらためてきょう見た現場の様子を思い起こした。リビングルームはたしかに荒らされた様子があったが、それ以外はむしろ片づいていた印象がある。台所のシンクもちらりと見えたが、汚れた食器や鍋《なべ》などは溜《た》まっていなかった。

トモミが言った。

「いや、汚れているっていうんじゃないけど、なんとなく、そんなにていねいに掃除してないような感じがあった。あたしもひとのこと言えないけど」

西村がさらに訊いた。

「ゴミが溜まっていたとか？」

「ううん」

「風呂場《ふろば》はどうだった？」

「男のひとのひとり暮らしなら、あんなものかもしれない」

西村がとつぜん声の調子を変えた。

「ネイル、ずいぶんかわいいじゃないか」

伊室は西村の視線の先を見た。トモミの手の指だ。爪《つめ》に何か模様のようなものが描かれている。

「あ、これ？」トモミは、自分の両手の甲を胸の前に出してから、うれしそうに言った。「昨日行ったんだ。ネコが好きだから」

トモミは爪を伊室たちに向けて見せてくれた。爪にネコの顔が描かれている。ひとつひとつ違う図柄だ。

西村が右手を伸ばした。トモミはその西村のてのひらに、自分の両手を載せた。ネイル・デザインをよく見て、ということのようだ。

「いいなあ」と言いながら、西村はトモミの手をひっくり返した。てのひらがさらされた。伊室はトモミのそれを素早く観察した。擦り傷も、縄とか紐《ひも》状のものの痕《あと》もなかった。しかし、トモミが被害者宅に行った日から丸五日たとうとしているのだ。そこに何の痕もないからといって、トモミが潔白だと証明されたわけではない。いまのところ、伊室が事情聴取した限りでは、トモミが生きている被害者を見た最後の人間なのだ。

トモミが手を引っ込めた。西村の関心が、ネイル・デザインではないと気づいたのかもしれない。

伊室は、ふいに思い出したように言った。

「そういえば、あなたの指紋は除外して調べなければならない。協力者として指紋、取らせてもらえるかな」

トモミが伊室を見つめてきた。

「ほんとうにあたし、殺したりしていないよ」

「わかってる。でも、部屋に指紋が残ってしまったろう？　科捜研に、この指紋の主は、参考人じゃないからと伝えておかなきゃならない」

科捜研、という言葉が効いた。最近は、ごく普通の市民でも、警察の捜査手続きやシステムには詳しい。こういう言葉を使うと、相手がとたんに協力的になった経験は、一度や二度ではない。

トモミはうなずいた。

「わかった。どうすればいいの？」

「本名はなんていうんだっけ」

トモミが答えた。

「オチアイチハル」

「一緒に赤羽署に来てくれ。協力者としての指紋採取以上のことはない。今後も、何かあったら生活安全課とは話をつけてやる」

殺人事件と、風俗営業法周辺の違法行為とでは、警察官にとっての優先順位ははっきりしている。この程度のことをデリヘル嬢に伝えるのは、何の問題もなかった。

「送ってくれるんですか？」

「ああ。店長に断ってきてくれ」

わかりましたと言って、トモミは部屋を出ていった。伊室と西村が立ち上がり、廊下に出ると、斉藤が現れた。

彼は不安そうだ。

「警察に呼ぶんですって？　長引きそうですか？」

「指紋採らせてもらうだけだって」と、西村が言った。「そんなにびくつくことはない。それよりオチアイチハルって、どういう字を書くんだ？」

落合千春だ、と斉藤が答えた。

「住所、身元、把握しているんだろうな」

「まちがいなく彼女は成人ですよ。そういう意味なら」

斉藤が伊室にプリントを渡してきた。従業員名簿のコピーだ。落合千春の運転免許証の画像も入っていた。二十六歳。本籍は静岡で、現住所は大塚だった。

伊室たちが落合千春を伴ってビルの前に出たとき、落合千春はビルの前に停まっている車のドライバーに向けて手を振った。ドライバーは、怪訝《けげん》そうだ。自分が送らなくていいのか？　という顔とも見えた。

赤羽署に着いたとき、さっきまでビルの前にいた何組ものメディア関係者や車が少なくなっていた。カメラを三脚からはずしている男もいる。記者会見が終わったのかもしれない。その横を通過するとき、数人だけ伊室たちの車に視線を向けてきたが、あとはほとんど関心も示さなかった。

落合千春を伴って刑事課のフロアに上がると、伊室は彼女を入り口近くの応接椅子に座らせた。

伊室が係長の新庄に、デリヘル嬢の協力者指紋を採るため同行したと報告した。

新庄が言った。

「採取、誰かに担当させよう。彼女は、どうなんだ？」

「木曜日の夕方に、被害者宅に出向いています。出たのが夜の七時前です」伊室は逆に訊いた。「死亡推定時刻の連絡は？」

「まだだ」

「樋口《ひぐち》」と、新庄が別の部下に声をかけた。伊室よりも三歳若く、ひとあたりの柔らかい男だ。

「樋口、デリヘル嬢からの指紋採取、お前が受け持て」

樋口祐一《ゆういち》がデスクで、プリントから顔を上げた。その仕事は歓迎という表情だった。

伊室は新庄に言った。

「わたしは、電話の発信先をつぶしに戻ります」

伊室は、自分のデスクに戻ってから、発信先のリストをあらためて広げた。時計を見ると、午後の八時になったところだった。まだこの手の電話が無礼ではない時間だ。隣りのデスクでは、西村も着信リストを左手に持ち、電話機に手を伸ばした。

リストには、水曜、木曜分でチェックの済んでいない番号がひとつ残っていた。さっきかけたときは、つながらなかった携帯電話番号だ。

番号を入力すると、こんどはコール二度目でつながった。

「はい」という女の声。警戒的だ。

歳は三十代か、と伊室は想像した。少し低い声。ふだんもあまり嬌声《きょうせい》など発してはいないタイプの女だろう。知らない番号からまた電話があったのだ。いぶかる声になるのは当然だ。

「赤羽警察署です」と伊室は、相手の警戒を解くように、柔らかめの口調で言った。「刑事課の伊室と言います。ある事件の捜査でお電話したのですが」

いったん言葉を切ったが、相手は無言だった。

伊室は言った。

「もしもし?」

「はい」と、やはり警戒気味のままの声。「聞こえています」

「赤羽・岩淵の、馬場幸太郎さんという方が殺されました」

「えっ」と反応があった。

そのタイミングも声の調子も、伊室には不自然には聞こえなかった。早すぎないし、大げさではない。芝居ではない、とまでは言い切れないが。

女が逆に確認してきた。

「馬場さんが、殺されたんですか？」

「そうなんです。それで馬場さんが電話していた相手に、いまおひとりずつ事情を聴いているのですが」

「殺された……」女は言い直した。「亡《な》くなられたのは、いつなんですか？」

「まだはっきりした日はわかっていないのですが、たぶん先週末あたりです。失礼ですが、あなたのお名前は？」

女の反応が遅れた。名乗ることをためらっている。正直に答えるべきかどうか、迷っているようだ。

しかし携帯電話の場合、契約者を特定するのは容易だ。明日になれば、携帯電話会社に問い合わせて、十五分後には契約者を突き止めることができる。使い捨てケータイが野放しだった時代とは違う。相手もそれは知っているはずだ。

「ヤマモトです」と女は言った。

隣りのデスクの西村が手を止めて、伊室に目を向けてきた。つながりましたか？　と訊いている。伊室はうなずいてから、ヤマモトと名乗った女に言った。

「木曜日に、馬場さんから電話を受けていますね？」

「はい」

「フルネームを教えていただけますか？　東京の方？」

「はい。ヤマモトミキです」

はい、という答えは、東京在住の意味だろう。

「お名前、どういう字を書きます？」

山本美紀だとわかった。

「馬場幸太郎さんとは、どういうご関係ですか？」

「関係というと？」

伊室は言い直した。

「馬場さんが木曜日に山本さんにお電話したのは、どういうご用件だったのか、伺いたいということです」

山本美紀が答えた。

「家事代行の件でした」

「山本さんは、そのお仕事を?」

「ええ」

「お勤めの会社は、なんというところです?」

「所属していません。していた時期もありますが、いまはひとりでやっています」

「馬場さんの依頼というのは、具体的にはどういうものでした?」

「明日、つまり金曜日に来て、家事をまたやってほしいと——」

「金曜日に?」

「はい。四時に来てくれないか、とのことでした」

それはつまり、馬場は城北ハウスキーパー・サービスに断られたあと、次の策として山本に電話したということになるのだろうか。それとも、山本への電話は、城北ハウスキーパー・サービスの一件とは無関係なのだろうか。

「馬場さんから、仕事の依頼は以前にもあったのですね?」

「はい、もう三、四回やらせていただきましたが」

「会社に所属していないというと、馬場さんとは最初はどういうつながりだったんでしょう?」

「馬場さんが、ハウスキーパーやってくれるひとを探していて、わたしの番号を知ったとのことでした」

「誰かに紹介された、ということですか？」

「そういう意味のことをおっしゃっていたと思います」

「城北ハウスキーパー・サービスという会社は、ご存じですか？」

「いいえ」

「具体的には、馬場さんから依頼された家事というのは？」

「これまでですと、部屋の掃除、台所の片づけ、お風呂の掃除、それに買い物といったことでした」

「今回の場合は？」

「電話では、そこまでは聞いていません。でも、同じようなことだろうと思っていました」

「それで金曜の午後四時に、馬場さん宅に行ったのですね？」

「ええ。正確には、四時五分前ぐらいだったと思います」

「仕事が終わったのは？」

「それが」山本の言葉の調子が変わった。困惑している。「馬場さんは、お留守でした。それで帰ってきました」

「馬場さんには、会っていないのですか？」

「会っていません」

その時刻に、馬場幸太郎はもう死んでいた、ということだろうか。いや、山本のその言葉の裏を取らねばならないが。

「留守だとわかったのは、どうしてです?」

「インターフォンのボタンを押しても、出ませんでした。それで、あの」山本はためらいがちにつけ加えた。「玄関の戸が開いていたので、やっぱりいらっしゃるのかと中に入りました」

「家の中まで?」

「土間みたいなところです。そこでもごあいさつしたんですが、やっぱりお留守のようでした。それで何か急用ができたんだろうと、帰ってきたんですが」

伊室は自分のメモに目をやった。

四時五分前、馬場宅訪問。不在。

そしていま書き加えた。

土間まで。

興味深い情報だった。山本美紀には署まで来てもらう必要がある。もっと詳しく前後のことを聞かせてもらわねばならない。

伊室は訊いた。

「いま東京のどちらにおられますか?」

「板橋ですが」

「埼京線の？」

「はい」

呼び出しやすい距離だ。

「詳しくお話を伺いたいのですが、ちょっとお時間を取っていただけませんか？　赤羽警察署まで来ていただくことはできますか？」

「これからですか？」

伊室は時計を見た。午後八時半になろうとしている。参考人でもない女性を呼びつけるには、たしかにやや遅いと言える時刻だった。しかし金曜日に被害者宅を訪ねている女性なのだ。今夜のうちに、話を聞いておくべきだった。

「できればお願いします。殺人事件の捜査なんです。ご協力をいただけると助かります」

「わたし、明日は朝から仕事があります。遅くはなれないのですが」

「小一時間ですみます。ぜひご協力を」

少しの間があって、山本は言った。

「十二時までには絶対にうちに帰りたいけど、いいですか？」

「もちろんです」

協力してくれる市民には、それを約束して不都合はない。もちろん、事情を聞いているうちに容疑が濃くなってくれば別だが。

伊室はもう一度名乗り、赤羽署の所在地を伝えた。

「お待ちしています」

受話器を置くと、西村と目が合った。相手が誰だったのか、早く教えてくれと言っている顔だ。

伊室は言った。

「家事代行の女性。フリーだ。木曜に、被害者から仕事依頼の電話があった。金曜に、被害者宅に行っている。留守だったそうだ」

西村が、着信記録のプリントを示して言った。

「金曜の午後の着信、その女性の番号からですね」

伊室はプリントを見つめた。番号の上に、黄色いマーカーが塗られている。

着信の時刻は、十三時三十二分だ。

すでに前日のうちに、山本は仕事を受けていたはずだ。なぜ翌日昼過ぎに被害者に電話しているのだろう。あらためて用件を確認するためか。ただし、通話時間は五秒前後だ。ほとんど話をしていない。留守電となっていたのだろうが、確認は終わっていないと解釈できる。それが解決していないうちに出向いて、問題はなかったのだろうか。

伊室は首を振った。すぐに山本美紀は署にやってくる。そのときに、訊けばよい。それよりも伊室は、まだ西村がチェックを終えていない金曜午前中の番号が気になった。

「この番号は、使われていないのか？」

西村が言った。

「さっきからずっと話し中なんです」

「ずっと？」

それは妙だ。着信拒否設定の場合も、話し中の音が鳴ることがある。相手が番号通知の下四桁《けた》を見て警察からの電話と知り、すぐに着信拒否設定したということも考えられる。もっとも、いまの山本美紀の場合は、通知された番号を見ても、警察からの電話だとわからなかったようだ。そもそも一般によく知られている情報ではない。逆に言えば、警察からの電話だとすぐにわかって反応できる相手というのは、警察がらみのその情報を必要としている連中だということだ。

「おれが電話してみる」

伊室は自分の携帯電話を取り出して、その番号を入力した。

一度のコール音が終わらぬうちに、相手が出た。

「はい」若い男の声だ。「待ってましたよ」

妙に調子がよかった。

伊室は言った。

「赤羽警察署の伊室だ。あんたの名前は？」

声が動揺した。

「警察？」

「そうだ。名前を」

相手が、短く何か言った。やば、か、やっぱ、と聞こえた。携帯電話を口から離して、そばの誰かにひと言ふた言言ったようだ。次の瞬間、通話は切られた。

リダイヤルしてみた。もう相手は出なかった。

苦笑して、伊室は西村に言った。

「振り込め詐欺《さぎ》グループだな。あわてて切った」

西村が、納得だという顔になった。

「被害者は、いいカモになっていたようですね。第一発見者が、ああいう点検商法の連中でしたし」

「リストが出回っているのかな。老人、ひとり暮らし、金持ち。高額品の購入実績ありとか」

「事件のとき、振り込め詐欺の真っ最中だったということはないでしょうか」

西村が着信履歴のプリントを自分の手元に引き寄せ、記録に指を滑らせながら見て言った。

「この三カ月分を見る限り、木曜日以前に、同じ番号からの着信はありませんね。金曜が最初の電話だったようです。そっちの被害はなかったでしょう」

「関係の部署に連絡してやろう。もう事務所を畳み出したかもしれないが」

振り込め詐欺に使っている携帯電話に、警察から電話があったのだ。連中は、危険が迫ったと判断する。ただちにそのグループの解散、撤収を決める。

西村が電話したときは、相手は番号を見ても、警察からの電話だとは信じられなかったのかもしれない。捜査されるはずはないという自信でもあったか。でもいまの電話では、かけてきた者がはっきり警察だと名乗った。この番号は、たぶんもう死んだ。時計を見ると、もう少しで九時になる。長い一日になってきた。考えてみたら、今夜はまだ夕食を食べていない。かなり空腹だ。西村がコンビニ弁当を買いに行くというので、伊室もひとつ頼んだ。

ちょうどその弁当を食べ終えたときだ。エレベーターに近い席から、同僚が言った。

「伊室、お客さん」

顔を上げると、フロアの入り口に女性が立っていた。地味な身なりの、三十歳ぐらいと見える女性。山本美紀が着いたようだ。

伊室は立ち上がって、その女性に近づいた。

中肉中背と見える。いや、標準よりも少しやせ気味かもしれない。黒っぽいセルフレームのメガネをかけている。染めていない髪をひっつめにして後頭部でまとめ、額を出していた。コットンの短めのジャケットに、ブルージーンズ、靴は白っぽいスニーカーだ。デニムのトートバッグを肩にかけている。あまり身なりにはかまっていられない職業らしい外見だった。

相手が、伊室を見た。不安と警戒とが顔に表れている。

「山本さん？」と伊室は確かめた。

「はい」と、感情のこもらぬ声。いや、ここに来たのは不本意なのだ、という気持ちは伝わってくる。

「ご足労どうも。あちらでちょっと話を聞かせてください」

伊室は、自分のデスクの椅子《いす》を山本美紀に勧めた。彼女は浅めに腰掛けると、腿《もも》の上にトートバッグを置いた。少し防御的と感じられる姿勢だった。伊室は左隣りの席に着いた。西村は、自分の席のままだ。

伊室は訊いた。

「名刺か何かお持ちですか？」

「いいえ」山本は首を振った。「会社勤めじゃありませんので」

「運転免許証とか、身元証明になるものはお持ちですか？」

「国民健康保険証なら」

山本が財布からカードを出した。

山本美紀。住所は板橋区だ。

「コピーさせてもらっていいですか」

彼女が同意したので、伊室は今夜まだ残っている女性警官に、これをコピーするよう指示した。

「ご家族は？」

「いませんが」と山本はすぐに答えてから、逆に訊いた。「馬場さんが殺されたということで、いま、わたしは取り調べられているわけなんですか？」

「いいえ。ただ、この一週間ばかり馬場さん宅を訪れたひとに、片っ端から馬場さんの様子を聞いているだけです。木曜日に電話を受けて、金曜日に訪問した。そうでしたね？」

「はい。電話でもお話したとおりです」

「最初から、金曜日に来てほしいという依頼だったのですか？」

「木曜日の電話では、すぐに来て家事をやってもらえないかというものでした。でも仕事が入っていたので、金曜ならとお答えしたんです」

「金曜日、午後一時過ぎに、馬場さんのお宅に電話したようですが」

「再確認の電話でした。ご不在でしたので、確認は抜きで約束の四時の五分前に着いています。でもまだやっぱりお留守でした」

「もう一度確認しますが、留守だとわかったのは、どうしてです？」

「チャイムを鳴らしたんですけど。あのお宅はインターフォンがついていて、いらっしゃれば返事があります」

「でも返事がなかったので、勝手に土間まで入ったのでしたね？」

「玄関の戸に手をかけると少し開いたので、お留守じゃないんだと思って、入りました」

「前にも、そういうことがありました？」

「ええ。インターフォンのそばにいらっしゃらないときがありました。おトイレだったのか、居間の正面のほうから出てきたことがありました」

「今回は、入ってからどうしたんです？」

「内側の戸の前まで行って、家事代行の山本です、と大きな声であいさつしたんです」

「すると？」

「やはり返事はありませんでした。玄関で二、三分はお待ちしたと思います。もう一度声をかけて、やはり何も返事がなかったので、お留守なのだと思ってお宅を出ました」

「内側の戸は開けました？」

「いいえ」答えてから、山本美紀は首を振った。目に少し迷いの色があった。「手をかけて、少し開けたかもしれません。声が届くようにと、無意識に」

「何かおかしな様子は？」

「というと？」

「家の中が荒らされていたとか、汚れていたとか」

「居間のことですか？」

「引き戸を開けたのなら」

「わかりません。あまりよく覚えていません」

「ほかには何か気づいたことは？」

「とくには」言いかけて、山本はひとつ思い出したという顔になった。「玄関の内側に新聞が落ちていたので、待っているあいだに拾って土間のテーブルの上に置きました。その新聞のことを、ちょっと奇妙に思ったような気がします。寝坊しているのかなと」

金曜日の朝刊だろうか？　ということは、被害者は金曜日の朝には、すでに死亡していたということになるだろうか。この山本の言葉を信じればだが。新聞が本当に土間のテーブルの上にあったか、それも確認しなければならなかった。きょう現場に行ったとき、新聞が何部か郵便受けの内側に落ちていたが、テーブルの上にもあったかどうかは、伊室は覚えていなかった。

女性警官がコピーを取って戻ってきた。伊室は国民健康保険証を山本に返して訊いた。

「それから？」

「お返事がないので、出直そうと思いました。それで玄関を出て、赤羽駅に向かいました」

「家事代行を依頼されて、馬場さんが不在だったことは前にも？」

「二度あります。買い物に行っていたとかで、約束の時間を少し過ぎたところに帰って来られました」

「金曜日は、何かおかしいとは感じなかったんですね？」

「この仕事では、けっこう身勝手なお客さんに遭います。約束の時間のお留守ぐらいは、特別おかしいことではありません。ご年配ですし」

「というと？」

「ご年配のお客さんでは、家事代行を頼んだことを忘れるのは、ありがちです」

「でも、仕事をすっぽかされて、けっこうな損害ですね。半日つぶれたわけでしょう？」

「もしかしたら気がついて、お電話がくるかもしれないとは思いまして。それで赤羽駅近くに一時間ぐらいおりました」

「でもけっきょく電話はなかった。腹が立ちませんでした？」

「少し。でも、気持ちを切り換えて帰りました」

「馬場さんのところには、三度か四度行っていたとのことでしたね？」

「はい。四回」山本は言い直した。「先週金曜日が五回目です」

「馬場さんは、城北ハウスキーパー・サービスという会社にも、派遣をお願いしていたようです。そのことはご存じない？」

「あちこちの会社に頼んでいたようです。安心してまかせられるところは少ないと、前におっしゃっていました」

「だからあなたにお願いしているということですね？」

「でも、定期的というわけではありません。この一年と少しぐらいのあいだに五回ですから。ほかの会社とかフリーのひとにも依頼していたのだと思います」

「それはどこの会社とか、誰か、とか、馬場さんから聞いていますか？」

「具体的には、とくに」

伊室が次の質問を探しているところで、西村が山本の後ろから訊《き》いた。

「このお仕事、いわゆるフリーでやって長いのですか？」

山本が振り返って答えた。

「いえ、この二年くらいです」

「その前は？」

山本は、家事代行業の会社の名を挙げた。京浜ライフリーゼ。本社は東京だが、その浦和支店に勤めていたという。仕事の内容は、いまと同じとのことだ。

西村がまたその名をメモした。

伊室があらためて質問を引き取った。

「お知り合いから、馬場さんを紹介されたという話でしたね？」

山本が戸惑いを見せた。

「いえ。違います。馬場さんが、つてをたどって、わたしを教えられたと電話をくれたんです」

「どなたが山本さんを紹介したんです？」

「名前は聞いていません。たぶん同じような仕事をしている方ではないかと思います」

「名前も知らないひとから教えられた、というだけで、仕事を受けるんですか？」

「受けるか受けないかは、電話をいただいてからのご相談です」

「よくあることなんですか？」

「フリーでこういう仕事をしていると、仕事を融通したりされたりし合います。というか、仕事はどなたかを通じてしか入ってきません。広告を出しているわけではありませんし」

百パーセント納得できたわけではないが、とにかくこの山本美紀というハウスキーパーの女性は、一年以上も馬場幸太郎の家で仕事をしている。とくべつ不自然なことではなかったのだろう。伊室は質問を変えた。

「馬場さんがときおり家事代行を依頼していた会社では、派遣した従業員がセクハラに遭ったと言っていました。山本さんに対しては、何かそのようなことは？」

「わたしは、適当にかわします。そういうことには慣れていますし、わたしはこんなふうに」

山本の言葉が途切れた。伊室は首を傾けて続きを促した。

山本は言った。

「女性的な魅力があるわけじゃありませんから。一度きっぱり断れば、なくなります。あまりしつこいお客だと、帰ってきます」

「馬場さんからも、一度はあったということですね？」

「最初のときだけは」

「どんなことがあったんですか？」

「その、最初のとき、お風呂場を掃除していると、入ってきてわたしの肩に手を置いてきました。わたしは手をはねのけ、自分は家事代行の仕事で来ています、そういうことをするなら帰りますと言ったんです。馬場さんは、すまないと謝って、それ以来そういうことはありませんでした」

「二度目に仕事を頼まれたときは、また同じことをされるとは考えませんでした?」

「凶暴な感じのひとじゃないですから、もうないだろうと。ほかのことでは、あまり迷惑なお客さんではなかったし」

「迷惑なお客というのは、たとえば?」

「やたらに威張り散らすとか、神経質過ぎるとか、お宅が汚れ過ぎているということもあります。仕事が終わってから値切ってくるお客さんもいます」

もうひとつ確認しておくことがあった。伊室は訊いた。

「馬場さんは、山本さんが行った前日に、いわゆるデリヘル嬢を呼んでいるんです。以前からのようです。そういうことは、知っていました?」

「なんとなく。お風呂場の清掃を念入りに頼まれましたし、誰かお客がいたのだなとわかるときもありました」

つまり馬場幸太郎は、と伊室は思った。ハウスキーパーと、性的サービスを提供してもらう相手は厳密に分けていたということなのだろう。たしかに落合千春のような、小柄で柔らかそうな女性が馬場の好みなのだとしたら、山本美紀は対照的過ぎる。本人は女性っぽくないというような言い方をしたが、性をあまり意識させない女性であることは確かだ。服装と化粧のせいかもしれないが、少なくとも馬場幸太郎が執着するほど好みのタイプではなかったのだ。

山本美紀の答えはここまで、とくべつに不審を抱かせるものではなかった。そろそろ事情聴取を切り上げようと、伊室は話題を変えた。

「馬場さんのお宅で、誰かご親族の方と会ったことはありますか？」

「いいえ。親戚《しんせき》とはあまりつきあいはないんだ、というような話を聞いたことがありますが」

「結婚や家庭については、何か言っていました？」

「奥さんと別れてひとり暮らしだ、と最初のときに」

「馬場さん宅に、あとはどんな業者さんが来ていたか、ご存じですか？　家事代行業のほかに」

デリヘル嬢のほかに、とはあえてつけ加えなかった。

「知りません」と、山本の答えは素っ気なかった。

伊室は西村の顔を見た。西村は察して、質問を代わった。

「馬場さんからセクハラがあって、ショックじゃなかったんですか？」

伊室も訊いたことだが、同じ質問を繰り返すことは、事情聴取の段階でもよくやる。嘘《うそ》をついている場合は、答えが微妙に違ってくる。西村は、自分が気になっている部分を再度質問してくれたのだ。伊室も山本美紀の答えを待った。

彼女は言った。

「わたしもこういう歳です。男性がどういうものかは知っています。それに、その日の仕事をあきらめるか、がまんするかの線引きはできます。馬場さんは、どの程度なら断られるのか、わたしを試したのかもしれませんし」

「採用試験ってこと？」と西村。

「試験かどうかはわかりませんが」山本が、西村に逆に訊いた。「そういうことって、男性はしませんか？　たとえば女性のマッサージ師さんに」

「ひとはいろいろだろうけど」

「あのとき馬場さんは、すぐにやめてくれました。だからその日は仕事をしていったんです。そのあとも何もありません」

つまり、と伊室は聞いていて思った。山本の側から言っても、それは採用試験だったのではないか。そのとき合格したのは、むしろ馬場のほうだった。最初の日、セクハラをしつこく続けていれば、馬場は不合格だった。別のハウスキーパーを探さねばならなかったろう。

伊室は、あらためて山本に訊いた。

「最初のときに、そのあとも月に一回とか二回来てほしい、という話にはならなかったんですね？」

「ええ。必要になったらまた頼むと言っていました」

じっさいには、馬場は専門の業者にも家事代行を頼んでいる。あの城北ハウスキーパー・サービスという会社は、たぶんいくつか頼んだうちのひとつだったろう。馬場はあの会社とだけトラブルを起こしてきたわけではないはずだ。明日以降の捜査で、その会社も浮上してくるだろうが。

それにしても、伊室にはまだよくわからない。馬場幸太郎が山本美紀をハウスキーパーとして気に入っていたのなら、その依頼の頻度は少ないし、仕事を頼む間隔が空き過ぎているように感じる。逆に、自分への接し方まで含めて気に入らなかったのだとしたら、一年と少しの間に五度も頼んでいる理由はなんだろう？　家事の必要に迫られ、しかし依頼できる相手は、最初に気まずいことになった山本美紀だけだったからか。それとも、料金が理由だったか？

伊室は訊いた。

「あなたにお願いするときの料金というのは、いくらなんだろう？」

山本が答えた。

「会社に頼む場合よりも、少しだけ多くいただいています」

「何か理由でも？」

「わたしはフリーです。お得意さんに、細やかに、柔軟に対応できます」

「具体的な金額を教えてもらっていいかな？」

「基本の料金は」と山本が口にした金額は、伊室の想像の範囲内だった。ファストフード店の平均的な時給の三倍弱といったところだ。警察官としての知識で言えば、接待飲食型の店の女性従業員のそれには及ばない。大衆的な店の時給の半分もしくは三分の一以下か。

「固定客は多いの？」

「十軒ぐらいです」と山本は答えた。「週一というお客さんが多いんですが、馬場さんのようなお客もあります。頻度はばらばらです。空いている日であれば、飛び込みの仕事も受けます。同業者の代わりをすることもあります」

「ひとり暮らしの高齢の男性だけがお客、というわけではないんですよね？」

「ちがいます。奥さまがご病気の家もありますし、おふたりとも弱って、家事をするだけの体力がないご家庭もあります。共働きのご夫婦で、月に一度だけ家事から解放されたいと、使ってくれているところもあります」

「はやっている？」

「とんでもありません」と山本は首を横に振った。「競争も激しくなってきました。介護士の資格を持ってやっているひともいます。会社に頼むほうがいろいろ安心だと、フリーを敬遠されるお客さんも少なくありません」

「でも、この仕事を続けているのは、何か理由でも？」

山本が伊室を正面から見つめてきた。本気で訊いているのか？　と、その目が言っている。ほんとに答えがわからなくて訊いているのかと。

山本が、伊室を見据えたまま答えた。

「わたしは、何の資格も持っていません。理容師の免許もないし、車の運転もできない。ほかにできることはありませんから」

冷ややかな答えかただった。怒りがこめられているようにも感じられた。

次の質問を探していると、山本が訊いた。

「もう遅くなりましたが、そろそろ帰っていいですか？」

必要なことは確認した。終えていいかもしれない。

「赤羽駅でよければ送りましょう。その前に、指紋だけ採らせてください」

「指紋？」

「馬場さんの家の中に入ったということで、誰の指紋なのか判別するのに必要です」

西村が、こちらへ、と言いながら立ち上がった。山本も続いて椅子から立ち、西村のあとについてフロアを奥へと歩いていった。

ほかにできることはありません、か……

伊室は山本の後ろ姿を見つめて思った。あの赤羽ベルサイユなら、彼女を採用するだろうか。最近は従業員の採用基準もゆるくなってきたと聞くが、やはり若さと可愛《かわい》さが価値とされる業界だ。彼女の就職は、厳しいものがあるだろう。一応採用されたとしても、生活してゆけるだけの収入が確保できるかはわからない。もっとも、いまの自分との受け答えの調子を考えれば、彼女はあまり接客業に向いたタイプとも思えなかった。山本自身は、選択肢がないという言葉とは裏腹に、仕事として家事代行業を好んでいるのかもしれない。

いつのまにかデスクに戻っていた新庄が、伊室を呼んだ。

「いまの女は？」

伊室は新庄の脇《わき》の椅子に腰掛けて、簡単に説明した。

「家の中に入っていると？」

「ええ。土間まで入って呼んだそうです。やはり反応がなかったので帰ってきたと」

「土間まで入ったんだ。住人に呼びかけるなら、中の戸も開けるほうが自然だろう。ハウスキーパーの目なら、散らかり具合がおかしいと気づいてもいい」

伊室にはなんとも判断しがたかった。山本がどれだけ被害者と親しくなっていたかによるようにも思う。ビジネスライクな関係のままであれば、土間と居間とのあいだの戸を開けないほうが自然ではないだろうか。そもそも馬場幸太郎は、デリヘル嬢には勝手口から入れと指示しているのだ。なのに山本には、そう指示していない。距離があったのだ。少なくとも、山本の言葉を事実だとするならば。

伊室は言った。

「それができるほど、親しくはなかったのかもしれません」

「いまのところ、その山本美紀が重要参考人だな。死亡時刻が確定すれば、引っ張れる」

「だとして、彼女の動機は、何になります？」

「カネでも、セクハラへの怨恨《えんこん》でも」

新庄のデスクの電話が鳴った。新庄は電話を受けてから、フロアを出ていった。

そこに西村が戻ってきた。

「南口まで送らせました」

伊室は訊いた。

「何か気になることは言っていなかったか？」

「自分に容疑がかけられているのか、ということは、まだ気にしていましたね」

「いまのところ、被害者宅に最後に入ったのが彼女だからな。すぐに出たという話の裏も、取れていない」

「指紋採取のときに、山本の手を観察しました。ロープを引っ張った痕《あと》のようなものは見あたりませんでしたね。時間が経《た》っているので、何の証明にもなりませんが。それと」

西村が言葉を切ったので、伊室は西村を見つめた。先を続けてかまわないが。

「手は、相応に荒れていました。家事代行業をやっている女性の手に見えましたよ」

西村は言った。

「どうしてわざわざそれを言う?」

「伊室さんは、山本美紀の本業が性的サービスではないかと、疑っているかと思ったものですから」

「おれがそんなふうに見えたか?」

西村はうなずいた。

「思っていない」伊室は苦笑して首を振った。「ただ、デリヘル嬢を自宅に呼ぶような男が、家事代行の女性に触って一喝されて、それでおとなしくなったとも信じられないんだ」

「被害者は、顔がいくつもあるように見えます。単純じゃない。カネも女も好きだけど、両親の介護もしたし、少々子供っぽい息子も、なんとかひとり立ちさせようとしていた。山本美紀も、落合千春も、被害者を嫌悪《けんお》しているようには感じられませんでした」

「いろいろ困ったことはやっているが、それなりに好かれるおっさんだったと?」

「甘すぎる見方ですかね?」

そのときフロアに新庄が戻ってきた。

伊室たちの視線を集めると、彼は部下たちを見渡してから言った。

「明日、捜査本部設置が決まった」

フロアに残っていた捜査員たちがざわついた。

伊室は、西村と顔を見合わせた。経験豊富な捜査員たちが応援にやってくるというわけだ。事件の解決は早いだろう。

3

赤羽・岩淵のその一方通行の通りからは、すでに立ち入り禁止の規制はなくなっている。

住民以外の人間でも、通りを自由に行き来することができた。この日の昼すぎ、鑑識のワゴン車が立ち去るときに、通りの前後をふさいでいた黄色いテープも撤去されたのだ。ただし、事件の現場である馬場幸太郎の家の前にはまだ赤羽署のパトカーが停まり、ふたりの地域課の警察官が野次馬を遠ざけている。

死体発見から三日目だ。

鑑識作業こそ終わったし、重要な遺留物については科学捜査研究所のほうに運ばれているが、まだ現場はできるだけ死体発見当時の状態で残しておく必要があった。昨日午

伊室はゴムの手袋をはめると、奥へと進み、勝手口の前に立った。三尺幅のアルミサッシの引き戸がついている。開けようとしたが、たてつけが悪かった。引き戸はゴトゴトと抵抗しながら左手に動いた。内側にはここにも小さな三和土《たたき》があって、正面はダイニングルームだ。テーブルと椅子がある。左手に目をやると、こちらは台所だった。シンクやガスコンロなどが見える。伊室は引き戸の錠を確かめた。鎌錠《かまじょう》がついている。

「どうしました？」と鳥飼が訊いた。

伊室は答えた。

「被害者は、こっちはその都度こまめには施錠《せじょう》していなかったようなんです。たてつけのせいで、ロックが利《き》かなかったのかもしれない」

伊室は勝手口の中に入って、あらためて引き戸を閉じてみた。上のほうに隙間《すきま》ができている。施錠してみようとしたが、金具はうまく嚙《か》み合わなかった。力をかけて引き戸をぴたりと框《かまち》に押しつけ、ようやく施錠することができた。

もう一度引き戸を開けて外に出ると、また鳥飼が訊いた。

「ここを気にしていますね？」

「ええ。年寄りには、この引き戸をロックするのは、面倒だ。ふだん施錠していなかったのかもしれない」

「デリヘル嬢のほかにも、それを知っている誰かがいたかな」鳥飼は伊室の肩ごしに中をのぞいてから言った。「玄関から回ってみましょう。伊室さんが、捜査員では最初に駆けつけたんでしたよね」

「ええ」

伊室は勝手口の前から表の通りへと出て、あらためて玄関前に立った。引き戸の玄関の右手にインターフォンがある。

鳥飼が先に引き戸を開けて中に入った。奥行き一間半ほどの三和土だ。かつて商店だった当時は、そこが店のスペースだったはずだ。いまはがらんとしており、右手にテーブルと椅子が置かれている。正面に引き戸。その戸を開ければ居間だった。

鳥飼が靴を脱ぎ、ビニールの簡易足袋を足にかぶせて、居間に上がった。伊室と西村が続いた。鳥飼が室内の照明スイッチを入れた。

伊室が最初に見たときと違い、散らかってはいなかった。サイドボードの引き出しから ぶちまけられていたものは、鑑識係があらかた押収《おうしゅう》してしまったのだろう。右手の戸は開け放たれている。その戸の奥の部屋に、死体があったのだ。

伊室はこんどは鳥飼の先に立ってその部屋に入った。ベッドはそのまま置いてあったが、マッサージ・チェアは予想どおり運び出されている。デスクの上にあったはずのノートパソコンもなくなっていた。たぶん押収されたものはもっと多いはずだが、伊室には細かな部分の記憶はなかった。

鳥飼が言った。

「やっぱり臭《にお》いますね」

伊室は驚いた。現場を一瞥《いちべつ》しただけで、すでに参考人の目処《めど》がついたと？

伊室は思わず訊いた。

「誰のことです？」

鳥飼はあわてた様子で首を振った。

「あ、いや、そういうことではなくて、この部屋の生活臭ですよ。加齢臭だな、これは」

たしかにひとり暮らしの年配男性の寝室だ。ホテルの一室とは違って、それなりの生活の匂《にお》いはする。

寝室の広さは、八畳ほどだ。もともとは和室のように見えた。そこにカーペットを敷いて、洋室として使っている。

鳥飼が寝室の奥まで進み、振り返って部屋をもう一度見渡してから言った。

「こういう親爺《おやじ》の部屋にやってきて、仕事をしなきゃあならないんだ。デリヘル嬢も、商売とはいえ、たいへんですよね」

伊室は黙ったまま、ベッドに目をやった。ベッドパッドがむき出しだ。シーツと毛布、掛け布団《ぶとん》などは、鑑識が運び出しているのだろう。

ベッドの枕元《まくらもと》側に、襖《ふすま》がある。押し入れのようだ。左手には、洋服ダンスがひとつ。ベッドの足元の側に、デスクと書棚がある。デスクの前の壁にはカーテンが引かれていた。そこには窓が設けられているのだろう。屋外の様子を思い起こせば、窓の外は更地だ。それなりに光の射《さ》し込む部屋ということになる。

デスク周りを観察した。デスクの上には、木製の書類入れが置かれている。左手には蛍光灯スタンド。大きなルーペもあった。デスクの脇の床の上には小型のプリンタ。さらにその脇のカーペットの上に、何か重い物が置かれていたような跡。伊室の記憶ではここには古い金庫があった。鑑識が押収していったようだ。

鑑識の説明では、金庫の扉は閉じられ、施錠されていたとのことだった。中には不動産関連の書類のほか、銀行やゆうちょの通帳、印鑑類が収められていた。現金は入っていなかった。遺言書も見つからなかったという。

現金については、金庫の中だけではなく、家の中にまったく見当たらなかった。居間に落ちていた小銭入れの中には、数百円の硬貨があったが、やはり居間で見つかった財布には、紙幣は一枚も入っていなかった。銀行とゆうちょのカードが一枚ずつ、クレジットカードが一枚残っていただけだ。

不動産管理の会社の担当者が水曜日に持参したという三百万円の現金も見当たらなかった。もちろん一日二日のあいだに被害者が何か買い物をしたとか、支払ったということもありうるだろう。カネの出入りについては、いま金融機関からの回答待ちだ。いまの時点では、三百万円がそっくり強奪されていたとは断定できない。

デスクの右側には書棚が置かれていた。伊室はさっと書棚の本の背を眺めた。株やFX取引に関するガイドブックや参考書が数冊あった。景気の概説書も目についた。タイトルからは、ごく初心者向けの本だと想像できる。馬場幸太郎は、さほど熱心には株取引やFXをやってはいなかったのではないかと思えた。やっていたとしても、試験的に、少額で続けていた程度なのだろう。

書棚には遺言書の書き方の解説書もある。資料は買ったが、まだ遺言書をじっさいには書いてはいなかったということか。

デスクの手前にあるのは、事務用のキャスターのついた椅子だ。マッサージ・チェアは、その椅子と、部屋の入り口とのあいだの空間に置かれていたことになる。

鳥飼が伊室に訊いた。

「伊室さんは、変死体をこれまでにもいくつも見ているんですね？」

伊室は答えた。

「ほんの少しです」

「この件、殺害後、四日から五日目か。死亡推定時刻に幅がありすぎますね」

鳥飼の口調には、解剖医に対する非難がこめられている。もう少し死亡時刻を狭めて推定できなかったのか、ということだ。

昨日、司法解剖の結果が捜査本部に伝えられた。死亡推定時刻は木曜日午後八時から金曜日午後八時のあいだだという。別の言い方をするなら、被害者は落合千春が帰っていった後、およそ二十四時間のうちに殺害されたのだ。この死亡時刻の推定は、主に死体の医学的変化を根拠にしているとのことだ。もちろん捜査員たちには、もっと直接的な言葉でそれが伝えられた。被害者の胃の中は空であり、被害者の食事時刻やその内容を調べることで、死亡時刻を逆算することはできなかった。

伊室にしてみれば、せめて死亡推定時刻が山本美紀の訪問の前か後か程度までは限定してほしいところだった。いや、この推定は、山本美紀が殺害犯という可能性も排除していない。彼女の当日の行動については、あらためて詳しく聴取することになるだろう。

凶器は、幅が二センチ以上、二センチ五ミリ以内のベルト状のものであると伝えられている。被害者の首にこのベルトがひと巻きされていたのだ。巻き方から、犯人は右利きと推定されるとのことだ。

被害者の首には、首を絞められて抵抗したときにできる吉川線《よしかわせん》は認められないと報告されている。被害者の両腕はマッサージ・チェアの腕帯に通されていたから、抵抗することもできなかったということだろう。両方の下腕に擦過痕《さっかこん》があるのは、吉川線の代わりの抵抗の徴《しるし》と言えるのかもしれない。

指紋は、落合千春のものがいくつか採取されていた。寝室と浴室、勝手口のあたりだ。居間には馬場昌樹のものも残っていた。また、居間のテーブルや不動産関連の書類には、不動産管理会社の社員ふたりのものがあった。

もちろん、訪問販売のふたりの男の指紋も出ている。山本美紀の指紋は、三和土と居間との境の引き戸、その三和土側から見つかっていた。ほかに、誰のものかわからない指紋が、居間と台所からふたり分採取されている。

鳥飼が言った。

「ほかの部屋も見てみましょう」

三人は居間に戻った。

ソファとテーブル、それにサイドボード、テレビといくつか収納家具のある部屋だ。寝室と同じく、八畳間だ。カーペットが敷かれており、窓は駐車スペース側についている。サイドボードの上には、小さめの仏壇が載っていた。

インターフォンの位置は、台所に通じる入り口の脇の壁だ。モニターはついていないタイプである。誰か訪問客がチャイムを押した場合、受話器を取って、声だけでそれが知り合いか、無害な訪問客か、それともはた迷惑なセールスや勧誘かを確かめなければならない。しかも玄関は引き戸だから、オートロックではなかった。歓迎すべき来訪者だった場合は、こんどは三和土に下りた上で、玄関の引き戸のロックをはずさねばならなかった。

鳥飼が伊室の顔を見て訊いた。

「何か不審でも？」

伊室はインターフォンと玄関口を交互に見てから言った。

「被害者は、夜間はともかく、ふだん日中は玄関をロックしていなかったのかもしれない、という気がしてきました」

「年寄りのひとり暮らしで？　いくらなんでも、玄関を施錠していないというのは、不用心過ぎるでしょう」

「このうちが商売をやっていた時期は、日中、店は開けっぱなしだったはずです。閉店した時点で入り口を施錠し、あとは勝手口を使っていたのではないでしょうか。その習慣が続いていたのなら、さほど不自然でもありません」もうひとつ思いついた。「あるいは逆に、ふだんはかけっぱなしで、インターフォンにも出ない。訪問客から事前に電話があった場合だけ、あらかじめロックをはずしていたのかも」

最近は、老人が来訪者に対して居留守を決め込むことは稀《まれ》ではない。いや、若い世代にだって少なくない。

伊室は鳥飼に言った。

「応対にかかる時間を計ってみます」

伊室は寝室まで戻り、デスクの前の椅子《いす》に腰掛けた。マッサージ・チェアを使っていたにせよ、さほど距離は変わらない。

伊室は腕時計を見ながら椅子から立ち上がり、年寄りの歩き方を想像して居間へと歩いた。鳥飼が少し皮肉っぽい顔で伊室の動きを見ている。居間を横切り、インターフォンの受話器を取り上げて耳に当てるまで、十一秒だった。

西村が言った。

「せっかちな客なら、反応がなかったと思って、帰ってしまうかもしれませんね」

伊室は次に、インターフォンの前から玄関口へと歩いてみた。三和土に下り、サンダルをつっかけ、玄関の引き戸の前まで歩いて、錠のつまみをひねる。そこまで、八秒だった。

伊室は言った。

「面倒過ぎます」

鳥飼はとくに何も言うでもなく、ダイニングルームに移った。伊室たちも続いた。

そこはフローリングの部屋で、居間から見て左側にシンクと調理台がある。調理台の手前に勝手口。奥の壁に冷蔵庫があって、その右隣りには食器棚だ。部屋の中央にはダイニングテーブルがあって、椅子が四脚、向かい合わせになっている。

右手奥に階段があった。階段の上り口の脇の壁には、木製のドアがある。伊室はそのドアに近づいてノブを回した。ドアは奥に開いた。

奥行き一間、幅二間ほどの、家事室とも廊下とも言える空間だった。窓が横に広く取られており、居間よりも明るい。洗濯ものを干すスチールのパイプが、天井近くに渡されている。

伊室は窓のクレセント錠をはずして、窓を横に開いてみた。目の前はブロック塀だ。塀の向こう側には民家らしい建物がふたつ並んで建っており、そのあいだに路地がある。

その家事室のような空間の左右両方の突き当たりにも、ドアがあった。右手のドアを開けると、シャワー式のトイレが設置されていた。

左手のドアの内側は、洗面所と脱衣所を兼ねたような空間だった。洗濯機が洗面台の手前に置かれている。

脱衣所の奥が浴室だ。さほど古いタイプのものではない。この家全体の中では、わりあい最近改修された部分のようだ。長くても、十五年はたっていまい。たぶんトイレの改修工事と一緒だったのだろう。

裏手側の壁に、換気用の小窓がある。ひとが抜けられるほどの大きさのものだ。昨日、鑑識係から、この浴室の換気用窓は施錠されていなかったと説明された。

たしかにいま、レバーハンドルは水平の位置にある。ふつうの機構の錠であれば、ロックされていない状態だ。

伊室はレバーハンドルをつかんで、外に押してみた。窓は少しきしんだ音を立てて外に開いた。ブロック塀と裏手の民家が見えた。

鳥飼が言った。

「二階を見てみましょう」

伊室たちは家事室を戻り、ダイニングルームの端の階段で二階へと上がった。階段はL字型だった。途中に踊り場がある。上がってみると、二階は少し黴臭《かび》くも感じられた。ふだんほとんど使っていない空間のようだ。

階段の正面に廊下が延びており、左手に和室がふたつ並んでいた。手前の和室には、家具は何も置かれておらず、隅に段ボール箱などがいくつか積み重ねられている。奥の和室には座卓があり、隅に座布団が十枚ほど積み重ねられていた。

「十分です」と鳥飼が言った。

伊室たちは階下に下りると、再び被害者の寝室に戻った。

鳥飼が、マッサージ・チェアのあった位置に目を向けて言った。

「被害者はマッサージ・チェアに座っていた。背中は少し後ろに倒れていたんですよね？」

それは伊室への質問だった。伊室は手を持ち上げ、角度をつけて鳥飼に見せた。

「このぐらいの倒れかたでしたが」

完全な仰向けではない。いくらかリラックスしている姿勢、という程度だ。

「身体の向きは、デスクのほうですね。その姿勢の被害者を絞殺するとき、マッサージ・チェアの正面に回るのは不自然です。チェアの背もたれが邪魔になって、うまく絞められない。犯人は居間のほうから近づいて、チェアの背もたれの後ろから、いきなりロープを首に回したんでしょうね」

鳥飼が、そのしぐさをしてみせた。

「背中が倒れているので、うまい具合に首がさらされていた。難なく首にロープを巻きつけることができたんだ」

鳥飼が、右手を中空でぐるりと一回転させた。

そのジェスチャーは、わかりやすいものだった。まずロープを真横に一直線に持って、喉仏《のどぼとけ》に当てる。ついで後頭部側からロープを回し、首全体に巻きつける。たしかに、鳥飼の想像するかたちで、ロープは被害者の首に巻きつけられたのだろう。

鳥飼は、ロープを両手に持った格好のままで言った。

「あとは体重をかけて、左右に強く引く。ふいを突かれた被害者は、ほとんど抵抗もできないままに窒息死した。さほど体力は必要ありません。女でもできる。問題は」

鳥飼は、ロープを持つジェスチャーをやめると、居間を振り返って続けた。

「犯人の侵入に、被害者がどうして気がつかなかったのか、ということですね。背を向けていたとしても、居間の引き戸を開ける音がすれば気がつく。もしこの寝室の戸も閉じていたら、戸が開いた瞬間には、誰が来たのかと後ろを見ようとするはずですよね」

伊室が黙ったままでいると、鳥飼が言った。

「何か、想像するところを言っていただけませんか」

伊室は言った。

「まだ想像できるほど情報が整理されていないんです。ただ、マッサージ・チェアは少し後ろへ倒れていた。眠っていたことはありえます」

「流しの強盗か、顔見知りかという点はどうです？」

「強盗なら、ロープなりベルトなりを用意していたらしいところが引っ掛かります。被害者がマッサージ・チェアを使っていることを知らないのであれば、別の凶器を持ち込むほうが自然ですから」

「やはり顔見知りでしょうかね」鳥飼の言葉は、自分もそう考えている、と言ったように聞こえた。「顔見知りなら、声をかけながら後ろから近寄るということもできる。まったく警戒していない相手のすぐ後ろへ近づいて、さっとベルトをかければいいんですから」

「でも」と伊室は反論した。「顔見知りが訪ねてきたのだとしたら、被害者はインターフォンでそれを確認したあと、玄関で迎えたでしょう。施錠していない習慣なら、居間で、です。マッサージ・チェアに腰掛けたままということは、ありえない。ただ、勝手口が開いていることを知っている人間なら、静かに入ってきて、首を後ろから絞めることは可能です」

「知り合いが、勝手口から黙って入ってきてもいい」

鳥飼がもう一度寝室のほうに目を向けた。

「被害者を最後に見たのは、落合千春というデリヘル嬢でしたね。帰ったのが、木曜の午後七時前。死体は発見時、部屋着を着ていた。写真では、明らかにパジャマとは違う服でしたが」

「いわゆるパジャマではありませんでしたね」

「もし死亡時刻が木曜の夜だとしたら、被害者はデリヘル嬢のサービスを受けたあと、わざわざ部屋着を着たことになる。パジャマでよかったろうに」

伊室は言った。

「被害者の生活習慣はまだよくわかりませんが、眠るには早い時刻なのかもしれない。午後七時なんですから、それから食事、お酒ということになってもおかしくはない」

「男の生理として不自然だな。デリヘル嬢が帰ったあと、そのまま眠りこんでしまったほうが、納得できる」

「新聞が土間のほうのテーブルの上に置かれていました。金曜の朝刊です。家事代行の山本美紀が、土間の三和土の上に新聞が落ちていたので拾ったと言っていた。それがこの朝刊でしょう。つまり、被害者は金曜の朝、新聞を自分では手にしていない」

「新聞が配達されたときには、もう死んでいたと？」

「山本美紀の言葉が事実とするなら、そういうことになります」

「それを信じなければならない理由はないですよ、まだ」

「つまり鳥飼さんの読みは、被害者は金曜日の日中、部屋着を着ている時刻に殺されたと」

　鳥飼は大きくかぶりを振った。

「まだすべて仮説ですよ。何も断定していない」それから口調を変えて言った。「外を見てみませんか」

　伊室は同意した。まだこの家の外周りは、さほど詳しく見ていないのだ。

　玄関から外に出て、西側の更地の側から家の裏手に回ってみた。建物の外壁と裏のブロック塀とのあいだには、六十センチほどの隙間ができている。なんとか通ることができた。ブロック塀の高さは、百五十センチほどだろう。裏手は反対方向側の道路に向いて民家が建ち並んでいる。この家に侵入するのに、裏手から回るのは実際的ではなかった。民家の庭や窓のすぐ下を抜けてこなければならないのだ。侵入犯がこのブロック塀を乗り越えた可能性は薄い。

伊室は身体を斜めにして、さらにブロック塀と建物のあいだの奥へと進んでみた。スチールの物置があって、行き止まりと見えた。勝手口のあった駐車スペースの、さらに奥という位置だ。物置の正面は、隣りのアパートに向けて設置されているようだ。アパートの住民のための、屋外物置として使われているのだろう。

もしこの物置部分の土地がアパートのオーナーの所有だとすると、馬場幸太郎の家の敷地は真四角をしていないことになる。隅の欠けた四角形と言えるか。このような不整形の敷地は、測量が必要になるたびに地主の間で交渉が行われて、次第に使いやすい形となっていくものだが。

伊室は気になった。この扱いにくいスペースの所有権をめぐって、これまでトラブルなどはなかったのだろうか。不動産管理会社の社員たちはとくに言っていなかったけれども、訊《き》いてみる必要があるかもしれない。

後ろから鳥飼が訊いた。

「家のそっち側に回れるんですか?」

伊室は、建物と物置との隙間を目測してから答えた。

「無理をすれば、通れそうです」

身体を横にして入れてみると、なんとか通り抜けることができた。スーツが多少汚れたけれども、大人の男が絶対に抜けられないような隙間ではない。

鳥飼と西村も、その隙間を抜けてきた。

玄関前まで戻ってから、鳥飼がスーツについた埃《ほこり》を手で払って言った。

「裏手のブロック塀から、風呂場《ふろば》の窓を使って侵入することはできますね。勝手口が施錠されていた場合ですが」

伊室は、いま自分が通り抜けてきた隙間の方に目をやってから言った。

「裏の隙間を知っているということは、この家にそうとうに詳しいということですよ」

「この近辺に詳しい、というだけでも十分です。周辺を、ちょっと歩いてみませんか」

鳥飼の言葉は、口調こそ丁寧だけれども、もちろん提案ではなかった。指示だ。彼は伊室よりもひとまわり以上若いが、捜査一課から来た男だ。ここで彼が伊室たちを主導していくのは当然だった。

鳥飼が、一方通行の通りを西方向に歩き出した。伊室と西村も一歩遅れて続いた。

やがて四つ辻《つじ》に出た。

ここを左に折れれば、北本通りに出る。そこは赤羽交差点のすぐ手前ということでもある。北本通りまでの道は、左側にお寺の塀が続くこともあって、いくらか殺風景だ。右側には、設備とか建築関連の業者の事業所が並ぶ。小売店はまったく見あたらない。主婦らしき女性が、すれ違うときに伊室たち三人に目を向けてきた。この通りでは、スーツや、ジャケット姿の男三人は目立っている。

鳥飼が言った。

「ここいらは、アジアのひとたちが多いエリアですよね」

伊室は答えた。

「特別に多いかどうか。東京はいま、どこも似たようなものだと思いますが」

「いいや、赤羽は別格ですよ。中国人スナックやらクラブやらも多いはずだ」

「赤羽にそういうイメージがある、ということは承知していますが」

「捜査本部に戻ったら、管内の窃盗《せっとう》事案についての資料を少し見たいところです。外国人窃盗グループが、最近この付近を荒らしているということはないですか？」

「外国人グループによるものはとくに」

「外国人による犯行と推定できる事案は？」

「ピッキングとかということですか？」

「手口はいろいろにせよ」

「この一年に限っていえば、なかったと思います」それから言った。「いまの現場を見る限り、押し込みや居直り強盗の線は薄く感じられましたが」

「わかりませんよ。あの連中も、いっときほど荒っぽくはないようですから」

「それで凶器がベルトですか？」

「ですから、可能性ですよ。刃物を脅しに使うつもりで侵入して、殺害にはベルトを使

ったのかもしれない。返り血を浴びるのはまずい、という判断は、連中だってするんで
すから」

歩きながら、鳥飼が言った。

「防犯カメラを置いていそうな店とか事業所は見当たりませんね」

伊室は言った。

「北本通りに出て左に二百メートルほど行くと、コンビニがあります。被害者が使って
いたとすると、そこだろうと思える店です」

北本通りに出た。片側三車線の幹線道だ。すぐ右手に赤羽交差点がある。北本通りは
赤羽交差点で直角に折れて、新荒川大橋まで延びてゆく。交差点を直進すれば、道は環
八通りとなる。

伊室は東方向を示して鳥飼に言った。

「そっちにも地下鉄南北線の赤羽岩淵駅。北本通りにぶつかる広い道は、赤羽東本通り。
JRの赤羽駅前に通じています」

「ラ・ラ・ガーデンというアーケード街のことですか?」

西村が答えた。

「違います。ラ・ラ・ガーデンという商店街は、東本通りと直角に交差している通りで
す」

鳥飼が、一瞬だけ余計なことを言ったという表情になった。

伊室は自分の説明につけ加えた。

「犯人が徒歩だったとすると、地下鉄赤羽岩淵駅か赤羽駅を使ったでしょう。渡った横断歩道は、ここか、東本通りとの交差点、どちらかです」

「車だった場合は？」

「ここに出て左折か、現場前の一方通行の道をそのまま直進して、新荒川大橋にかかる手前の北本通りに出る。信号はありませんが、そっちだと左折も右折も可能です」

「つまり埼玉に逃げられる、ということですか？」

「そういうことになります」

「埼玉の犯罪者が、東京にまで出張ってきてほしくないですね」

伊室は黙ったままでいた。

鳥飼が腕時計を見てから言った。

「防犯カメラのデータが来るまで、少しありますね。赤羽駅まで歩いて、また現場に戻りましょう」

今朝、赤羽署の刑事課長から、東京メトロとJR東日本より提供された防犯カメラのデータについて伝えられていた。いったん科学捜査研究所に提供されていたデータが、午後三時ごろに捜査本部にも届けられるという。届くまで、赤羽駅前まで歩いてみるだけの余裕はあった。帰路は東本通りを使ってもいい。

伊室たちは北本通りを渡った。その先の道路は、さほど広いわけでもないのに、車の通行量がいきなり増える。通行人の数も多くなる。北本通りを境に、このエリアは完全に様相を変えている。

ＪＲの高架にぶつかる少し手前で、左手に折れた。赤羽駅東口北側の飲食街に通じる道だ。集積度の高い住宅地で、小売店や飲食店が増えてきた。何組か、外国語を話す通行人とすれ違った。ひと組は確実に中国語だったが、あとはどこかアジアの国の言葉を話していたようだ。

「ほら」と、鳥飼はいくらか満足気に言った。「これが、地域特性ってやつでしょう」

「というと？」と伊室は訊いた。

「外国人。いかにも赤羽らしいじゃないですか。治安も悪くなりますよ。ここで一発、外国人犯罪グループを摘発できたら、最高ですね」

同意を求められたのだろうか。伊室は鳥飼の横顔を見た。独り言だったようだ。伊室は黙っていることにした。こんどの事件の捜査に、自分はそんな目標を立てて従事するつもりはなかった。捜査の結果がそうなるのであれば、それはそれでいいが。

鳥飼が、すれ違っていった外国人を振り返ってから、伊室に訊いてきた。

「赤羽の中国人スナック街というのは、このあたりですか？」

「いえ」少し集中していると言えるのは、あの赤羽ベルサイユのあったエリアになる。「駅の南口のほうです」

「ぼったくりバーもあるでしょう?」

「生活安全課が、被害届が出るごとに摘発していますよ。取り締まりは、効果を挙げているはずです」

ちょうど東口北側の、居酒屋や安飲み屋が密集するあたりまで来た。すでに営業を始めている飲み屋がいくつもある。

すれ違う通行人をかわしながら、赤羽駅東口の広場の北側に出た。ここを左折すると、百メートル少々で赤羽東本通りである。

鳥飼が腕時計に目をやって言った。

「ここまで、現場から十分弱というところでしょうかね。このあたりの飲み屋街も、被害者の徒歩行動圏内だ」

西村が言った。

「スズラン通りのほうに行ってみますか?」

鳥飼が西村が指差す方向へと歩きだした。伊室も続いた。

通行人の多い歩道を進むと、やがて真正面にアーケードが見えてきた。アーケードの正面に、LaLaガーデンと商店街の名が記されている。その右側には、小さめの文字で、赤羽スズラン通り、とあった。赤羽岩淵中学校前交差点までの、およそ三百メートルほどの長さの商店街だ。

地元の住人も近隣の商店主たちも、このアーケード街をスズラン通りと呼ぶのがふつうだ。横文字の名称は、余所者《よそもの》とか広告関係者以外には使われることはないのではないか。

伊室たちは赤羽東本通りを渡り、アーケードのあるその商店街を端まで歩いて引き返した。東本通りまで戻って、こんどは右折である。東本通りは、商店街というよりは、オフィスビルや高層の集合住宅の多い道路だ。通行人の数は少なくなる。三人は道の東側の歩道を、並んで歩くことができた。

鳥飼が、歩きながら言った。

「さっきの疑問、まだ自分には納得できていないんですよ」

伊室は訊いた。

「死亡推定時刻の件ですか？」

「ええ。デリヘル嬢が帰ったあと、被害者がわざわざ部屋着を着たと仮定するのは、わたしにはとても不自然に思える。かといって、胃は空だった。年寄りが部屋着を着ていて、空腹で、マッサージ・チェアを使っている、という状況とは、いったいどういう時間帯なんですかね。被害者は朝起きてすぐに、マッサージ・チェアに腰掛けた、と仮定するのも、やっぱり奇妙でしょう？」

伊室は言った。

「デリヘル嬢が帰ったのは午後七時十五分前ぐらい。健康な六十四歳の男性でしたら、やっと宵の口です。部屋着を着て、それから食事の支度でも、と考えていたのかもしれません」

「夜の食事支度の前に、マッサージ・チェアですか？」

「チェアはデスクのほうを向いていました。あのチェアはマッサージ専用ではなく、デスク用の椅子の代わりだったとは考えられませんか？」

「デスクの前には、別の椅子がありましたよ」

「ちゃちな椅子でした。何か書くときには、あんな椅子のほうがいいんでしょうが」

「マッサージ・チェアに腰掛けてしまったら、デスク仕事はできませんよ。デスクの上には、ノートパソコンがあったのでしたよね」

「鑑識が押収していますね」

「マッサージ・チェアに腰掛けたら、キーボードを打つのも大変だ」

西村が言った。

「ノートパソコンを膝《ひざ》の上に載せて使っていた、としたらどうです？　マッサージ機能はオフにして。あのチェアは、くつろぐための椅子としても使えます」

　鳥飼が伊室に顔を向けた。

「パソコンに、電源は入っていましたか？」

　伊室は答えた。

「たしかパソコンの画面は黒かったと思います。スリープだったのかもしれませんが」

「起動とシャットダウン時刻の記録、まだ鑑識から報告はないけど、理由はなんでしょうね？」

「膝から落ちて壊れたとか。そのせいで、まだなのかもしれません」

「シャットダウン時刻から、死亡時刻をもっと絞っていけるといいけど」

　北本通りに出た。伊室は、東京メトロの赤羽岩淵駅入り口が左手にある、と鳥飼に言った。念のために見ておきますかと。

　鳥飼が同意したので、東本通りの横断歩道を渡り、赤羽岩淵駅の入り口を入って、改札口まで下りた。この時間帯、赤羽岩淵駅の乗降客は少ない。伊室たちは、防犯カメラの位置を確かめてから、もう一度、東本通りに出た。

　北本通りを北に渡ると、鳥飼が確認した。

「被害者自身も、買い物とか飲み屋に行くなら、ここを使う？」

「半々ですね。スズラン通りのスーパーに行くなら、この横断歩道。飲むか食べに行くなら、赤羽交差点のほうが自然かなという気もします。ただ、被害者のなじみの店などはわかっていません」

北本通りを渡り切ってから、歩道を右手に歩いた。酒屋の前に出る道まで、百メートルほどだった。赤羽署が確認しているとおり、そこまで防犯カメラを設置している商店などはなかった。いったん通りの入り口を通りすぎて、さらに五十メートル歩いた。コンビニがある。ここの防犯カメラのデータも、きょう捜査本部に届くことになっている。コンビニの前まで来たところで、係長の新庄正男から電話があった。科学捜査研究所で精査していた各種のデータが届いたという。防犯カメラの映像や、ゴミ箱や冷蔵庫の中身の画像、パソコンの起動記録、メールやサイトの閲覧履歴などだ。さらに、被害者が使っていた銀行口座の入出金記録も、過去一年分が届いたのだ。伊室たちはすぐ赤羽署に戻ることにした。

捜査本部の置かれた武道場には、捜査員が四人いた。隅のほうに設置されたテーブルで、書類の束をひっくり返したり、パソコンの画面を見つめている。

伊室たちはまず、ゴミ箱に捨てられていたゴミや郵便物、レシート類の画像を見ていった。

北本通りのコンビニのレシートが二枚残っていた。日付は、前週の月曜日と水曜日のものだ。

時刻は月曜日が午後三時二十分、水曜日が午後二時五分。必ずしもコンビニに行く時間は決まっていなかったようだ。二回とも、紙パック入りの日本酒を二個ずつ買っている。それに、さきイカ、タラの燻製《くんせい》などの酒のつまみが少量だ。調理の必要な食品は買っていない。

スーパーマーケットのレシートも一枚見つかっている。火曜日のものだ。時刻は午後二時七分。買っているのは、ごくあたりまえの日常の食品類だった。

冷蔵庫の中身の画像を見てみた。大型のスリードアの家庭用冷蔵庫で、中身はあまり入っていなかった。鶏卵もないし、牛乳、ヨーグルトの類《たぐい》もない。

強精剤ドリンクが二本あるのが目についた。

鳥飼が画面を指差して、皮肉っぽく言った。

「こういうものを飲む男ってのは、強いのか弱いのか、どっちなんでしょうね。欲求は、間違いなく強いんでしょうが」

醤油《しょうゆ》、麵《めん》つゆ、ぽん酢などの調味料類は多かった。被害者は、少量ずつの食品を買って、自分で簡単な料理もしていたのだろう。

冷凍室には、うどんのほかに、肉や野菜の冷凍パックがいくつかストックされている。野菜室には、キャベツとレタス、トマトとナス。

冷蔵庫のそばの箱の上には、二リットル入りの水のペットボトルが二本。

画面を見ながら、鳥飼が伊室に言った。

「被害者は、男のひとり暮らしだけれど、わりあいマメだったようですね。晩酌もしていた。酒は近所のコンビニで買う習慣だったようだ。ただし、大酒飲みではない」

伊室が言った。

「コンビニには、一日おきに行っていたようですね。なので、このレシートからは、死亡時刻をさほど絞ることができない。金曜日のレシートがないのは、殺されていたからか、まだ行く必要がなかったからかはわかりません」

「冷蔵庫の中身を見ると、ときどきはもっと大量に買い物をしているという気がしますね。でも、二リットルのペットボトルなんて、年寄りが持ち運ぶには、重すぎませんかね」

「宅配を頼んでいたか、家事代行業者が代わりに買い物をしていたのかもしれない」

鳥飼が言った。

「山本美紀という女のことですか？」

「彼女は数カ月おきですから、ほかの業者が来ていた可能性もあります。まだ古い通話記録は調べ切れていません」

「彼女は、食事は作っていたのかな。それも業務のうちだったのだろうか？」

「お客の要望には、いろいろ柔軟に対応すると言っていましたよ」

「年齢は三十歳？」

「ええ」

「ひとり暮らしの六十過ぎの男が、三十歳の女性に手料理を作ってもらったら、けっこう舞い上がるかもしれませんね」

伊室は、山本美紀の地味な顔だちと雰囲気を思い起こした。男の好みはさまざまだから、被害者が、家事を代行する山本美紀に何かそそられるものを感じてもおかしくはない。ただ、山本美紀自身は、それを売り物にしてあの仕事をしているようには見えなかった。むしろ、自分に性的な魅力があると受け取られることさえ迷惑、あるいは危険と考えている節さえ見受けられたが。

鳥飼が、ダイニングルームの画像を画面に呼び出した。古い四人掛けのテーブル。向かい合っている四つの椅子。

鳥飼が画面を指さして言った。

「歳《とし》の離れた女性に手料理を作ってもらって、差し向かいで食べる。いい時代ですよね。カネさえ出せば、そういう望みもかなう。それ以上のことを望むなら、デリヘル嬢を呼べばいい。もしかしたら、両方の要望に応《こた》える女性もいるかもしれない。もっとも、鼻の下を伸ばして犯罪被害に遭う男も出てくるわけだけれども。ほら」

鳥飼が、ひとりの女性の名を出した。毒婦、という言葉で、マスメディアが事件を派手に取り上げて私生活を報道した女性。彼女は、独身の男たちを狙《ねら》い、カネを巻き上げたうえで殺した、として逮捕、起訴され、裁判はまだ続いている。

彼女をめぐる不審死事件が発覚したあと、いくつか似たような種類の犯罪がたて続けに話題になった。

鳥飼が言った。

「ああいう犯罪者をひとり摘発できれば、やっぱり世のためだよなあ。世間はそういう事件のニュースを通じて、学習できるんだから」

西村が、鳥飼の言葉を遮るように言った。

「パソコンの記録を、見てみませんか？」

鳥飼が西村を見た。話の腰を折られて不満だ、と思っているのは明白だ。

鳥飼が訊いた。

「もう誰かやっているんでしょう？」

「うちの樋口が」と西村。

隣りのテーブルの前で、樋口が顔を上げた。彼の目の前には、デスクトップのパソコンが置かれている。お話できますよと言っている顔だった。

伊室たちは、樋口の後ろに移動した。

樋口が、自分のパソコンの画面を示した。被害者のデスクまわりの画像が表示されている。

「発見時のノートパソコンの状態です」

パソコンはデスクの上にある。ただ、デスクの天板の各辺に対して、少し曲げて置かれている。身体《からだ》を斜めにして向かい合うなら、その置きかたでも不自然ではないが。

「AC電源コードはつながっていました。電源は入ったままで、スリープ状態だったそうです。最後に電源を入れたのは、木曜の午後四時十八分」

落合千春がやってくるほぼ一時間前ということになる。

樋口が、数字のぎっしりと並んだコピー用紙を、伊室たちに示した。

「最近一カ月の起動とシャットダウン時刻の記録です。平日の場合、朝からおおむね一日に二回か三回、合計で七、八十分前後、ネットに接続していたようです」

「朝というのは何時？」と鳥飼。

「だいたい七時十五分前後です」

「一回ごとに、必ずシャットダウンしているの？」

「ええ、こまめに切っているようです」

「ネットの閲覧履歴で、何か気になるようなものは？」

樋口は、べつのプリントを出して伊室たちに示した。

「起動してすぐは、だいたい為替取引のサイトを最初に見ているんですが。ただ、木曜日の最後は、あまりよくわからないサイトを見ているんですよ」

「よくわからないサイト?」

樋口が、ネットに接続したパソコンの前に移動した。伊室たちは、樋口の後ろに立った。

樋口がマウスを操作して、パソコン画面を示した。

「これが木曜日の閲覧履歴なんです。この日四度目に起動してすぐに、為替取引サイトを見ているんですが、というか、このサイトがホーム画面に設定されているんですが、そのあと通販会社のホームページをいくつか覗《のぞ》いています」

鳥飼が言った。

「何を買っていたんだ? 健康グッズがあふれているような家じゃなかったけど」

樋口がまたマウスを動かして言った。

「そして、このサイト」

画面に、パステルカラーのホームページが表示された。

伊室は思わず上体を屈《かが》めて、その画面のテキストを読もうとした。

タイトルはこうだった。

「双子《ふたご》座《ざ》くるみのブログ」

青空の写真がタイトルの背景になっている。

記事の見出しに当たる部分はこうだ。

「昨日はひさしぶりに、青山で友人たちと午後の女子会」

その下に写真。喫茶店のものらしき白いテーブルがあって、三人分の紅茶とスイーツが写っている。

鳥飼が、面倒臭そうに言った。

「出会い系のサイトか？」

樋口が言った。

「そうは読めませんね。女性が書いていますが、あたりさわりのない日記のようです」

「詐欺《さぎ》サイトへの誘導になっていないか？」

「そうも見えません」

「サイトを作っているのは、どんな女？」

「本名は書いていませんね。はっきりした個人情報はなし。ただ、文章から判断すると、渋谷あたりに勤務先があるようです。人材派遣をしている会社らしい」

樋口が画面をスクロールした。

伊室は画面を注視した。

そのページの終わりまで、数日おきの日付で、十日分ほどの日記がアップされている。話題はもっぱら友人たちとのお茶や食事の報告らしい。たしかに出会い系サイトのようではないし、詐欺サイトとも感じられなかった。

被害者がこのサイトを熱心に読む理由がわからない……。

ただ、と伊室は思い出した。被害者は、ハウスキーパーを個人請け負いしてくれる女性を探していた？　この女性が人材派遣業らしいという点は、何か山本美紀とつながりそうな気もする。山本美紀というハウスキーパーの存在を、被害者はこのようなサイトを見ているうちに見つけたのではないか。

うまく想像がかたちにならないうちに、樋口が画面を切り換えて言った。

「水曜日も、ずいぶん熱心に通販サイトを見ているんです。この日は、レディースのブランド雑貨のサイトが中心です」

若い女性モデルがふたり並んだ画面だ。靴、バッグ、ベルトなどを扱っているネット・ショッピングのサイトだった。

鳥飼が言った。

「下着を買っているんじゃないとしたら、被害者は女にいろいろ貢《みつ》いでいたんだな。高価なブランド品を、いろいろと」

樋口が見せた次の画面も、通販サイトだ。こちらは女性用の時計やサングラスなどの写真が並んでいる。

鳥飼がまた言った。

「相手は、デリヘル嬢かな」

伊室は、落合千春への事情聴取を思い起こして言った。

「彼女はとくに、被害者からのプレゼントのことは口にしていませんでしたね」

「容疑をかけられまいと、少しでも不利な事実は隠しますよ。何か金目のものをもらっていたなんて、告白しにくい。貢がせていたか、訊いたわけじゃないんでしょう?」

「チップをもらったかは確認しましたよ。トラブルがあったかどうか、知るために」

待て、と伊室は、落合千春の証言で、小さく気になった部分を思い出した。彼女が被害者宅を出たのが、午後六時四十五分ころ。店の待合室に戻ったのは、午後の七時少し前という時刻だった。

車での送迎だから、被害者宅から店まで、早ければ五分で移動できる。ほんの少しだが、彼女の移動には、時間が余計にかかっている。

しかしJRの列車の運行とは違って、ひとはかなり無駄な動きをしたり、時間を食う雑事にかまける。記憶や証言とは、この程度の食い違いが出てもおかしくはない。

あのときは伊室自身もその範囲の差だと解釈して、それ以上の追及はしなかったのだが。じっさいは、落合千春が供述よりもあと数分ばかり、被害者宅に長居したことは考えられるのだ。終わったと会社に連絡して、それから馬場幸太郎と五分ばかり雑談となったか。

鳥飼が言った。

「もし貢がせていた事実を隠したとすれば、彼女にはあらためて事情聴取の必要がありますね。被害者は、ただの客以上のものだったんだ。いい金づるだったんですよ、きっと」

伊室は樋口に言った。

「過去三カ月間の閲覧履歴なんて、残っているのか?」

「そっくりコピーされています」

「ほかに気になるサイトがあったら、教えてくれ」

「そのつもりです」

「銀行口座の入出金記録は、誰が調べてる?」

樋口はデスクの右手にあるクリア・ファイルを示して言った。

「過去一年分のが来ています。まだ見ていないんですが」

西村が言った。

「おれがやりましょう」

「このあと、頼む」

ほぼ一時間たったころだ。西村が伊室を呼んだ。

西村が陣取っているデスクへ行ってみると、彼は目の前にプリントを並べている。右が銀行口座の入出金記録、左が通話記録のようだった。西村は右手に、黄色いマーカーペンを握っていた。

「ちょっと面白いことが」と西村が言った。

席をはずしていた鳥飼が、そこに戻ってきた。

「どんな？」

西村が、伊室と鳥飼を交互に見てから、プリントをマーカーペンで示しながら言った。

「被害者の普通口座の預金残高は三千万円少々、去年の年収はおよそ一千四百万円で、このうち不動産収入が一千二百万円です。不動産管理会社から、毎月振り込まれています」

伊室は言った。

「小金持ち、という評判は本当だったな。富豪じゃないにせよ」

鳥飼が訊いた。

「年収の差額の二百万円は？」

「為替取引で出た利益のようです」

「意外に儲《もう》けているんだ」

「毎年かどうかはわかりませんが、去年は為替取引の口座からこの額が移されています」

「暮らしぶりは地味に見えたな」

西村は入出金記録を示して言った。

「光熱費など自動引き落としの他に、過去十二カ月の引き出し額の合計は五百七十万円です」

鳥飼が、そのプリントに顔を近づけた。

「そんなカネ、どこに使っていたんだ？　あのひとり暮らしで、家賃がかからないなら、年間三百万円ぐらいで済まないかな。たとえ月に一回、デリヘル嬢を呼んだとしても」

「被害者は毎月三回、十万円ずつ引き出しています。これがいわゆる生活費なんでしょう。ただ、不定期にまとまった金額も下ろしています。去年九月からこの六月までのあいだに四回、九月、三十万。十二月、五十万。四月、五十万。六月、八十万です」

「何に使っているんだ？」

「わかりません」

西村が脇《わき》のノートパソコンを指して言った。

「領収書の画像を見てみたんですが、この金額に該当しそうなものは見当たりませんでした」

「生活費三百六十万のほかに、何に使われているのかわからない支出が、二百十万円もあるのか」

伊室は西村に訊いた。

「先週、不動産管理会社が持ってきた三百万は、入金されているか？」

「いいえ」と西村。

鳥飼が、少し愉快そうに言った。

「合計すると、消えたカネが五百十万だ」

「そのほかに、クレジット会社の引き落としで、通販会社への支払いが六十万近くあります」

「何を買っているんだ？」

「これから問い合わせます」

伊室はもうひとつ西村に訊いた。

「毎年、同じようなカネの使い方なのか？」

「いま見たのは、直近一年分だけです。それ以前もそうかどうかは、まだ届いていません」

「面白いこと、と言っていたのはどの部分だ？」

西村が、電話の発信記録のプリントを示した。三枚のプリントに、黄色のマーカーで塗られた電話番号がある。

「被害者が家事代行の山本美紀に電話した日を見てください。十三カ月のあいだに、五回ありますが、奇妙なカネの引き出し時期と、ほぼ合致しているんです。一日二日の前後はありますが、日付がかなり接近している」

西村が、発信記録のプリントの横に、入出金記録のコピーを並べた。

入出金記録のうち、四回のまとまった引き出しの部分にはピンクの蛍光インクが引かれている。日付を見ていくと、山本美紀への電話の翌日か翌々日というのが目につく。ただし、去年の九月の三十万の引き出しは、山本美紀への電話の十日後である。去年十二月の五十万の引き出しは、山本美紀への電話の前々日だった。

伊室は言った。

「去年の九月は、電話と引き出しが合致していると言い切れるかな」

西村はとくに反論せずに続けた。

「山本、赤羽ベルサイユと二件電話して、それからカネの引き出しという流れになっているときが、一回あります」

六月の引き出しがそれにあたるという。八十万だ。

「赤羽ベルサイユに単独で電話、というときは？」

「ありません。ただ、気になることがもうひとつ。その六月の引き出しの日付ですが、山本美紀に電話した翌日に、赤羽ベルサイユに電話。その日には、息子の馬場昌樹から着信があった。そして午後に、八十万円を引き出しているんです」

鳥飼がプリントの記録を見つめて言った。

「その三人の誰かに渡すため、カネを引き出したんですね」

息子の昌樹の手には渡っただろうか、と伊室は考えた。彼はメイド喫茶オープンの費用を出してほしいと被害者に乞《こ》うていた。それが拒絶されたとは言っていなかったし、一部はすでに出してもらっていてもおかしくはない。じつの息子の自立のためなら、多少のことはしてやりたいと思うのが父親だろうから。

伊室は鳥飼に言った。

「三人全員が、カネを受け取ることが可能だった、と考えておいたほうがいいんでは？」

「いや」と鳥飼。「落合千春というデリヘル嬢と息子は、無視していいでしょう。デリヘル嬢は、最近のつきあいだし、息子から電話がかかってきたのは偶然だ。だけど、この一年と少々の流れを見ていくと、山本美紀に電話した日とカネの引き出し日の関係は、偶然とは思えません。深い意味がある」

伊室は、電話の発信記録を見ながら首を振った。

「山本美紀の訪問日は特定できない。この発信記録からわかるのは、山本美紀に電話をした日付だけです。カネの受け渡しができたかどうか、判断がつきません」

鳥飼が首を振りながら言った。

「ふつうはデリヘル嬢がくる前に、部屋と風呂の掃除だ」

「今回は違っていますがね」

「違ったから、これまでとは違ったことが起きたとも考えられる。いずれにせよ、電話して訪問日を決めたあとにカネの引き出しという順番です。べつの言い方をすると、家に現金があった日と訪問日が一致する、ということです」

「それは、六月のデリヘル嬢と息子にとっても同じですが」

「風俗と息子では、去年十二月にカネが引き出された理由を説明できません」

「年末は、何かと支払いの多い時期です」

「領収書も見つかっていない。領収書が取れるような支払いではなかったんですよ」

「去年九月は、電話から十日後の引き出しです。山本美紀とカネの引き出しは無関係、と言い切れるのでは？」

「最初の仕事依頼のときですよね。何ごとも段階が必要でしょうから、このときは大金は動かなかったんでしょう。いわば最初は、トライアルだった」

「トライアル？」

「依頼主と業者が、互いの相性を見るための」

「山本美紀の仕事は、家事代行ですよ。相性のチェックが必要ですか？」

「自分の家の中に入れて、洗濯までしてもらうんでしょう？　相性は重要になると思うな」

たしかに、山本美紀自身も、同じようなことを言っていた。自分たちもまた客を選ぶと。

鳥飼がさらに言った。

「この女性は、もしかすると、ずいぶん高い料金を取っていたんじゃないかな。それなら、カネの引き出しにも納得できる」

「それは、性的サービスの対価として支払われたということですか？」

「はっきり言ってしまえば」

「たとえ三十万円だとしても、法外な金額ですが。いや、そもそも被害者は、性的サービスは風俗店に依頼していたんです」

鳥飼は、ふいに微笑を見せて言った。

「ちょっと大胆なことを言っていいですか？」

伊室は肩をすぼめた。

「かまいませんが」

「被害者は、純情すぎた。だから女にカネを支払ったのだとは考えられませんか？」

「純情？」

思いがけない言葉に伊室はとまどった。そんな言葉を捜査一課の捜査員が口にするとは。

「どういう意味なんです？」

「この山本美紀という家事代行業の女は、たしか最初の日にセクハラをきっぱりはねのけたとのことでしたね？」

「本人の話では」

「だけど、仕事を受けること自体は拒んでいない。そのあと四回も引き受けている。つまり彼女は被害者にとって、世の中で自分を嫌がっていない、数少ない女性のひとり、ってことですよね」

「デリヘル嬢もいる」

「デリヘル嬢のお愛想は仕事です。山本美紀はいちおう堅気でしょう。その女性が、自分を嫌がらずに、電話一本で家事をするために訪問してくれる。ひとり暮らしの六十代の男性が、そのことをどう誤解するか、想像がつきます」

「被害者は、一般企業で営業職に就いていたし、結婚も二度しています。けっして女性に対してウブな男ではありませんよ」

「いまの境遇と年齢を考えてください。二度結婚に失敗し、何かと不自由なひとり暮らしが、十年近く続いている」

伊室は意外に思った。見方を変えれば、馬場幸太郎の後半の人生はそのように要約できるのか。伊室には、彼は二度の結婚をさっぱりと清算し、不労所得で悠々自適の生活をしていた、と見えていたのだが。

鳥飼は続けた。

「しかも自宅にデリヘル嬢を呼ぶほどに、そっちの飢餓感も切実だった男です。そこに、ひとりでやってきて、文句も言わずに家事をやってくれる女性がいる。身持ちも堅い。カネではどうにもならない女性だけに、いっそう思い焦《こ》がれるということは考えられませんか？」

鳥飼はいよいよ愉快そうな顔になった。自分の想像に自信を持ち始めているのだろうか。

伊室は、少し皮肉な調子で言った。

「だから、大金を下ろして山本美紀を待っていた、とおっしゃるんですか？」

「もちろん」と鳥飼は言った。「女のほうは、したたかでしょう。さりげなくねだったか、カネに困っていることをほのめかしたか。だから被害者はその都度、三十万なり五十万なりのカネを引き出して待っていた。セックスの対価としては法外だけれど、堅気の女の好意の値段と考えれば、高過ぎないと考える男だっている」

「つまり鳥飼さんは、この件はカネをめぐるトラブルで、山本美紀が馬場幸太郎を殺した、という読みなのですね？」

「不自然なカネの動きの理由を読んでみた、ということですが」

「被害者がそれほど純情な、もっと言えば単純な男だったとは思えません。もしそうだったとしても、というか、だとすれば山本美紀が被害者を殺す理由はなくなります。もっとその関係を続けていたほうが、利益は大きかった」

「貸したことにしていたのかも。その返済期限が先日だったか」

貸した、という意識だったのなら、純情ではない。

鳥飼が苦笑した。

「でも、前後はあるにせよ、電話とカネの引き出しは接近している。偶然の符合じゃありませんよ」

「繰り返しになりますが、去年九月の引き出しは、山本美紀とはまったく無関係な日付に見えます。電話から十日後の引き出しです。重なっているというには無理がある。十二月の引き出しは、山本美紀に電話する前、アポイントを取る前です」

鳥飼は言った。

「先にカネを用意した、というだけのことでしょう。どうであれ、山本美紀にはもう一回事情聴取する必要があります。被害者から、家事代行の料金以外にカネを受け取っていないか、カネ以外のものをもらったことはないか、ほんとうに性的サービスはしていないか」

伊室は、外国人犯罪グループはあとまわしなのか？　と、皮肉を言うことはこらえた。

「きょう、山本美紀を呼びますか？」

鳥飼は腕時計を見て首を振った。

「明日、朝いちばんにしましょう。上にも話を通しておかなければ」

伊室は鳥飼、西村と共に刑事課のフロアに下り、捜査本部のメンバーでもある係長の新庄正男に、山本美紀事情聴取の件を伝えた。

「いいぞ」と新庄は短く同意した。

4

そこはJR埼京線板橋駅の西口から北方向におよそ二百メートルほど歩いた場所だった。商店街のはずれ、という雰囲気の通りで、左右にはさほど大きな建物はない。ひとつだけ、JR線の高架寄りにタワーマンションが屹立《きつりつ》していて、その建物がこのあたりでは最も目立つ、そして事実上唯一《ゆいいつ》の高層ビルだ。通りの先に、首都高速環状線の構造物が見える。都営三田線の新板橋駅にも近い位置だ。

西村が運転席から左手前方の建物を見て言った。

「そこの白いビルのようです」

伊室は後部席から、そのビルを見た。七階建てだろうか。一階に薬屋があり、二階は学習塾だ。けっして洒落《しゃれ》ているとは言えない雑居ビルで、たぶん住戸の間取りも2LDK以下だろう。

朝の八時五分前だ。出勤するところと見える通行人が足早に歩いている。小学生、中学生の姿もある。捜査車両はこの一角に入ってから、ずっと徐行していた。

その建物の前に、一台の白いワゴン車が停まっている。四人乗っているようだ。

「あの車の前に」と、言ってから伊室は気づいた。「あれは、警察車両か？」

警察官は、摘発や取り締まりの対象以上に、同じ警察官の存在に敏感になる。それを一瞬で見分けるセンサーを持つようになるのだ。いまも、伊室は根拠さえ意識できないまま、その車に乗っているのが警察官ではないかと感じた。でも、山本美紀の住む建物の前に、この瞬間、どこの警察官がどんな理由でやってきているのだ？

西村が車をそのワゴンの右側に回した。

「大宮ナンバーです」と西村。

「こいつの前に停めてくれ」

「はい」

西村はワゴン車の前まで車を進め、道路左側端に寄せて停めた。すぐに助手席から鳥飼が降り、続いて伊室も後部席から降りた。

ちょうどワゴン車からも四人が降りたところだった。ひとりは女性だ。男たちはスーツ姿、ジャケット姿で、女性は黒っぽいパンツスーツ姿だ。

その四人全員が、不審げな顔を伊室たちに向けてくる。

警察官だ、とはっきりわかった。彼らの雰囲気、顔立ち、表情、まなざし。もう確かめるまでもない。でも、この建物の前にいま大宮ナンバーの車に乗る警察官がいる理由は？

西村が運転席から降りて、伊室たちの後ろに立った。

その場の最年長と見える男が伊室を見つめ、警察手帳を示してきた。ごま塩の髪を短く刈り込んだ五十男で、盗犯相手の捜査員に多くいそうなタイプだ。

「埼玉県警、大宮署刑事課、北島《きたじま》です」と、その男は名乗った。「あんたたちは？」

彼もまた一瞬で、伊室たちが警察官だとわかったようだ。

伊室も警察手帳を示した。通行人の注意を引かぬように、素早く。

「赤羽署刑事課です。ここで何か？」

北島と名乗った男は言った。

「事情聴取で、迎えに。密行ですか？」

誰か容疑者を監視しているのか、という質問だった。

「いいえ」伊室はほかの三人を見た。いまにもエントランスに飛び込んで行きそうな姿勢になっている。「うちも、事情聴取したい住人がここにいるんで」

「かち合ってなければいいですけど」

「山本美紀という女性なんです」

北島は目をみひらいた。

「どういう件です？」

彼らも山本美紀を狙っていたのか。

鳥飼と西村が、眉《まゆ》を上げたのがわかった。声こそ出さなかったが、この偶然に驚いている。

伊室は答えた。

「赤羽で起こった殺人」

「あれか？」と北島が言った。「ひとり暮らしの男が殺された件？」

すでに大きく報道されている。埼玉県警の警察官が知っていてもおかしくない。

鳥飼が伊室の前に出てきて、北島に訊《き》いた。

「そちらは？」

「こっちも殺人」と北島。「一年半ぐらい前に、大宮で年寄りが殺された件です」

その事件についての記憶はなかった。事件として報道されたものだろうか。埼玉も大宮あたりなら、赤羽署の捜査員にとっては地理的には近い感覚がある。殺人事件があったなら、その報道を目にしていてもおかしくはないのだが。

それにしても、大宮の事件と赤羽の事件で、同じ人物が事情聴取を受けることになっている？ ふたつの警察本部の別々の事件で、同じ日に同じ女性が事情聴取される？ なかなかにありえない確率だ。

鳥飼が訊いた。

「山本美紀は、重要参考人ですか？」

「いえ」と北島。「まだそこまでは」

「逮捕状は？」

「請求していない」

「きょうじゅうに解放？」

「彼女の供述次第だ。逮捕状、そっちは？」

「まだです。だけど請求の用意はある」

伊室は驚いて鳥飼の横顔を見つめた。用意などない。捜査はそこまで進んでいない。なのにこんなふうに、他県警の捜査員に言ってしまっていいのか？

しかし鳥飼はそしらぬ顔で北島に続けた。

「そういう段階なんです。ここは警視庁の管内だし、うちのほうが先に彼女を預かってもいいですね」

「無理だ」北島は振り返って、後ろにいる三人に言った。「上がれ。同行してもらうんだ」

三人は、薬屋の隣りのエントランスに飛び込んでいった。

鳥飼が北島の腕をつかんで言った。

「うちが先でしょう」

北島は、鳥飼の指を自分の右手でゆっくりと引き剝《は》がしながら言った。

「うちの事案が先に発生している。捜査の順番はうちだ」

エントランス内側のドアの手前に郵便受けとインターフォンがある。オートロックなのだ。女性の捜査員がインターフォンに向かって何か言っているのが見える。ひとことだけでは終わらない。何かやりとりしている。

鳥飼が、エントランスの様子を見ながら北島に言った。

「参考人の事情聴取まで一年半って、証拠は挙がってないんでしょう？」

「そんなことはない」

「うちに先にやらせてもらえれば、そっちも捜査にもっと時間をかけられる。立件の容易なほうを先にやらせてもらうのが、道理じゃないかな」

北島は首を振った。

「最後は上で判断してもらうか？　いずれにせよ、ここはうちだ」

インターフォンごしのやりとりが終わった。

エントランス奥のガラス戸が開いた。

若い捜査員が北島を呼んだ。

「同行に応じました」

北島はくるりと伊室たちに背を向けると、ビルのエントランスに飛び込んでいった。伊室たちは、戸惑ったまま動けない。その場に置いてゆかれた。鳥飼は、口を半開きにして悔しげな顔だ。大宮署の捜査員たちは、女性の捜査員を先頭にエントランス奥の通路へと入った。

鳥飼が伊室を見つめてきた。悔しげな表情はもう消えていた。

「山本美紀で決まりですね」むしろ、うれしそうだ。「連続殺人犯だったんだ」

伊室は西村に顔を向けて訊いた。

「大宮で一年半ぐらい前にあった殺人って、何か記憶はあるか？　思い出せないんだが」

西村は答えた。

「いいえ。ニュースになっていたら、覚えていますね」

鳥飼が言った。

「当初、事件性なしと判断されたのかな。埼玉には監察医もいない。下手をしたら、司法解剖もしていませんよ」

「では立件も難しい」と伊室はビルのエントランスに目を向けて言った。「殺人とされずに公的に処理された事案では」

「絶対に不可能ってわけでもないでしょう」

鳥飼は、数年前に世間を騒がせた首都圏連続不審死事件を例に出した。状況証拠だけで警察が立件したが、逮捕された女性は全面否認した。地裁、高裁と有罪判決が出たが、いまも最高裁で争われている。女性被告の名前で呼ばれることのほうが多い事件だ。たしかに例はある。

西村が携帯電話を取り出した。

「ちょっと調べてもらいます」

伊室はうなずいてから、あらためてそのビルを見上げた。板橋のこのあたりの家賃の相場はどの程度のものだろう。このビルの場合、三十歳の家事代行業の女性が払っていける程度の家賃か？　１ＤＫかワンルームなら、なんとか支払い可能な範囲かもしれないが。

やがてエントランスの奥に、北島たちが戻ってきた。あいだに山本美紀がいる。女性捜査員が、彼女の背に腕を回していた。

山本美紀は先日赤羽署にやってきたときと似たような、ジーンズに地味なジャケット姿だった。小さめのバッグを手にしている。

その顔には、伊室が予想していたような感情は表れていなかった。

警察に自宅から任意同行を求められたのだ。驚きや困惑や動揺があってもいい。同行の理由に心あたりがあるにせよないにせよ、もう少し激しい感情が表に出ていてもいいのだ。でも、山本美紀の顔には何もない。ぴたりと心を閉ざしてしまったかのようだ。その無表情は逆に、こんなことは初めてではない、やり過ごす術《すべ》は知っている、とでも言っているかのように感じられた。

埼玉県警のワゴン車の後部席に乗るとき、彼女と伊室の目が合った。一瞬だけ山本美紀の目が見開かれたように思った。伊室が誰か、すぐに思い出したのだろう。あの事情聴取からまだ三日しかたっていない。覚えているのが当然だった。彼女はすぐ視線をそらした。

後部席には、先に女性捜査員が乗った。続いて山本美紀。中年の男性捜査員が最後だ。ふたりの捜査員が、彼女をはさみこんでいる。

ウィンドウのガラスごしに、伊室はあらためて山本美紀を見た。彼女はシートに深く腰掛け、背を伸ばし、顎《あご》を引いていた。目は真正面を向いているが、焦点はどこにも合っていない。

北島という捜査員が、伊室たちの前に立って言った。

「もう一度確認させてくれ。あんたたちの事件、自分のところに身柄なしでも、逮捕状請求はできるところまで進んでるんだな？」

伊室は首を振ったが、鳥飼が答えた。

「十分ですよ。身柄があるにこしたことはないけど」

北島が鳥飼に顔を向けて訊いた。

「罪状は、殺人？」

「強盗殺人になるでしょうね」

単純な殺人罪と違って、強盗殺人の場合は求刑は事実上無期懲役か死刑しかない。たしかに現場の様子は、強盗殺人事件が起こったように見えたが、捜査本部はまだそう断定したわけではなかった。鳥飼の答えは、さきほどから逸脱続きだ。意識的に、自分が担当する事件を大きく見せようとしているのかもしれないが。

「大宮の事件は？」と鳥飼が北島に逆に訊いた。「一年半前の殺人ってのが、思い出せないんですがね」

「当時は、他殺だと判断されなかった。どう見ても事故、という死にかただったんだ」

「どうして殺人って判断に変わったんです？」

「身内が、何度も訴えてきた。自殺するはずもないし、死んだ男のまわりでおかしなことが続いていたってことで」

「おかしなことと言うのは？」

そのとき、ワゴン車の運転席側に回った若い捜査員が、北島の方を見た。もう出発しませんかと言っている。

北島がその捜査員にうなずき、助手席のドアを開けた。

鳥飼の質問には答えたくはないようだ。鳥飼が質問を変えた。

「捜査は、いつから始まっていたんです？」

北島が首を振って、助手席に身体《からだ》を入れた。いまの問いにも答えたくなかったのだろう。ということは、おそらく捜査が始まったのはつい最近だ。

運転席側に立つ若い捜査員が、西村に赤羽署の捜査車両を指差して言った。

「少し前に出してくれませんか？」

伊室たちの車は、大宮署の捜査車両のすぐ前に停車している。ちょうど発進を塞《ふさ》ぐ格好になっていた。西村が車の運転席側に回った。

西村が車を数メートル前進させると、大宮署の捜査車両は大きく右にステアリングを切って、その場から発進していった。もう山本美紀の表情を確かめることはできなかった。

鳥飼が助手席に身体を入れた。

伊室はいったんそのビルのエントランスへと歩いた。

郵便受けの横に、管理している不動産業者の連絡先が書かれている。伊室はその電話番号を自分の携帯電話に入力して車に戻った。

西村が携帯電話を耳に当てている。

伊室が後部席に身体を入れると、西村が通話を終えて言った。

「刑事課でざっと見てもらいましたが、大宮で一年半ぐらい前にあったという事案が、みつかりません。捜査本部ができた様子もないようです」

鳥飼が言った。

「最初に事件性を見て取れなかったなんて、刑事課のあり得ないポカだ。被疑者を任意で引っ張ろうっていうのに、逮捕状請求の用意もないと言っていたし」

「戻りますか？」と西村。

伊室は、ああ、と西村に返事した。

車が首都高中央環状線の下、中山道に入ったところで、また鳥飼が言った。

「一分差ってのは、悔しかったですね。一分早ければ、うちが先に身柄を押さえられたのに」

伊室は言った。

「あちらも逮捕状請求には至っていないんです。明日は、うちで事情聴取できるかも」

「警視庁がすぐ後ろに控えている、とわかったんですよ。もう埼玉県警は山本美紀を手放しませんよ」

「どうでしょうか」

「わたし、この一分差をずっと後悔するような気がしますよ。最初の日の事情聴取のとき、一年半前の山本美紀の生活まで聞きだしていれば、今朝と言わず、昨日のうちに任意同行だったでしょうにね」

伊室は鳥飼の言葉を無視して時計を見た。まだ八時十五分だった。係長の新庄正男はまだ登庁していないだろう。報告は着いてからでいい。

　鳥飼が伊室に訊いてきた。

「山本美紀って女、私生活のことはどの程度わかっているんです？」

　伊室は答えた。

「まだろくに確かめていません。家族はいないと言っていた」

「家族はいない？　不思議な言い方だな。結婚していないとか、独身ですと言えばいいのに」

「親兄弟もいない、の意味を込めているんでしょう」

「フリーの家事代行業を始める前は、どんな仕事についていたんだろう。最近は介護士の資格を持ったハウスキーパーも多いそうだけど」

「資格はいっさい持っていないと言っていましたよ。運転免許証さえも」

「そのあたりが鍵《かぎ》かな。年寄りからカネを引き出す手口を知っているんだ。そういうことを覚える機会のある人生だったはずです」

そのあと赤羽署まで、車の中では誰も言葉を発しなかった。

北島徹也《てつや》は、部下の武田夏樹《たけだなつき》と一緒に、会議室に入った。

折り畳み式の会議用テーブルが、口の字の形に並べられている。すでに四人の男たちが着席していた。大宮署の副署長や刑事課長をはじめとした幹部たちと、見慣れぬ顔がひとつ。それぞれ腕を組んだり、顎に手を当てたりと、いましがたまで深刻な話題が語られていた様子だった。

北島たちがドアに近いテーブルの椅子《いす》に腰掛けると、強行犯係長の米本善司《よねもとぜんじ》が言った。

「いま、大津孝夫《おおつたかお》不審死事件について、概要はわたしから報告した。参考人の周囲で警視庁が動いていることもだ。うちの捜査の進展状況を、北島から簡単に説明してくれ」

「はい」北島は持ってきた手帳をテーブルの上に置き、いったん咳《せき》をしてから続けた。

「昨年三月、大宮で大津孝夫という男が浴室で溺死《できし》した一件がありました。事件性なしとして処理されましたが、遺族から何度も強く訴えがあり、大宮署が事件性の有無について検証すると決めたのは、およそひと月前のことになります」

米本が遮るように厳しく言った。

「そこは飛ばせ。わたしから説明した」

「はい」北島は、閉じたままの手帳に目をやってから続けた。「この一カ月、係長の指示を受けて、うちの班が大津孝夫の生活ぶりを調べてきまして、たしかに大津孝夫、当時六十九歳でひとり暮らしでしたが、浴槽で溺死するほどの健康不安があったわけではないし、自殺する理由もないことがはっきりしました」

「ちょっと待て」と話を遮ったのは副署長の飯山《いいやま》だ。「変死体が見つかって、事件性なしという判断だったのはどうしてなんだ?」

北島は答えた。

「死体検案書では、死因は溺死でした。現場の様子にも、とくに事件性を疑わせるものはなかったそうです。玄関には鍵もかかっておりましたし」

「きみが現場に行ったわけではないのか?」

「違います。わたしは行っていません」

副署長は、続けろというように手を振った。

「ところが、死体発見から半月も経《た》ったころ、遺族からの、具体的には実の娘さんからの訴えがうちの署にありました。これは事件ではないか、とのことです。娘さんの話だと、父親の周囲には不審な女性の姿が見え隠れしていたそうです。カネの引き出しについても説明のつかないものが、死亡時からさかのぼっておよそ一年のあいだに六百万円ほどあることがわかりました。死亡した三日前にも、大津孝夫は百二十万円を引き出しています。また、死亡の一カ月ほど前には、近所のスーパーマーケットで、自宅の合鍵を作っていたこともわかりました。死体検案書を書いた医師に確かめてみると、あの検案書は他殺の可能性を排除したものではない、という答えでした」

米本が言った。

「そこまで細かく言わなくてもいい。きょうの件を早く」

北島は米本にうなずくと、ほかの会議出席者たちを見渡してから言った。

「大津孝夫の自宅に出入りしていた女のひとりに、家事代行業の山本美紀という女性がいます。当時東京の十条に住んでおり、フリーで家事代行を引き受けておりました。ちょうど二日前に、大津孝夫の変死の当日、山本が被害者宅近くにいたという目撃証言が出てきました。それであらためて事情聴取を決め、今朝、板橋の山本美紀の自宅で任意同行を求めた次第です。同行を了承したので本署に連れてきて、いま事情聴取中です」

米本が言った。

「そのとき警視庁とかち合ったんだろ」

「はい。このとき、山本美紀宅前で赤羽署員たちと遭遇しました。彼らは三日前に赤羽で男性の絞殺死体が発見された一件で、彼女に任意同行を求めるところでした」

北島がいったん言葉を切ると、副署長の飯山が訊いてきた。

「警視庁は、その山本という女を被疑者とみているのか？」

北島は飯山に顔を向けて答えた。

「そうだ、という意味の返答でした。逮捕状請求も間もなくであると」

あの生意気そうな捜査員は、たしかにそう答えたのだ。

北島はそれから米本に顔を向け直した。

「このとき、任意同行の優先権をめぐって相手とやりとりがありまして。うちの捜査が先行していると突っぱねて、山本美紀を同行した次第です」

米本が、補足するように言った。

「刑事課では、まだ殺人と断定してはいません。ただ、警視庁がそのように動いているとなると、早めに判断を下すべきかと」

そのとき、北島の背後のドアがノックされた。入ってきたのは、制服姿の女性警官だった。手にプリントの束を手にしている。

「コピーしてまいりました」

米本が彼女に指示した。

「配ってくれ」

女性警官がひとりひとりにコピーを配っていった。表紙がなく、最初のページから新聞記事の切り抜きのコピーだった。

「赤羽で資産家殺害」と見出しがある。さほど大きな記事ではなかった。せいぜい三十行か四十行ほど。

米本が女性警官に訊いた。

「赤羽署の発表のオリジナルはないのか？」

「見つかりませんでした」と女性警官は頭を下げた。

「わかった。警視庁に問い合わせる」

女性警官は一礼して会議室を出ていった。

出席者たちは無言でその新聞記事の切り抜きのコピーを眺めた。興味深げな顔だ。

刑事課長の吉富《よしとみ》が言った。

「この被害者、大津孝夫と共通点だらけだな。六十代のひとり暮らし。家事代行業者を使っている」

「その家事代行業の女性が、山本美紀です」

「疑うに足る偶然だな」と吉富。

飯山が独り言のように言った。

「へたをすると、首都圏連続不審死の新バージョンだ。もっと被害者は増えるんじゃないのか？」

米本が北島に訊いた。

「いま山本を取り調べているのは？」

北島は、部下ふたりの名を答えた。四十代のベテランと、三十代の女性捜査員。

「自供、取れそうか？」

「まだわかりません。こっちも、持っているカードは状況証拠だけなんで」

飯山が言った。

「うちは、大津孝夫の変死を一度は事件性なしと処理してしまったんだ。失態だ。なんとか挽回《ばんかい》したい。警視庁よりも先に、この大津孝夫殺害を立件しなければならない。殺人で逮捕状は取れそうか？」

米本が答えた。

「まず別件で逮捕して、家宅捜索したいところです。預金通帳、スイカ・カード、通話記録、こうしたものが手に入れば、殺人の立件はかなり容易になります」

「駄目だ」と飯山が首を振った。「うちが山本美紀を別件で逮捕すれば、その件の処理が済まないうちに、警視庁は山本を殺人罪で逮捕する。記者会見の場で、うちが後手にまわっていること、一年半も事件性に気づかなかったことが明らかになる。埼玉県警の面目は丸つぶれだ」

「捜査の常道としては……」

「最初に他殺と見抜けなかったことで、もう常道なんてことを言ってる暇はなくなったんだ。逮捕状を取るなら殺人容疑だし、警視庁よりも先だ」

「合同捜査本部設置も予想されますが」

「そのときは協力する。問題は立件で先行するということだ。うちは、すでに被疑者を特定している」

いや、特定したわけではない、と北島は思った。今朝の段階では、山本美紀は参考人のひとりにすぎなかった。警視庁が彼女に目をつけているとわかって、重要参考人として急浮上したのだ。何ひとつ新事実が出てきたわけでもないのにだ。しかし北島はそれを指摘することは控えた。

米本が北島を見つめてきた。逮捕状請求はできるか、と訊いている。

北島は答えた。

「疎明《そめい》資料は作れると思います。目撃情報だけでもなんとか行けそうに思いますが」

資料は作れる。ただし、さいたま地裁がそれを認めるかどうかは別だ。

「夕方までに用意しておけ。自供が無理なようなら逮捕状請求。おれが地裁に行く。きょうが終わる前に逮捕だ」

「請求が却下された場合は？」

「しかたがない。きょうは解放するさ。それから」米本は口調を変えた。「事情聴取、お前が当たれ。ほかの捜査員は、窃盗《せっとう》でも詐欺《さぎ》でも、きちんと被害届の出る余罪を探せ。

大宮で起こった事件で、いちいち被疑者を東京拘置所から呼びたくないからな」

それまで黙っていた男が口を開いた。

「変死をもう一回精査しろという指示が効いてよかった」

その言葉から、北島はようやく彼が大宮署の幹部ではないことに気づいた。髪を丁寧に分けた五十男。県警本部刑事部の幹部なのだろう。関西でもまた連続不審死事件があったせいもあり、一年ほど前、県警本部はほかにも事件性なしと判断された変死、不審死の事案がないか、検証を所轄《しょかつ》に指示した。今回の大宮の老人変死についても、遺族の訴えを受けて大宮署が動くことになったのは、その指示があったからだった。

飯山がその男を紹介した。

「片山《かたやま》一課長代理だ。ことの重大性にかんがみ、急行して来られた」

片山が、出席者たちを見渡して言った。

「一年半前の変死だったのだから、本来なら見落とすこともなかった事案だ」

不機嫌そうな声だ。所轄が大きなミスを犯したと、いまいましく思っているのだろう。

片山は続けた。

「あの事件があれだけ話題になった後なのだから、無条件に司法解剖すべきだと思いついてもよかったろうに」

口調は叱責《しっせき》だった。片山が言葉を切って出席者たちの顔を見渡すと、大宮署の幹部たちはすっと目を伏せた。

「とにかく、警視庁の後手にまわらなかったことはよかった。これからは、分刻みの競争だと言っても言い過ぎじゃない。出し抜かれるな」

片山の視線が、北島の目を捉《とら》えた。返事を求めている。

ええ、という答えは、口の奥で少しくぐもったものとなった。

米本が、部屋を出ていいと北島に指示した。片山や幹部たちはなお残って、会議を続けるようだ。北島は部下の武田と一緒に部屋を出た。

刑事課の自分のデスクで上着を脱ぐと、武田に山本美紀のいる取調室に行くよう指示した。事情聴取を交代するのだ。いま聴取をしているのは、中塚洋治《なかつかようじ》と、浅水由紀子《あさみずゆきこ》だ。板橋まで一緒に任意同行を求めに行った同僚たちである。大宮署に着いてまだ一時間も経っていないから、さほど聴取は進んでいないだろうが。

武田が取調室へ向かうと、北島はこの件に関するノートを開いて、大津孝夫不審死に関係するメモを確認した。

大津孝夫は、さいたま市大宮区で建設業を営んでいた男だった。先代が始めた工務店の専務としてその規模を拡大し、いっときは従業員を二十人ほども雇用していたという。

先代が死んだのは十一年前だが、大津建設の売り上げはその少し前から下降気味だった。孝夫は先代が死ぬ前から事業の先行きに見切りをつけており、妻が死んだことをきっかけに事業を畳んで引退生活に入った。

ただ、さいたま市内や近郊に不動産をいくつも所有しており、引退したあとも、生活は豊かだった。自宅は大宮区の高鼻町だ。県道二号線から少し北に入った住宅地の中に建つ一戸建ての住宅で、大津は妻が亡《な》くなってから、五年間ずっとひとり暮らしだった。死んだときは六十九歳だったが、健康だった。自分で車を運転していたし、ひと月に二度くらいはゴルフをしていた。大宮駅前や浦和駅前あたりのカラオケ・スナックによく酒を飲みに行っていた。社交的な男だったと言っていいのだろう。

子どもはふたりいた。娘の布美子《ふみこ》は川越の自営業者のもとに嫁ぎ、その姉と三歳年の離れた息子の秀介《しゅうすけ》は、浦和で三軒の飲食店を経営している。焼き肉屋と二軒の居酒屋だ。息子が父親の会社で働いたことはなく、孝夫とは若いころから疎遠だった、とは周囲の証言だ。孝夫の弟・孝弘《たかひろ》は、大宮でガソリン・スタンドを営んでいる。兄の孝夫とはあまり行き来はなかったという。また息子・秀介の飲食業も、孝弘のガソリン・スタンドも営業不振だと、周囲のひとたちは言っている。

孝夫が死んだのは、一年半前の三月二十七日、金曜日の夜と見られている。二十八日の土曜日、ゴルフ仲間と約束をしていたのに、ゴルフ場に現れなかった。携帯電話も通じない。友人たちが不審に思って、夕方、大津孝夫宅を訪ねた。車はあったが、玄関には鍵がかかっていた。

友人のひとりが弟・孝弘の経営するガソリン・スタンドに回り、連絡が取れない旨《むね》を伝えた。午後の八時過ぎ、弟が合鍵で家の中に入ると、浴槽の中で孝夫が死んでいたのだ。

通報を受けて地域課の警察官が駆けつけたが、家の中は荒らされておらず、ざっと見ても孝夫の身体には外傷はなかった。次いで埼玉県警の嘱託医がやってきて検視した。死体を診た嘱託医は、溺死と判断して死体検案書を書いた。死亡したのは二十七日夜という推定である。

他殺を疑う理由は、その時点ではなかった。刑事課も現場には赴かず、とうぜん鑑識係も現場で検証にはあたっていない。翌々日、大津孝夫の死体は大宮の火葬場で焼かれた。

大宮署が最初に、事件だったのではないかという訴えを受けたのは、孝夫の死体発見から二週間ほど経ったときだった。

親戚《しんせき》の多くが、事故という見方を疑っているとして、娘の布美子が大宮署刑事課を訪ねてきたのだ。根拠として布美子が挙げたのは、大津孝夫は風呂《ふろ》で事故死するほど惚《ぼ》けていなかった、ということがひとつ。それに、最近孝夫の周辺に女の影があったということ。さらにこの一年、多額の使途不明のカネが引き出されていることだった。

このときは、担当捜査員の報告を受けた米本が、捜査の必要はなしと判断している。

公式には、いったんこれで終わった事案だった。

ちょうど一年ほど前になって、県警本部が過去の変死事件の洗い直しを所轄に指示した。発見時は事件性なしと判断されたものの中に、他殺の可能性も含んだものはないか、調べ直して報告せよというものだった。ちょうどそこにあらためて布美子が問い合わせてきた。捜査してほしいと訴えたが、その後どうなっているだろうかというものだ。

このとき北島は初めて、大津孝夫の不審死について詳しく知ることとなったのだった。最初この事案は、やはり事件性はなかったと考えてよいと思えた。ただ、その後、娘の布美子が何回かに分けて父の遺品として持参したものの中に、興味深いものがいくつかあった。

銀行の預金通帳を見ると、たしかに一年弱のあいだに六百万円以上のカネが引き出されている。布美子の話では、家の中には六百万円分の高額商品など見当たらないとのことだ。ほとんどギャンブルもしない男だから、これだけのカネがどこに消えたのか、まったく不可解だという。最後の大きめの金額の引き出しは、死の三日前である。百二十万円が引き出されていた。大津孝夫は生体認証キャッシュカードを使っており、窓口を使わなくてもこの額の引き出しは可能だった。

葬儀が終わったあと、身内で家の中を清掃、整理したが、このとき引き出されていた百二十万円は家の中にはなかった。ただしカード自体は、財布の中に残っていたという。

クレジットカードの利用明細書も、布美子は持参してきた。

布美子がおかしいと指摘したのは、いくつかのホテルの支払いの記録だった。孝夫は亡くなる前の半年間に、四回、ホテルと旅館を利用していた。東京・六本木にあるホテルが一回、池袋のホテルが二回、草津の温泉旅館が一回である。六本木のホテルの支払いについては、領収書も残されていた。この領収書によれば、ふたりで一室の利用である。

女性と泊まったのだろうけど、と布美子は北島に言った。自分は、父親のこのような生活は知らなかった、と。

さらに彼女は続けた。

母との死別から五年も経っていたのだし、父が女性とつきあい始めて同棲《どうせい》を考えているならそれはそれでしかたないかと思う。入籍されるのは困るが、父が一緒にいたいと言うのなら、応援してもよかった。でも、このように、頻繁に遊びに引っ張り出していた女性の人柄が気になる。まともなひとじゃない。まじめなつきあいじゃなかったはずだ。

父はたぶらかされていたのだ、とさえ、布美子は言った。このとき布美子の口からも、首都圏連続不審死事件のことが出てきた。ほら、あのような女性もいるでしょうから、と。

北島は、ホテルに一緒に泊まったのがすべて同じ女性ではない可能性もある、と考えたが、それを口にすることは避けた。

どうであれ、この相談のあと米本係長に、捜査すべきという感触を伝えたのだった。今年の夏のことだ。じっさいに捜査の指示があったのは、ほんの一カ月前である。いや、正確に言えば、再捜査すべき事案かどうか調べよ、という指示だった。その日から、北島は自分の班でこの件のいわば予備捜査に当たってきたのだった。

すると、近所のスーパーマーケットで、大津孝夫が玄関の合鍵を作っていたこともわかった。死ぬ一カ月ほど前のことだ。その合鍵は、自宅からは発見されていない。身内もそれが誰かは知らないが、被害者宅の合鍵を持っている人間が、確実にひとりいるのだ。大津孝夫変死の現場は、密室であったとは言えなくなった。

携帯電話の通話記録から、大津孝夫が連絡を取り合っていた相手の中に、ふたりの水商売、風俗系の店に勤務する女性がいたことがわかった。大宮市内のスナック・ホステスと、池袋のキャバクラの若い女である。ただしふたりとも、大津が死んだ夜のアリバイがあった。

そこで三人目の女性として浮かび上がってきたのが、山本美紀だった。孝夫は死亡する前の六カ月ほど、何度も彼女と携帯電話でやりとりし、メールも交わしていた。とくに死亡の直近三カ月は、携帯メールでのやりとりが中心だった。

「明後日来てほしい」

「では三時に伺います」

こうした文面から、北島ははじめ山本美紀が家事代行業とは想像しなかった。親しくつきあっている女性のひとり、と思ったのだ。温泉にも一緒に行くほどの仲の。

山本美紀の仕事がわかったのは、二週間前、彼女に北島が直接電話したときだ。山本美紀は、北島がかけたその電話で、大津が死んだことを初めて知った、とのことだった。

このとき山本美紀は、大津孝夫の家に仕事で十数回行ったことを認めた。最初は月に一回か二回という頻度だったが、そのうち大津が自宅で飲み会をするときなど、その日の掃除と翌日の後片付けのために二日続けて行くようにもなったという。最後に行ったのは、三月二十七日金曜日の午後だ。死体の発見が翌日、二十八日の夜なので、確認できる範囲では、大津孝夫と最後に会っているのは山本美紀ということになる。

三月二十七日以降、大津からは仕事依頼の電話やメールがなくなった。通いの契約ではない場合、突然連絡なしに仕事が切られることは珍しいことではないのだという。山本美紀は、その後しばらくしてから思い切って電話をかけたがつながらなかった。大津の携帯電話は解約されたようだった。自分は何か不始末をして、連絡を遮断されたのだろうと考えたのだという。

大津とプライベートなつきあいはない、ホテルや温泉で宿泊したこともない、と山本美紀は答えた。

ただ二日前になって、死亡推定日の夜の山本美紀の目撃証言が出てきた。大津孝夫の飲み友達のひとり、坪田利郎《つぼたとしろう》という建設資材会社の経営者が、夜に山本美紀を大津の自宅近くで目撃したと証言したのだ。坪田はよく大津宅での飲み会に出席しており、家事代行の山本美紀と会ったことがあるという。飲み会の始まる直前に、二度か三度、顔を見て覚えていたと話していた……。

北島がノートを見ていると、武田が取調室から戻ってきた。

「いま、小休止になりました」と武田が言った。たいした供述は出ていないようだ、という顔だ。

「交代しよう」と北島は言った。

刑事課フロアの奥の壁の向こう側に、取調室の並ぶ廊下がある。山本美紀が入っているのは、廊下の入り口側にもっとも近い部屋だった。北島はドアの窓から中を見た。山本美紀がデスクの向こう側にいて、身を硬くしている。デスクの手前には、中塚と浅水がいる。小休止としたせいか、ふたりとも少し身体を弛緩《しかん》させていた。

北島はノックしてからドアを開けた。中塚たちが振り返り、北島だとわかると席を立ってきた。廊下に出てきたふたりに、北島は訊いた。

「金曜日の夜、被害者宅の近所にいた件、どうだ？」

中塚が答えた。

「その日の午後、家事代行の仕事で行った、という答は最初のときと変わりません。午後五時には帰ったそうです。それ以降のアリバイについては、記憶がないとのことです。まっすぐに大宮駅に向かって、そのまま自宅に帰ったはずだが、それを証明できるものもないと」

「坪田利郎はもう呼んだか？」

「さっき連絡がつきました。あと十五分ぐらいで着くと思います」

目撃証言を確認させるため、被害者の飲み友達である坪田を呼んでいたのだ。取調室のマジックミラーで山本美紀の顔を確かめてもらうことになる。

北島は中塚たちに言った。

「代わる」

ふたりが廊下を去っていってから、北島は武田と一緒に部屋に入った。

山本美紀が顔を上げて北島たちに目を向けてきたが、すぐに視線をそらした。焦点が合っているのは、デスクの上の中空あたりだ。

北島は山本美紀の真正面で椅子に腰かけ、ノートをデスクに置いた。武田は、北島の右隣りで、メモを取る態勢となった。

北島は山本美紀を見つめて言った。

「同じことも何度か質問することになるけど、正直に答えてくれないか」

山本美紀は、かすかに、ほんのかすかにうなずいた。

きょう、北島は山本美紀を初めて見て、驚いたのだった。その外見、印象が、想像とは違っていたからだ。結婚詐欺を働いたり、男を騙《だま》してカネをむしり取る女性犯罪者に多いタイプには見えなかったのだ。

北島の経験では、そのような犯罪に手を染める女性は、必ずしも男の目を奪うような美貌《びぼう》の持ち主ではない。センスのよさや暮らしのゆとりを感じさせる女性ではないのだ。たとえどんなブランドものを身につけていても、むしろ生活感、生活疲れ感があって、どこか汚れた印象のある女性がほとんどだった。カネへの執着が一瞬でわかる顔だち、表情をしていた。

しかし山本美紀は違っていた。地味な顔だちであり、振る舞いにも言葉にも明るさはないが、不潔感はない。あさましさを感じなかった。

北島は、山本美紀を正面から見つめながら言った。

「ひとつは、三月二十七日の夜のことなんだが」

山本美紀は顔を少し上げ、北島を見つめ返して首を振りながら言った。

「さっきも答えましたが、その日は午後二時から五時まで大津さんの家で仕事をしています。五時少し過ぎにはお宅を出ています」

硬い声だ。声音から感情を完全に消したような口調。台詞《せりふ》を意識的に棒読みしているような調子とも聞こえる。

北島は、山本美紀のその声の調子にこだわることなく訊《き》いた。

「三月二十七日のこと、五時に帰ったことははっきり覚えているのに、そのあとのことは記憶していないって？」

「このあいだ電話で大津さんのことで質問されて、仕事のことは思い出しました。だけど、仕事が終わったあとのことは全然覚えていません」

「二十七日の午後二時に仕事で訪ねて、その夜までいたのではない？」

「いいえ」

「メールで依頼があって、あなたはオーケーしたんだよね？」

「そうです」

「五時までの約束？」

「メールでは、五時までとは決めていませんでした。行ってみて、家事が終わったのがその時刻でした」

「そのころ、あなたのアパートは十条だった」

「はい」

これは山本美紀に電話したときにわかったことだ。その当時、彼女はいまの板橋とは違うところに住んでいたのだ。

北島は言った。

「都内でもたくさん仕事はあるでしょうに」

「大宮なら、なんとかやれる範囲です」

「わざわざ埼玉へ出向くのですか」

「大津さんは、移動時間も仕事時間に含めて料金を請求してくれとおっしゃってくれましたので」

「カネ払いがいい客だったんだ」

「心遣いは、ありがたく思っていました」

「では、客という以上の好意を感じたこともあった？」

山本美紀の目がかすかに細くなったように感じた。

「いいえ」

「大津さんのほうはどうだったろう。たぶんあなたが気に入っていたんだよね。いろいろな意味で」

「わたしにはわかりません」

「プライベートで過ごしたことは？」

「先日、ありませんとお答えしました」

「その後、何か思い出したかもしれないと思って。一緒に食事をしたとかは？」

「ないです」

「お茶も？」

「わたしは家事代行の仕事をしています。誤解されていますか？」

その答えには、はっきりと憤慨が込められていた。失礼です、と彼女は言ったのだ。

その表情を確認したうえで、北島はさらに訊いた。

「ある、ない、で答えてもらうとすると？」

「なしです」

「家事代行の仕事以外について、お金をもらったことは？」

山本美紀は背を起こし、テーブルの端に両手をついた。

「帰していただいてかまいませんか」

横から、武田が北島に言った。

「主任、山本さんは捜査に協力してくれているんです。その言い方は」

山本美紀が武田に目をやった。表情はゆるまない。

北島は質問を変えた。

「大津さんは、誰かの紹介？」

山本美紀はまた北島に目を向けてきた。両手がデスクから離れた。

「大津さんのほうからの電話でした」と山本美紀は言った。「伝手《つて》をたどってハウスキーパーを探して、それでわたしを知ったと」

「誰かに紹介されたということかな？」

「そう聞きました」

「なんていうひと？」

山本美紀は記憶をたぐるような表情を見せてから答えた。

「ナカガワアヤコというひとだそうです」

「あなたの知り合い？」

「いいえ。わたしは知りません」

「大津さんが、以前にも頼んでいたひとなのかな？」

「違うと思います。知り合いの知り合い、ぐらいの感じでした。わたしも、そのことを詳しく訊いたりしなかったので」

北島はまた質問を変えた。

「山本さんは先日、家事代行の仕事の中には、宴会の支度も入っていた、と言っていたけど、具体的には？」

「大津さんは、ときどきお友達を家に呼んで、家飲みをされていました。そういう日は、始まる前に部屋を掃除して、お客さんを迎える支度をして、始まるころには帰って。何回かは翌日も後片付けに行ったことがあります」

山本美紀がふと何かを思い出したという顔になった。北島は黙って彼女を見つめ、次の言葉が出てくるのを待った。

山本美紀は、ひとことずつ言葉を確かめるかのように言った。

「あの日、最後に、なった日のことですけど、どなたか、お客がくるような雰囲気でした」

「雰囲気？」

「飲み会がある、とは言われなかったんですが、そうでした、ひとがくるという意味のことを言っていたように思います」

「ゴルフ友達かな？」

「どうだったでしょう。どういう言葉だったか思い出せませんが、大勢いらっしゃるということではなかったような気がします。支度をするよう頼まれていませんでしたから」

北島は、最初に駆けつけた地域課警察官の言葉を思い出した。北島が確かめたとき、彼は、部屋の中は荒らされた様子はなかった、片付いていた、と言い切っていた。

大津孝夫が自分で片付けた？　いや、家事代行業をひんぱんに利用する男が、それほど丁寧に清掃や後片付けをするだろうか？　前夜、客がいたとも思えないほどに完璧《かんぺき》に。

家の中は、荒らされていなかったのではない。訪問者の痕跡《こんせき》が消されていた、という状態だったと考えるべきか？

そのとき、背後のドアがノックされた。

振り返ると、中塚が顔を出して言った。

「お客です」

坪田が着いたということだろう。

失礼、と山本美紀に言って、北島は廊下に出た。

六十代と見える男性が立っている。ジャケット姿で、血色のいい丸顔。髪が薄く、小太り気味だ。写真で見た大津孝夫もこのような風貌だった。

中塚が、坪田さんですと小声で言った。

北島も名乗ってから、いま山本美紀のいる取調室の隣りの部屋に入った。ここの仕切り壁にはマジックミラーがあって、隣室の中を自分の姿は見られずに確認することができる。部屋の照明はつけないまま、北島はマジックミラーの前に坪田を立たせた。

北島は確認した。

「二十七日の夜に見た女性というのは、あのひとですか？」

坪田はマジックミラーの奥を見つめて、眉間《みけん》に皺《しわ》を寄せた。

「あれがあの山本って女性なの？」

「違います？　ご存じなんでしょう？」

「いや、おれもその前は大津さんの家で掃除中のところを二回見ただけだし。ちょっと雰囲気が違うかな」

「同一人物じゃない？」

坪田は困ったような声を出した。

「ううん。夜だったから、いまと印象が違うんだろう。やっぱりこのひとだと思うな」

「そのときの服装は記憶にありますか？」

「服装？　ジーパンか何かはいていた、ぐらいしか覚えていないけど」

「時間と場所は、正確に言うと？」

「九時。九時を五分くらい過ぎていたころかな。場所は大津さんの家からまっすぐ県道二号線に出てきたとこ。通り掛かったときに、すっとこのひとが表通りに出てきたんだ」

「目撃証言として、調書取らせてもらっていいですね？」

「面倒なことになるかい？」

「いいえ。ただ、もしこの件が犯罪だとはっきりした場合、その調書は証拠として使わせていただくことになります」

「軽々しくは言えないってことだな？」

「はい。裁判になった場合は、証人として出廷を求められるかもしれません。そのときも、このひとを見たと証言できますか？　その夜、大津さんの家の近所で見たのはこのひとだと」

「裁判になるの？」

「これからの捜査次第なんですが。見たのは、彼女でいいんですね？」

「いや、そうだとは……」坪田は言い直した。「そうだ。そうだな」

北島は坪田を促し一緒に廊下に出た。大津と飲み仲間だった坪田には、もう少し聞きたいことがある。廊下を抜けたところで立ち止まると、北島は坪田に訊いた。

「大津さんは、いまの彼女のことをどう言っていました？　家事代行の業者さんとだけ？」

坪田が答えた。

「ああ。気が利《き》くひとだと言っていた」

「個人的なつきあいはあるようでしたか」

坪田は困惑したような顔を北島に向けてきた。

「いいや。おれたちも、からかったことはあるけど」

「どうからかったんです？」

「ひとり暮らしで不自由なんだから、あのひとを住み込みにしてしまえよって言ったんだ。意味はわかるよね」

「ええ」

「そっちのことは心配しなくていい、と軽くいなされた」

「ほかに女性がいるという意味でしょうか？」

「そう聞こえたな。あのひとのことだから、あの歳《とし》でもただの見栄《みえ》には聞こえなかった」

「根拠でも？」

坪田は愉快そうに答えた。

「奥さんを亡くす前も、元気だったんだ。あのひとは」

「愛人がいたんですか？」

「いや、囲ったりする女がいたのとは違う。ただ、けっこうお楽しみはやっていたさ。決まった女性がいたのかどうかはわからない」

「いたのは確実？」

「紹介されたわけじゃないけど」

「それがいまの山本美紀ってことは、ありませんか？」

「そうであっても、おかしくはないな。あのひと、きちんとした堅気の女だろう？　大津さんなら、かえって口説きたくなる女性かもしれないし」

「大津さんがそういう気持ちを持っていたのは、たしかなんですね？」

「おれたちが酒飲みに行ったとき、支度させていたんだし。あれって、いま考えれば、女自慢だったのかもしれない。最初、大津さんの後妻さんかと思ったくらいだからな」

北島はうなずき、刑事課の自分のデスクまで坪田を案内した。調書を作るのは、中塚にやってもらうことにする。

北島は中塚に言った。

「坪田さんは、目撃証言の調書を取らせてくれる。お前がやってくれ」

はい、と中塚は書類ホルダーを手元に引き寄せた。

北島は時計を見た。午前十時三十分になるところだった。

5

赤羽署の武道場の壁の時計が、十時三十分を指した。

捜査本部の置かれたこの武道場には、いま十人ばかりの捜査員しかいない。大多数は、少し前にそれぞれ上司に昨日の捜査内容の報告を終えて外に出ていったのだ。いまここに残っているのは、伊室たちを除けば、いわば後方支援を担当する捜査員や職員たちばかりだ。

武道場にはデスクの島がいくつも作られており、伊室たちは正面のホワイトボードに近いテーブルの周囲に集まっている。伊室、西村、鳥飼と新庄の四人である。

その武道場に、三人の男が入ってきた。

赤羽署の刑事課長、武縄勉《たけなわつとむ》を先頭に、副署長の氏間太一《うじまたいち》、それにこの捜査本部を指揮・監督する管理官の川村巽《かわむらたつみ》だった。

管理官の川村は、本部設置の日にも感じたが、意外に若い男だ。四十歳前後だろう。目も鼻も口も大きい、いわゆる濃い顔で、血色がよかった。能吏というよりは、かなり野心的に見えるキャリアだ。

武縄が伊室たち四人に向かい合うように席に着いた。つづいて氏間。そのふたりのあいだに、川村が着席した。

管理官の川村は、伊室たちをさっと見渡してから言った。

「いま関係方面にも確認した」

癖のある、太い声だ。

「埼玉県警は、その大宮の不審死について、まだ事件性の断定さえしていない。もちろん捜査本部も設置されていない。うちが先行している」

伊室は無意識に小さくうなずいていた。きょう、赤羽署に戻ってきて埼玉県警が山本美紀を任意同行したと報告すると、捜査本部の幹部たちは大慌《おおあわ》てで会議に入ったのだ。

おそらくは警視庁捜査一課とも、方針について協議があったにちがいない。

埼玉県警がまだ事件と断定していないにせよ、山本美紀を任意同行するところまでは捜査を進めているわけだ。殺人の立件はあとまわしにして、まず別件で逮捕し家宅捜索という手に出る可能性は大だった。その場合、押収《おうしゅう》できた山本美紀の手帳とか銀行の預金通帳などから、一気に殺人の捜査へと進んで行くことができる。

逆に言えば、身柄とそうした証拠品を埼玉県警が押さえてしまうと、こちらの捜査は非常にやりにくくなる。大宮の事件で山本美紀が起訴されるまでは、彼女への容疑がどれほど濃厚になっていったとしても、歯噛《はが》みしていなければならないのではないか。山本美紀の取り調べができないあいだは、捜査そのものがフリーズである。その場合はどうする？

その心配が顔に出たのかもしれない。川村が伊室に顔を向けて言った。

「埼玉県警が山本美紀をなんらかの容疑で逮捕した場合、合同捜査本部を設けることを検討する」

やはりそうするか。この展開は予想しないでもなかった。同じような外形の事案で、警視庁と埼玉県警が、ひとりの女の事情聴取を決めたのだ。この先双方の捜査がどう進展するかはわからないが、山本美紀がふたつの事件の共通の被疑者として浮上することは十分にありうる。というか、いまはその可能性が強まった。となれば、双方が送検し、埼玉と東京、ふたつの地検が起訴を決めた場合、併合審理となる可能性も見えてくる。それを見据えての捜査が要求されてくるわけだ。

こうした場合、双方が競争意識だけで捜査を進めるわけにはいかない。合同捜査本部の設置が、妥当だった。

合同捜査の場合も、両方の捜査員がペアを組んだりするわけではなかった。情報が完全に共有されるということだ。現場の鑑識結果や押収証拠類については双方が同じデータを持って利用する。捜査の進展状況も互いに報告し合う。

川村巽が続けた。

「合同捜査の目的は事案の全容の解明と真犯人の逮捕であり、おそらくは併合審理となる公判を、きっちりと維持できるだけの物証、調書、供述を揃《そろ》えて送検することにある。どこかを出し抜くことではない」

副署長の氏間が言った。

「大宮の件は、検視では他殺と判断できなかった事案だ。立件は相当に難しいものになる。首都圏連続不審死事件では、不審死の数がそもそも多かったから、起訴も可能だった。こんどは大宮の一件だけだろう？　わたしが埼玉県警の責任者なら、殺人の捜査はまず警視庁にやらせる。そこで浮かび上がってきた大宮の事件について、必要な部分をピンポイントで攻めて物証を揃えるという手を取るな」

三人の幹部の中で、制服姿はこの氏間だけだ。地域課が長く、ひとあたりのいい男だった。

刑事課長の武縄が、氏間に顔を向けた。武縄は、五十歳になるいまも、週一回は柔道の稽古《けいこ》に出ているという体育会系の警察官だった。

彼が言った。

「さきほど申し上げましたが、連中だって、山本に任意同行を求めたからには、別件で逮捕の準備ぐらいしているでしょう。それがないほど行き当たりばったりのはずはないと思いますね。別件から段階を踏んで殺人の立件まで、すでにシナリオはできているはずです。ここは、身柄も押さえられ、家宅捜索も後手にまわったことを前提として、うちの捜査方針も決めていかないと」

氏間が伊室を見つめて訊いた。

「うちは、いつ山本の殺人の容疑を固められる？」

ずばりと質問してきたか、と伊室は思った。埼玉県警と競争している事態となって、ここにいる幹部三人、口ではともかく、かなり焦《あせ》っているということのようだ。

伊室は慎重に答えた。

「まだ、やっと二度目の事情聴取をやろうかというところなんです。正直言えば、聴取してみないことには、なんとも」

その言葉をいい終わらないうちに、左横の鳥飼が身を乗り出して言った。

「こちらの覚悟次第です。何より肝心なのは、山本美紀が、死亡推定時刻に被害者宅を訪れていることです。室内には指紋も残っていた。ここにきて埼玉の不審死との関連が出てくれば、うちが逮捕状を請求しないわけにはいかないでしょう」

氏間が言った。

「逮捕状執行のタイミングが問題になる。埼玉県警が、任意同行した女だぞ」

「埼玉県警は、あの時点で逮捕状の用意がないとのことでしたから、きょうじゅうに解放される可能性大です。そのときは間髪を入れず、証拠隠滅の余裕など与えずに、殺人で逮捕すべきだと思います」

武縄が、お前はどう思うというように伊室を見つめてきた。

伊室は首を振った。

「いまの二点程度のことで、判事が逮捕状を出してくれるかどうか疑問です。もう少し、範囲をあえて絞ることなく、捜査を進める必要があると思います。馬場幸太郎殺害の動機を持つ関係者は複数いるのです」

「誰と誰だ？」と武縄。

「息子。別れた女房。所在がつかめていませんが、二度目の女房。兄弟。彼らもカネを欲しがっていた。流しの犯行の可能性も否定できません。指紋も、誰のものかわからないものが複数出ているんです。被害者は、悪徳セールスのリストに載っていた様子がありますから。とりあえず、いまは埼玉の事案は考慮しないほうがよいのでは？」

「考慮しなくていい？」

「あちらだって一度は事件性なしと判断したような事案ですから、こちらの絞殺とは手口が違うということです。きょう出くわしたのは、偶然でしかない」

鳥飼が、皮肉っぽい調子で言った。

「捜査員が、偶然を信じるなんて」

氏間が難しい顔で言った。

「その女性がきょうの事情聴取のあと帰されるなら、うちも明日、呼べ。ほかにその女について、確実に立件可能なものはないのか？」

また鳥飼が答えた。

「詐欺《さぎ》でしょうかね。被害者からカネを数百万、引っ張り出しているんですから」

思わず伊室は言った。

「被害者が下ろしたカネを手にしているかどうか、まだ断定できない」

氏間が、川村を横目で見ながら言った。

「詐欺で行こう。その女の交遊関係、得意客を当たれ。必ずカネをめぐってのトラブルがある。詐欺の被害届を出せる人間がいる」

伊室は氏間に確かめた。

「わたしたちが、殺人の捜査は横に置いて、先に山本美紀の詐欺を洗うということですか？」

武縄があわてたように言った。

「いや、そういうことじゃない。お前たちは捜査対象を山本美紀に絞ってやれということだ」

川村が言った。

「捜査員の数は限られているが、いまは、手広く投網《とあみ》をかける必要はなくなったんだ。捜査本部は、山本美紀の犯行を証明することに力を集中するんでいい。そういうことだ」

それは、と伊室は思った。見込み捜査ということになる。たとえ埼玉県警が山本美紀を似たような事案の重要参考人としているとしてもだ。まだ絞り切るのは早いのではないか。もう少し予断なしに、捜査を続けていっていい。

自分はそれを進言すべきだ。

その思いが顔に出たのだろう。

川村が立ち上がった。続いて氏間、武縄のふたりも。反論されたくないということのようだ。彼らは並んで、大股《おおまた》に武道場を出ていった。

伊室たちは、なんとなくお互いに顔を見合わせた。

鳥飼が苦笑したように言った。

「やっぱりあの一分差がくやしいですね」

伊室が黙っていると、新庄が言った。

「埼玉県警は、山本美紀を解放することはないんじゃないかな。警視庁が狙《ねら》っていると知ったんだ。何がなんでもきょうじゅうに逮捕に持ち込むさ」

それほどあちらは、と伊室は思った。警視庁に対抗心を燃やすだろうか。もっと冷静ではないのか。ほかとの競争といった、いわば雑音のような要素は無視して捜査に当たるのではないか。幹部たちはともかく、少なくとも現場の捜査員たちは。

伊室は携帯電話を取り出してから、立ち上がった。捜査対象を山本美紀に絞れということであれば、まず一、二本電話しなければならない。

北島徹也は、再び大宮署刑事課の取調室に戻った。

席に着くと、また山本美紀が北島を見つめてきた。相変わらず冷ややかであり、いくらかは敵意も感じられるまなざしだ。

北島は武田に訊いた。

「山本さんには、あのあとどんな質問を？」

武田が答えた。

「主任を待っていました。雑談もなしです」

北島はうなずいて、自分のノートを広げてから、あらためて山本美紀に訊いた。

「仕事の予定などは、手帳か何かにメモしている？」

山本美紀が答えた。

「はい、事前に決まったことは手帳に」

「書かない場合もあるということ？」

「その日、突然の電話で仕事が決まるときもあります。そんなときはいちいちメモしません」

「ほかの用事もメモする？」

「大事なことでしたら」

「二十七日の夜のことはメモしていない？」

「していません」

「もしその手帳をきょう持ってきているなら、見せてくれないかな」

「お見せする必要はないと思います。もしわたしが、逮捕されたわけではないんなら」

「逮捕はしていない。これは任意の事情聴取ですよ」

「あまり自分の生活の細かなことを、お話ししたくないんです」

北島はこほりと咳《せき》をしてから言った。

「もう薄々想像がついていると思うけど、いま山本さんは、大津孝夫さんが変死したことについて、何か重大な事情を知っているひと、という立場なんだ。隠さずに話して、疑いを晴らしたほうがいい。警察も、あなたが無関係であることを証明する手間などかけずに、ほかの疑わしい人物を調べることができる。捜査がしやすくなるんです」

「わかっていますけど、大津さんが亡《な》くなったことにわたしはまったく関係していません。疑われる理由もないと思います」

「きょうは、お仕事は？」

「は？」

「お仕事の予定が入っているんじゃないかと思って」

「仕事が入っているようなら、きょうここには来ませんでした」

「毎日お仕事があるわけじゃあないんですね」

「会社に属しているわけじゃありませんので。一日に二件入っているときもあれば、全然ない日もあります」

「失礼ながら、生活のほうは、それでも十分にやっていけるのですか？」

「かつかつですが。だから多少遠いお客さんのもとにも出向きます」

「ご家族はないとのことでしたね？」

「ひとり暮らしです」

「副業などはされていますか？」

また山本美紀の目が鋭くなった。

「さっきと同じことを訊かれているのでしょうか？」

「副業のことを訊いたのは、初めてのつもりですが」

「何もしていません」

「家事代行業だけであると」

「はい」

「そのお仕事で、年間どのくらいの収入があるんです？　おおまかでいいんです。確定申告はしていますよね？」

「大津さんのことと、どういう関係があるんでしょう？」

「失礼は承知です。大津さんの家に出向いての仕事で、どのくらい収入になっていたかを知りたいものですから」

「ハウスキーパーとして、一回に一万円から一万五千円くらいです。それが行った回数分」

「トータルの年収は？」

「貧乏であることは、罪なんですか？」

この反駁《はんばく》は予想外だった。北島は首を振った。

「そういう意味じゃありません。でも、教えていただけると、捜査がしやすくなります」

意味が伝わったかどうかはわからないが、山本美紀は答えた。

「二百五十万円から三百万円のあいだぐらいです」

北島は、その数字を素早く吟味した。たしかにけっしていい年収というわけではない。でも、ひとり暮らしであれば、食べていける。北島は、自分がこのところ見聞きしてきた犯罪者や、あるいは関係者のかなりが、この収入に満たない稼ぎであることを知っていた。

北島は、その思いを隠したまま訊いた。

「山本さんの場合、時給はおいくらという計算ですか？」

「基本は二千五百円です。通うための時間も、みていただくことがあります。細かなご要望もできるだけ聞くようにしていますので、ご相談次第でもう少しいただくことがあります」

「細かな要望というのは、具体的には？」

「ほんとうならホームヘルパーさんのする仕事まで、引き受けるときがあります。お子さんのいる家では、子守も。そのほか買い物であったり、手紙の代筆とか、郵便局に行くとか。犬の散歩や病院に付き添う場合もあります」

「大津さんが病院に行っていたんですか？」

「いいえ。べつのお客さんの例ですが」

山本美紀は続けた。

「いま一度言いますが、わたしはどこでも杓子定規《しやくしじようぎ》なことを言わずに、できるだけお客さんの希望に沿う働きかたをしています。副業という意味で言えば、便利屋を兼ねていることになるのかもしれません」

「領収書はとくに書いていないようですね？」

「大津さんから、必要だと言われたことはありません」

そのとき、山本美紀が床に置いたショルダーバッグの中から、振動音が聞こえてきた。

「失礼します」と言って、山本美紀はバッグから携帯電話を取り出した。「かまいませんよね？」

「少し休憩にするか」と北島は言って、立ち上がった。武田も、中塚か浅水に交代させよう。

北島は、自分のデスクに戻ってからノートを開き、電話機に手を伸ばした。

番号ボタンを押すと、すぐにいくらか年配の男の声が返った。

「……ショップ、板橋店です」

北島は、埼玉県警大宮警察署の捜査員であることを告げて、北島だと名乗ってから言った。

「板橋の物件のことで伺いたいのですが」

「はい？」不審そうな声だった。「大宮警察署の北島さん？」

「刑事課です」

北島は、山本美紀の住んでいる集合住宅の名を伝えた。

「お宅の取り扱い物件ですよね？」

「そうです。うちの扱いです」

「そこにいま山本美紀さんという方が入居していると思いますが、いつからの入居かわかりますか？」

「それって個人情報になりますが、大宮警察署の電話番号をうかがってもかまいませんか？」

「もちろんです」北島は大宮署の代表電話の番号を伝えた。

二十秒ほど、電話は保留状態となった。相手がこの大宮署に、北島という捜査員から電話があったのだが、と問い合わせているのだ。

やがて、保留音が消えて相手が言った。

「一年半ぐらい前になりますか。昨年の三月なかばに空きが出て、五月一日には山本さんが入居されていますね」

「比較的すぐに埋まったということですね？」

「山本さんから問い合わせがあって、すぐに契約となりました」

「その問い合わせがあったのは、いつです？」

「三月の二十九日です」

大津孝夫の死亡から二日目だ。べつの言い方をすると、大津孝夫が百二十万円を銀行から引き出した五日後、ということにもなる。

相手の不動産屋は言った。

「部屋を見てもらい、気に入ったということなので、すぐに審査用の書類を書いてもらっていますね」

「家賃はおいくらの物件なのでしょう？」

「八万二千円。管理費六千円」

「周辺の似たような物件と較《くら》べて、割安なほうですか？」

「相場ですよ。オートロックなので、ない物件よりは割高ですが」

「山本さんは、おひとりでの入居？」

「ええ」

「保証人はついています？」

「いえ。山本さんのほうから、保証会社をつけてもらいたいと。それで家賃の二パーセント分、割増になりました」

「入居にかかる費用はおいくらでした?」

「敷金礼金各一に、うちの仲介手数料、前家賃。合計で三十五万円くらいですか」

「ほかに、入居のとき、山本さんが出したおカネというのは、おおよそどのくらいになりますか?」

「ガスコンロとか照明がついていないので、もしかしたらそういう出費があったかな。カーテンとかもね」相手が口調を変えた。「山本さん、何か警察沙汰《ざた》にでも?」

「いいえ。ちょっとした確認です。もうひとつだけ。山本さんは、それ以前はたしか十条に住んでいたんですよね」

「審査の書類には、そう書かれていますね。現住所として」

「その所番地と建物名はわかりますか?」

相手が教えてくれた。建物の名には、コーポという言葉が使われている。いわゆるマンションではない。木造賃貸アパートだろうか。部屋番号は二〇一。山本美紀は、大津孝夫の死亡からほぼ一月後に、十条の木造賃貸のアパートから、板橋のオートロック付き集合住宅に引っ越している……。

北島は礼を言って電話を切った。

大津の死亡二日後には、少しグレードを上げた住まいへの転居を決めたのか。

北島はもう一度、山本美紀がその引っ越しにかけた費用を想像してみた。

不動産屋に支払う金額がおよそ三十五万円ぐらい。什器《じゅうき》類に数万円。ほかに引っ越し業者への支払いがある。それまでアパート住まいだったのだから、さほど荷物の量は多くはなかったろうが、それでも概算でおよそ四十万から四十五万円ぐらいか。それまでの家賃がいくらだったかはわからないが、その引っ越しは山本美紀の年収ではかなり思い切った出費であったはずである。しかし彼女には、それができるだけの蓄えがあったのだろうし、将来その家賃を支払い続けることについても不安はなかったのだ。

その根拠はどのようなものだ？　個人請け負いのハウスキーパーという職業で、年収が増えるとすれば、時給を上げるか、得意先を増やすしかないが、競争の激しい仕事のはずである。それがそんなに容易だったとは思わない。それとも山本美紀は客の評判がよくて、将来にも展望があったのだろうか。

北島は首を振った。いや、やはりまずここは、捜査員として養った勘に素直に従ったほうがよい。大津孝夫が死ぬ前に下ろした百二十万。それと山本美紀の引っ越しには、何かしらの関連がある。少なくともそのことを、合理的に否定できないうちは、これを無視するわけにはいかない。

ともあれ、一回深呼吸しよう。北島は椅子《いす》から立ち上がった。

伊室真治は、相手から渡された名刺を見た。

(株)京浜ライフリーゼ

浦和支店長　辻井《つじい》道雄《みちお》

とある。会社名だけでは、それがいわゆる家事代行業のようには思えない。高所得の家庭を選んで顧客としているのかもしれなかった。JR浦和駅西口にあるこの事務所の雰囲気も垢抜《あかぬ》けている。

顔を上げると、辻井は少し不安げな目を伊室に向けていた。いかにもサービス業の管理職らしく、きれいに分けた髪。髭《ひげ》もていねいに剃《そ》られている。

伊室は言った。

「電話でもお話ししましたが、山本美紀さんという女性の件なんです。こちらと契約した経緯、仕事ぶり、辞めたいきさつ。そういったことについて、聞かせていただきたくて」

辻井が言った。

「たしかに山本美紀はうちにいたことがありますが、彼女が何か?　逮捕されるようなことでも?」

「いいえ。ただ、ある事件の被害者のそばにいたことがわかったので、山本さんの仕事のこと、生活のことを調べているだけです」

辻井は不審そうだ。どう反応したらよいか、困惑しているようにも見える。

鳥飼が言った。

「ざっくばらんに言いますと、これは殺人事件の捜査なんです」

辻井が目を大きく見開いた。

伊室は鳥飼を横目で見た。それを、もう言ってしまっていいのか？　山本美紀は参考人である、と言ってしまったのと同じだが。

鳥飼が伊室の懸念《けねん》を無視して続けた。

「山本さんの得意先のお年寄りが殺されましてね。犯人はまだ特定されておりませんが、山本さんが被害者宅に出入りしていた。それで、被害者と彼女の関係がどのようなものであったか、捜査中というわけです」

「殺人って、最近なんですか？」

「事件があったのは、一週間ほど前のことなんですが」

「もしかして、赤羽の？」

「ご存じですか？」

「テレビのニュースを見ました。でも、山本さんはずいぶん前に短期間在籍しただけです。いまはうちとは無関係ですよ」

「在籍の時期を教えていただけますか。どういう仕事ぶりだったか。お客さんの評判はどうだったかも、わかっている範囲で」

辻井は、デスクの脇《わき》に置いてあるホルダーを手元に引き寄せ、付箋《ふせん》のついた書類を開いて答えた。

山本美紀はおよそ二年半前の三月に、ハローワークを通じて応募してきたのだという。家政婦の仕事は未経験と、履歴書には書かれていた。直近の半年ばかりの職歴は空白だった。訊くと、甲府の実家で家事を手伝っていたのだという。それ以前は派遣会社に所属して、主に横浜の食品加工場などで働いていたとのことだった。

面接してみると、真面目《まじめ》そうで、身なりも化粧も、堅実な性格を窺《うかが》わせるものだった。過度に女っぽさを強調するようなこともない。家政婦の仕事をするには向いた女性と判断できた。辻井は山本美紀の採用を決めた。

彼女にはまず三日間講習を受けてもらい、さらに先輩について三日間、客のもとで仕事をしてもらった。

先輩ハウスキーパーたちの評判も悪くなかった。気が利くタイプではなかったし、とくべつ愛想がいいわけではないが、家事の基本的なスキルはあった。言葉づかいも接客マナーも問題はなかった。辻井はしばらくのあいだ、臨時や短期間の仕事を主に受け持たせることにした。経験を積めば、いずれ派遣先は長期の契約客が中心になる。

しかし山本美紀が在籍していたのは、正味四カ月だった。四カ月経《た》ったころに、このままでは生活が苦しいと、退職、登録の抹消を申し出てきた。収入は、最初の月が九万円少し。最後の月が十四万円ほどだったろう。業界でよくあることだが、手数料が差し引かれるのを嫌い、派遣先と個人契約を結んで辞めるハウスキーパーがいないではない。辻井も一応はそれを疑ったし、じっさい一、二件、山本の退職後連絡のなくなった客もあった。山本と直接個人契約をしたのかどうかは、確認していない……。

鳥飼がまた辻井に質問した。

「お客と、何かトラブルなどはありませんでしたか？」

辻井は、少し考える様子を見せてから答えた。

「ひとつふたつ、あることはありました。ただ、一件はほかの家政婦にも必ず苦情を言ってくる……」

辻井が言い終わらないうちに、鳥飼があとを引き取った。

「クレーマー？」

「ええ」辻井がうなずいた。「無視できる程度のことでした」

「もう一件は？」

「これは奥さんからの苦情だったんですが」

「というと？」

「ご主人を誘惑していると」

「山本美紀が、客を誘惑？」

「ええ。そのように苦情が来て、山本さんにも、心あたりがないかと確かめました」

「どうだったんです？」

「ない、との返事でしたが、別のひとと交代することは山本さんも了解しました。あ、お客さんのほうもです」

「じっさいはどうだったんでしょう？」

「ありえないとは思ったんですよ。相手との歳の差は三十以上でしたし」

鳥飼が言った。

「還暦過ぎの男性ですか」

「うちのお客の多くは、ご高齢のご夫婦のご家庭です」

伊室は、辻井の答えかたに引っ掛かった。

ありえないとは思った……。

事実は違っていたと言っているのか？

伊室は訊《き》いた。

「それらしいことはあったのですか？」

辻井は口をへの字に曲げてから、うなずいた。

「あとになってから、何かあったのかもしれないと思うようになりました。いきさつは少し長い話になりますが」

「かまいません、どうぞ」

「山本さんの派遣を止めてしばらく経ってから、そのお客、ご主人の方ですが、荒川に身投げされたんです」

「身投げ？」と、伊室は鳥飼と同時に言っていた。

鳥飼がすぐに質問した。

「自殺ということですか？」

「そう聞きました」

「いつごろのことです？」

「山本さんがうちを辞めて、半年ほどしてからでしょう」

「そのお客の名前はわかります？」

辻井はべつの書類ホルダーを出してきた。顧客の名簿なのだろう。

「さいたま市桜区の」

熊倉典夫《くまくらのりお》という男だという。熊倉は埼玉県戸田市本町で石材店を営んでいた。夫人が体調を崩して入退院を繰り返すようになったため、この支店に家政婦の派遣を頼むようになった。一年ほどのあいだに、浦和支店は三人の家政婦を派遣した。山本美紀がふたり目である。

鳥飼がうれしそうに言った。

「この年寄りも、事実上のひとり暮らしだったわけだ」

伊室は辻井にまた訊いた。

「奥さんは、入院しているあいだに山本さんがご亭主を誘惑していると苦情を？」

辻井がうなずいた。

「家政婦が誘惑したせいで、ご主人が入れ込んでいるようだという電話が一度あったんです」

「入れ込んでいるというのは、どの程度の意味でしょう？」

「その、性的なことがあったかどうかということなら、奥さんは、そこまでは言っておられませんでした」

「ないと？ あるいは、わからないと？」

辻井は首を振りながら答えた。

「誘惑しているところを見たとか、証拠を握ったとかいうわけではありませんでした。ただ、ご主人が入れ込んでいるのは確実という言い方だったと思います」

「それで、山本さんの派遣を止めたんですね？」

「ええ。この仕事は、評判第一です。たとえお客さまの誤解だとしても、火種になりかねないものは取り除きます。わたしが熊倉さんのご主人と電話で話しまして、山本ではなく別の家政婦を派遣したいがいいかと確認しました」

伊室は訊いた。

「奥さんからの、苦情のことを話されたんですか？」

「いいえ。山本が都合がつかなくなって、という理由でです。熊倉さんは了承しました。でもいま思えば、多少執着はしていましたね。山本さんに割り増しを払おうか、ともおっしゃっていましたから」

鳥飼は、いよいよ愉快そうだ。

「ほら、爺殺《じじい》し」

それはもちろん、老人殺害犯という意味ではないのだろう。年配男性に取り入るのが上手な女、あるいは年配男性に好まれるタイプの女、ということだ。

辻井が鳥飼の言葉には反応せずに言った。

「それが、いま思い出せる苦情のもう一件でしたね。山本さんは、ちょうどその半月後ぐらいに退職していったんです」

「熊倉というひとの身投げが、それから半年後ですか？」

「だいたいそんな時期です」

熊倉典夫の夫人は、やがて病院で息を引き取った。熊倉が自殺したのは、夫人が亡くなってひと月後ぐらいのことだったのだという。明け方、自宅から一キロほどのところを流れる荒川で入水《じゅすい》したのだ。

　遺体は荒川戸田橋緑地の川岸で見つかった。警視庁高島平署の管内である。すぐに身元もわかり、入水の間際《まぎわ》の目撃者も出た。警視庁は事件性のない自殺と判断している。遺産の配分を記した遺言書が、部屋に残されていた……。

　辻井が言った。

「身内のほか、遺産を残す相手として、血のつながりのないひとたちの名前も三人ほど書かれていたそうです。その中に、山本さんの名前もあった。それで弁護士さんから連絡がありまして、いまお話ししたようなことを聞いた次第です」

　鳥飼が訊いた。

「法的に有効な遺言書だったのですか？」

「いいえ。実の弟さんの代筆に署名押印だったそうで、無効だったと聞きました」

「どうしてまた弟さんが書いたんです？」

「弁護士さんの説明では、典夫さんは認知症が出ていた。文字が書けなくなったので、弟さんが代筆を頼まれたとのことでした」

「それもまたあやしげな理由だな」

　辻井は鳥飼の感想には反応せずに続けた。

「弁護士さんは、この女性はどういう人物かと問い合わせてきたんです。山本さんの住所として、うちの支店名が記されていたのです。弁護士さんは、山本さんが熊倉さんの隠し子か何かかと想像したようです」

「やっぱり深い仲だったんだ。遺産を残そうと思うくらいに」

伊室は鳥飼に言った。

「この男性は、山本美紀の住所も知らなかった。彼女は、携帯電話の番号さえ教えていなかったってことになりますが」

「いや、この熊倉って年寄り、最後はもうあれだったわけだから、住所のメモは紛失してしまったんでしょう。そもそも弟に代筆させてその遺言書を作成したくらいなんですから、きちんとした判断力もなかった」

辻井が言った。

「その遺言書に山本さんの名前は書かれていたけれど、法的には無効の遺言書ということで、山本さんには一銭のおカネも行っていないと思います。ただ誘惑はともかく、熊倉さんが山本さんを気に入っていたのは確かなんでしょう」

伊室は訊いた。

「ここを辞めたあと、熊倉さんのお宅に山本さんがまだ通っていたということもないのですか？」

「そこはよくわかりません。ただ、ハウスキーパーとして行っていた可能性はないと思います。うちが、山本さんのあとにひとり、熊倉さんが亡くなるまで派遣していましたから」

「そのひとには、遺産を分けるとは書かれていなかったのですね？」

「そうは聞いていません」

鳥飼はうれしそうに伊室に顔を向けてきた。

「やっぱり、食えない女だったんですね。年寄りをたぶらかすのがうまかった。被害者はきっとまだいますよ」

伊室は辻井に訊いた。

「その遺言書に書かれていた、血縁じゃないひとたちって、どんな関係のひとたちだったんです？」

辻井が答えた。

「詳しくは聞きませんでしたが、長いこと勤めた従業員さんとか、奥さんを介護してくれたホームヘルパーさんとかも入っていたようです」

それはつまり、と伊室は考えた。感謝している関係者に、精一杯の謝意を示そうとしたということだろう。必ずしも判断力が鈍って作られた遺言ではないように思えた。夫人が亡くなったあと、多少情緒不安定気味であったかもしれないし、もしかすると、うつ症状があったのかもしれないが。もう少し踏み込んで言えば、山本美紀は、熊倉という男にとって必ずしも身内同様の存在というわけではなかったのだろう。

伊室はもうひとつ訊いた。

「従業員さんの身元については、しっかりお調べになるんでしょうね？　家族とか、保証人とかについても」

辻井は伊室を見つめ、かすかに微笑した。

「そんなに強気にひとを使える業界だと、お考えですか？」

「というと？」

「年齢不問で随時募集していますが、うちの場合、採用した人数の半分は、半年以内に辞めていくんです。慢性的な人手不足です」

「いちいち身元までは確認してはいられないと？」

「もちろん最低限の確認はいたします。でも、保証人の資格とかについて、神経質にはなっていません」

辻井は続けた。この業種はほかの業種と比較して、神経をつかううえに重労働という認識も広まっている。業者同士の競争も激しい。お客さんの無茶な要求に疲れ果てて辞めるひとも多かった。そのため、ひとを集めるのは年々難しくなっている……。

「山本さんは、お客さんとの関係はうまくいっていたのだから、もう少し頑張ってもらいたかった。半年たてば、時給の見直しもしたんですから」

　鳥飼が言った。

「山本さんが応募してきたときの履歴書、身上書など、見せていただけますか？」

　辻井が鳥飼に顔を向けて答えた。

「あるとしたら本社の方です。そちらに問い合わせていただけますか」

　そのとき、部屋のドアがノックされた。すぐにドアが半開きとなり、制服姿の女性従業員が辻井に言った。

「支店長、大宮警察署からお電話です。北島さんという刑事さんです」

　辻井が伊室たちに目を向けてきた。もうこれぐらいで、と言っている。伊室は鳥飼を促し、席を立って部屋の外に出た。

　ドアの外で、鳥飼が言ってきた。

「今朝の、大宮署のあの捜査員ですね。山本美紀がたぶん、ここに在籍していたことを供述したんだ」

　伊室は言った。

「高島平署に回りましょう」

「熊倉という老人の件ですか？」

「ええ。検視や行政解剖の記録を見たいんです。埼玉と違い、警視庁管内なら監察医がいる。司法解剖もされているんじゃないかと思う」

「やっぱり伊室さんも、事件性ありと？」

「そうは思っていませんが、確認です」

伊室たちは、事務所の前に停めた捜査車両に戻った。西村が同行していないので、この浦和まで、伊室が運転してきた。高島平までも、運転手は自分がやることになる。

北島徹也は、浦和駅近くにある家事代行会社との通話を終えて、受話器を戻した。

隣りのデスクから、武田が北島を見つめてくる。やりとりを聞いていたはずだから、山本美紀のまわりでもうひとつ変死があったことはもう把握しているだろう。捜査員らしい好奇心で目が光って見えた。

北島は、武田に言った。

「ちょうど赤羽署の伊室って捜査員たちが行っていたそうだ。山本美紀が働いていた時期のことで」

武田が苦笑した。

「すごい競争になってきましたね。互いの管轄《かんかつ》内まで出向いて、抜きつ抜かれつ」

同意の意味でうなずいてから、北島は言った。

「西浦和で、年寄りが荒川に身を投げた。去年の三月だ。熊倉典夫っていう石材店社長」

「ということは、大津孝夫の死んだころ？　同じ時期に、山本美紀はその熊倉って男の家にも通っていたんですか？」

「熊倉の家に家政婦として派遣されていたのは、その六カ月以上前だ。通ったのは短期間で、熊倉の家での仕事が切れたあと、山本美紀自身も会社を辞めている。時期はずれている」

北島は、いま電話した相手から聞いた情報を手短に武田に伝えた。同じ内容は、赤羽署の伊室という捜査員にも当然伝わっているはずである。

聞き終えると、武田が言った。

「赤羽署は、この変死についても、事件性を疑っているということですね？」

「どうかな。単に確認しているだけかもしれん」

北島は壁の時計を見た。午後の三時十分になっている。山本美紀に自宅で任意同行を求めてから、ほぼ七時間が経とうとしていた。事情聴取には何人もの捜査員が交代で当たっているが、いまだに大津孝夫の死と山本美紀を結びつけるだけの供述、証言は出てきていない。

北島は手帳とメモをまとめて持つと、席から立った。いまの電話の要点だけでも、係長の米本善司に報告しておく必要があった。

米本は、北島からの報告を聞き終えると、難しい顔になって言った。

「警視庁は、西浦和の熊倉という男の水死も、山本美紀が関係した不審死だと見ているということだな」

　北島は、慎重に言った。

「そこまでは言い切れないと思いますが、何かしらの関連を見ているのは確かでしょうね」

「それに、大津孝夫の死亡時期と、山本美紀の引っ越しのタイミングが符合すると？」

「接近しています。意味があることかどうかは、まだわかりませんが」

「赤羽署も、というか警視庁は、少なくともその関連に強い関心を抱いている。へたをすると、一両日中にも警視庁は山本美紀の逮捕状を請求するぞ」

「あちらは、発生したばかりの明白な殺人事件の捜査ですから」

　米本は腕を組むと、天井を見上げて溜《た》め息をついてから言った。

「別件で逮捕できそうなのか？」

　北島は首を振った。

「まだ何ひとつ出てきそうもありません。せめて一週間あれば、盗難の被害届ぐらいは出してもらえるかと思うんですが」

「その時間はない。警視庁との競争なんだ」

「まず先に警視庁にやらせてもよいのでは？」

「午前中の会議を思いだせ。そんなことをいま現場から提案できるか？」

「きょう逮捕状請求はできたとしても、送検できるかどうか、微妙かと思えてきています。状況証拠はグレーですが、違う可能性も考慮しておくべきかと」

米本は北島の言葉には反応せずに訊いてきた。

「殺害当日の目撃証言は出たんだな？」

「供述調書が取れました」

「嘱託医からも、検視報告の説明を調書に取れ。他殺の可能性を排除したものではない、ということを強調させて」

「すぐにやります」

「それにカネの引き出しと女の引っ越しの件がある。判事の説得には十分だ。これで家宅捜索さえできれば、捜査は一気に進む」


午後の六時を回った。山本美紀は小一時間ほど前からしきりに、もう帰らせてほしいと言っていた。部下の捜査員たちは、もう少しだけ、もうひとつだけと質問を繰り出して、時間稼ぎをしてくれている。もっとも山本美紀は、依然として気になる情報をひとことも語っていないという。

北島が三十分ほどの時間をかけて疎明《そめい》資料を作成すると、米本はその資料を持って刑事課長のデスクへと歩いていった。

第二章 逮捕

1

高見沢弘志は、歯を磨きながらその駐車場の周囲に目を向けた。

南房総の故郷の谷間とは違い、平坦《へいたん》な大地がかなり彼方《かなた》まで広がっている。山は遥《はる》かに遠くであり、空を区切るものは何もない。この会社に就職し、寮に入って一年半になるが、いまだにこの土地になじんだという気持ちがしなかった。最初の日からずっと、自分が砂漠でひとり迷子になったような感覚がある。

仙台市若林区にある、工務店の寮である。近くには陸上自衛隊の駐屯地がある。海岸線まで、五キロメートルほどの位置だ。工事の現場まで、現在は少し遠くなったが、それでもせいぜい十キロメートルほどである。

曇り空だが、気温は暑からず寒からずだ。時刻は午前七時四十五分になっていた。日曜日なので、いったん六時半に目覚めたあと、二度寝をしたのだ。いましがた弘志が布団《ふとん》から出たとき、同じ部屋の五十代の男は、まだ眠っていた。かなり疲れが溜《た》まっていたようだ。昨日は尿に血が混じっていたとも言っていた。

無理もなかった。人手不足で、この工務店も慢性的に残業が続いている。定時ではとてもその日の作業を終えられないのだ。よその工区も似たようなものだと聞いている。仕事のきつさに音を上げて、先月もひとり辞めた。親会社は全国で作業員の募集をかけているらしいが、いまだに人手不足は解消する様子もない。

さいわい弘志は二十八歳という若さであるし、重機を扱っている。毎日腹は減るし、夜も早い時刻にばったりと布団に倒れ込むような生活だが、まだ続けていけるだろう。それこそ血尿が出たときには、転職を考えねばならないだろうが。

寮の中に入ろうとしたとき、四十代の先輩作業員が通用口から出てきた。毎週日曜日には必ず、郡山《こおりやま》の妻子のもとに帰っている男だ。愛妻家だと、からかわれることを喜んでいる。明るい色のジャンパーを着て、肩にショルダーバッグを下げていた。バス停に向かうのだろう。

「きょうはどこかに行かないのか」と、その男が声をかけてきた。

「ええ、行くところもないですし」と弘志は答えた。

「たまには仙台に出て、遊んだらいいのに」

「ひとりで遊んでもしょうがないですから」

「だから相手を見つけるのさ。若いんだから、もっと積極的にならなきゃ」

「ナンパって、おれ向きじゃないです」

「きっかけさえできたら、あとは本気で押すだけなのに」

「こんなところで働いていると、きっかけもできませんよね」

「出会い系なんて、やらないのか？」

「やったこと、ないですよ」

彼は笑って駐車場の外の道路に出ていった。

彼の後ろ姿を見送ってから、弘志は寮の中に戻った。食堂のほうから、朝のテレビの番組の音が聞こえてくる。寮にいる作業員の大部分が、もう食事を始めているところだった。

弘志が従事している工事は、海岸沿いに南北に伸びる県道を、新たに造り直すというものだ。いまある県道のすぐ脇《わき》に、高さ六メートルまで盛り土して地盤を造り、その上に新たな県道を設ける。県道それ自体が堤防の役目を担《にな》うように設計されていた。

弘志はおよそ一年半前の三月から、この工事の下請け工務店のひとつで働くようになった。その前は、千葉の道路工事現場で働いていた。

そこを少し前に辞めていった同僚から、仙台で働かないかと誘いがあった。話を聞いてみると、日当は千葉のその会社よりも、一日八百円ほど高かった。ひと月でいえば、二万円違う。弘志にとって、この差は大きかった。見知らぬ土地に行く不安はあったが、ひとり身であるし、自分を故郷や千葉の職場につなぎとめるものは何もなかった。とにかく稼ぎたいという気持ちが強かった。だからこの震災復興の工事現場にやってきたのだった。

弘志が千葉市の自動車教習所で大型特殊免許を取り、さらに技能講習を受けて資格を取ってから、およそ二年経《た》っていた。

弘志は洗面を終えると食堂に入り、入り口脇のコンテナーの中から朝食の弁当を取り出した。それにインスタントの味噌《みそ》汁《しる》の椀《わん》をトレイに載せて、食堂の中を見渡した。手前のテーブルで食事中の作業員と目が合った。弘志よりも五歳ほど歳上《としうえ》の、小太りの男だ。石本《いしもと》、という名だ。

石本は、この寮にいる作業員の中でただひとり、ノートパソコンを持っている。暇な時間は必ずそのパソコンを開いて何かのサイトを読みふけるか、にやにやしながらキーボードを打っていた。いまも彼は、飯をかっ込みながら、パソコンを見つめていたのだった。

石本が訊《き》いた。

「高見沢さん、あんたは埼玉のどこのひとだったっけ？」

弘志は石本の向かい側の席に着いて答えた。

「埼玉じゃありませんよ。千葉です。館山」

「そうか。じゃ、土地勘ってないか」

石本は島根か鳥取の出身と聞いたことがある。首都圏の地理が頭に入っていないのだろう。

「埼玉で何か？」

「また女が年寄りを殺したってさ。大宮のひとり暮らしの男のところに家政婦として通っていて、相手を殺したらしい」

「最近の話ですか？」

「一昨日逮捕。警察発表には動機は書いてないんだけどさ、カネを貢《みつ》がせたんだろうな。ネットではけっこう話題になってる」

「何年か前にも、そんな事件、埼玉とか東京でありませんでしたっけ？　何人も被害者がいた事件」

石本は、その事件の被告の名前を出した。

「あれとは別。だけど、誰もがすぐにあれを連想するよな。被害者も、これひとりってことはないんじゃないか」

弘志が黙って朝食を食べ始めると、また石本が言った。

「女が三十歳。山本美紀。被害者が六十九歳だってさ。画像があればいいのになあ。警察はこういうとき、逮捕した女の写真って、発表しなかったっけ」

「どうしてです？」

「気になるだろう。女がうんと美人だと、年寄りが熱を上げて、言いなりにカネを出して殺されるのも、わからないでもないって気になる」

「逆だったら？」

「許せん、と思うよな、ふつう」

石本はパソコンのモニターに目を向けたまま食べ始めた。

矢田部《やたべ》完《たもつ》が、勤務する上野協同法律事務所のオフィスに到着したのは、午前八時四十分だった。

日曜日の朝だが、この時刻、すでに事務所には五人の弁護士やアシスタントたちが出てきていた。みな無言のまま、それぞれのデスクで書類を読んだり、パソコンで書類を作成している。九時になるころには、まだ三人か四人の弁護士やアシスタントが出てくるはずである。総勢四十人の事務所のおよそ二割が、という割合になる。多忙でないときなどないこの法律事務所では、ふだんとまったく変わりのない日曜日の光景だった。

矢田部自身、八年前、四十歳を機にこの事務所に移ってから、日曜出勤はもう当たり前のことになっている。少なくとも、日曜日をまともに休めるのは、月に一回がせいぜいだ。先輩弁護士たちは、うちはブラックだからと自嘲《じちよう》する。労働基準法の適用されない弁護士事務所として、ここは業界でも有名なのだ。

矢田部はこのビルの隣りの喫茶店で買ってきたコーヒーのカップをデスクに置くと、自分のパソコンを立ち上げた。メールが一本入っていた。所属する弁護士会の、刑事部の担当者からのものだ。すでにご存じかもしれませんがご参考までにと、リンクが貼《は》られている。

リンク先は、きょうのブロック紙の朝刊の記事だった。

「……日、埼玉県警は殺人容疑で、東京都板橋区の家事代行業、山本美紀（30歳）を逮捕した。県警によれば、山本容疑者は平成二十七年三月二十七日、さいたま市大宮区の大津孝夫さん（69歳、当時）を大津さん宅の浴室で殺害したとされる。当時大津さんはひとり暮らしで、山本容疑者が家事を引き受けていた。山本容疑者は犯行を否認している」

埼玉県での事件だ。東京の弁護士会に所属する自分が関わる可能性はほぼないと言っていいだろう。ただ、この短い記事には気になる点がいくつもある。

まず犯行日時から逮捕まで、時間がずいぶん経っていることだ。

そもそも矢田部は、大宮のこのひとり暮らしの男性の殺人事件の報道に記憶がなかった。

職業柄、自分は新聞の犯罪や裁判関連の記事はかなり丹念に読む。首都圏のものを、目に入るかぎりだ。この記事を見落としたということは考えにくい。最初から殺人事件として報道された事案なのだろうか。

もうひとつ、被害者の死因、殺害された方法についての記述がない点が不可解だ。埼玉県警はこの点について発表しなかったのだろうか。それともこのブロック紙が、紙面の都合か何かで死因の記述を省略したか。事務所のほかの新聞と読み比べてみるか。

被疑者と被害者との関係も、奇妙に感じられる。被疑者が家事代行業となれば、ひとり暮らしの被害者宅にひんぱんに出入りしていたのだろう。つまり、もっとも身近な関係者のひとりということだ。重要参考人として早い段階で浮上していていい。なのに埼玉県警は、一年半も彼女を逮捕できなかった。慎重に捜査を進めたのだ、と言えるのかもしれないが、物証が乏しい事件だとも言えるのではないか？

矢田部は、紙コップからコーヒーをふた口飲んで、この記事を読み解こうとしてみた。

女性が三十歳。家事代行業。被害者はひとり暮らしの年配男性。

どうしても、数年前首都圏を騒がせたあの事件を連想する。あちらの事件では、被害者の数は複数だった。被害者はすべてがひとり暮らしの高齢者というわけでもなかった。また被告人は、家事代行業を名乗ってはいなかった。ただなんとなく、連想されるキーワードは似ていると感じられる。

しかし、被害者がこれひとりなのであれば、事件の様相はあの首都圏連続不審死事件とはかなり違っている。

そもそも、これまでほとんど、もしかするとまったく、この事件について、この被疑者についての報道がなかったのはどうしてだろう？ やはり埼玉県警はこの被害者の死を最近まで事件性があるものと疑ってはいなかったということか。だとしたら、とうぜんメディアの関心も引きようがなかった。

矢田部はもう一度記事に目をやった。警察発表は、一昨日の深夜か、昨日の午前中だろうか。

もしかすると、昨日の夕刊にこの記事を載せた新聞社もあったのかもしれない。でも昨日は夕刊を読んでいなかった。自宅に帰ったのも深夜で、読む時間がなかったのだ。

矢田部はまた紙コップを口に運びながら思った。

自分以外でも、この短い警察発表から、首都圏連続不審死事件を想像した者は少なくないだろう。テレビ関係者や週刊誌の編集部にも、同じ連想を働かせた者は多いはずだ。週刊誌はともかく、テレビのワイドショーでは、この事件はすでに取り上げられているのだろうか。あまりテレビを観《み》ない自分には、この記事に対する世間の反応がわからない。あとで、日曜出勤している者に訊いてみよう。

矢田部は、リンク先からもう一度画面をメーラーに戻した。

志田《しだ》隆也《たかや》はあらためて目の前にいる女の顔を見た。

山本美紀は、視線をデスクの上に落としたきりだ。ろくに志田と視線を合わそうとしていない。三十分ほど前にこのさいたま地検に送致されてきてからこれまで、ほんの数えるほどしか志田を見ていなかった。

三十歳、ということだが、もう少し歳上に見えないでもない。ひと目で廉価品《れんかひん》とわかるシャツとジャケットのせいか、それとも顔の肌艶《はだつや》のせいか、かすかに生活やつれの感じられる女性だった。少なくとも彼女には、エステティックサロンも、フィットネス・ジムも無縁だろう。

ただ、逮捕から三日目の刑事事件被疑者にありがちな、ふてくされた顔ではなかった。目の前にいる検察官を激しく呪《のろ》っているようでもない。ぴたりと心を閉ざしているだけだ。感情に長いあいだふたをしてきたのかもしれない。

あるいは山本美紀というこの被疑者の態度は、検察官を前にしていくらか萎縮《いしゅく》しているということなのだろうか？

志田には自覚がある。もう四十代に入った自分の顔だちは、融通のきかない司法関係の中年者そのものだ。

気難しそうであり、少し考えようとするたびに眉間《みけん》には縦に皺《しわ》が寄る。口はたいがいへの字に結ばれたままだ。ひとり居酒屋のカウンターにつけば、周囲の客がなんとなく声を落とす。そんな志田の外見に多少威圧されて、山本美紀は心を閉ざしているのかもしれない。自分はまだ、この大津孝夫不審死事件について、彼女の犯行だと確信しているわけではないのだが。

志田は、時計を見た。午後の六時十五分だ。

送致されてきた山本美紀の留置の刻限まで、あと丸一日強である。逮捕は二日前の午後八時二分だったのだ。

手続きとしては、あと二十六時間のうちに、自分は検察官として、さらに被疑者の十日間の勾留《こうりゅう》を地裁に請求するかどうかを決めることになる。

「さあて、もう一回だけ訊くけど」志田は意識的に故郷の奈良の訛《なま》りを強調して言った。「大津孝夫さんを、あなたは殺したかい？」

彼女の耳に、関東の言葉よりはやわらかく響いてくれたらよいのだが。

山本美紀が顔を上げ、まっすぐに志田を見つめてきた。

志田がその視線を受け止めると、彼女は首を横に振ることもなく、きっぱりと言った。

「わたしはやっていません」

志田は、部下の八木《やぎ》陽一《よういち》に目を向けた。お前も聞いたな、という確認だ。彼女は犯行をもう一度明瞭《めいりょう》に否認したと。八木がうなずいた。

志田は「ちょっと、出てくる」と八木に言って立ち上がった。

取調室のドアを開けると、廊下の右手で靴音がした。

大宮署の刑事課長だ。吉富祐一《ゆういち》という名刺をもらっていた。

「いかがです？」と、吉富が近づきながら小さめの声で訊いてきた。

志田は大股《おおまた》に歩いて取調室から離れた。

被疑者には聞かせたくないやりとりになる。吉富も志田に合わせて、廊下を戻った。

廊下の端まで来たところで志田は足を止め、吉富に言った。

「否認しています。逮捕前は、確実に自供を引き出せる、という見通しだったと聞いていましたが」

逮捕の直前に、埼玉県警とさいたま地検とのあいだで、簡単なすり合わせがあった。難事件だが落とせる、と県警幹部はそのとき、担当の検事たちに言っていたという。県警側の保証を、検察が疑う理由はなかった。だからさいたま地検もそのとき山本美紀逮捕に同意したのだが。

吉富が、驚きの表情を浮かべた。

「あれだけの調書があるのにですか？」

「状況証拠だけ。不十分です」

「まさか、勾留請求は見合わせだと？」

「自供していないのです」志田は、こんどは完全に関西の訛りを消して、世の誰もが思い描くような検察官の調子で言った。「供述や調書の解釈には、そうとうの自信があるということでしょうか」

吉富は、期待どおりかすかに狼狽《ろうばい》を見せた。

「本部からもすでに伝わっていると思いますが、この火曜日に赤羽で年寄りの他殺死体が発見されました。被害者は大津孝夫と同じようなひとり暮らしの男です。重要参考人として、やはり家事代行業として出入りしていた山本美紀が浮かんでいるんです」

「赤羽署は、まだこの女性の逮捕状を取ってはいないとのことでしたね」

「逮捕の当日朝、あちらも任意同行を求める直前でした。我々が一歩先に、彼女に同行を求めたんです」

「その事実は、この事案が物証に乏しいことを補ってくれるものではないように思いますが」

「たしかに単独で見れば、若干物証に乏しいところはあります。しかし、確実に合同捜査、併合審理となる案件です。全体を俯瞰《ふかん》するなら、あの連続不審死事件と同じ程度には、状況証拠も揃《そろ》っております。いや、揃います」

「あの、とは？」と、志田はあえて意地悪く訊いた。

「あの」吉富はひとつ女性の名前を口にしてから続けた。「あの首都圏連続不審死事件です」

あの事案はたしかに、さいたま地検にとっても、五年に一度あるかないかの大きな事件だった。被疑者は一貫して犯行を否認し、状況証拠しかない中での起訴だった。ほかの地検が担当した不審死事件との併合審理となり、裁判員裁判の一審では死刑判決が出た。二審でも死刑判決、ただしいまも最高裁で争われている。

つまりさいたま地検にとっては、すっきりと解決したとは言い難い事案の最たるものなのだった。もちろん地検内部に、起訴を誤りだったとする見方は皆無だが。それでも、警察に対して、この不審死があったときになぜ事件性を疑わなかったのだ、という不満があることは確かだった。

吉富が、少し苦しげな口調で言った。

「おそらく警視庁のほうも、近々逮捕状を請求するでしょう。本人が否認したままなのは誤算とも言えないことはありませんが、しかし双方の捜査情報が共有されれば、あの事件同様に周囲はがっちりと固められます」

「そんな期待をここで語られても」

言ってから、志田は考えた。自分はこの事件の捜査担当の検事になるだろうか。きょうこの事案の弁解録取を担当したのは、自分が当番だったからというだけのことだ。捜査検事はまたあらためて決まることになる。

自分が当たった場合は、勾留期限の切れる二十日後、起訴か不起訴かで悩むことになる。できれば当たりたくはない事案だ。

検察官は誰だって、公判で負けたくはない。負ける事案を担当したくはない。このケースは、送致されてきた書類を読む限りは、クレバーな検察官であれば担当を逃げてしかるべきものに思えた。

ただ、警視庁も赤羽の殺人事件で山本美紀を重要参考人とみなしているという情報は、気になる。判断を先送りしていいか。警視庁の捜査の進展を見てからの最終判断でもいい。地検にはもう一回、負けを回避する機会があるのだ。

志田は吉富に言った。

「勾留請求はします。時間いっぱい、捜査を進めてください」

「お約束します」吉富は頭を下げた。「与えられた時間で、さらに証拠を揃えます」

伊室真治は、捜査本部の置かれた武道場に入った。テーブルの島ごとに、捜査員たちが固まって何か熱心に語り合っている。みなの中心にあるのは、いくつもの新聞だ。

月曜日だが祝日である。埼玉県警が山本美紀を逮捕して四日目だった。

伊室は室内を見渡した。幹部の姿はない。もう管理官以下の幹部たちは、別室で会議中なのかもしれなかった。もちろん話題は、大宮署の山本美紀逮捕を受けて、赤羽署は馬場幸太郎殺害事件をどう扱うかということだろう。

すでに山本美紀は事実上の重要参考人であるが、いつ彼女の逮捕状請求に踏み切るか、というところまで議題となっているかもしれない。

武道場の奥の壁際《かべぎわ》に、テレビが二台置かれている。ニュース番組、ワイドショーなどを録画するためだ。

このところ、大きな事件ではメディア、とくにテレビ局のほうが警察よりも先回りして関係者に当たり、インタビュー映像を撮ることがある。こうした関係者の発言に、捜査のヒントとなるものがないわけではない。もちろんしばしばメディアは暴走するし、参考人の行動確認が妨害されてしまうこともある。困りものではあるが、無視することもできなかった。

いまそのテレビの前で、鳥飼達也が立ち上がった。拍子抜けという顔だった。鳥飼は伊室の顔を認めると、小さく会釈《えしやく》して近づいてきた。

パソコンが何台も置かれたテーブルには、西村敏がいた。彼もあいさつしてくる。彼は捜査本部が置かれて以来、パソコンと電話の前にいることが多い。

鳥飼が伊室に言った。

「自供報道、まだですね」

伊室は、西村の横の椅子《いす》に腰を下ろして言った。

「まだ発表がないだけかもしれない」

「別件逮捕飛ばして、いきなり殺人容疑で逮捕でしょう。あちらさん、そうとうな物証を持っていたのかとも思ったんですが、違ったんでしょうかね」

「知らない」と、伊室はぶっきらぼうに答えた。

「ワイドショーでも話題になっていないんですよ。何か妙ですね」

西村が鳥飼に訊いた。

「どうしてです？」

「だって」鳥飼が伊室と西村を交互に見ながら言った。「誰だってあの連続不審死事件を連想していいのに、ワイドショーが何も取材していないってのはおかしい」

西村が言った。

「大宮署は、うちの事件との関連は発表していません。これが連続不審死事件だとは、マスコミは知らないんです。取り上げる価値はないと思われてるんでしょう」

鳥飼が大げさに首を振った。

「自分の担当する事件がワイドショーにも取り上げられなくて、大宮署の捜査員たちはモチベーションを維持できるのかな」

鳥飼は携帯電話を取り出して、指を動かしながら表示画面に視線を落とした。何かを探しているかのような目だった。

そのとき、武道場に係長の新庄正男が入ってきた。伊室の姿を認めると、まっすぐに向かってくる。書類ホルダーを手にしていた。もう幹部たちの会議は終わったのか？いや、そもそもこの祝日は、幹部たちもさすがに休んでいるのか。捜査本部が置かれた以上、係長クラスは、休むわけにはいかなかったのかもしれない。

新庄が、伊室たちの前にやってきてから、書類ホルダーをかざして言った。

「科捜研からだ。圧迫痕《こん》のより正確な鑑識報告。解剖医の暫定《ざんてい》的な報告にもあったが、ロープ状のものではなくて、平たいベルト様のもの。圧迫痕に付着していた繊維は、牛の皮革のものだそうだ」

西村が、すぐに反応して言った。

「革のベルトってことですか。あまり女が使うものらしくありませんね」

「いや」鳥飼が言った。「最大幅が二十五ミリなら、男もののベルトじゃない」

「女の革ベルトなら、女が力を入れるには、長さが不十分では？」

鳥飼は自分のズボンからさっとベルトを引き抜いた。鳥飼は細身だから、それは伊室のベルトほどには長くはなかった。幅は、三十ミリ弱だろう。ごくふつうの男ものの革ベルトだ。

鳥飼は椅子に腰掛けている西村の後ろに回ると、自分のベルトをさっと西村の首にひと巻きした。

西村が驚いたような顔で、両手でベルトと首のあいだに指を入れて言った。

「何するんですか？」

鳥飼は、椅子の後ろでベルトの両端を持った。その幅は、西村の肩幅よりも狭い。何か実験をやろうと言うのだろう。

鳥飼は、伊室と新庄に目を向けて言った。

「このまま体重をかけて、後ろに倒れたらいいんです。女もののベルトでも十分です」

鳥飼はじっさいに身体《からだ》を少しだけ倒した。ベルトがいくらか首に食い込んだのだろう。

「やめてください」と、西村が鳥飼に抵抗した。

鳥飼もそこで左手をベルトから離した。

「やれますよ。このとおりだ」

伊室は新庄に顔を向けて言った。

「被害者の首に短いベルトを巻くことが、まず難しく感じられます。被害者はその時点で抵抗する。吉川線はもっと鮮明だったでしょう」

鳥飼が、ベルトを西村の首からはずして言った。

「山本美紀は、被害者とは親しい。殺意を感じさせないうちに、革ベルトを巻き付けることは可能です。被害者は、いい気持ちで目をつぶっていたのかもしれない」

新庄が鳥飼をたしなめるように言った。

「科捜研は、女ものの革ベルトと断定していない。わかったのは、牛革の平たいベルト様のものだってことだけだ」

「家宅捜索ができれば」と鳥飼。「それもはっきりします」

「もう埼玉県警がやった」

「共同捜査となれば、証拠はうちも使える。買い物のレシートや、カネの出入りがわかるだけでも、自供に追い込むカードになる」

「とにかく」と、新庄がやりとりを制して言った。「凶器は牛革のベルト様のものだ。もう一回、現場周辺を」

伊室たちは、うなずくしかなかった。

志田隆也は、顔を上げて壁の時計を見た。

午後の三時を回っている。金曜日である。

デスクに広げているのは、大津孝夫殺害事件に関する大宮警察署からの送致書類のひと揃いだ。

被疑者山本美紀の勾留延長請求は、とくに問題なく認められていた。二十日間の期限いっぱい勾留となったのだが、その期限が土曜日である。しかし起訴するかしないかの決定は、金曜日であるきょうのうちにしなければならなかった。

左脇のデスクにいる検察事務官の滝田登《たきたのぼる》が、心配そうな顔を志田に向けてきた。彼は志田よりも五歳歳上だ。この二週間あまり、滝田がこの事案の起訴に乗り気でないのは感じていた。そう口にしたわけではないが、彼の表情や口調からは、それが感じられる。やめたほうがいい、と彼は無言で助言している。

否認事件であり、物証もない。あるのは状況証拠だけ。山本美紀を起訴しても、公判維持はかなり難しい。裁判員たちを説得できない。無罪判決が出る。検察の敗北となる。さいたま地検の当事者にとって、後々の検察官人生に響く重大な失点となる……。

滝田はそう言っている。

公判担当検事に誰がなるのか、いまのところわからないが、無罪判決が出た場合、失点はその検事にだけつくのではない。いや、むしろ起訴した刑事部の検事の失点と評価されるだろう。判決言い渡しのあと、なぜ負けたかの控訴審議も、当然厳しいものになる。

つまり失点は、まず自分につくのだ。あの事案で負けた検事、という評価が自分の検事人生にこの先もずっとついて回る。

滝田のデスクで電話が鳴った。滝田が受話器を取って、ひとことふたこと短く話してから、志田に言った。

「刑事部長が、来てくれと」

上司がとうとうしびれを切らしたのだ。志田は、椅子から立ち上がった。判断に迷い、決めかねていたことだが、いま心を決めた。

滝田が志田を見上げて訊いた。

「どうされるんです？」

よせ、という口調だ。やめるべきだ、と彼は言っている。

志田はうなずくと、書類をまとめて脇に抱え、部屋を出た。

刑事部長の部屋に入ると、彼は窓際に立ち、ズボンのポケットに両手を入れて外を眺めていた。

さいたま地検は、浦和駅の西側、埼玉県庁をはじめ、いくつもの官公庁のビルが並ぶ一角にある。刑事部長の部屋からは、駐車場をはさんで一本道路ごしに、県庁舎を見ることができた。埼玉県警察本部は、その県庁舎の向こう側にある。

地検のビルの南側はさいたま拘置支所だ。西側に、さいたま地方裁判所があった。

「何か外に？」と志田は訊いた。

刑事部長の村松豊《むらまつゆたか》は振り返って、首を振った。

「さっきまで、テレビ局の車が来ていた。レポーターらしい男が、庁舎の前で何かしゃべっていたんだが」

「この件でしょうか？」

「これまで騒ぎになっていないのが、ありがたかったんだが」村松が口調を変えた。

「やれそうか？」

志田は答えた。

「無理と思います。その後も有力な物証は出てきていません。負けます」

志田の答えを予期していたようだ。村松は驚きを見せなかった。椅子に腰かけると、彼は訊いた。

「現場付近での目撃証言は？」

「どうしても裏が取れないんです。一年半前の事件なので、防犯カメラ映像もなく」

「警視庁も重要参考人としている女だということだが」

「埼玉県警は、そちらの捜査の進展に期待しすぎたのではないか、と想像します。早めに共同捜査が始まれば、物証も揃うだろうと」

「弁護人は誰だった？」

それも、判断の材料とすべき部分だった。志田は答えた。

「主任は、藤原真理《ふじわらまり》。浦和ひまわり法律事務所の」

「彼女か」

村松が顔をしかめて首を振った。手ごわい相手ということだ。四年前の、運転者による危険運転致死かどうかが争われた事件でも、被告は選任する弁護人を間違えた、という見方がある。埼玉の司法関係者のあいだでは、藤原真理があの弁護を担当していれば、少なくとも裁判員裁判の一審では無罪判決だったろう、と語られていた。

村松が訊いた。

「きみの判断は？」

「いまの段階では、処分保留が適当かと」

「釈放？」

「きょうのうちに」

「いままで、きみが処分保留にしたケースはあるのか？」

「一度もありません」

村松は、椅子をくるりと回転させて、身体を窓に向けた。

志田が黙ったまま待っていると、やがて村松は再び椅子を回転させて、志田に向き直った。

「断念しよう。無罪判決回避だ。処分保留」

「すぐに手続きにかかります」

志田は頭を下げて、村松の部屋を辞した。

伊室は、赤羽駅東口の商店街の中の居酒屋にいた。西村と鳥飼が一緒である。午後の六時四十分だ。もう仕事ではない。きょうの午後、捜査本部は、強盗殺人容疑で山本美紀の逮捕状を東京地裁に請求し、発付を受けたところだった。

けっきょく埼玉県警との合同捜査本部を立ち上げる前に、ここまで進めてしまった。物証は乏しいままだが、これからの捜査協力で、不足部分は解決できるだろう、と、捜査本部の幹部たちは判断したのだ。逮捕状請求前に東京地検とも協議している。幹部たちは、このあと公判維持に必要な証拠も供述も十分に揃えられるという見通しだ。捜査本部としての仕事は、一段階ステップを上がったということになる。

退庁しようとしたときに、鳥飼が軽く中打ち上げでもどうですかと誘ってきた。赤羽駅近くの居酒屋でビールでも、というのだ。これまで例のないことだったから伊室は戸惑った。そもそも鳥飼と飲む酒が、そんなに楽しいものとも思えなかった。しかし西村がひと区切りつけたいと同意し、けっきょく三人で飲むことにしたのだった。

店にはテーブル席が六つあったが、男性客でほぼ満員だった。スーツ姿は少数派で、多くはジャンパーふうの上着姿だ。奥の壁にテレビが掛けられており、ニュース番組が始まったところだった。しかし観ている客はひとりもいない。音声も店内の喧騒《けんそう》のせいでまったく聞こえなかった。

まず三人ともビールを注文して、飲み始めた。

少しジョッキが空いたところで、鳥飼が伊室に言った。

「まだ山本美紀の逮捕状請求に賛成していないって顔ですね?」

伊室は小さく鼻で笑った。

「まだ確信できないってだけですよ」

「埼玉でもやっているのに、こっちは違うって、ありえないでしょう」

「それは根拠にはならないでしょう」

「おれ、いくつも捜査本部を経験してきましたけどね、自分の筋読みを間違えたことはないんです。自慢じゃないですけど。伊室さんは?」

「何が?」

「捜査本部、いくつ経験しています?」

「これで三つ目」

鳥飼の視線が、ふいにそれた。目が大きくみひらかれている。伊室は首をひねった。

鳥飼の視線の先はテレビの画面だった。

山本美紀の姿が映っている。建物を出るところのようだ。横に、五十代と見える黒っぽいジャケット姿の女性がいた。周囲にカメラマンたち。女性がカメラマンたちに何か鋭く言っているようだ。

字幕が読めた。

「殺人容疑の女性、処分保留で釈放される」

西村が、テレビに目を向けたまま漏らした。

「処分保留って、どういうことです？」

伊室も、当惑して言った。

「大宮署は、ろくに物証も持っていなかったのか？」

鳥飼が言った。

「嫌疑不十分で不起訴じゃない。やっていないってことじゃないですよ」

その声は動揺していた。

伊室のジャケットのポケットで、携帯電話が鳴った。取り出して相手を確かめると、係長の新庄だった。

耳に当てると、新庄が言った。

「さいたま地検は、山本美紀不起訴だ。さっき釈放された」

伊室はテレビに目を向けたまま言った。

「いまテレビのニュースでやっています」

「そうなのか？」

伊室は、放送局の名を伝えた。もちろんほかの局のニュースでも、報道されていることだろうが。

新庄が言った。

「管理官は立腹している。さいたま地検の起訴が前提の逮捕状請求だったんだからな」

「どうするんです？」

「いまどこだ？」

「赤羽駅の近くです」

「戻ってくれ。西村とは連絡がつくか？」

「一緒です。一課の鳥飼さんも」

「ほう」と新庄は意外そうな声を出してから言った。「三人とも、署に」

伊室は携帯電話をポケットに戻した。

西村も鳥飼も、用件はわかっているという顔だ。鳥飼はもう立ち上がっている。

「戻ろう」

伊室は伝票を手前に引き寄せた。

山本美紀に対する逮捕状執行をいつにするか、幹部たちはいまからその協議に入るのだろう。ひょっとすると、それは今夜と決まるかもしれない。となると、自分たちが山本美紀のもとに赴くことになるわけだ。彼女は釈放されたあと、あの板橋の自宅に戻っただろうか？　それとも、メディアの取材をかわすために、ホテルとか友人宅に避難したか。いずれにせよ、逮捕するには彼女の所在の確認から始めねばならない。

でも、と伊室は思った。自分たちは少しビールを呑《の》んでしまった。呼気はすでにアルコール臭いはずだが、それを理由に新庄は逮捕の役割をべつの捜査員に代えてはくれないだろうか。どっちみち西村も自分も、もうワゴン車の運転はできないのだ。

それに、と伊室は思った。おれたちはとうとう、凶器を発見できなかった。それなしでは公判維持は難しいという見方さえあったものなのに。捜査本部の幹部からだけではなく、検事からも必要だと言われていた証拠品なのに。つまりおれたちは、山本美紀の逮捕を担当する資格に、そもそも欠けるのではないか。

高見沢弘志は、ちょうど食堂を出ようとしたときに、そのテレビ・ニュースを見ることになった。

午後十時二十五分だ。

洗濯物の乾燥を待つあいだ、なんとなく目にしていたのは、週末のニュース番組だった。

男性アナウンサーが言っていた。

「きょうの午後、さいたま地検の処分保留の決定を受け、いったん釈放された山本美紀容疑者ですが、さきほど警視庁赤羽警察署は彼女を強盗殺人容疑で逮捕しました」

ビデオ映像の中では、警察署らしき建物がまず映った。ついで、大勢の放送局のカメラマンや、大型のカメラを持った男たちのあいだを、進んでくるワゴン車。その車内の後部席が短い時間映った。左右から男女ふたりにはさまれた女性の姿。正面に顔を向けた女性の顔がはっきりとテレビ画面に出たのだ。ひっつめの髪で、メガネをかけている。

弘志は驚愕《きょうがく》した。

中川綾子だ！

字幕も出た。

「逮捕されて赤羽警察署に入る山本容疑者」

山本美紀？　それは誰だ？　これは自分が知っている中川綾子だ、たぶん。それとも、ただ何となく似ているというだけの女性なのか？

画面が切り替わった。ふたたびアナウンサーだ。

「今月七日、埼玉県警大宮警察署は山本容疑者を殺人容疑で逮捕していましたが、山本容疑者はきょうの午後に、処分保留で釈放となっていました。警視庁赤羽署は、べつの殺人と強盗容疑で、釈放されたばかりの山本容疑者を逮捕したものです。山本容疑者の周辺では、ひとり暮らしの高齢男性が複数不審死しており、赤羽署と警視庁は、これらの事件についても慎重に捜査を進めて行くとしています」

そこに筆文字が大きくかぶさった。

「徹底取材！　首都圏連続不審死事件二〇一六」

中川綾子が、強盗殺人の容疑者？ それも複数の不審死に関わっている？

いや、音声でも字幕でも、逮捕されたのは山本美紀という女になっていた。中川綾子という名ではない。でも、似すぎている。

石本が、食堂の入り口から声をかけてきた。

「乾燥機、止まっているぞ」

弘志は立ったまま言った。

「いま行きます」

もっと観ていたかった。しかしテレビ番組は、CMに変わった。

食堂の入り口へ向かうと、石本がふしぎそうに訊《き》いた。

「どうした？」

「なんです？」

「お化けでも見たって顔してるぞ」

その言葉に戸惑ったが、弘志は言った。

「いや、なんでもないですよ」

ボイラー室の片隅で、乾燥機から洗濯物を取り出してから、もう一度あのニュースを思い起こした。

ワゴン車の中を映した映像は、けっこう鮮明だった。山本美紀と呼ばれていた女性は、正面を向いていた。顔を隠していたわけではない。だからそれは、はっきりと自分の記憶を刺激したのだ。ひとは群衆の中からも、知人の顔を瞬時に見つけ出す。瞬時に見分ける。短い時間だったが、間違いはない。あれは自分が知っている中川綾子だった。

でも、なぜ彼女は山本美紀と呼ばれていたのだろう？　それが本名なのか？　彼女が教えてくれた中川綾子という名は嘘《うそ》だった？　自分はたしかに彼女の身分証明書を見たわけではない。嘘をつかれていたかもしれない、という可能性はある。

いや、知り合ったあのネットカフェでは、最初の利用時、登録して会員カードを作るように要求された。その際に、身分証明書の提示が必要ではなかったろうか。自分は運転免許証を出したが、もちろんパスポートでもよかったし、健康保険証でもオーケーだった。彼女は、偽名の身分証明書を持っていたのか？

待てよ、と弘志は洗濯物をテーブルの上で畳みながら思った。あのネットカフェで、彼女が中川綾子と呼ばれていたところを、自分は聞いていない。彼女の名がほんとうは山本美紀だったとするなら、彼女はその名の身分証明書を持っていたのだろう。ひと前では、というか、自分の前では彼女は本名を隠したのだ。何かの用心ということだ。弘志を警戒したというよりは、周囲の男たちを信用していなかったのかもしれない。

二階の自分の部屋に戻り、洗濯物をベッド下の籠《かご》の中に収めてから、弘志はジャージの上下を脱いで、ベッドの毛布の下に身体を入れた。土曜日の明日も仕事だ。そろそろ眠らねばならなかった。

ベッド脇《わき》のスイッチを押して、部屋の照明を消した。

ニュースの映像が消えない。頭の中で、繰り返しその短い映像が再生された。

心臓の鼓動がいつもよりも速い。

どういうわけか、自分はいま動揺している。やっと再会の手がかりを得たと思った女性は、強盗殺人の容疑者だったのだ。

「徹底取材！　首都圏連続不審死事件二〇一六」という字幕。テレビ局はきょうの逮捕以前から、この事件を追いかけて番組を作っていたのだろう。

先日石本と話題にした埼玉の大宮の不審死事件が、そのひとつか？

あの話題が出たときは、山本美紀の顔を知らなかった。自分にはさほどテレビを観ている暇はないし、新聞も読まない。週刊誌は、食堂に誰かが捨てたものがあればさっと眺める程度だ。きょうのきょうまで、山本美紀という女性が中川綾子にそっくりであることを知らなかった。そもそもそれほど報道されていたのだろうか？

どうであれ、これからはメディアの中ではもっと容疑者山本美紀のことが話題になるのだろう。テレビのワイドショーが事件のあらましを繰り返し伝えるだろう。そして週刊誌も彼女の私生活を暴《あば》いていくにちがいない。そのとき、自分が知っている中川綾子の経歴と重なることが出てきたら、いや、中川綾子という別名も使う、とでも報じられたら、そのときは同一人物だと認めるしかない。

でもそれまでは、と弘志は思った。中川綾子を見つけた、と考えないほうがよいのではないか。

そう言い聞かせてはみたが、大脳はそれを受け入れなかった。弘志は眠れなくなった。知り合ったときのことが、いやでも何度も思い出された。

三年前の、正月三が日が終わったばかりの、深夜の横浜・桜木町だ。弘志は暮れの二十九日から、そのネットカフェに泊まりこんでいたのだった。中川綾子という女性も、同じネットカフェに宿泊していた。そのころよく耳にした言葉を使えば、自分も彼女もネットカフェ難民ということだったのだろう……。

矢田部完のデスクトップ・パソコンが、イルミネーションでメールの着信を告げた。矢田部は、壁の時計に目をやった。午後十一時五分前だ。上野協同法律事務所のオフィスである。

マウスに手を伸ばしてメーラーを開くと、自分が所属する弁護士会の、親しい弁護士からのメールが届いていた。

相手が短く書いていた。

「テレビ・ニュースでもやっている」

それから、新聞の速報らしき文面のコピー&ペースト。

「警視庁赤羽署は、東京都北区の馬場幸太郎さん（64歳）強盗殺人容疑で、板橋区の山本美紀容疑者（30歳）を逮捕した。山本容疑者は、今月七日埼玉県警大宮署に別の殺人容疑で逮捕され、身柄をさいたま地検に送られていたが、きょう午後に処分保留で釈放されたばかりだった」

矢田部は壁のカレンダーを見た。確かめるまでもなかった。きょうから一週間、矢田部の所属する弁護士会が、重大な刑事事件が発生した場合の弁護士派遣を受け持っている。被疑者の逮捕があれば、弁護士会の刑事弁護委員会は、当番名簿に登録している弁護士に、逮捕された被疑者との接見を指示する。弁護士を派遣するわけだ。この事案は強盗殺人であるから、裁判員裁判対象事件である。

矢田部は当番弁護の名簿に登録しており、明日がその当番の待機日だった。さらに、裁判員対象事件の国選弁護人を引き受けるという名簿にも名を載せている。なので同じ弁護士会に所属する彼は、この事件を報《しら》せてきたのだ。興味のある事件ではないか？と。やつはいま刑事弁護委員会の副委員長のひとりであり、しかも矢田部があまりテレビを観《み》ていないことを知っている。

山本美紀。

この名は覚えている。三週間ばかり前に、大宮署が逮捕したという新聞記事も読んでいた。

しかし、逮捕時のその新聞記事を読んで怪訝《けげん》に思った。大宮の殺人事件の報道に記憶がなかったからだ。埼玉県警は最初、その老人の死亡に事件性があるとは判断しなかったのかと想像した。そうしてきょうさいたま地検が、処分保留で釈放だ。さいたま地検は、公判維持は不可能と判断したのだろう。

しかし釈放後すぐに、赤羽署による強盗殺人容疑での逮捕。

これは警視庁と埼玉県警やさいたま地検との連携プレイなのだろうか。それとも、三者のあいだには、なにひとつ連絡も情報の共有もなかったことを意味しているのだろうか。

矢田部には、いい解答が思いつかなかった。

赤羽の事件には、報道の記憶がある。今月初め、北区岩淵に住むひとり暮らしの資産家老人が、他殺体で発見されたのだ。家は荒らされ、被害者は絞殺だった、という記事を読んだ。

つまり山本美紀は、ひと月の間もおかず、ふたつの事件で逮捕されたのだ。

最初の報道でもすぐに連想したのは、あの首都圏連続不審死だった。キーワードにいくつか共通性があるように感じられたからだ。でもそのときは、まさか山本容疑者が、強盗殺人容疑でもう一度逮捕されるとまでは考えなかった。

この事件はあの事件をなぞるように展開していくのだろうか。いや、一件が処分保留だったということで、すでにあの事件とは様相を異にしている。

矢田部は顔を上げ、この法律事務所の中を見渡した。ちょうど十一時になったところだったが、まだ若手の弁護士たちが五、六人残っていた。

矢田部は、二年前にこの事務所に入ってきた後輩に言った。

「きょうのテレビ・ニュース、新しいやつを観たいんだけど、録画してあれば用意してくれないか」

はい、すぐにとその若手弁護士は立ち上がって、廊下に出ていった。この法律事務所では、テレビは会議室にひとつあるだけなのだ。

矢田部は自分のパソコンでニュース・サイトを開いてみた。ブロック紙が速報で短く報じていた。記事の内容は、いま友人が送ってきたものと同じだ。

いましがた部屋を出ていった若手が戻ってきて矢田部に言った。

「用意できました」

彼はふたつの放送局の十時台のニュース番組名を教えてくれた。録画してあるという。

会議室に入って、立ったままテレビにリモコンを向けた。

早送りして、すぐにそのニュースの冒頭を出すことができた。

男性アナウンサーが言っている。

「きょうの午後、さいたま地検の処分保留の決定を受け、いったん釈放された山本美紀容疑者ですが、さきほど警視庁赤羽警察署は彼女を強盗殺人容疑で逮捕しました」

多くのテレビ・カメラマンやレポーターたちが待ちかまえる中、一台のワゴン車が警察署らしき建物の敷地へと入っていく。ついでワゴン車の中の映像が短く映った。強いライトを浴びたせいか、後部席で真正面を向いた女性の顔が、鮮明に浮かび上がった。メガネをかけた、地味な顔立ちだ。逮捕直後のせいだろう、当然ながら硬い表情だった。

画面下のほうに字幕。

「逮捕されて赤羽警察署に入る山本容疑者」

カメラが左方向に振れて、ワゴン車の中は見えなくなった。大勢のカメラマンたちが、瞬間悔しそうな表情となった。メディアのために、警察がワゴン車をもっと徐行させるかと期待していたのかもしれない。

ワゴン車が建物の陰に消えたとき、マイクを持った三十歳ほどの女性レポーターが、横にいたカメラマンに何か声をかけたように見えた。カメラマンは、左手の指でオーケーと読めるサインを出した。うれしそうだ。被疑者の顔は撮影できました、という意味なのだろうか。

画面にはふたたびアナウンサーが出た。

「山本容疑者の周辺では、ひとり暮らしの高齢男性が複数不審死しており、赤羽署と警視庁は、これらの事件についても慎重に捜査を進めて行くとしています。この番組では、先日来この事件を独自取材してきましたが、引き続き追跡していく予定です。来週のこの番組にご期待ください」

そこに筆文字が大きくかぶさった。

「急展開！　首都圏連続不審死事件二〇一六」

アナウンサーは、次のニュースの原稿を読み始めた。

矢田部はもう一本のニュースを見てから、携帯電話を取り出した。午後十一時を五分回ったところだったが、すぐに相手が出た。メールをくれた友人だ。弁護士会の刑事弁護委員会の副委員長のひとりだ。司法研修所の同期生である。

彼は矢田部からの電話を待っていたかのように、あいさつ抜きで言った。

「明日、待機日だろう?」

矢田部は答えた。

「当番だ。今週は、裁判員裁判対象の事件のほうにも登録している」

「この事案、委員会は明日、当番の誰かに配点する」

担当する弁護人を、弁護士会が決める、ということだ。弁護活動が利権漁《あさ》りとならないように、という意味もある制度である。

「おれにやらせてくれないか。ほかに誰か立候補はしているか？」

「いいや。お前が最初だ。ニュースを知ったときから、お前が名乗りを上げると思っていた」

「それは、どういう根拠なんだ？」

「わからない。とにかくお前の顔が思い浮かんだ。委員長には、お前がやると言っていると伝えておく。明日、間違いなくお前に配点されるだろう」

矢田部は礼を言って携帯電話を切った。

明日、弁護士会の手続きが終わり次第、赤羽署に赴くことになる。あるいは山本美紀は、女性用留置場のある警視庁西が丘分室のほうで取り調べを受けることになるのかもしれない。どちらであれ、当然明日、行く前に確認したうえで、山本美紀に接見する。矢田部が担当することを彼女が了解するなら、弁護人選任届を書いてもらうのだ。

2

高見沢弘志は、目をつぶって彼女との出会いを思い起こした。

あのとき自分は、クリスマスを前に仕事を失い、職探しに館山を出ていたのだった。

両親は正月くらいはゆっくりしろと言ったけれども、無職の身のままで年を越したくはなかった。年内に働き始めるまではいかなくても、なんとか働き口を決めたうえで新年を迎えたかった。

弘志は最初はまず東京に出た。高校時代の友人が葛西に住んでいたのだ。彼のアパートに泊めてもらい、就職情報誌で仕事を探した。自動車運転免許があれば、東京ではそこそこ働き口があるように思っていたが、甘かった。ましてや、宿舎完備という条件の仕事は。

逆に、やたらに高額賃金を保証するリフォーム営業や、健康関連商品のセールスの求人は目立った。しかし自分は、口先で何かを売る仕事には向いていない。自分に適性があるのは、身体を動かすことだった。

また、派遣社員として数年働くという道は考えなかった。まだなんとか二十代のうちは、とにかく正社員になることを目標にしたかった。

震災復興工事が多いのか、東北地方の求人は比較的目についた。でも首都圏の仕事が望みだった。

横浜の建築資材メーカーが工員を募集していた。未経験可だ。電話すると、まずは履歴書を送れとのことだった。履歴書が先方に届いたその日のうちに、会社の人事担当者から電話があった。大晦日《おおみそか》の月曜に担当役員が直接面接してくれるという。かなり多忙なのか、ひと不足が深刻なのだろう。

その結果を待とうと思っているうちに、友人が出ていってくれないかと言い出した。年末年始はガールフレンドと過ごしたいとのことだ。弘志は彼のアパートを出た。

大晦日まで二日となっていた。面接で採用と決まる保証はないから、出費は切り詰めねばならなかった。

横浜のネットカフェに泊まろう。一日千円程度で泊まることができるのだ。そんな料金なのだから、もちろん寝心地がよいはずもないが、ファストフードの店で粘るよりはましだろう。

いつ結果が出るのかはわからないが、もし即決採用となった場合は、いったん実家に帰る。晴れ晴れと新年を祝って、二日三日は友人たちと騒ぎまくるのだ。

逆にその場で不採用と決まれば、ネットカフェに泊まったまま、三が日明けを待つのがよいのではないかと思った。いったん両親のいる家に帰ってしまえば、家を出て働くという決意が鈍りそうな気がしたのだ。

夕刻、午後六時過ぎの横浜の桜木町駅南口で、弘志はそのネットカフェをすぐに見つけた。駅から歩いてほんの五分ほどの、中通りにあった。

建物の脇の階段を上がると、そこがフロントだった。カウンターの中から、背の高い若い男が、いらっしゃいませと声をかけてきた。

会員ではないが二泊したいと伝えると、ナイトパックというシステムがあるという。何か身分証明書をと言われた。会員カードを作るという。弘志は運転免許証を出した。

このネットカフェは、二階が短時間の利用客のためのフロアだった。パソコンの置かれた客席はとくに仕切りもなく、若いゲーム好きらしい客や、スーツ姿の男たちが椅子《いす》に腰掛けてパソコンと向かい合っていた。

ソフトドリンクとスナック菓子のサービス・コーナーがあって、飲み放題、食べ放題だった。お湯のサーバーもあった。中年の男性客がカップ麺《めん》の器にお湯を注いでいた。フロアの奥には、コミックの書棚が並んでいる。

三階、四階は、個室利用のフロアだ。五階は女性専用フロアとのことだった。シャワー室は各フロアにあった。客は外出のとき、階段を使ってもエレベーターに乗っても、必ずフロントの前を通るようになっている。

四階の、部屋と呼ぶにはお粗末過ぎるひと区画をあてがわれた。仕切られていても、ベニヤで仕切られた、畳一枚もない広さの空間だった。仕切られているといっても、立っていれば隣り合う部屋の中を仕切りごしに見ることができた。つまりプライバシーはないに等しい部屋なのだ。ドアには外からロックはかけられなかった。大事な荷物を置きっぱなしというわけにはいかない。

弘志はその日は、横浜駅東口の大きな書店で、就職や資格についての本を何冊も立ち読みして時間をつぶしたのだった。年末年始という、就職活動しにくい時期に無職となったことが恨まれた。無意味な時間が長すぎた。不安が募っていったが、とにかくおカネを使わないようにして、一日をやり過ごすより仕方がなかった。

面接のある大晦日の朝、チェックアウトするためにフロントに降りた。カウンターのそばに、ふたりの女性がいた。ひとりは灰色のセーターを着た中年の女性で、椅子に腰をかけて顔を覆《おお》っている。泣いているように見えた。その前に、床にしゃがんでいる女性がいる。暗い色のダウン・ジャケットにキャメル色のマフラー。髪をひっつめにして、メガネをかけている。目立たぬ印象の女性だ。歳《とし》は二十代後半ぐらいだろうか。右手は泣いている女性の腿《もも》に触れていた。慰めているところと見えた。

マフラーの女性と、ちらりと目が合った。彼女も悲しげで、いくらかは途方に暮れたような表情だった。

フロントの若い男は、まったくその女性たちに意識を向けていない。女性が泣いているのは、さほど深刻な理由ではないのか。それとも関わりあいになるべきではないほど重大なトラブルが起こっているのか。

マフラーの女性が、中年の女性に言ったのが聞こえた。

「わたしも夜には戻ってくるから、そのとき一緒に温かいものでも食べに行きません?」

気になりながらも、弘志はカウンターの若い男に訊いた。

「産業振興センターには、どう行ったらいいんですか？」

面接を受ける工場はそこの近くなのだと教えられたのだ。

フロント係は、チェックインしたときと同じ長身の男だった。

「桜木町の駅からJRの根岸線で……」

答えを訊いてから、弘志は目で背後を示して小声で男に訊《たず》ねた。

「どうしたんですか？」

男は迷惑そうに言った。

「物を失《な》くしたって言うんだけど、どうだか」

その言葉を信用していない、という調子に聞こえた。

でも女性は泣いているのだ。かなり大事なものが見当たらないのではないのか。荷物そっくりということはないにしても、携帯電話とか、あるいは財布が消えたとか。

弘志はフロントを離れ、ふたりの女性にもう一度目を向けてからそのネットカフェを出た。昨日の外出時には、着替えを詰めたスタッフバッグを桜木町駅のコインロッカーに預けた。でも、この日は持ったまま面接に向かった。うまく採用されれば、戻ってくる必要はないかもしれないのだ。

しかし結果は不採用だった。十分間ほど職歴を訊ねられたあと、その場で不採用と告げられた。未経験可、とは条件に書かれていたが、じっさいには建築資材の工場で生きるスキルを持った応募者が何人もいたのだろう。軽作業中心だった弘志の職歴では、正社員をめぐる競争には勝てなかったのだ。弘志は落胆して、シーサイドラインの産業振興センター駅へと歩いた。

このあとどうするか。弘志の携帯電話は、友人たちが「年代もの」とからかうような、ずいぶん型落ちのガラケーだった。ネットやＳＮＳに興味がないので、いままではこれで充分だったのだ。仕事探しも情報誌頼りだった。求人の携帯サイトを覗《のぞ》いたこともない。でも、ネットで求人サイトを探していれば、まだまだ自分向きの仕事が見つかるかもしれなかった。三が日、ネットの就職情報にあたり、片っ端から履歴書を送って、連絡を待つのがよいかもしれない。

ふと、今朝のネットカフェでの情景が思いだされた。あのマフラーの女性が、泣いている中年の女性に言った言葉。

わたしも夜には戻ってくるから、そのとき一緒に温かいものでも食べに行きません？

彼女はあのネットカフェに寝起きしながら、仕事をしているのだろうか。なんとなく、ネットカフェの利用に慣れているような雰囲気があった。パソコンを使ったりコミックを読むためではなく、寝泊まりする利用のしかたに。

桜木町まで戻ろう、と弘志は改札を抜ける前に決めていた。この時点では、とくに彼女と会いたいという気持ちではなかった。ただあのネットカフェには、自分はささやかに馴染《なじ》みができたかもしれない、という程度の思いだった。

その女性と再び会ったのは、三が日が明けてからのことだ。四日の夜だったろう。九時過ぎだった。その日も一件面接を受けたのだが、あっさり不採用を告げられていた。そろそろネットカフェでの寝起きが辛《つら》くなり、仕事が見つからないことの焦《あせ》りも強くなっていた。

牛丼屋《ぎゅうどんや》で安い定食を食べてネットカフェに戻ってきたとき、その騒ぎが起こった。フロントの前では、三、四人の客が並んでいた。十二時間パックで使おうという客が、たまたま重なったのだろう。混んでいる、と呼べる状態だった。

そのフロントの前を通りすぎようとしたとき、中年の男が階段を下りてきた。作業着ふうのジャケットを着て、ニット帽をかぶった男だ。年末年始、弘志もここで見たことのある男だった。

彼が列の後ろからフロントの男に言った。

「お客の爺《じい》さんがいま、トイレ出たところでぶっ倒れたぞ。救急車呼んだほうがいいぞ」

フロントの男が、眉間《みけん》に皺《しわ》を寄せて言った。

「喧嘩《けんか》ですか？」

最初の日にもカウンターの中にいた、長身の若い男だ。

「違うよ」とニット帽の中年男が言った。「いきなり、ふらっとよろけてばたりだ」

「何階です？」

「三階」

「いま、どうしてるんです？」

「廊下に倒れたまんまだよ」

そのとき、あのマフラーの女性が階段を上がってきて、フロントの前で足を止めた。倒れた、という中年男の言葉が聞こえたようだ。彼女はフロントの若い男と、作業員ふうの男を交互に見た。

フロントの男は、中年の男に訊いた。

「意識はあるんですか？」

「知るかい」と男は言った。「返事はしてねえよ。救急車、呼んでやれよ」

「わかりました」

しかしフロントの男は、電話に手を伸ばすでもなく、また客の応対に戻った。

マフラーの女性と弘志の目が合った。彼女が、おや、という表情になったのがわかった。まだいたの、という顔。いや、単に記憶にある顔だ、というだけの意味しかなかったのかもしれないが。彼女はフロントを気にしている様子を見せながら、エレベーターに乗った。弘志も続いた。そのうち救急車が来ることだろう。

五分以上たって、弘志は再びエレベーターに向かった。救急車のサイレンの音も一向に聞こえないのだ。倒れた老人に何もなかったのならいいのだが、確かめておきたかった。

下りてきたエレベーターには、あのマフラーの女性が乗っていた。ダウン・ジャケットは脱いで、セーター姿だ。なんとなく自然に目礼した。相手も目礼を返してきた。

三階でも扉が開いて、さっき老人が倒れたことを告げていた作業員ふうの中年男が乗ってきた。不安そうな顔だ。

弘志は思わず訊いた。

「どうなりました？　倒れた方」

彼は答えた。

「倒れたまんまだよ。声が出ない」

弘志は、閉じかけたドアを手で押さえると、三階で降りた。マフラーの女性もあとに続いてきた。

廊下の左手、トイレの前で、粗末な身なりの老人が仰向けに倒れていた。廊下には、ほかに客の姿はなかった。

マフラーの女性は、老人のそばにひざをつくと、口元に自分の顔を近づけた。

専門家？　と弘志は驚いた。医者がネットカフェで寝泊まりしているとは思えない。看護師なのだろうか。

マフラーの女性は顔を上げた。

「呼吸をしていないみたい」

「死んでる？」

「わからない」

その女性は、老人の胸に両手を重ねて置き、体重をかけて胸を圧迫し始めた。心肺蘇《そ》生《せい》の心得のあるひとなのか。

弘志は階段を使って二階へと駆け下りた。

作業員ふうの男がフロントの若い男に言っているところだった。

「救急車呼んでくれたのか？」

若い男は首を振った。

「様子を見てからでいいでしょう。どうしてます？」

「倒れたまんまだよ」

思わず弘志は、カウンターのすぐ前まで出ていって、若い男をなじった。

「早く一一九番しなよ。息をしていないみたいだよ」

若い男は弘志に目を向けてきた。

「医者がそう言ったわけでもないでしょ」

「救急隊員に診てもらわなきゃ」

「よくあることなんですよ。腹を空《す》かしてへばってしまうお客は多いんですから。水でも飲ませてやってくださいよ。すぐに立ち上がりますから」

中年男が、冷たい野郎だ、とつぶやいて階段へと向かっていった。

弘志は自分の携帯電話を取り出した。

フロントの男がそれを見とがめて言った。

「一一九番する気ですか？」

弘志はその言葉を無視して背を向け、階段に向かいながら一一九と番号を押した。携帯電話で一一九番に通報した経験はないが、たしかいまはつながると聞いている。

「こちら一一九番です」と、男の声が出た。「火事ですか？ 救急ですか？」

「救急です」

「どうしましたか？」

「お年寄りが倒れました。具合が悪そうです」

後ろでフロントの男が叫んだ。

「やめてくださいって！」

通報するなと？ それに従うつもりはなかった。中年のニット帽の男もついてくる。

「怪我ですか？」と、一一九番の男。

「わかりません。血は出ていません」

「男性ですか？　女性ですか？」

「男性です」

「場所はどちらです？」

「桜木町。JR桜木町駅のそばです。南口のネットカフェ」弘志は、ネットカフェの店名をつけ加えた。「駅前の中通りです。ビルの三階」

三階に着いた。弘志は倒れている老人に向かって歩いた。マフラーの女性は、まだ心臓マッサージを続けていた。顔が少し赤い。目が合うと、彼女はうなずいてきた。駄目だった、と言っている目ではなかった。

「近くに何か目標はありますか？」と、電話の相手。

隣りが、カラオケ店だった。それを伝えた。

弘志が携帯電話を切ったところで、女性が言った。

「救急車ですよね？　何分ぐらいで来ると？」

「言ってなかったけど、五分前後じゃないですか」

「よかったら、代わってもらえますか？」

彼女自身も苦しそうだ。案外体力を使うことのようだ。

近づきながら弘志は言った。

「ぼくにできます？」

「同じようにしてください。ここに、てのひらを重ねて、真上から一分間に百回のリズムで」

弘志は女性と交代した。

中年の男が、女性に言った。

「そういえば、フロントの横にＡＥＤだかがあった。あれ持って来ようか」

「使えます？」

「いや」

「わたしも、あれは使ったことがない。救急車を待ちましょう」

女性は弘志の手元を見て言った。

「もう少し速いほうがいいと思います。疲れたら代わります」

天井で一瞬ノイズのような音がした。ついでチャイム。館内放送でも始まるようだ。

フロントの男の声が、天井のスピーカーから流れてきた。

「お客さまにお知らせします。ただいまお客さまで倒れた方がいらして、救急車がここにやってきます。お知らせします。救急車がやってきます」

館内放送はそれだけで終わった。

廊下の両側で、物音が聞こえるようになった。

ドアのひとつが開いて、若い男が顔を出した。心配そうだ。

彼が弘志たちに訊いた。

「来るのは、救急車だけ?」

中年の男が答えた。

「わかんねえ。たぶん消防車は来ねえよ」

質問した男はいったん顔を引っ込めてドアを閉じると、すぐに出てきた。ショルダーバッグを肩にかけている。彼は倒れた老人には見向きもせずに横を通りすぎ、階段を駆け下りていった。階段では、ほかにもふたりか三人、上階から駆け下りていくようだ。

一分ほど、弘志は心臓マッサージを続けた。自分のやりかたでよいのかどうか自信はなかったが、女性は老人の様子を見守っている。とくに注意はしてこなかった。

やがて「代わります」と弘志のすぐ脇に膝《ひざ》をついた。弘志は場所を譲った。

代わって十秒ほどしたときだ。倒れていた老人の喉《のど》が少し動いたように見えた。

中年の男が言った。

「息したぞ」

たしかだ。苦しげな呼気が漏れた。

女性は老人の胸を押すのを止めた。老人の呼吸は続いている。胸が上下し始めた。女性が老人の背に手を回し、身体《からだ》の右側を下に、床に横向きにした。

女性が老人の脇で立ち上がった。顔には安堵《あんど》が見える。

弘志は訊いた。

「看護師さんなんですか?」

女性は首を横に振った。

「違うんです。ただ、介護の研修を受けたことがあって」

「ということは、介護士さん?」

「資格はけっきょく取っていないんです」女性は、腕時計に目をやった。「わたしも、行かないと」

「もう、このひとは大丈夫?」

「お願いしていいですか?　ええと」

名前を訊きたいのだと察した。弘志は名乗った。

「高見沢です」

「高見沢さん、また呼吸が止まったら、さっきわたしがやったみたいにしてあげてください」

女性は自分の胸を指さした。ちょうど乳房のあいだあたり。たしか平たい骨があるところだ。

弘志はすぐに目をそらして訊いた。

「行ってしまうんですか?」

「用事があって」

こんな時刻に? と一瞬思った。

「チェックアウトじゃないんですよね?」

彼女は質問に戸惑った様子を見せた。ぶしつけだったかと弘志は反省したが、彼女は答えてくれた。

「まだ、います、たぶん。じゃあ、お願いします」

「あなたの名前、聞いていいですか」

そのときだ。彼女は名乗ったのだ。

ナカガワアヤコ、と。

それからつけ加えた。

「救急隊員に教えたりしないでくださいね。べつに何かしたわけじゃないんだから」

後にナカガワアヤコという名前は、「中川綾子」と書くのだと知った。中川綾子は、もう一度老人の脇に膝をついて顔を近づけた。あらためて呼吸を確かめたのだろう。

「もう大丈夫だと思う」そう言って、中川綾子は階段のほうへと立ち去っていった。救急車のサイレンが聞こえてきたのは、その直後だった。

それからほんの一分か二分のうちに、救急隊員が階段を駆け上がってきた。フロントの若い男も一緒だ。

ひとりが老人の横にしゃがみこみ、脈を診た。

「聞こえますか？」と彼は老人に呼びかけた。

老人は少し目を動かしたが、声は出なかった。

べつの救急隊員が、その場の面々を見渡しながら訊いた。

「状況を知っている方はいますか？」

中年のニット帽の男が進み出て答えた。

「見てたよ。トイレから廊下に出てきて、そのまますっと後ろに倒れたんだ。十分ぐらい前かね」

フロントの男が言った。

「大晦日から泊まってるお客です。今朝も、具合悪そうでした」

「搬送します。身元はわかりますか」

「保険証を持っていました。会員証を作りましたよ」

「その保険証は？」

「荷物の中でしょう。持ってきます」

フロントの男は廊下の奥へと歩いていった。

客たちが四、五人、階段のそばに集まって様子を見守っている。女性客の姿もあった。弘志も老人のそばを離れた。救急隊員たちがストレッチャーを床に置いて老人を乗せ、それからスタンドを立てた。後ろのほうで、どうしたんだ？　という声が聞こえた。誰かが心臓マッサージしていた、という声も。ここに看護師がいたのか、と驚いた声を出した者もいた。

救急隊員たちがストレッチャーをエレベーターに載せて降りていった。

客たちも消えたので、弘志は自分の個室へと入った。ドアを閉じてから気がついた。あのフロントの係による館内放送は、警察が来るかもしれない、という意味の警報だったのだろう。警察と出くわしてまずい客は、いまのうちに退去せよと。彼が一一九番通報を渋っていた理由もわかった。

いまの騒ぎを思い起こしているうちに、中川綾子って何者だろう、という疑問が募っていった。年末年始もこのネットカフェにいるわけだし、たとえ仕事を持っていたにせよ、貧しいことは確かだろう。身なりからも、それは想像がつく。だけど先日は泣いていた中年女性を慰めていたし、きょうはきょうで、倒れた老人に心臓マッサージを施していた。

ネットカフェに泊まっていて思うが、ここの客の多くは自分のことに精一杯で、ほかの客が何をしていようと関心を向けない。ほとんどの客が、他人を気にかけている余裕などないように見えるのだ。

なのにあの中川綾子は、それが自分にとってごく自然なことであるかのように、たぶん知人でもないはずの老人の心臓マッサージに当たっていた。善意、という言葉すら連想させないくらいに、それはあたりまえの振る舞いのようだった。

あれは彼女のキャラクターだった？

そうだとしても、それを無警戒にさらすことは、こういう環境では危ない。つけこまれかねない。もっと言えば、何かしらの被害を受けることさえ考えられるのではないか。しかし中川綾子は、ナイーブすぎるとか世間知らずであるようにも見えなかった。たぶん弘志が懸念《けねん》する程度のことは承知のうえなのだろう。

その彼女も、救急車が到着する前に消えた。用事があると言っていた。この時刻に？ほんとうに用事だったのだろうか。彼女もまた、救急隊員と前後して警察が到着するかもしれないと考えて身を隠したのか？　だとしたらなぜ？　警察の前に出て行けない事情があるとしたら、なぜ倒れた老人を介抱したりしたのだろう。あんなにも目立つことだったのに。

弘志にはわからなかった。それより、疲れた。きょうも面接をひとつ受けたが、その場で不採用を通告されたのだ。川崎の機械工場の保守下請けの仕事だ。弘志はパソコンのマウスに手を伸ばした。またネット上の求人情報を見るつもりだった。

派遣社員として働くことは避けようと思っていたけれど、いまはそれが唯一《ゆいいつ》の就職の方法かもしれないと思えてきた。派遣の仕事であれば、求人はそこそこあるようなのだ。

とりあえずつなぎとして、派遣で働くか。

そう考え始めたのも、あの夜のことだったのだ。

伊室真治は、ワゴン車の後部席から、山本美紀を伴って降りた。女性留置場のある警視庁西が丘分室から赤羽署まで、山本美紀を移送してきたのだ。刑事課の女性捜査員も同行している。ワゴン車を運転してきたのは、西村敏だ。

昨日逮捕した山本美紀の取り調べは、赤羽署で行うこととなっている。ワゴン車が到着したとき、通用口の前では伊室たちの上司、新庄正男や鳥飼達也が待っていた。

新庄が伊室に言った。

「取り調べは、一課で担当すると決まった」

伊室は驚いた。

「わたしたちじゃないんですか？」

「被疑者は否認している。ベテランが必要だ」

鳥飼が、代わるとでも言うように伊室と山本美紀とのあいだに身体を入れてきた。

「ここからはわたしが」と、鳥飼がうれしそうに言った。

伊室は山本美紀から離れた。鳥飼は女性捜査員と一緒に、スウェットの上下を着た彼女をエレベーターのほうへと連れて行った。

伊室は鳥飼たちの背中を見送りながら新庄に言った。

「あいつがベテラン？」

「もうひとり」

新庄が、捜査本部の最年長の捜査員の名を出した。今村隆一《いまむらりゅういち》。捜査一課で鳥飼の大先輩に当たるはずの捜査員だ。頭を角刈りにして、昭和の刑事の生き残りのような雰囲気がある。否認事件の被疑者取り調べを好むと聞いたことがある。

新庄が続けた。

「埼玉県警の押収品《おうしゅうひん》が、捜査本部に届いている。お前たちはそっちの精査を」

それだけ指示すると、新庄は鳥飼たちを追って行った。

西村が苦笑したような表情で言った。

「さいたま地検は釈放するしかなかったのに、押収品から何を探せばいいんです？」

伊室は答えた。

「こっちの事件については、まだ何かあるかもしれないさ」

自分でも、その言葉には説得力がないと感じた。

矢田部完は、赤羽署の受付で、刑事課の警察官と押し問答になった。山本美紀との接見を申し入れたところ、彼女を今夜西が丘分室に戻してからにしてくれ、と断られたのだ。相手はスーツを着た若手の男性捜査員だった。

「つまり、接見させないということですね?」

つい口調が強くなった。

落ち着こう。弁護士が警察を相手に激昂《げきこう》して、よいことはひとつもない。

矢田部はひとつ深呼吸してからスマートフォンを取り出し、わざと相手に見せつけるように録音アプリのボタンを押した。相手の捜査員が、眉間に皺を寄せた。

「もしよければ、刑事課の責任者を呼んでいただけますか」

相手が呼ぶまでもなかった。受付カウンターの奥から、スーツ姿の中年の男が現れた。弁護人と押し問答になっている、という報告が、すでにこのフロアにいる誰かから行ったのだろう。午後一時十五分である。

「刑事課の新庄と言います」と相手は名乗って、矢田部の前に出てきた。若い捜査員は引き下がった。

新庄と名乗った警察官の後ろに、もうひとりスーツ姿の中年の男が現れた。目が合って、矢田部は彼に見覚えがあることを思い出した。もう三年ほども前か、あるホームレスの男性の公務執行妨害の事案で、勾留《こうりゅう》請求を却下させたときがある。あのとき、この赤羽署の同じカウンターで警官とやりとりしたとき、そばに立って興味深げに見守っていた。たしか。

相手も矢田部の顔を思い出したようだった。かすかに瞳孔《どうこう》が開いた。あんたか、と驚いているように見えた。

矢田部は身分証明書を新庄という幹部に提示してから言った。

「当番の弁護士です。きのう逮捕された山本美紀さんがこちらで取り調べ中だと伺いまして、接見に出向いた次第です。至急、会わせてください」

いましがたも、同じことを若い捜査員に求めていたのだ。

新庄と名乗った男が言った。

「今朝、西が丘分室から移送してきて、やっと取り調べが始まったばかりなんです。夜には分室に戻しますが、そのときに向こうでやっていただけませんか？」

「逮捕されている以上、至急接見しなければなりません」

「じつはここは、女性用留置場のない所轄《しょかつ》でして」

「承知しております」

「つまり、女性用の接見室もないんです。物理的に、弁護人との接見はできない」

「接見室に女性用も男性用もないでしょう。こちらで接見させていただきます」

「異例過ぎることですが」

「だからといって、禁じられているわけではない。こういう言い方はしたくありませんが、接見妨害になりますよ。それともこの件、新庄さんでは判断できないということですか？」

「いや、わたしがしますが」

「こういう場合の最高裁の判例はご存じかと思います。新庄さん」と、矢田部は相手の名をもう一度口にした。「もしご存じないようであれば、わかっている方に代わっていただいたほうがよいのですが」

新庄が困りきった顔になった。ちらりと、後ろに立っている中年の捜査員に顔を向けたが、その捜査員は黙ったままだ。

若い捜査員が、後ろから新庄の耳に口を近づけてささやいた。一語だけ聞こえた。

「ロクオン」

新庄が唇を噛《か》み、短く唸《うな》るような声を出してから言った。

「五分だけお待ち願えますか。拒否するつもりはないんです。それなりの準備をしなければならないというだけで」

「お待ちします。五分ですね。それで接見ができると」

新庄が庁舎の奥へと歩いて行った。中年の捜査員が続いた。若い捜査員はこの場に残ったままだ。矢田部は胸ポケットからスマートフォンを取り出して、録音を止めた。

じっさいには、六分を過ぎたころに、矢田部は呼ばれた。留置場に付属する接見室で、山本美紀と接見させると。

接見室は、留置場のあるフロアの、もっとも入り口寄りにあった。広さは百八十センチ四方ぐらいだろうか。カウンターの真ん中に透明のアクリル板の仕切りがある。ちょうど口のあたりの位置に、いくつか小さな孔《あな》が開いていた。窓はない。

矢田部がその接見室のパイプ椅子に腰掛けて待っていると、やがて真向かいのドアが開いて、女性が姿を見せた。テレビ・ニュースで見た山本美紀だった。うしろについていた男性の制服警官が、外からドアを閉じた。

山本美紀はグレーのスウェットの上下を着ている。留置場で貸与されたものだろう。額を出している。髪を頭の後ろでまとめているようだ。メガネをかけており、当然ながら化粧っ気はまったくない。

山本美紀はアクリル板ごしにまっすぐ矢田部を見つめて、真向かいの椅子に着いた。硬い表情だ。矢田部を警戒しているように見える。

矢田部は名乗った。

「矢田部といいます。弁護士会から派遣されてきました。山本美紀さんですね？」

アクリル板に開けられた小さな孔から、声は伝わる。

「はい」と、短い答え。

「山本さん、あなたの弁護人となります。この接見については、被疑者援助制度があって、あなたにおカネの負担はありません。心配しないでください」

山本美紀は無言だ。彼女の目は、矢田部がほんとうに自分の味方なのか、それとも敵かを見極めようとしているように見えた。

矢田部は続けた。

「わたしには守秘義務があります。ここでのやりとりが、よそに漏れることはありません。安心して話していただいて大丈夫です」

山本美紀は、矢田部から視線をそらさずに言った。

「大宮警察署に逮捕されたときは」その声は、想像していた以上にしっかりしたものだった。「藤原さんという女性の弁護士さんがついてくれました。あの方にはもう、ついてはいただけないのですか？」

それが藤原真理という埼玉弁護士会に所属する弁護士であったことを、矢田部はもう耳にしていた。山本美紀は、大宮の事件では釈放されたのだ。藤原弁護士のおかげ、と思っている部分もあるのだろう。

矢田部は言った。

「あれは埼玉の事件なので、埼玉の弁護士会の藤原さんがついたのです。あなたが釈放されたことで、任を解かれました。今回は東京の事件での逮捕なので、東京の弁護士会がわたしを派遣したのです」

山本美紀は理解した顔になった。矢田部は続けた。

「わたしが弁護人となることで、かまいませんか? もし起訴されて裁判となる場合、弁護人を変えていただいてもかまいませんので」

少しの逡巡《しゅんじゅん》のあとに、彼女は小さく頭を下げた。

「はい」

了承してくれたのだ。通常の流れとしては少し早いのだが、矢田部は山本美紀から弁護人選任届をもらうことにした。彼女の場合、こうした手続きを先に進めておいたほうが、いい関係をつくれるように思えた。

「ここの署長に弁護人選任届という書類を出す必要があるのですが、サインをお願いできますか?」

「はい」

矢田部は留置場の担当警察官を呼び、彼の見ているところで山本美紀に選任届に署名押捺《おうなつ》してもらった。警察官は、その署名と左人指し指の指印が山本美紀のものであることを確認した。

その手続きがすみ、警察官が接見室から消えたところで、矢田部は山本美紀に訊《き》いた。

「新聞などでは、あなたは馬場幸太郎というひとを殺害した容疑で逮捕されたと報じられています。じっさいは、どうなのですか？」

山本美紀はまた頭を上げ、矢田部の視線を受けとめて言った。

「わたしは、馬場さんを殺したりしていません」

その目は、一瞬でも視線をそらせば信じてもらえない、とおそれているようにも見えた。

「どうして警察がそう疑っているのか、思い当たるようなことはありますか？」

「警察のひとからは、馬場さんのお宅を最後に訪ねたのがわたしだと言われました」

「訪ねたのですか？」

「わたしは、家事代行業です。いまは会社には所属していません。個人的に仕事を受けています。馬場さんのところにも、何度か家事代行の仕事で伺ったことがあります。最後に電話を受けて行ったのが、九月三十日でした。でも、馬場さんはお留守でした」

「そのときに、馬場さんを殺したのだと？」

「そういう意味なのだと思います。それから」

山本美紀が言葉を切ったので、矢田部は先をうながした。

「何を言われました？」

「その前の日に来てほしいと電話があったので行ったのですが、その電話のやりとりとか、お宅についたときのことを、繰り返し繰り返し訊いてきます。ひとことでも違う言葉を使うと、どっちがほんとうなのかと厳しく言われて、だんだん頭が混乱してきます」

「どう答えたんですか？」

「前の日の電話は、また仕事を頼みたいのでよろしく、ということでした。時間は四時に、と言われて。でも、行ったけれど、馬場さんには会っていないんです。お留守のようでした。玄関の戸は開いていたので、中に入って声をかけました。お返事がなかったので、ご近所にいるのだろうと外に出て、赤羽駅の近くで電話がかかってこないか待ちました。一時間ぐらい待っても電話はありません。何か行き違いがあったのだろうと自宅に戻りました」

「馬場さんのお宅にいた時間は？」

「午後四時少し前に着いて、せいぜい五分ぐらいです。それを何度も言うんですが、信じてはくれていないようです」

「ほかには？」

「ふたりの刑事さんがいて、もうひとりのひとは、わたしが殺したことが前提のように、質問してきます」

「質問の内容は？」

「奪ったカネはどうしたのか、とか。何を使って馬場さんを殺したのかとか」

山本美紀の言葉が途切れた。ふと目を伏せたのだ。

「どうしました？」と矢田部は訊いた。

「失礼なことも訊かれました」

矢田部は首を傾《かし》げて、山本美紀の言葉を待った。山本美紀は、目を伏せたままで言った。

「馬場さんと、肉体関係があったのだろうと」

「お答えは？」

「ありません。そう答えました。同じようなことは、大宮の警察署でも訊かれました。大津さんという男性と、その、とても親密だったのだろうと」

「その取り調べのときのお答えは？」

「何もありません」山本美紀は、顔を上げた。かすかに矢田部に失望したとも見える目の色。あなたもその部分を質問してくるのかと、なじっているようにも見えた。そういう意図はない質問だったのだが。

矢田部が次の言葉を探しているうちに、山本美紀が言った。

「わたしは家事代行の仕事をしています。頼まれればそのお宅に出向いて、掃除や洗濯や買い物をする仕事です。でも、大宮の刑事さんも、きょうの刑事さんも、まるでわたしが」山本美紀は一瞬だけ口ごもった。「身体を売る仕事をしていたような口ぶりで質問してきます。わたしは、大津さんとも、馬場さんとも、そういう関係はありません」

やっと助言ができる。矢田部は言った。

「そういったプライバシーに関わる質問については、当面黙秘して答えないのがよいかと思います」

「違うとも言わないほうがいいと？」

「答えないほうがいいでしょう」

「誤解されるのはいやですが」

「正直に答えても、信じてもらえるかどうかはわかりません。ならば、黙っていましょう」

「ほかの質問には？」

「確実な記録があるとか、証明できるひとがいるような質問については、事実を答えてもかまいません」

いや、ほんとうならすべて黙秘で通してくださいと助言したいところだった。取り調べでは、わずかな言葉尻《じり》を捉《とら》えた質問で、本人の意図とはまったく違った調書が作られてしまうこともある。

いちばんよいのは黙秘で通して、すべての事実の証明は警察にやらせることだ。さいたま地検のケースでは処分保留で釈放だったが、こちらの事案では警察はそれなりの勝算を持って山本美紀逮捕に踏み切っているはずである。山本美紀に喋《しゃべ》らせるのは、やはり危険かもしれない。

裁判員裁判となる事案だから、取り調べは録画される。あいまいな記憶の部分まで断定的に答えて、後に開示された証拠と合致しなかった場合、虚偽の供述をしていると判断される。最悪の結果となる。やはりここは黙秘が基本か。

矢田部が短い時間ためらっていると、山本美紀が言った。

「わたしは、一度逮捕されました。何かほかにも、疑いがかかっているのでしょうか？」

矢田部は首を振った。

「報道を読むかぎりは、そういうことはないようです」

「もしかして、あの」と、山本美紀は、自分からあの首都圏連続不審死事件のことを口にした。「釈放されていた時間は短かったので、自分のことがどういうニュースになっていたのかもわかりません。もしかして、ワイドショーなどでは、あれと同じような事件というふうに言われているんでしょうか？」

「わたしもそうした番組のすべてを観《み》ているわけではないのですが、連想させるような報道はあるのかもしれません」

「まだほかにも身近な男のひとが死んでいる、というようなことですか？」

「よくわかりません。でも、そういった興味本位の報道を心配することはありません。何か、気になるようなことでもありますか？」

山本美紀が短い時間逡巡を見せてから答えた。

「二年ぐらい前、まだ家事代行の会社に所属していたときのことですが、派遣先のお年寄りが契約が終わったあと亡《な》くなられて。その遺言書にわたしの名前があったそうです」

「遺言書の中に？」

「遺産の一部を渡したい、という意味のことが書かれていたとか。亡くなられた方の弁護士さんが問い合わせてきました。遺言書としては法律上無効だったと聞きましたが、その弁護士さんは、わたしがその方とどのような関係だったかを訊《たず》ねてきたんです」

「それは、性的な関係があったか、ということですか？」

「いま考えると、その意味もあったのかもしれません。わたしは、自分がそのお年寄りの縁戚《えんせき》に当たるのか、と訊かれたのだと思っていました。いえ、たしかそういう言葉で訊かれたと思います」

「違うのですね？」

「会社から派遣された先、というだけです」

山本美紀が会社の名前を言ったので、矢田部はこれをメモした。

「その方は、あなたの派遣が終わってから、亡くなられた？」

「はい。去年三月ごろ、ご闘病中だった奥さまが亡くなったあと、荒川で自殺されたのだと聞きました」

「東京の方？」

西浦和に自宅がある熊倉典夫という男性だ、と山本美紀が言った。歳《とし》は六十代なかばで、石材店を営んでいたひとだと。

今度は山本美紀のほうが訊いた。

「このことは、新聞などには取り上げられているのですか？」

「わたしは読んでいませんが、記事にした新聞はあるかもしれません」

矢田部はその自殺の報道には記憶がなかった。警察が最初から自殺と判断していれば、報道されない場合のほうが多い。ただ、大宮の変死の件がある。このことも、マスメディアが知ったならば、なにかしら関係づけて報道するかもしれない。山本美紀とその自殺には何の関連もなかったとしても、彼女の周辺の「死」のひとつとして、報道のしかた次第ではいくらでも「奇妙さ」を煽《あお》ることができる。西浦和、大宮、そしてこんどの赤羽。あの連続不審死事件と同じ規模の報道ダネにはなるのではないか。

矢田部はこの事案が起訴された場合の公判のことを思った。赤羽の強盗殺人だけでの起訴だとしても、公判が始まるまで最低でも六カ月はかかる。興味本位の報道が続けば、そのあいだに裁判員たちが否応《いやおう》なく余計な情報を見聞きしてしまうことになる。まったく先入観なしには、裁判には臨めないということになるのだ。かといって、報道を止める術《すべ》は自分にもない。

矢田部がそれを考えていると、山本美紀が訊いた。

「強盗殺人というのは、罪が重いのでしたね？」

これまで言いにくかったことを訊いてくれた。矢田部は、あまり声が深刻になりすぎないように答えた。

「起訴された場合、求刑は事実上、死刑か、無期懲役か、どちらかです」

判決がそのとおりに出るとは限らないが、逮捕容疑の重さは認識してもらっていたほうがいい。

「どちらかしかない？」

「判決は、絶対にどちらかというわけではありませんが」

「すごく重い罪なんですね」

「ええ」

「しかも、まだほかにも殺しているのではないかと疑われている」

質問ではなかった。自分自身に言い聞かせたかのような口調だった。

矢田部は、話題を変えて訊いた。

「山本さんのご家族は？　おひとり暮らし？」

「離婚歴があります。ひとり暮らしです」

「お子さんはいらっしゃらない？」

「いません」

「わたしから連絡を取る必要があるお身内はいますか？」

「山梨に祖母がいますが、とくに連絡していただかなくても」

老人福祉施設にいる、と山本美紀はつけ加えた。矢田部はその意味を察した。連絡自体が無意味なくらいに、老化が進行しているのだろう。

「山本さんは、山梨のご出身なのですね？」

「中学生までは、甲府に住んでいました。そのあとは、あちこち、いろいろです」

たとえば、と訊く前に、山本美紀のほうが質問してきた。

「このあと、わたしはどうなるのでしょう？　大宮の事件では釈放されましたが、今回も二十日以上経《た》てば釈放されますか？」

「まだわかりません」

生い立ちや家族のことを訊かれたくないのかもしれないと矢田部は感じた。きょうはそのことを語ってもらわなくてもいい。初回の接見なのだ。

矢田部は、このあと予想される手続きについて山本美紀に教えた。大宮の事件での逮捕のときと同様、警察による四十八時間の留置のあと、勾留があと二十日間認められるかもしれないこと。勾留期限がくる前に、検察は山本美紀を起訴するか不起訴とするかを決定する。起訴された場合は、拘置所に移ることになる。またその場合、このような事件であれば通常、およそ六カ月ほど後に公判が開始される。強盗殺人容疑なので、裁判員裁判となる……。

矢田部は口調を変えた。少し事務的に聞こえる声に。

「これからも厳しい取り調べが続きます」矢田部は続けた。「考えましたが、やはり、黙秘を通してください」

「全部の質問にですか？」

「ええ。記録があるようなことでも、すべて。お話を聞いて、そのほうがいいと思えてきました。明日また接見に来ますが、それまでは取り調べでは黙秘を通してください」

まずは捜査官にとにかく尋問させて、向こうがどんな証拠を持っているのか、どの部分に確証がないのか、それを見極めたほうがいい。供述はそれからだ。

「はい」と山本美紀が答えた。

「もしあなたが何か話してしまった場合、供述調書という書類に記載され、署名押捺を求められます。でも、絶対にサインしないでほしいのです」

「そのつもりです。埼玉でも、そのように助言されました」

「全体はあなたが話したとおりでも、ひとことかふたこと、何か書き加えているかもしれません。そのとき書き直しを求めても、警察は嫌がります。この程度は問題じゃないから、とか、いまはとりあえずサインしておいて、検察官の前や公判で、ほんとうはこうですと言えばいい、と言うでしょう。でも、やはりサインしては駄目です。一度供述調書ができてしまったら、あとになって調書の内容は違うと否定しても、事実上聞いてもらえません。公判でそう主張しても、裁判員も判事も、あなたが嘘《うそ》を言い出したと感じるでしょう。あとで取り消せばいいという言葉を信じないでください」

「はい」

矢田部はさらにいくつか注意を伝えてから、時計を見た。午後の二時になるところだ。ほぼ四十分、この接見室にいたことになる。きょうのところは、これでよいはずだ。弁護士として必要なことは聞いたし、伝えた。

「山本さん、また明日、接見にきます。どうぞ、あなたには弁護人がいることを、忘れないでください」

山本美紀は顔を上げ、またまっすぐに矢田部を見つめて、うなずいた。

伊室はトイレから武道場に戻って、隅に積み上げられているペットボトルの箱へと向かった。お茶を飲みたいところだった。

一本取り上げて、ひと口飲んだときだ。西村が声をかけてきた。

「見てください」

彼はさっきまで、埼玉県警が押収した品々を一点一点、パソコンのモニター上で精査していた。書類やレシートを受け持っていた。そのあと、伊室がトイレに行く前に、どこかに電話をかけようとしていたが。

伊室が西村の脇《わき》に立つと、彼はモニターを示して言った。

「彼女の、被害者宅訪問前日の買い物のレシートです」

伊室はモニターに大写しになっているレシートを見つめた。レシートの最上部に、カブシキガイシャ・ヒライサンギョウと、片仮名で社名が印字されている。その下には電話番号。代表電話らしい数字の並びだ。それから日付。二〇一六年九月二十九日。

次の行には、クロキ、とある。レジ担当の名前だろう。レジ番号も印字されていた。一〇五レジ。イケブクロエキチカコンコーステン。

商品名は書かれていない。コードが印字されているだけだ。〇〇一四〇二。

小計が九八〇円。

外税が七八円。

合計一〇五八円。

お預かりが一一〇〇円で、お釣りが四二円。

最後の行は、「一点買」そして時刻。17：22。

伊室は言った。

「買い物は、山本美紀が馬場幸太郎から電話を受けたあとってことになるな」

西村がうなずいた。

「そうです。四時間ぐらい後」

「池袋駅の地下コンコースっていうと、露店みたいのが出ているあれのことか？」

「そうでした。この会社が出店しているんです」

「彼女はその売店で何を買ったんだ？」

「婦人もの革ベルトです」

西村の顔は少し得意そうだ。意味がありそうな買い物でしょう、と言っている。

伊室はもう一度、モニター上のそのレシートを見つめた。

夕食を終えると、高見沢弘志は食堂にあるスポーツ新聞を片っ端から広げてその記事を探した。山本美紀という女性の逮捕の記事を、もっと読みたかったのだ。

会社が従業員のために新聞を購読してくれているわけではない。従業員の誰かが、買って読んだ新聞や雑誌を、テレビ脇のテーブルの上に重ねるのだ。

後は寮の同僚たちが勝手に読むことができる。スポーツ紙か競馬情報誌、それにマンガ週刊誌がほとんどだ。

ひとつのスポーツ紙に、山本美紀という女性についての記事が載っていた。さほど大きなものではないが、見出しは十分に刺激的だ。

「周囲に不審死連続。またも婚活殺人？」

記事の前半は、事実だけを記したものと読めた。埼玉県警が殺人容疑で逮捕した山本美紀という女性が、けっきょく起訴されずに釈放されたこと。しかしその日の夜には、警視庁が強盗殺人容疑で逮捕したこと。埼玉の事件も、警視庁の事件も、被害者はひとり暮らしの六十代の男性とのことだ。逮捕された山本美紀は家事代行業で、ふたりの被害者の家に出入りしていた。彼女の周辺ではさらにひとり、やはり年配の自営業の男性が自殺している。山本美紀が出入りしていた時、その男性は夫人が入院中で、事実上のひとり暮らしだった……。

埼玉の事件の被害男性は、死亡する直前、容疑者に多額の現金を渡したとされている。容疑者はその男性の死亡の直後に、高級マンションに引っ越している……。

全部で三十行ほどの記事だったが、そこに書かれていることが事実だとするなら、読者が山本美紀は連続殺人の犯人だと想像するのは自然だ。彼女のキャラクターや、犯行の動機まで、想像できそうである。

ただ、婚活殺人という言葉は、よく理解できなかった。山本美紀のほうが結婚する意志があると装《よそお》って、金持ちの高齢者を漁《あさ》っていたという意味なのだろうか。それとも男性たちが先に、再婚なり事実婚を求めていて罠《わな》にかかったということなのだろうか。いや、その順序はどちらでも同じことか。いずれにせよ、記事には性的な関係が匂《にお》わされている。少なくともそのことが事件の要素のひとつであると言っている。

山本美紀という女性が自分の知っている中川綾子だとして、彼女が後妻になる意志があると装って、年配の男に近づくだろうか。そういうことができる女性だったろうか、あの中川綾子は？

同僚の石本が声をかけてきた。

「ずいぶん熱心に、何を読んでる？」

弘志はあわててその記事から視線をそらし、新聞を脇によけながら言った。

「いや、べつに」

石本は、それ以上は興味がないという顔になって、テレビに目を向けた。

弘志は立ち上がった。

殺人という犯罪がそもそも信じがたいことだけれども、婚活殺人、という言葉もまた、とうてい中川綾子と結びつきそうもなかった。

弘志は自分の部屋に戻り、ベッドに身を横たえて、またあのネットカフェのことを思い出した。救急車を呼ぶ騒ぎがあった翌朝のことだ。

その朝も、ひとつ面接を受けてみるつもりだった。前日のうちにひとつ、電話で当たっておいた会社だ。大手の流通企業の配送作業員。ＪＲ川崎駅前のビルで、面接しているという。電話の印象では、ほんとうに直接の雇用となるのか、微妙に思えた。でも、ほかに面接を受ける予定もない。行ってみるべきだった。

その日の退室の時間前に、ネットカフェを出た。スタッフバッグに詰めた荷物を持ったまま桜木町駅方向へ歩いていると、一方通行の狭い道にトラックがはいってきた。弘志はトラックを避けて道路の端に寄り、立ち止まった。同じように立ち止まった女性がいて、顔を見ると、昨夜会った中川綾子だった。

彼女は、あら、という顔をしてから、おはようと言ってくれた。彼女も大きめのショルダーバッグを肩から下げていた。

「お仕事ですか？」と弘志は訊いた。

「あ、いいえ」彼女は、さほど迷惑そうでもない顔で答えた。「仕事の面接を、ひとつ受けに行くんです」

やはり彼女も失業中だったのだ。ネットカフェに寝泊まりして、仕事に通っていたわけではなかった。

「ぼくも仕事探し中ですけど、時期が悪いですね」

「ほんとうですね。お正月に面接するというところは、ほとんどなかったし」

「中川さんなら、介護施設とかが見つかりそうに思いますけど」

「いえ、そっちで使える資格は持っていないし、難しいですよ」

トラックが通り過ぎたので、弘志は中川綾子と並んで歩き出した。

「ぼくも同じです。派遣は避けようと思うと、求人は限られますよね」

「男のひとでも、やっぱり厳しいんですね」

「運転免許しか資格もないし。そういえば昨日のお爺さん、どうなりましたかね？」

中川綾子が言った。

「病気だったとしたら、何日かは病院でしょうね。高見沢さんがすぐ救急車を呼んだのは、正解だったと思います」

「あの心臓マッサージの様子を見て、中川さんはてっきり病院かどこかで働いたことがあるひとだと思いましたよ」

「介護の仕事は、いっとき目標だったんですけども」

駅前の交差点を渡ったところで、中川綾子は右手方向に顔を向けた。駅に向かう様子ではなかった。

電車に乗るのではないのか？　いぶかりつつ、弘志は声をかけた。

「お互いの仕事が決まったら、一緒にお祝いしませんか？」

自分でも驚いたほどに、大胆な言葉だった。いままで、女性に向かってこんな台詞《せりふ》は口にしたことがない。

中川綾子は立ち止まり、少しとまどいを見せて振り返った。

「まだ、お互いやっと名前を知ったばかりですよ」

弘志はあわてた。下手くそなナンパと思われただろうか。そんな気はない。少なくとも、そんなことを期待してかけた言葉ではなかった。

「すみません。ネットカフェの客にとつぜんこんなことを言われたら、いやですよね」

「いえ、でも朝からびっくりしました」

そう言いながらも、口調はさほど迷惑げではないように感じた。会話を続ける意志があるように思えたのだった。

弘志は言った。

「自分の仕事が決まったときは、誰かに一緒に祝ってもらえたらうれしいなと、そう思ったものだから」

「誰かって、誰でもいいんですか？」

「中川さんも仕事が決まっていたら、いいなと思って。正直言うと、昨日心臓マッサージしている様子を見ながら、そう思ったんです」

中川綾子が、視線をそらしていったん空を見上げてから、また弘志の顔を見つめてきた。

「仕事が決まったら、電話ください。もしわたしも決まっていて、うまく都合がつくようなら」

弘志は携帯電話を取り出し、電話番号を交換した。

「じゃあ」と、中川綾子は連絡先の交換を早くも後悔し始めたような調子で言った。「行かなくちゃ」

「できるだけ早く仕事を決めます」

「とりあえずつなぎで、派遣社員になるっていうのはいいかもしれない」

「つなぎで？」

「正社員じゃないことよりも、仕事がないことのほうがつらいでしょう」中川綾子は何か吹っ切ろうとでもいうように大きくかぶりを振ってから言った。「とにかく毎日働いていれば、次の道が開けてくるかもしれない」

「そうかな」

「じゃあ、ここで」

「また」

彼女はうなずいて弘志に背を向けると、桜木町駅前で右手方向に歩いていった。弘志は彼女の姿が朝の雑踏の中にまぎれるまで、その背中を見つめていた。

その日、自分の面接は不採用で終わった。中川綾子が言った言葉が思い出された。

「正社員じゃないことよりも、仕事がないことのほうがつらい」

それにもうひとつ。

「毎日働いていれば、次の道が開けてくるかもしれない」

たしかにそうかもしれない。これだけ正社員の求人が少ないのだ。自分はぜいたく過ぎることを望んでいるのかもしれない。貯金が底をつく前に、なんとか仕事を決めるべきかもしれなかった。自分は二十五歳。もう一回ぐらいは、違う生き方を選ぶチャンスは来るだろう。それを待ってもいいのだ。

ネットカフェに戻ったら、こんどは派遣社員の求人広告を真剣に探してみよう。首都圏の仕事、という条件もゆるめるべきかもしれない。関東圏であれば、範囲にしていいだろう。

その夜、ネットカフェに戻って、フロントの若い男に訊いた。

「昨日の女性は、きょうは？」

それで通じた。若い男は、鼻で笑って答えた。

「まだ戻ってきてないよ」

翌朝、もう一度彼に質問した。彼女は昨夜戻ってきたかと。

来なかった、という返事だった。

きっと仕事が見つかったのだ。それも、もうネットカフェで寝起きしなくてもよい仕事。あるいは、このネットカフェに寝泊まりしていては勤めてはいけないような仕事が。

よかった、と弘志は無理に思った。

こうなったら早く自分も仕事を決めて、お祝いしませんかと電話するのだ。それは自分が中川綾子に連絡することのできる唯一《ゆいいつ》の理由なのだから。

四日後、人材派遣会社に登録し、横浜市磯子の樹脂工場で働くことが決まった。つなぎ、としての仕事だった。会社借り上げのアパートへの入居も決まった。

夜六時ごろに中川綾子に、仕事が決まったとショート・メールを送った。

すぐに、おめでとう、と返信があった。

その反応に勇気づけられた。お祝いしませんかと誘うと、数時間経ってから、お給料が出たあとにでも、という返信があった。弘志は直接電話した。

「ぼくです、高見沢です」と、弘志はテンションをあまり上げぬようにあいさつした。

「いまいいですか？」

「あ」中川綾子は驚いたようだ。「ええ、いいですよ」

「横浜市内で働きます。派遣ですけど」

「ほんとうにおめでとう。いつからですか？」

「明日から働きます。中川さんは？」

「わたしも」と彼女は答えた。「わたしも仕事が決まった。もう働いています」

横須賀の食品加工の会社だと言う。寮にも入れたので、もうネットカフェで寝泊まりする必要はなくなったとのことだった。仕事の中身や勤務時間、待遇などについて少し話した。彼女も、あたりさわりのないところを教えてくれた。お互いの宿舎のある場所は、京浜急行線一本でつながっているということもわかった。

弘志は訊いた。

「お祝い、ほんとにいいですか？」

「しましょう」と彼女は答えた。声が柔らかくなったように感じた。電話の向こうで微笑したのかもしれない。弘志にはその表情が想像できたような気がした。彼女は続けた。

「どこかで、食事しましょう。会う場所はおまかせします」

横須賀の汐入駅近くで会うと決まった。じっさいに会ったのは、二月に入った土曜日のことだ。全国チェーンの居酒屋に入って、温かい小皿の料理を何品も注文して食べたのだった。ふたりとも焼酎《しょうちゅう》のお湯割りを少しずつ飲んだ。

お酒が入ったけれども、中川綾子は弘志に対してはきちんと距離を取っていた。最後まで敬語でしゃべった。焼酎が二杯目になったときも、けっして姿勢を崩さなかった。ましてや、なれなれし過ぎるような振る舞いは見せなかった。

汐入駅前で中川綾子と別れたとき、弘志はいくらか暗くなったのだった。自分はやはり、図々《ずうずう》しいことをしてしまったかと。彼女はほんとうは、自分と就職祝いなどしたたくはなかったのではないかと。およそ三年半前のことだ。

3

矢田部完は、午後二時十分前に北区の警視庁西が丘分室に到着した。この日の取り調べは、山本美紀が留置されている西が丘分室で行われているのだった。

接見室の造りは昨日と同じようなものだった。山本美紀の様子も昨日と同じで、上下のスウェット姿だ。しかし矢田部に向ける表情は、昨日とは違う。いくらかは警戒を解いたと見える。百パーセントの信頼を向けてはいないにせよだ。

「眠れましたか？」と矢田部は訊いた。

山本美紀は首を振った。

「浅い眠りでした」

「身体《からだ》の不調があれば、その場で遠慮せずに言ってください。わたしに話してくれてもかまいませんし」

「ええ」

少し雑談してから、矢田部は取り調べの様子を訊いた。警察が何を質問してきたか、何を知ろうと懸命になっているのか、それをもっと知らねばならなかった。弁護の作戦を組み立てる前提としてだ。

山本美紀は答えた。

「やっぱり、最後に馬場さんのうちに行ったときのことが中心です。赤羽駅で降りて、馬場さん宅を訪ねて、また赤羽駅でＪＲに乗るところまでを、何度も」

「答えたのですか？」

「昨日先生の接見があるまでは、何度か。そのあとは、何も答えていません。調書にもサインしていません」

「ほかには？」

「おカネのことです。馬場幸太郎さんから、家事代行の仕事以外のことでいくらかもらっていたのではないかと」

「奪ったのではなく、という意味ですか？」

「ええ。以前からおカネをもらっていた、借りていたのではないかと質問されました」

「どうなんですか？」

「馬場さんからは、お借りしていません」

そういえば、と矢田部は思った。今朝読んだ新聞のどれかに、大宮の大津という男から彼女が金銭を受け取った、と匂わせている記事があった。

矢田部は確認した。

「ほかのひとからは？」

　山本美紀が答えた。

「大宮の大津さんからは、わたし、おカネをお借りしました。アパートを移るための費用としてです。このことは、藤原弁護士にはお話ししました。大津さんの銀行口座の記録を見せられたので、弁護士さんの助言を受けて、検事さんにもそのことは認めました」

　昨日は出なかった話だ。もっとも昨日は、話題は事実上、馬場幸太郎殺害の容疑についてだけだった。すでに釈放された件は、話題にしている余裕もなかったのだ。

　それでも矢田部は言った。

「昨日、話してくれたほうがよかったかもしれません」

「すいません」と山本美紀が素直に言った。「先生とは初対面でしたし、それを言うと、誤解されそうな気がして」

「おいくら借りたんです？」

「四十万円です。ただ、借用書は書いてはいません。大津さんは、必要ないと言ってくれました。余裕ができたら返してくれたらいいと。わたしも、お返しするつもりでいました。そのうちに連絡もなくなって、ずっとそのままです。亡くなっていたことは、大宮警察署の刑事さんから電話があったときに初めて知りました」

「検事は、そのことをかなり厳しく質問してきたでしょうね？　なぜ貸してくれたのかと」

「ええ。大津さんとは何もないということを、信じてはいなかったようです」

警察は、山本美紀の預金通帳も押収《おうしゅう》しているはず。とうぜん馬場幸太郎の側の記録もだ。それでもカネのやりとりがなかったかを訊いたのは、記録に残らない現金の授受があったと疑っているということか。

「もうひとつ」と山本美紀は、矢田部のそれ以上の質問を避けるためか、早口で言った。「馬場さんから仕事依頼の電話があった日、わたしは池袋駅の売店で革のベルトを買っているんです。押収した品の中には見当たらないけど、それはどこにあるのかと」

「どうしたんです？」

「安かったので買ったのですが、粗悪品でした。茶色の染料みたいのがコットンのパンツを汚したので、すぐに捨てました」

「捨てたのはいつです？」

「買ってから二、三日あとです。家庭ゴミとして」

「そのように答えたのですか？」

「いいえ。何も」

警察は、その革ベルトが犯行に使われたと見ているわけだ。

「黙秘で通してください。ほかには？」

「それから警察は、男がいるだろう、という意味のことを何度か訊いてきました。わたしには、そんな男性はいないのですが」

「おカネが交際相手に渡っているか、ということを気にしているのでしょう」

いや、もしかしたら、交際相手による殺人教唆《きょうさ》まで視野に入れているのかもしれない。警察は携帯電話も証拠として押さえているはずだ。交友関係など難なく突き止めることができる。その相手を把握できていないとすれば、交際している男性はいない、という山本美紀の言葉は事実なのだろう。少なくとも、この半年なり一年については。

「女性のお友達は、いますよね？　親しい方というと？」

山本美紀が、少しだけ目を伏せてから言った。

「同性の友達も、ほんの少しです。あまり友達がいないほうなんです」

「ふだん友達とおつきあいすることはない？」

「ほとんどありません」少し間を空けてから、彼女はつけ加えた。「ずっと時間も、おカネもなくて。女子会だって、したことはないんです」

矢田部はそこには深入りせずに訊いた。

「よく電話でやりとりするひととかは？」

「仕事の件で、電話したことのあるひとは何人か」

「親友というわけではないんですね」

「ちがいます」

山本美紀が三人の名を口にしたので、矢田部はこれをメモした。三人とも、職場もしくは仕事の関係で知り合った女性だという。

「こういうことって」山本美紀が逆に訊いた。「事件のことと、何か関係がありますか？」

矢田部は答えた。

「まだわかりませんが、あなた自身のことをもう少し弁護人として知っておきたいんです。ご両親のことを訊いていいですか？」

「はい」山本美紀が、いくらかはためらいがちに話し出した。「もともとの苗字《みょうじ》は、西《にし》沢《ざわ》です。父はわたしが六歳のときに母と別れました。母は水商売の仕事を始め、わたしは母方の祖父母の家と母のところを、行ったり来たりして育ちました」

母親の実家は、同じ山梨の韮崎《にらさき》市だった。母は山本美紀が十五のときに病死した。そのあと韮崎で祖父母と一緒に暮らすようになった。高校に進学したころ、祖父も病死した。山本美紀はファストフードの店でアルバイトをするようになったが、高校は通い続けられず、中退したという。

「結婚のことを訊いていいですか？」

「はい。ずっと前に離婚していますが」

「なんという方と、おいくつのときに？」

「二十歳のときに、中学のときの同級生だったひとと結婚しました」

山本美紀は男の名前を言った。相手の名は山本裕太《ゆうた》。十八を過ぎたころ、向こうから連絡があってつきあい始め、妊娠したところで結婚した。相手は飲食店の従業員だった。

「結婚は甲府で？」

「住んだのは諏訪《すわ》です。そのころ、彼があちらに住んでいたので」

ほどなく娘を産んだ。しかしその子は、一歳のときに事故死したという。離乳食を喉《のど》に詰まらせての窒息死だった、と山本美紀は言った。それから夫婦仲が悪くなり、離婚した。三年と少々の結婚生活だった……。

矢田部は軽く失望を感じた。

昨日は、彼女は子供はいないと言っていた。嘘ではないが、この事実の小出しは、あまり誠実な答え方には感じない。彼女にとって、弁護士とはいえ初対面の男性には言いにくいことにはちがいないが。

黙ったままでいると、山本美紀が続けた。

「苗字は、旧姓には戻しませんでした。別れた彼は、それから半年もたたないうちに、飲酒運転で事故死したと聞いています。お葬式には出ていません」

別れた夫の死。これも昨日は語られなかったことだ。

矢田部は、このふたつの死についても、悪意をこめてマスメディアが取り上げるように思った。悪くすると、実の子供を虐待死《ぎゃくたいし》させた、とまでほのめかすところがあるかもしれない。あからさまにそう書く必要はないのだ。事実を記述するだけでも、読者は勝手な物語を作り上げる。いやむしろ「当時どちらの死についても警察は事件性なしと判断した」と過剰な正確さで書けば完璧《かんぺき》だ。逆の物語が生まれる。

「離婚したあとは？」と、矢田部は自分が少し動揺していることを意識しながら訊いた。

「そのときは二十三歳ですか？」

「ええ。そのあとは、いろいろです。働いて食べて行かねばならなかったので。諏訪を出て、またお祖母《ばあ》ちゃんの家に行ったり、甲府で仕事を探したり、東京に来たり」

「東京に来たのはいつごろです？」

「離婚して一年ぐらい経ってからだと思います」

「どんなふうに生活をしていたんですか？」

山本美紀が一瞬だけ矢田部をまっすぐに見つめ、それからすぐに視線をそらして言った。

「あまり言いたくありません」

「よそでは話しませんよ」

「でも」

「思い出したくないようなことですか？」

山本美紀はもう反応すらしなかった。無言でデスクの表面を見つめている。

ここで、さあ答えろと迫るわけにはいかない。自分は警察官ではないのだ。話す気になってくれるのを待つしかない。

三十秒ほど待ったが、彼女は口をつぐんだままだ。しかたがない。矢田部は質問を変えた。

「家事代行のお仕事に就いたのは、いつごろでしたっけ？」

山本美紀がわずかに顔を上げて答えた。

「二年くらい前。いえ、もう少し前だったかもしれません。浦和にある会社に入ったんです」

「そちらには、いつごろまでの在籍でした？」

「そこは半年続きませんでした。お給料が安すぎたものですから」

ただ、家事代行の仕事自体は、嫌いではなかったという。得意先次第という部分はあるが、それなりにやりがいも感じられる仕事だった。会社を辞めたあとも、顧客を同業の知人たちからまわしてもらうことで、家事代行業を続けてきた。祖母にしっかり家事を教えられていたことが活《い》きているという。

「馬場さんも、どなたかのご紹介ですか?」

「ええ。最初に馬場さんからの電話でした。中川という女性の名前を出して、家事代行のひとを探しているのだけど、あなたを紹介された、とおっしゃったかな。あなたの名前を教えてもらった、だったか」

「中川さん?」

中川綾子、と書くらしい、と山本美紀が言った。

「わたしも会ったことはないんですが、人材派遣のような仕事をしていると耳にしたことがあります」

家事代行業のような仕事をしている女性たちのあいだでは、ずいぶん信用されている女性らしい、という。もちろんお客のほうからもだ。その中川綾子というひとが誰かから自分の名前を聞いていたのだろう、と彼女は言った。自分は、その名前が出るなら、馬場幸太郎という男性はそんなにおかしなお客ではないだろうと思った……。

「じっさいは、どうでした?」

「わたしがこういう人間なんで、馬場さんは最初は失望されたみたいでした」

「どういう意味です?」

山本美紀がまた顔を上げた。

「わたしはこのとおり、全然色っぽくないですし、男性のあしらいがうまいほうじゃありません。だから最初に伺ったときは、一度きりで終わりかなと思ったのですが、でも何度か声をかけてもらいました。家事代行の仕事は認めてもらえたんだと思います」彼女は弁解するようにつけ加えた。「事情聴取のときも、このことは刑事さんに話しています」

「電話は、馬場さんのほうからあったのですね？」

「はい。わたしの電話番号を知っていました」

通話記録で、警察もそれは確かめられる。

矢田部は、馬場のところに仕事で通うようになったいきさつについて、もう少し質問した。山本美紀と馬場幸太郎をいわば結びつけた中川綾子という女性に関する情報ももっと欲しいところだったが、山本美紀はいま話してくれた以上のことは知らないという。なんとなく家事代行業などをしている女性のあいだで語られている名前だとか。もともと中川綾子自身が家事代行の仕事をしていたらしい。

さらに十分ほど話してから、矢田部は二度目の接見をしめくくった。

「繰り返しになりますが、引き続き黙秘で行きましょう。埼玉の事件と同様、警視庁も勇み足だったのかもしれません。もっと簡単な事件だと勘違いしたように感じられます。黙秘で通してください」

「はい」と、山本美紀はまた顔を上げ、矢田部を見つめてうなずいた。

矢田部には、彼女がこの接見が始まったときよりも自分を信頼してくれるようになったのかどうか、判断できなかった。答えてくれなかったこともある。自分に心を開いてはいない、と思っておいたほうがよいのかもしれない。

午後五時に近いその駐車場には、もう車は十台ばかりしかなかった。

伊室真治は、部下の西村敏と一緒に、赤い切り妻屋根のクラブハウスに向かい合う形で、捜査車両の前に立っていた。新荒川大橋に近い河川敷のゴルフ場である。ちょうど駐車場の入り口に、白い軽自動車が入ってきたところだった。乗っているのはひとりだけだ。

少し前に、いま着くところだ、と電話があった。あれが、埼玉県警大宮署の刑事課捜査員、北島徹也だろう。

すぐにその軽自動車は伊室たちの車の手前まで来て、駐車枠のひとつに頭から入った。降りてきたのは、やはり北島だった。彼は周囲に目をやりながら、伊室たちに近づいてきた。苦笑いと見える表情だ。

「とつぜんで申し訳ありません」と、伊室は謝った。「少しご協力をいただきたくて」

「いいんだ」と北島が、近づきながら言った。「組織を通した話じゃない、ってことなんだろうな?」

伊室は答えた。

「北島さんと接触したことも、まだここだけの話ということで」

北島は伊室に真正面から向かい合わず、ズボンのポケットに両手を突っ込んで伊室の右側に立った。傍から見れば、三人の男がなんとなく日暮れどきの河川敷の様子を眺めているように見えるだろう。

山本美紀逮捕から三日後、月曜日である。十日間の勾留《こうりゅう》請求が認められ、きょうも鳥飼たちが警視庁西が丘分室で彼女の取り調べに当たっている。

北島が言った。

「何を訊《き》きたい？　じつはおれのほうも、訊きたいことがあるんだ」

「山本美紀逮捕は、かなりの物証を持ってのことでしたか？　地検が処分保留で釈放したのはこちらも意外でしたが」

「それが」北島は渋い顔をして首を振った。「上の判断は、警視庁の捜査が進んでいるという前提だった。併合罪で合同捜査ということになれば、いくらでも物証は出てくるだろうと」

「北島さんの判断は？」

「正直、あの段階で逮捕状が出るかどうかは、賭《か》けだった。五分五分というところか。被害者の死亡時刻の目撃証言は出たけど、公判では使えそうもなかったしな」北島が口調を変えた。「あんたたちのほうはどうなんだ?」

「似たようなものですよ。こっちはこっちで、さいたま地検が起訴することを見込んで逮捕状を請求していたんです」

「それでも、ちゃんと物証はあったんだろう?」

「状況証拠だけでした。ひとつ教えていただきたいんですが、釈放の決め手になったのは、何なんです? アリバイがあった?」

「いや、カネだ」

「山本美紀が大津孝夫から引き出していたって、報道されていますね。事実なんですか?」

「本人が認めた。引っ越し費用として、四十万円受け取ったと」

北島が続けた。検察官に対しても、カネの授受に関しては山本美紀は黙秘していた。しかし弁護人のアドバイスを受けたらしく、途中で受け取ったことを認めた。大津孝夫の家に最後に行ったとき、現金を渡されたという。四十万円。ただし、それだけだ……。

西村が北島に言った。

「大津孝夫死亡の時期の直後に、板橋のマンションへ引っ越ししていますね」

「ああ。そのカネで、引っ越しの費用をまかなったんだ。そっちも把握してることだろ?」

「ええ」と西村。「でも、被疑者がカネの受け取りを認めていたことがどうして釈放の理由になるんです？　逆じゃないかと思いますが」

北島が瞬《まばた》きして西村を見つめた。伊室も、西村を見た。西村には意味がわからないのか？

西村が、困ったような顔で言った。

「おかしいことを言いましたか？」

北島が答えた。

「さいたま地検の捜査担当検事は、その一点で、公判維持は無理と判断したようだ。噂《うわさ》だけど」

「わかりません。どうしてです？」

伊室は西村に顔を向け、北島に代わって答えてやった。

「せっかくのカネヅルを殺す理由が、どこにある？　山本美紀の生活はつましいものだった。そこに四十万円の引っ越し費用を出してくれる男が現れたんだ。その男との関係をしばらく続けていたほうがいい。カネはもっと引き出せる。おそらく弁護人も、カネを受け取った事実が有利に使えると考えた。だから被疑者にそれを認めさせたんだ。認めたことで、殺す動機が消えた」

北島が、そのとおりだと言うようにうなずいてから、伊室の言葉につけ加えた。

「刑事であれば、四十万のカネを引き出した女なら、もっと引き出していてもおかしくないと考える。じっさい、大津という男は使い途《みち》のわからないカネをずいぶん銀行から引き出しているんだ。彼女は十分にカネを引っ張った。そろそろ潮時だと思ったのかもしれない、とな。だけど、四十万円以外に彼女が受け取った証拠がなければ、素人《しろうと》の裁判員ならそうは考えない」

西村が言った。

「公判になったら、検事だって裁判員たちに、その四十万が最初でもすべてでもなかったかもしれないと、訴えられるでしょう」

「評議がどっちに転ぶかはわからない。しかも、弁護人は、弁論の巧さでは有名な女性弁護士だ。さいたま地検は、無罪判決でマイナス評価がつくよりは、傷が浅くて済む処分保留で釈放を選んだ。うちの上のほうは、地検から嫌味を言われたらしい。よくもあの程度の捜査で送ってきたものだと」

伊室は北島に訊いた。

「弁護士の作戦は別として、北島さんは、やはり山本美紀はクロだと？」

「わからん」と北島が首を振った。「おれにはまだ確信はないんだ。いまの解釈は、警察ならそう読むということだ。ただ、あの女は何か隠してる。かたくなに警察に隠そうとしていることがあると感じる。それが殺人なのか、保険金詐欺《さぎ》のようなことなのかはわからないけども」

駐車場にふたりの男が入ってきた。伊室たちはいったん会話をやめた。男たちは隅に停めてあった黒っぽい乗用車に乗り込むと、駐車場を出ていった。

北島が、その車を目で追いながら言った。

「あんたたちのほうはどうだ？　かなりの証拠を揃《そろ》えての逮捕だったんだろう？」

伊室は答えた。

「さっきもお話ししたとおり、埼玉での起訴が前提の逮捕ですよ。ひとつで起訴されたら、あとは容易に落ちるだろうと」

「それでも、証拠なしで逮捕状執行ってことはないだろう」

「状況証拠だけです。死亡推定時刻に、彼女は被害者宅を訪ねていた。それから赤羽駅の防犯カメラで確認できるまで、行動に一時間弱の空白がある」

「参考人は、彼女ひとりだったのか？」

「被害者の身内には、怪しいのが何人かいるんです。被害者からカネを引き出そうと狙《ねら》っていた身内が。被害者は、点検商法のお得意リストにも入っていた。現場からは、誰のものか特定できない指紋も複数採取されているし」

「大宮の大津という男も、似たようなものだ。客を家に招《よ》んでよく飲んでいたというし、出入りのしやすい家だったんだ」

「でも、うちはもう山本美紀を逮捕してしまったんです。被害者の身内の捜査もできなくなった」

「あんたは、身内の誰かという読みなのか」

「それを含めて、少なくともまだ、その可能性を除外すべきじゃない」

「根拠は？」

「動機のある人間がいる。それに、家は密室ではなかった。侵入は簡単だったんです。少なくとも、身内ならどこから入ることができるか、知っていたと推測できるんですよ」

「強盗殺人なんだから、カネも奪われているんだろう？」

「三百万円の現金の行方がわからない。だけど山本美紀は三百万のカネを強盗しなければならないような暮らしを送っていない」

「山本美紀の部屋の押収品、もう見ているか？」

「訪問前日に革ベルトを買ったレシートが出てきましたよ」

「彼女は、専門学校の案内とか雑誌記事なんかを切り抜いて、ひとつの紙袋にまとめていた」

「ありましたね。自動車教習所から、鍼灸師《しんきゅうし》とか、介護士なんかの養成校のもの」

西村が言った。

「美容や調理の専門学校のものもありました。何か資格を取りたいと、切実に思っていたんでしょう」

広告や案内パンフレットだけではなく、そうした資格についての記事も多かった。それがほんとうに就職に有利な資格なのか、学校に通う意味はあるのか、じっさいにその資格を持っているひとたちはどう考えているのか。そうした客観的な内容の記事も、山本美紀は熱心に集めていたのだ。

北島が言った。

「自動車教習所ならともかく、一年間調理師の専門学校に通いたいなら、それなりに資金が必要だ。彼女は仕送りをもらえる身じゃないんだ。バイト掛け持ちでは、きつい。それに」

北島が言葉を切ったので、伊室は彼の顔を見つめて次の言葉を待った。

「それに、携帯には、客とか店以外、ただのひとりも男の番号が登録されてなかったんだ。いまどき、そんな女がいるか？　とくべつ目を惹《ひ》く女じゃないにせよ、彼女はまだ三十だぞ」

「隠していると？」

「ああ。それが気になるんで、完全にシロだという確信も持てないんだ。あの山本美紀は、警察には喋《しゃべ》ることのできない何か隠しごとを持っている」

「彼女の携帯は、三年少し前の契約です。新しい番号にしている。それ以前の人生の記録を、一回リセットしていますね」

「それで何がチャラになったんだ？　三年程度で時効になるような犯罪は、いくらもない」

「犯罪ではないのかもしれません」

そのとき、北島の上着の内ポケットで、携帯電話が鳴った。北島は電話に出ると、短くふたこと三言で通話を終えて言った。

「戻らなきゃならない。役に立ったか？」

「とても」と伊室は言った。「助かりました」

北島の軽自動車が駐車場を出て行ってから、伊室たちも車に戻った。

西村が、運転席でシートベルトを締めながら訊いてきた。

「これで収穫があったんですか？」

伊室は、シートベルトをつけてから少し考えて答えた。

「とくに収穫じゃなかったけど、早まったか、という気にはなるな」

「見込み捜査をやってしまったと？」

「そうとは思いたくないが」

西村がエンジンキーを回したとき、同時に伊室の携帯電話が鳴った。取り出して発信者を見ると、係長の新庄だった。

伊室は携帯電話を耳に当てた。

ちらりと西村が伊室の横顔を見てきた。伊室は、はい、はい、とだけ答えて、通話を終えた。

伊室の口調で、誰からの電話かわかったのだろう。西村が訊いた。

「戻るんですね？」

「ああ。山本美紀が、被害者の家に最初に行ったときにトラブルがあったことを認めたそうだ」

「へえ」と西村が意外そうな声を出した。「完全黙秘で通すのかと思っていた」

「もう落ちるってことで、捜査員は待機。裏を取る件も出てくるからと。戻るぞ」

西村は車を発進させて言った。

「事情聴取のときも、セクハラめいたことがあったと言ってましたね」

「もっと具体的に明かしたんだろう」

「彼女は、被害者にやはり恨みを持っていたんだ」

その西村の言葉で気づいた。そうじゃない。これはあの矢田部完、陰でヤダカンと呼ばれている弁護士が承認した供述だ。裏の意味がある。

伊室は考えをまとめながら言った。

「違う。山本美紀は自供を始めたんじゃない。埼玉で藤原という弁護士が使った手と同じだ」

「すみません」と西村が謝った。「わかりません」

伊室は言った。

「弁護士があえてしゃべらせたんだ。いまから公判対策だろう。作戦の一部だ」

「どうしてです？」

「このまま彼女を、有力な物証なしに起訴したとするぞ。裁判員裁判では、検事はこのトラブルの調書をもとに、怨恨《えんこん》があったことを証明しようと被告人質問をするさ。すると逆の事実が浮かび上がる。関係はきわめてよかったとしか受け取れないような」

「関係がよかったと言えますか？」

「被害者は、セクハラをぴしゃりと拒否されたあとも、彼女に仕事を頼んでる。彼女も引き受けているんだ。悪かったと考えるほうが難しい」

「カネの件は？」

「いい関係だったなら、借りることもできるんだ。殺す必要がなくなる。こっちでも動機が消える」

そこまで自分で言ってから、伊室は不安になった。

ということは、このままではたとえ東京地検が起訴まで持っていったとしても、山本美紀は無罪か？　自分たちが決定的な証拠を挙げないかぎりは。否認の余地なしという物証を見つけないかぎりは。

山本美紀の逮捕については、捜査本部が主導した。管理官の川村巽と、あの鳥飼たち捜査一課の連中だ。うちは、その捜査と処理の方針に従っただけだ。自分たち捜査本部に組み入れられた赤羽署の捜査員たちは、むしろ逮捕状請求が拙速過ぎるのではないかと懸念《けねん》を持っていた。しかし組織の決定とあらば、異議は唱えられない。だからといって、これで被疑者が公判で無罪となった場合は、不名誉は他の者と同様に自分も引き受けねばならないものだった。

荒川の堤防のすぐ外の道路を、岩槻《いわつき》街道に向かって車は走っている。

伊室は、いまの自分の解釈が間違いであってほしいと願った。そのトラブルの供述が弁護側の作戦ではなく、全面自供の始まりであることを強く期待した。

高見沢弘志は、その夜も寮の食堂で、山本美紀についての週刊誌記事を読むことになった。

赤羽の強盗殺人事件で彼女が逮捕されてから、ほぼ二週間経《た》った日だった。弘志の仕事の性格上、平日はいわゆるワイドショーのようなテレビ番組を観《み》ることができない。食堂にテレビはあるが、多数が望む番組にチャンネルを合わせる。同僚たちが好むのは、スポーツの中継やお笑い芸人たちの出るバラエティ番組などが中心だ。ニュースを観たがる者は少数派だから、弘志はテレビ・ニュースさえろくに観ていない。

先週末は、テレビの置いてある食堂に時間を合わせて食べに行ったけれど、そこでもチャンネルをニュース番組に合わせることはできなかった。新聞か週刊誌の記事しか、情報源がないのだ。

それでも、テレビがこの二週間、ずいぶん山本美紀を話題にしていたことはわかる。新しい首都圏連続不審死事件として、レポーターたちも大張りきりだったようだ。

日曜日、朝のニュース・ショーをたまたま同僚たちも観ていた。番組の後半では、その週のスポーツの話題をまとめて紹介しているのだ。そのパートを観るために、ニュースの時間から同僚たちはテレビのチャンネルをそこに合わせていた。

司会の男性が、それでは次の話題です、と言ったのと同時に、画面にテロップが現れた。

「追跡！　首都圏連続不審死事件二〇一六」

司会者は原稿に目を落として言った。

「先々週にいったん大宮の事件では処分保留となった山本美紀容疑者ですが、周囲では新たにもうひとつ、不審死があることがわかりました」

どこかの広い河川敷の様子が映し出された。画面下には「荒川戸田橋緑地（東京都板橋区）」と地名が出た。

女性レポーターが、河川敷を歩きながら言っている。

「いまから一年半ほど前の平成二十七年三月、ここで高齢の男性の遺体が見つかりました。警察の調べで、遺体は戸田市の自営業、熊倉典夫さんとわかりました。熊倉さんは、その日の早朝にこの荒川の埼玉側の岸から川の中に入っていったことが、目撃されています。闘病中だった奥さんが亡《な》くなってひと月ほど後のことでした。熊倉さんの死は、自殺とみられています」

画面は切り替わって、無骨な二階建ての建物を映し出した。門柱の看板が見える。

「熊倉石材店」と書かれていた。

同じレポーターの声がかぶった。

「身内の方によると、熊倉さんは自殺する直前に遺言書を書き換えていたとのことです」

作業服を着た年配の男性が大写しになった。

「熊倉典夫さんの弟、幸夫《さちお》さん」

その弟だという男が言っている。

「兄はかみさん亡くして、かなり参っているときで、おれが代筆してやったんだよ。その山本美紀ってひとにも、遺産を分けるって言い出して、そのひと誰だって訊いたら、家事代行で来ていたひとだって言うんだ」

再び河川敷の風景となり、レポーターの声。

「この遺言書は、弟さんの代筆であったために正式のものとは認められませんでした。ご家族のお話では、常識では考えられない額が、いわばまったくの赤の他人に渡るところだった、とのことです」

午後の四時過ぎに、山本美紀の起訴が伊室たちに伝えられた。

埼玉の事案とは違い、東京地方検察庁は警察の捜査に不足や不備はなかったと判断してくれたわけだ。公判は維持できると。

起訴の報《しら》せを受け、管理官の川村巽が、務めは終わったとして捜査本部の解散を関係者に伝えた。川村は、捜査員全員を集めて労《ねぎら》ったり、スピーチすることもなかった。とくに儀式めいたこともしないまま、捜査本部を解散させたのだ。実質的にこの数日は、大部分の捜査員もすることがなくなっていた。起訴を待つだけになっていたのだ。

鳥飼達也が自分の私物をショルダーバッグに詰めながら、伊室に声をかけてきた。

「伊室さん、ＯＫ横丁で、また一杯やっていきませんか。前回はろくに飲まないうちに呼び出しでしたから」

赤羽駅東口には、この時刻から飲める店が少なくない。鳥飼はこんどこそ、打ち上げをするつもりなのだろう。

伊室は断った。

「今日は、まだ残務があるんで」

「そうですか」鳥飼は固執しなかった。「じゃあ、次の機会にでも。あればですが」

鳥飼が、軽やかな足どりで部屋を出ていった。

捜査本部のテレビでは、ワイドショーが放送中だ。

テレビの画面に、山本美紀の顔写真が大写しになった。もうすっかり見慣れた、メガネをかけた正面写真。画面の下に、文字が入っている。

「山本美紀容疑者、起訴へ」

この段階でマスメディアがどんなふうに伝えるのか、どんな情報を流してくるのか、伊室は興味があった。おそらくは市民から情報提供があったのだろうが、これまでも伊室たちが把握していなかった私生活や過去についての情報が放送されてきた。もちろん、こんどの事件に直接関わる重大情報などは、ただの一度も流されたことはないが。

ワイドショーなどの番組では、放送されることの大部分が、山本美紀の私生活の、風変わりな部分、奇妙に見えなくもない事実についてのあれやこれやだった。いや、事実かどうかすら怪しいという情報もずいぶん流されてきた。ろくに裏も取らずに、伝聞だけでまとめたらしい内容がほとんどだった。

四十代の男性アナウンサーが原稿を読んでいる。

「東京・北区の強盗殺人事件で逮捕されていた山本美紀容疑者ですが、東京地検はきょう山本容疑者を起訴しました。山本容疑者は容疑を否認しており、取り調べにもほとんど応じておりません。今後は裁判員裁判で事実が争われることになります」

画面は馬場幸太郎の家の周辺だった。事件直後に撮影された映像のようだ。

アナウンサーはつけ加えた。

「ここで、振り返っておきましょう。山本容疑者の周辺では、大宮の男性に加えてもうひとり、ご年配の男性がお亡くなりになっていますが、この方の死亡にも、関係者は疑惑の目を向けています」

画面が変わった。

初老の女性が言っている。

「お義兄《にい》さんは、あの山本って女に追い詰められたのよ」

埼玉県戸田市の、自殺した熊倉典夫さんの義理の妹、だとテロップで紹介されている。

「それで自殺。義兄さんは堅いひとだったから、若い女性にいい寄られると免疫《めんえき》がなかったのよ」

続いて中年の男性が画面に登場した。顔にはモザイクがかかっている。

「奥さんが入院中だったからね。誘惑されたっていう噂は出ていた。自殺も、わざわざ荒川まで行ってなんだろ？　事件じゃないのって話は、通夜《つや》でも出ていたんだ」

再びスタジオのアナウンサーが言う。

「山本容疑者は、二十歳で中学時代の同級生と結婚しすぐ離婚していますが、このときも、周囲では偽装離婚ではないかとささやかれていました」

やはり顔を隠した若い女性が言っている。

「中学のときからずっとつきあっていたひとらしい。本気で離婚したとは信じられないな。別れたのは、結婚して三年もしないころだもの」

山本美紀の学校での友人だったようだ。アナウンサーが偽装離婚という言葉をあえて出しているのは、たとえば生活保護を受けるために行政を欺《あざむ》いた、とでも匂《にお》わせているのだろうか。

その画面に文字がかぶさった。

「夫は離婚後まもなく交通事故死」

再びスタジオのアナウンサーが映った。

「山本被告の裁判は、来年秋ごろから東京地裁で開始される見通しです」

コメンテーターの年配男性が言った。

「自殺しているひともいたんですね。これも、警察はその時点では自殺とみなしたということでしょう」

形式上はそのように処理されたが事実は、と、ほのめかしている。

これを引き取るように、若手の女性コメンテーターが言った。

「遺言書の書き換えなんて、よっぽどのことがなければ、することではありませんよね」

経営コンサルタントだという男性が言った。

「そもそも大宮の事件のときに検視さえきちんとされていれば、事件の様相はまた違っていたでしょうにね」

若手の女性コメンテーターが相槌《あいづち》を打った。

「その戸田の男性の自殺についても、死因について再鑑定なんてないんでしょうか」

他殺かもしれない、という意味で言っているのだろうか。コメンテーターの言葉は、はっきりと視聴者がそれを想像するように計算されたものと聞こえたが。

司会者が言った。

「このところ警察の初動捜査のありかたに疑問符のつく事件が続いているように思います。わたしたちは今後もこの事件に注目して取材して参ります」

そこで山本美紀関連の話題はおしまいだった。

伊室は西村と顔を見合わせた。

西村は苦笑して言った。

「どの番組も、裏も取らないままに、大胆な報道をやってますね」

伊室も、笑いつつ言った。

「全部事実だとすれば、恐喝、詐欺、もしかして何か公文書偽造もやっているってことになるな。ただし、熊倉の一件については、カネを奪うのには失敗している、ってわけだ」

いまマスメディアが派手に報道しているのは、山本美紀が仕事で家に赴いていた得意先の三人の死だった。

最初の一件、戸田の石材店の社長の死については、警察は、というか、伊室たちはまったく問題としていない。事件性はないと言い切っていいのだ。マスメディアはこの三件をまとめて連続不審死とみなし、そう呼んでいるが、やりすぎだ。ましてやコメンテーターたちの発言は、危なすぎる。闘争心のある弁護士なら、ひとりひとりを名誉毀損《きそん》で訴えてもおかしくはないレベルの報道だった。それに、山本美紀のプライバシーの暴《あば》き立てについても、それを好んで受け止めている視聴者がいる一方、嫌悪感《けんおかん》を覚えている視聴者も多い。テレビの関係者は気づいていないだろうが、市民は必ずしもそれほど下司《げす》ではないし、カネやセックスにまつわる勘繰りだけが生きがいでもないのだ。

伊室は、西村を誘った。

「東口で、軽くやっていくか？」

いいですね、と西村が答えた。

「その前に、岩淵に寄って行こう」

「現場に？」

「まだ完全には終わった気がしないんだ。もう一回見ておきたい」

伊室は西村と一緒に、赤羽警察署を出た。


弘志はテレビに目を向けた。また山本美紀の話題だ。つまり連続不審死事件。いまアナウンサーが、山本美紀の起訴を告げたあと、特集番組となったのだ。おなじみの女性レポーターが、住宅街の道路を背景に言っている。

「東京地検が起訴した山本美紀容疑者ですが、わたしどもはまたひとつ証言を得ました。ご覧いただけますか。ここは川崎市のとある住宅街の一角、二年前に少年がやはり少年のグループに殺された現場にも近い場所です」

カメラは道路の奥へと入っていった。木造の住宅の並ぶ中に一カ所空き地があって、コイン・パーキングとなっている。

やがて画面全体にぼかしがかかって、周囲の住宅も細部がわからなくなった。ごく近所の住人でなければ、そこをどこと特定することは不可能だろう。

レポーターの声がかぶった。

「この駐車場のある土地には、二年前まで住宅が建っていました。山本美紀容疑者は、以前ここに住んでいた六十代の男性と交際していました。中川綾子という偽名を使っていました。男性は奥さんを亡くして、当時ひとり暮らしでした」

弘志は背中の筋肉が収縮したのを意識した。山本美紀は、中川綾子という偽名を使っていたことがあったのだ！　自分にも使っていたように。

弘志の隣りで、石本がつぶやいた。

「またひとり暮らしの年寄りが引っかかってる。こういうひとって、振り込め詐欺の被害者にもなってるんじゃないのか」

弘志はむろん黙ったままでいた。

テレビでは、携帯電話の表示画面が大写しとなった。

メールの文面が表示されている。

「お伺いいたします。日時はいつとしましょうか。ご連絡をお待ちします。中川綾子」

その画面の隅に「イメージ」の文字。つまりこれは、再現映像だということだ。

レポーターの声がかぶさった。

「男性は、熟年男女のための出会い系のサイトで山本美紀容疑者と知り合って交際を始めたといいます。山本美紀容疑者は、数カ月のあいだに男性から数百万円のカネを受け取り、行方をくらましました。男性はその後、体調を崩して入院、自宅を売り払ったということです」

再びコイン・パーキングの映像。

その前にレポーターが立っている。

「男性の娘さんは、わたしたちの取材にこう証言しています」

画面は変わり、住宅のリビングルームと見える部屋が映った。ソファに腰掛けた中年女性が、額入りの写真をカメラに向けている。写真には三人の人物が映っているが、顔にはみなぼかしがかかっていた。この女性と両親の写真なのだろうか。

女性が言っている。

「父は、七年前に母が亡くなったあと、ひとり暮らしでした。わたしはときどき世話をしに父のうちに行っていたんですけど、四年ぐらい前、父がまだ若い女性とつきあい始めたのを知りました。詳しくは聞いていないんですが、ネットで知り合ったひとのようで、わたしは心配してやめるように言ったんです」

女性レポーターの声が画面の外から聞こえた。

「それが、山本美紀容疑者だったのですね？」

「当時は、中川綾子というひとだと聞いていました。最近のニュースで、山本美紀というひとの写真をテレビで観て、このひとだったとわかりました。父が写メを見せてくれたことがあったんです」

「お父さまは、ずいぶんおカネを彼女に渡していたそうですね」

「はい。少なくとも三百万円くらい。もっとかもしれません」

「どういう名目のおカネだったのでしょう？」

「父ははっきり言ってはいませんでしたが、そのひとが学校に行くのを援助したんだとか」

テレビを見つめていた石本が、愉快そうに言った。

「またこの理由だよ。小金を持った親爺《おやじ》って、こういう泣き落としに弱いのかな」

弘志は石本の言葉には反応せずに、続きを観続けた。

レポーターが訊いた。

「それは警察には届けられたのですか？」

「いえ」と娘らしい女性が答えた。「詳しい事情を父は話してくれないし、世間体も悪いことでしょ。父は泣き寝入り」

「お父さまは、いまはどうされているんですか？」

「家を売って、マンションでひとり暮らし。騙《だま》されたことがそうとうショックだったのか、すっかり弱ってしまっています」

また石本が言った。

「この事件さ、被害者たちがみんな、多少は同情したくなるところも、共通してるよな。

家庭がどこもバラバラだ」

再びコイン・パーキングの前。レポーターが、深刻そうな顔で締めくくった。

「不審死ばかりではなく、山本美紀容疑者の周囲には、まだまだ闇《やみ》が隠れていそうです」

そのニュースが終わると、石本が弘志を振り返って言った。

「あんた、やっぱりこの山本美紀ってのと、何か関わりがあったんだろ?」

その目にはわりあい真剣な光。はぐらかすなよ、とでも言っているかのようだ。

弘志は答えた。

「じつは、おれも被害者なんです。貸しがある」

「やっぱり」石本が頬をゆるめた。「ふつうじゃないと思ってたよ。テレビや週刊誌にかじりつくようになってさ。いつごろの話なんだ?」

「ここに就職する前」

「二年以上前か」

「ええ」

「手広くカモを探してたんだな」

答えてからわかった。もう世間は、これら一連の出来事、不審死や自殺まで含めての事件は、山本美紀の犯行とみなしているのだ。少なくとも、それを冗談で口にしても不謹慎とは言われないだけの空気ができている。

だけど、自分の知っている中川綾子が、カネ目的で殺人？　遺産を狙って、年寄りに無理に遺言書を書かせた？

ありえない。自分の知っている中川綾子なら、ありえない。そもそも彼女は、おれのような貧しい年下の男のアプローチに応《こた》えてくれたのだ。短い期間だったけれど、あれは打算など入り込む余地もないほどの真剣な時間だった。

あの中川綾子が、カネ目的で年寄りに近づき、カネを手に入れるとその相手を殺していたなんて。ありえない。何かの間違いだ。

弘志は、これまで何度も反芻《はんすう》してきたあの夜のことを、いままた思い出した。弘志が思い切って中川綾子を、会社借り上げの自分の部屋に誘ったときのことだ。

あれはネットカフェを出てから三回目に会った日だ。それまで二週間おきに会っていたことになる。別の言い方をするなら、四週間で三回だ。

そのときも給料が出た直後だったから、それを理由にして中川綾子を誘った。というか、二回目の食事のあと、別れ際《ぎわ》に約束は取りつけていたのだ。また給料が出たら会ってくださいと。中川綾子は微笑して了承した。あの笑みは、わたしとそんなに頻繁に会っていていいの、という意味だったろうと弘志は思っている。誘いはオーケーだけれど、早く同い年か年下のガールフレンドを見つけなさいね、と言っている顔だった。

そのときは横浜の関内の居酒屋に入ったのだった。店は満員で、カウンターの席しか空いていなかった。それでもいいとカウンターに並んで腰を落ち着けた。弘志が右、中川綾子は左側だ。かすかに肘《ひじ》が触れ合う距離だった。

三回目に会ったその日、彼女は少し疲れているように見えた。最初は口数も少なかった。仕事の疲れもあったのだろうが、不機嫌なのかなとも思ったくらいだ。

それでもさすがにその夜は、互いの距離もかなり縮まった。日常の話題に、多少それぞれの生い立ちとか家族のことが混じるという会話となった。会話の大部分は、もっぱら弘志が自分のことを語り、ときどき中川綾子に質問するかたちだった。彼女が甲府出身で、ひとりっ娘《こ》でおばあちゃん子であること、結婚していたこと、といった情報は、このとき聞いたはずだ。何かを隠しているとまでは感じなかったけれど、あまり自分語りが好きなタイプではないのだろうとは思った。

途中、中川綾子の携帯電話に着信があった。彼女は発信人を確かめると、ちょっと外で電話してきます、と言って、店を出ていった。戻ってきたのは、十分以上経ってからのことだ。

何かトラブルでも？　と、弘志は中川綾子に訊いた。

え、どうしてと彼女が訊き返したので、なんとなく、と弘志は答えた。じっさいには、彼女の顔に何か厄介な用件だったと感じさせるものがあったのだ。それ以上詮索《せんさく》することはしなかったけれども。

二杯目のビールが空になるころに、弘志は中川綾子に言った。

「中川さんって、自分の話はあまりしないほうですか？」

中川綾子はまだビールが一杯目で、それでも少し頰と目の下が赤くなっていた。

「うちが貧乏だったから」と中川綾子は答えた。「そんなにたくさん思い出があるほうじゃないの。話せるようなことなんて、ほんの少し」

浦安にある遊園地にだって、いままで一回しか行ったことがない、と彼女はつけ加えた。ありえないでしょう、と。

「おれも同じですよ」と弘志も言った。中学生のときに友人たちと行ったけれど、さほど面白いところとは思わなかったのだ。「まだ鴨川《かもがわ》の水族館のほうが面白いですよ」

中川綾子は、自分は甲府の動物園が好きだった、と言った。まだ両親が離婚する前、父親に三回連れて行ってもらったという。

彼女のその話の中で印象に残ったのは、彼女が亀《かめ》が好きだと言ったことだった。

「アルダブラゾウガメが好きだったな。もの静かなお爺さんみたいで。一メートルぐらいあるの。知ってる？　アルダブラゾウガメ」

少しだけ中川綾子の言葉づかいが、打ち解けてきたのを感じた。

「いや。たぶん見たことないですね。怪獣のガメラのモデルになったたっていうやつかな」

「違う」

中川綾子は笑って、弘志に軽くしなだれかかってきた。彼女の頰が弘志の左の肩に触れた。弘志が驚いた瞬間、彼女は身体《からだ》をすっと離した。彼女自身も、思わず無意識にしてしまっていたのだろう。なれなれしすぎると、すぐに気づいたのだ。それだけのことだ。それ以上の意味はないと、弘志は自分に言い聞かせた。

「ごめんなさい」と、中川綾子が弘志を見ずに言った。「酔っぱらったのかも」

「そろそろ出ましょうか？」

彼女が時計を見た。

「時間、気になります？」

「ん？」彼女が弘志を見つめてきた。「ううん、そういう意味じゃないの」

「時間、まだ気にならないなら、家飲みしますか？」

たぶん自分は近いうちにそれを言うだろうと予想していた言葉が出た。避ける理由がひとつも見つからなかったのだ。彼女が年上であることも、離婚歴があることも、貧しくてつい最近までネットカフェで寝泊まりしていたことも、弘志がそう口にする障害にはならなかった。ただ、それがほんとうに適切なタイミングだったかどうかは、言ったときも自信はなかった。

中川綾子はそのとき弘志を見つめ、かすかにためらいを見せたあとに、小さく答えたのだった。

「本気なの？」

それから自分たちは、弘志の住む会社借り上げのアパートに向かった。ＪＲ新杉田駅で降りてアパートに向かう途中、コンビニに寄り、発泡酒やらつまみやらを買った。部屋に着いたのは、もう十一時に近い時刻だった。中川綾子は、けっきょく朝まで泊まっていった。

その夜の中川綾子の様子は、居酒屋にいたときと変わらず少し疲れているようだった。ときおりは不機嫌そうな表情にもなった。不機嫌が言い過ぎなら、何か胸に心配ごとでもあるような顔だ。眠りにつくまで、自分を解放しきったようには見えなかった。ずっとつつましかったし、遠慮がちだった。でも弘志には、むしろその様子が好ましいものに感じられた。逆の様子の中川綾子を想像するのは難しかった。

真夜中に弘志は、中川綾子の声で目を覚ました。首だけ彼女に向けると、眠っている。寝言を言ったようだ。部屋の照明は消えていたが、その顔が少し苦しげに歪《ゆが》んでいるのがわかった。

寝言はひとことだ。おばあちゃん、と言ったように聞こえた。いくらか切迫した、不安そうな声。悪い夢でも見て、祖母に呼びかけたのだろうか。

見つめていると、やがて彼女は弘志の胸に手を伸ばし、頭を触れさせてきた。目覚めてはいない。ほとんど無意識のようにだ。すぐに小さく落ち着いた寝息が聞こえてきた。弘志は顔をもとに戻し目をつぶった。

朝、目覚めたとき、自分の胸もとに中川綾子の頭があった。その寝顔からは、深夜のような心配ごとの翳《かげ》は消えていた。あのあと、いやなことは胸の奥深くに封印し、安心しきって眠っていたように見えた。あらためて弘志は、彼女との関係を、生みたての卵を扱うように大事にしていきたいと思ったのだった。

目覚めると中川綾子はひとりでコンビニまで買い物に行き、帰ってくるとコンロがひとつだけの小さな台所で朝食を作ってくれた。コンビーフとキャベツの炒《いた》めもの、レタスのサラダ、インスタントのコーンポタージュ、それにロールパン。

床に置いた雑誌の上にその朝食を並べ、差し向かいで食べることがうれしかった。

「料理は得意じゃないの」と中川綾子は弁解するように言った。「母からろくに教えてもらえなかった。前の旦那《だんな》さんにも、悪いことをしたと思っている。いまからでも学校に行って、習いたいぐらい」

「家庭料理を？」と弘志は訊《き》いた。

「ううん。調理師として働けたらいいなと思って。とにかく仕事につながる資格が欲しいの。そういう職場で働けたら、たぶん家庭料理もそのうち上手になるでしょう」

午前十時過ぎ、昼に用事があるという中川綾子を京浜急行の杉田駅まで送り、二週間後にまた関内で会う約束をした。たぶん彼女はその日も泊まっていってくれるだろう、と弘志は期待した。そしてその通りとなった。三年前の春のことだ。

裁判が始まったら、と弘志は思いついた。傍聴してみようか。法廷には入ったことはないが、傍聴は誰でもできるのだろう。だから傍聴券を求めてひとが列を作る。自分も傍聴する資格はあるはずだ。

ニュース映像などを思い出しても、裁判はせいぜいが学校の教室程度の広さの部屋で行われるようだ。つまり、山本美紀の顔を自分はごく間近に見ることができる。もしかしたら、視線を合わせることさえ可能かもしれない。

そのとき、目で訊くことはできないだろうか。ほんとうに、そんなことをしたのですか、と。

それに、もし裁判で彼女に有罪判決が下れば、長いこと彼女の顔を見ることはかなわなくなるのだ。自分は身内でもないから、刑務所で面会することもできなくなるのではないか？　つまり、弘志にとって裁判は、生身の山本美紀と接する唯一《ゆいいつ》の機会になるかもしれないのだ。

裁判を傍聴する。

いい思いつきだ。自分たちの関係がいまからどうにかなるわけでもないが、自分が三年以上も抱えてきたわだかまりに、いちおうの区切りがつくかもしれない。あの五カ月あまりの自分たちの関係が何であったか、明瞭《めいりょう》になるかもしれなかった。

傍聴する、と弘志は決めた。石本に答えてからわかったが、自分には貸しがあった。東京湾フェリーでの約束をすっぽかされた貸し。どうして来なかったんですか、と問う権利も。そしてその答えも、一度短く目を合わせることができるなら、瞬間に理解できる。言葉はいらない。一瞬のアイ・コンタクトでいい。

自分はこの裁判を傍聴する。公判が始まったら、たとえ一回だけでも、絶対に。裁判を傍聴するにはどうしたらよいのか、これから少しずつ調べてみよう。もしかすると、仕事をしばらく休むことになるのかもしれないが。


矢田部完は、目の前のアクリル板の向こう側にいる山本美紀を見た。

きょうも彼女はグレーのスウェットの上下という姿だった。矢田部をまっすぐに見つめてくる。接見を重ねるにつれ少しずつ自分を信頼してくれている様子はあったが、先日また矢田部が失望する出来事があった。そのことで、自分の表情はいくらか険しいかもしれない。山本美紀は敏感にそれを感じ取っている。微笑を見せていない。

東京地方検察庁は、一昨日山本美紀を強盗殺人の罪状で東京地方裁判所に起訴した。ただし彼女はまだ小菅《こすげ》の東京拘置所に移監されているわけではない。そのまま代用監獄である警視庁西が丘分室に収監されている。東京拘置所に移るのは、早くても二週間ぐらい後になるだろう。いま矢田部と山本美紀が向かい合っているのは、起訴前までと同様、西が丘分室の接見室なのだ。矢田部自身が接見に来たのは二日ぶりだ。

強盗殺人事件であるから、捜査段階から国選弁護人はふたりついていた。矢田部は最初の接見のときに、サブの弁護士として同じ事務所の女性弁護士、倉本明子《くらもとあきこ》を推薦し、自分が主任弁護士となることで山本美紀の了解をもらっている。送検されてからは、倉本明子が接見に来た回数のほうが多かった。倉本は今年三十一歳。山本美紀とほぼ同年代の若手弁護士だった。きょうは、矢田部がひとりで接見に来ている。

矢田部はあいさつしてから言った。

「何度かお話ししてきましたが、これから公判が始まるまで、どんなに早くても六カ月、もしかすると、一年はあるかと思います。このあいだに、わたしたちは公判の準備を進めていきます。もう赤羽の事件で取り調べを受けることはありません。ただし、別件での取り調べはあるかもしれません」

山本美紀は黙ったままだ。うなずきもしない。別件、という言葉に、反応したのかもしれなかった。

矢田部はさらに説明した。

「東京拘置所へ移ってしまえば、もう別件での逮捕、取り調べはないと考えられるのですが、いまはまだ検察の出方が読めません。移監が決まるまでは、ほかの件での逮捕も覚悟しておいたほうがいいかもしれません」

矢田部が想定しているのは、大宮の事件か、詐欺《さぎ》のような事案の再捜査だった。

矢田部は訊いた。

「先日のお話では、馬場さんが、中川綾子という女性から紹介されて、あなたに電話してきた、とのことでしたね」

山本美紀がうなずいた。

「これまでの報道では、あなたがその名前を使っていた、と伝えているものがあります。これは事実ですか？」

山本美紀が訊いた。

「それはわたしのことだという報道なのですか？」

矢田部は山本美紀が何を訊いたのかわからなかった。中川綾子という名前を使ったのは自分ではないと言ったのだろうか？

「どういう意味です？」

「いえ、いいです」

矢田部は続けた。

「昨日、あるワイドショーの録画を観たら、あなたが中川綾子という名前で、かつて詐欺を働いていたというのです。そう証言している女性が出ていました。時期はわかりませんが、あなたが話してくれていない時期、家事代行の会社に勤める前のことのようです。どうだったのでしょう？」

「以前、中川綾子という名前を使っていたことはあります」

「馬場さんが知っていたという中川綾子さんの名を騙《かた》った、ということですか？」

「いえ、騙ったというつもりはありません。思いついた名を、つい使ってしまったんです。わたしは一時期、本名を名乗ることに用心していたことがあります」

とにかくそれを認めてくれた。矢田部は少し安堵《あんど》して質問を続けた。

「キャバクラに勤めていたというのは、ほんとうですか？」

「ええ。ほんの三週間ぐらいですけれど、池袋のお店で働いたことがあります」

「それだけ？」

「ええ。わたしには向いていない仕事でした」

「中川綾子という名前を使っていたのは、そのときですか？」

「いえ。キャバクラで働いたときは、源氏名にアヤという名前を使いましたが、中川綾子という名前は使っていません」

「どういったところで、中川綾子という名前を使っていたんです？」

矢田部は、自分の口調が取り調べの捜査員か検察官のものになったことを意識した。

まずい。

矢田部は自分に言い聞かせた。自分は被疑者の罪を暴く立場ではない。彼女が誠実ではないことに多少腹が立ったにしてもだ。この口調で続けてはならない。

山本美紀が答えた。

「以前、とても困っていたころ、寝るところもなかったころのことです」

山本美紀の口調も、これまで三週間あまり矢田部と話してきたときのものではなかった。尋問に答えている、と聞こえる。彼女はいま、また矢田部に対して心を閉ざそうとしている。

これまで行ったり来たりはあったが、少しずつ弁護人と依頼人とのあいだにあるべき信頼関係を築いてきたと思っていたのだが。

矢田部は訊いた。

「それは、他人の身分証明書を使ったということですか？」

「いいえ。身分証明書が必要ないときに、そう名乗っていたというだけです」

「その時期のことで、わたしが知っておいたほうがよいことはありませんか？」

「それは、たとえばどういうことでしょうか？」

「法律に触れるようなことをしたとか」

「言いたくありません」

彼女は、していない、とは否定しなかった。犯罪とまでは言えないにしても、違法かもしれないことをやっていた自覚がある？　それはたぶんこんどの事件には無関係なことだろうが、弁護士にも語らないのだ。暴かれれば彼女が無傷ではすまないことなのだろう、確実に。

ただ、偽名を使うことそれ自体は、違法ではない。芸名や力士の四股名《しこな》だって、戸籍上の名ではないという意味で偽名ということもできるのだ。またそれを日常生活で使っても、とくに問題はない。郵便物を偽名で受け取ることも可能だ。いま山本美紀は、身分証明書が必要のないときに名乗っていた、と答えた。それはつまり、偽名が問題とされない場所で使った、という意味でもある。秘密にしなければならないと彼女が考えているほど、深刻なことではなかったのかもしれない。

矢田部が次の質問を考えていると、山本美紀が逆に訊いた。

「そのことは、裁判では問題になるのでしょうか。馬場さんの事件のこととは、全然無関係だと思うのですが」

矢田部は答えた。

「もし検察がそのことを犯行の立証に持ち出してきた場合は、本件には関係がないと異議を申し立てます。でも、あなたの過去についての質問すべてを封じることができるわけではありません。検察は、あなたのその、いわゆるキャラクターの証明に必要だと主張するかもしれない」常習性、という語を使うことは避けた。「その場合裁判員には、あなたが悪女として印象づけられるおそれがあるんです」

「だったら、先生にお話ししても、同じことだと思います」

「あらかじめ知っていれば、その質問の効果を減らす手立てができるかもしれません」

「できる、と断言はできないのですね？」

一瞬ためらってから、矢田部はうなずいた。

「ええ」

このあと公判前整理手続では、検察が証明予定事実記載書を提出し、どんな証拠を公判で提出するかも明らかにする。どんな証人を想定しているかもわかる。検察側が公判をどう進めようとしているかのシナリオが見えてくる。

これに対して、自分たちは検察側提出の証拠をどう解釈し、証人にはどう反対質問していけばよいか、対策を練ることになる。そのため、弁護側もまた類型証拠の開示請求を行う。だからいまのうちに、知っておかねばならぬことはすべて知っておきたかった。

もうひとつ大事なことがある、とも、矢田部は言いたかった。弁護人と、刑事事件の依頼人とのあいだの信頼の問題だ。自分の過去について率直に、誠実に語ろうとしない相手に対して、弁護人がどれだけ熱意を持って働くことができるだろう？　しかもこの場合、山本美紀が賭《か》けねばならぬものは大きすぎるのだ。負けるわけにはいかない裁判となる。矢田部は全力で彼女の弁護に当たりたいのに。

しかし矢田部は、それを口にするのはこらえた。ここで自分が、あなたをまだ百パーセント信用しているわけではない、と言うことは無意味だ。いや、今後の関係の構築の障害になる。

矢田部が沈黙していると、山本美紀のほうが話題を変えた。

「一年も拘置所にいることになったら、借りている部屋はどうしたらいいんでしょうか？　昨日、倉本弁護士にも話したのですが、先生と相談するということでした」

そのことは聞いていた。山本美紀はいま、一年も拘置所にいることになったら、と言ったが、有罪判決が出た場合は、無期懲役か死刑である。部屋を借り続ける意味はなくなる。その可能性は、決して低いものではなかった。もちろん公判前に保釈請求はするつもりであるし、無罪判決が出ることに賭けるにしても、彼女にはそれまで部屋を借り続けるだけの資力はないはず。引き払うしかない。

それを伝えると、彼女はさらに聞いた。

「家具とか、冷蔵庫とかはどうなるのですか？」

「預かってくれる身寄りの方はいますか？　お祖母《ばあ》さんは施設とのことでしたね？　預かってもらえそうですか？」

「無理です。家は売ってしまっています」

友達の当てもないという。

「衣類とか靴ぐらいなら、事務所でなんとかなりますが、あとのものは一時的にトランクルームに移しましょうか。場所によりますが、月三千円ぐらいで借りられるはずです」

「裁判で無罪になっても、わたしには帰るうちはないんですね？」

「新しく借りることになりますね」

「あの部屋、オートロックで、コンロはふた口あるんです」

やっとのことで手に入れたのだ、と言ったように聞こえた。だから、そこを手放すことはつらいと。

矢田部は言った。

「委任状を書いてもらって、解約の手続きは倉本にやらせましょう。どうしても手元に置いておきたいものはありますか？」

「いま部屋に何が残っているのか、よくわからないんです。いろいろ押収《おうしゅう》されたのだと思いますが」

「あなたが、要らないと言ったもの以外は、返されるはずです」

「居間のテレビの脇《わき》の棚に、写真アルバムが何冊かあります。ペラペラのピンクの表紙の。中学の卒業アルバムも。それだけは、先生のところで預かってもらえますか？」

矢田部はメモした。数日中に、倉本が不動産業者と連絡を取って、引き払う手続きをすませるだろう。荷物の整理にも立ち会う。こんな場合は、女性弁護士がそれをするのがいい。写真アルバムも、押収されていなければ確保できる。

「位牌《いはい》とか、仏壇などはありますか？」

「いえ。死んだ娘の位牌は、父親が持っていってしまいましたし」

「ほかに、大事な思い出の品とかは？」

山本美紀が答えた。

「ありません」

「子供のころの日記とか、お子さんの玩具《おもちゃ》とかも？」

「何もありません」

彼女の表情を確かめ、矢田部はきょうの接見をそこで切り上げることにした。

上野協同法律事務所の会議室で、倉本明子がテレビのリモコンを取り上げながら言った。

「ここまでです。もう一度ご覧になりますか？」

矢田部は、首を振った。

「いや、いい」

倉本明子がレコーダーの電源を切った。

「やり放題ですね。大宮の事件のときから、叩《たた》くだけ叩いてやれっていう悪意が全開です。ここと」倉本明子はもうひとつのテレビ局のワイドショーのタイトルを挙げた。

「……が、嫌ったらしさでは双璧《そうへき》と言うか、極端です」

矢田部は倉本明子に目を向けた。彼女はつい先日、大学時代の同級生と結婚したばかりだ。ふだんは温和だが、いったん理不尽なものと向かい合うと、試合中の格闘技の選手のような雰囲気となる。

その倉本明子は、許せませんよねという目を矢田部に向けていた。

矢田部は言った。

「ひどすぎるな。山本さんと相談して、この番組を名誉毀損で訴えてもいいかもしれない」

「公判が始まる前に止めないと。このままでは、山本さんにでたらめな毒婦イメージがついてしまいます」

「対応を考える」

「矢田部さんが名誉毀損訴訟を起こすとなったら、テレビ局には効くと思います」

どうだろうか。矢田部はたしかに、自分の依頼人についての報道でこの三年のあいだに四件、週刊誌とテレビ局を相手に名誉毀損の訴えを起こし、そのうち三件で勝訴していた。

だから、この業界、というか東京の司法関係者のあいだで、こういう事件では矢田部はうるさい、と語られていることは承知している。山本美紀の件でも訴えを起こせば、またヤダカンが始めたよ、と陰口を叩かれることになるだろう。

「よし」と矢田部は話題を変えた。「整理手続でこちらが要求する類型証拠、リストはできていたかい？」

公判前整理手続はまだ始まっていないが、すでに矢田部は準備にかかっていたのだ。

「まとめておきました」

倉本明子が、一枚のプリントを矢田部に渡してきた。矢田部はそれに目を落とした。

そこには、まず一と番号が振られ、その右に「捜査報告書」とある。ついで、二、一一〇番通報受理状況報告書、三、一一〇番通報内容に関する捜査報告書、四、通報者の供述調書と、警察が作成していると想像できる報告書や文書の類《たぐい》が列記されている。その数は、五十以上だ。検視調書や司法解剖一応報告書、司法解剖に関する鑑定書、防犯ビデオテープの入手報告書や、固定電話、携帯電話の解析報告書なども含まれていた。戸籍やそれの附票もだ。

最後まで目を通してから、矢田部は言った。

「被害者のノートパソコンのデータも解析しているはずだ。加えよう」

「閲覧履歴の、ですか?」

「いや、起動、シャットダウンの記録を含めて分析結果全般だ。検察が状況証拠だけでこれだけ強気なのは、司法解剖で出てきた死亡推定時刻をもっと狭めているからではないかと思う」

倉本明子が首を傾けた。もっと説明してくださいという表情だ。

矢田部は言った。

「山本さんが馬場幸太郎さん宅を訪ねたのは、午後の四時直前。このあと五時過ぎにも起動のデータが残っていれば、山本さんの犯行は成立しない」

「ふつうに考えれば、朝に起動するような気がします」

「それがもし朝九時だとしても、山本さんの訪問まで七時間ある。真犯人の犯行は十分に可能だ。もし最後の起動が昼過ぎなら、こっちにはやや不利になるのは確かなんだが」

「検察も、これを当然出してきますね」

「たぶん。パソコンの分析結果から、被害者の生活サイクルもわかるかもしれないし」

「リストに加えておきます」

「山本さんの銀行の入出金記録も。馬場さんのは、やはり検察が出してくるだろうから」

「加えます」

「うん」

矢田部は手元のペットボトルから水をひと口飲むと、もう一度倉本明子が作成したリストに目を落とした。

4

「始めます」と裁判官の鹿島《かしま》が言った。

東京地方裁判所の入った合同庁舎の十階にある会議室である。この日、検察が強盗殺人罪で山本美紀を起訴した裁判の、公判前整理手続が行われる。手続きは、打ち合わせ期日と公判前整理手続期日と、二種類ある。後者では被告の出頭が通常であるが、打ち合わせ期日には被告人は出頭する必要はない。地裁の会議室で行われることが多い。きょうは、打ち合わせ期日の一回目である。起訴からちょうど一週間後だった。

矢田部はテーブルの上の書類を揃《そろ》え直すと、背を伸ばして判事を見た。矢田部の席の右には倉本明子がいて、書類ホルダーを広げている。

広いテーブルの反対側には、検察官がふたり着席していた。ふたりとも顔を知っている。担当の東京地検公判部二室の主任検事は、奥野《おくの》豪《たけし》という男だ。矢田部はいましがた部屋に入ってきてそれを知った。彼の部下にあたる堀真奈美《ほりまなみ》もその左隣りにいた。

テーブルの左手には、東京地裁刑事第十五部の三人の判事と、地裁の書記官がいる。

三人の判事の真ん中に着席している鹿島恒彦《つねひこ》が、この事件では裁判長を務める。公判が始まれば、その左右の判事が陪席裁判官として鹿島を補佐するのだ。

鹿島が、いったん出席者全員を見渡してから、矢田部に訊いた。

「弁護人の主張はどのようなものになるか、差し支えのない範囲で聞かせてもらえますか?」

矢田部は答えた。

「被告は起訴状にある強盗殺人を犯していない、と主張します」

被告が否認している事件である。弁護人も当然それを主張して争う。

「無罪と主張するということですね」

「ええ」

「犯人性を争うと?」

「そのとおりです」

テーブルの向かい側で、奥野がかすかに口元をゆるめたように見えた。

鹿島が、奥野に顔を向けて言った。

「それでは、検察官のほうに伺いますが、証明予定事実記載書と証拠調べ請求書をどれくらいで用意できますか?」

奥野が短く答えた。

「一週間後に」

通常の手続きの進め方もこのようなものだが、矢田部には奥野が、こんな事件、シンプルで明快です、とでも言ったように聞こえた。

矢田部はこの奥野と、同じ法廷で対決したことが三回あった。殺人の否認事件では無罪判決が出たが、脅迫と現住建造物等放火事件では、執行猶予《ゆうよ》判決だった。もうひとつの殺人の否認事件では、検察側の主張がほぼ認められて実刑判決となった。これを、一勝一敗一引き分けとカウントすることもできる。しかし奥野自身は、自分の二敗と意識しているかもしれない。

高校時代、奥野は空手部にいたと聞いたことがある。それは事実だろうと思えるだけ、公判での口ぶり、態度は自信に満ちており、ときに攻撃的だった。歳《とし》はたしか矢田部よりも六、七歳若い。検事には珍しく、短めの髪をワックスで立てていた。

鹿島が奥野に確認した。

「来週月曜日には提出できるんですね?」

「ええ」

「では一週間後の来週月曜日に、検察官の証明予定事実記載書を提出してもらうということでいいですか。証拠調べ請求書も同じ日に」

「はい」

鹿島がこんどは矢田部に顔を向けてきた。

「弁護人はその予定でいかがですか？」

矢田部は、鹿島とは二度、刑事事件で顔を合わせていた。温厚な判事で、メガネをかけており、額が広い。子供のころから秀才で通ってきたのだろうと想像できる風貌《ふうぼう》だが、けっして謹厳過ぎるということはない。意外に俗な世情にも通じている判事だ。

矢田部は同意した。

「異議ありません」

「では、来週月曜日と指定します」

矢田部の隣りで、倉本明子が手帳にこの予定を素早く書き込んだ。

鹿島が言った。

「来週月曜日、検察から証明予定事実記載書と証拠調べ請求書を受け取ったあと、類型証拠開示請求まではどのくらいの時間が必要ですか？」

矢田部は手帳を見ながら答えた。

「できるだけ早く、とは思っていますが、謄写《とうしゃ》が上がるまで、その週いっぱいはかかるかと思います。手元に来るのが金曜日の夕方でしょう」

矢田部は言葉を切って考えた。そこから読み込むのに、二週間はみておかねばならない。

「検察とは完全に主張が対立する事件です。謄写を受け取って、二週間後では？」

「では」と鹿島。「その前日の木曜日を類型証拠開示請求の期限とし、その翌日、金曜を第二回打ち合わせ期日とするのは？」

矢田部は横の倉本明子を見た。彼女はうなずいてきた。それで大丈夫ということだ。

「かまいません」

「予定主張記載書面と証拠意見書の提出はいつごろになります？」

「まだ見当もつきません。類型証拠の開示を受ければ、おおよそのところがわかると思いますが。それからお答えするのではいかがでしょうか」

「いいでしょう。では次回の打ち合わせ期日は、十二月十六日と指定します」

鹿島が立ち上がったので、矢田部たちもならった。奥野と目が合った。彼はまた、かすかに口もとをゆるめたように見えた。そんなに強気でよいのか、とでも思っているのかもしれない。

同じ言葉をあんたに返したい、と矢田部は思った。

さいたま地検の志田隆也検事の判断こそが妥当だ。あの大宮の事件でも、山本美紀は一貫して否認したし、埼玉県警はそれを覆《くつがえ》すだけの直接証拠を揃えることができなかった。

そもそもいったんは嘱託医が、事件性なしと判断した事案である。それはほんとうに他殺だったのかということすら疑わしい事案だった。

志田はマスコミの雑音報道など黙殺し、警視庁の捜査の進展を当てにすることもなく、あの時点で処分保留、山本美紀釈放を決めた。矢田部にとって、それは敬服に値する、冷徹で手堅い判断だった。

ひるがえって東京地検のほうは、と矢田部は思った。捜査担当検事は、たぶん功を焦《あせ》った。あるいはマスコミの報道のような外部からのノイズに惑わされた。証拠の精査がどこかでおろそかになったのだ。

いや、と矢田部は思い直した。目の前の奥野豪が、微笑したのだ。それなりに状況証拠は揃っていると考えるべきか。裁判官と裁判員六人を説得できるだけの証拠は挙がったと、彼は確信しているのか？　負けるはずはないと。

その根拠が確かなものかどうかは、証明予定事実記載書に目を通せばおおよそわかるのだが。

しかしこの裁判はいろいろな意味で熱いものになるだろうと、矢田部は覚悟した。受けて立つしかない。

判事の鹿島が、矢田部に訊いた。

「弁護人のほうで、証明予定事実記載書に対して意見はありますか？」

第二回の打ち合わせ期日である。東京地裁の同じ会議室だった。出席している者も、第一回とまったく同じである。

「はい」

検察側が裁判所に提出する証明予定事実記載書は、この事件の検察側の主張を物語式に叙述していた。奥野が書いたものだ。これを証明するために用いる証拠は、縦線で区切られた書面の右側部分に、叙述と対応するように示してあった。甲の何号、というように番号が振ってある。

矢田部は鹿島と奥野を交互に見ながら言った。

「類型証拠開示請求書は昨日提出しておりますが、きょう伺っておきたいと思います。証明予定事実記載書には、死体発見者の事情聴取のときの供述調書が含まれていませんでしたが、何か理由でも？」

奥野が答えた。

「通報から五分後には赤羽署の警察官が駆けつけ、さらにその三十分後には警視庁から検視官が到着しています。検視官の報告書の内容とかなり重なると思えましたので、ここでは不必要かと」

「発見者ふたりは、被害者の身内でもないのに、屋内の死体を発見しています。発見の事情について知るために、その供述調書は不可欠です」

「一一〇番通報の報告書と、現場に到着した警察官の報告書では不十分ですか？」

「現場の状況に関する証拠の、その説明力を明らかにするためにも必要なのでは？」

鹿島が矢田部を見て訊いた。

「昨日の請求に入っていますね？」

「はい」

奥野もうなずいた。

開示される。

もちろん、証拠としての採用に同意するかどうかは、中身を読んでからの判断になる。それはほかのすべての報告書、供述調書などについても言えることであるが。同意しなかった場合、供述した本人や捜査報告書を書いた捜査官が法廷に証人として呼ばれることになる。裁判員裁判では、当事者に生の声で語ってもらうほうが理解してもらいやすい。

矢田部はまた書面に視線を落として言った。

「証明予定では、被害者のノートパソコンに触れていますが、これの分析もしているのですよね？」

奥野が訊いた。

「ネットの閲覧履歴ということですか？」

「分析、解析の記録すべてです」

「あります」

「開示請求には、それも含まれていますので」

「出します」

さらに証明予定事実記載書を読んでいて、気になる部分を見つけた。ひとつは、被告の犯行前後の足どりを証明するという防犯カメラの映像だ。三点挙げられている。まず当日午後三時三十五分のＪＲ赤羽駅東口改札のもの。これは山本美紀が赤羽に着いた時刻を証明するものだ。同じく赤羽駅東口改札の午後五時八分のもので、赤羽を離れるときだという。山本美紀が馬場幸太郎からの電話を待って、一時間ぐらい赤羽にいたと言っている事実を証明するものだろう。

検察はさらに、東口にあるコンビニの午後四時五十七分の映像を証拠として挙げている。この映像で、犯行に使ったとされる革ベルトを捨てたことを証明するという。おそらく店舗の外のゴミ箱に、山本美紀が何かを捨てているような映像があるのだろう。しかし明瞭に革ベルトとわかるものが映っているとは思えなかった。何やらゴミらしきものを捨てている、と解釈できる姿が映っているだけだろう。

問題は、山本美紀が被害者宅を離れたとされる午後四時から、およそ五十七分間の映像が含まれていないことだ。この三点の防犯カメラの記録では、山本美紀がいったいどのくらいの時間現場に留まり、いつ離れたかがわからない。

矢田部は奥野にその点を訊いた。

「現場から赤羽駅へ移動した際の途中の映像が含まれていませんでした。何か理由はあるのですか？」

「被告と明瞭に特定できる映像がない、というだけです」

「現場の住宅街はともかく、北本通りから赤羽駅まで、途中にも防犯カメラはありましたよね？」

「当然ありました。押さえています。ただ、被告を特定できる映像がなかったということです。ほかの通行人の陰になっていたのかもしれないんですが」

「防犯カメラの映像がこの三点だけだと、まるで被告が一時間近く現場にいたように受け取られてしまいますが」

「ほかの映像を探さなかったと思いますか？」

どこか矢田部を小馬鹿《こばか》にした口調に聞こえた。それとも、隠してるとでも言うのか、と居直ったたか。

鹿島があいだに入って、奥野に確認した。

「防犯カメラの映像自体はあるのですね？」

「あります」と奥野が答えた。

矢田部は言った。

「それなら、開示もよろしく」

「ほかには、何かありますか？」と鹿島。

気になる点は、まだ二点あった。ひとつは、山本美紀がカネに困っていた、という動機を証明する証拠だとするものだ。

検察は供述調書を用意している。山本美紀と知り合ってカネを渡した男性の言い分だという。

しかしこれは、いわゆる「悪性格の立証」にあたる、許されない立証となる。高齢男性に近づいてはさまざまな理由で高額のカネを受け取ることを繰り返していた、とワイドショーは繰り返し伝えていたが、そこで作られた山本美紀の「毒婦」イメージを裏付けるようなものになる。

これらに関しては、正式に証拠意見を言うときに、「悪性格立証だから許されない」と主張すれば十分だろう。

しかし、どんな供述かは知っておきたかった。陳述したのは、川崎市在住の松下和洋《まつしたかずひろ》という男性だ。

ワイドショーが取り上げていた人物なのだろう。おそらく山本美紀が中川綾子という偽名を使って生きていた時代の事案だ。その男性の供述調書には、山本美紀が頑として矢田部には語らない過去が記されていることになる。たとえ一方的な見方によるものだとしてもだ。

ただし、その男性は自分が詐欺に遭ったと被害届を出しているわけではなかった。警察は当然被害届を出すように勧めたはずだが、立件できるものではなかったと考えていいだろう。つまりその中身は、必ずしも山本美紀にとって決定的なダメージとはならないものかもしれない。

矢田部はその供述調書については、とりあえず黙ったままでいることにした。

もうひとつは、落合千春という、無店舗型性風俗業の女性の証人申請だ。彼女は九月二十九日の夕方に呼ばれ、被害者宅を訪ねた後、午後七時前には赤羽南口の業者の従業員待機室に戻っている。死亡推定時刻を区切る証拠として、必要だということだろう。弁護人側としては、彼女から得たい情報があるか、いまのところ思いつかなかった。となれば不同意だ。

矢田部は言った。採用されることを半分覚悟で。

「本件には無関係な証人と思います。裁判員の混乱を懸念《けねん》します。出廷させる必要はないのでは」

すかさず奥野が言った。

「死亡推定時刻を狭め区切るためには、どうしても必要な証人です」

鹿島が言った。

「留保とします。ほかには？」

矢田部は、隣りの倉本明子に目を向けた。

彼女はうなずいてきた。見落としはないということだ。とりあえず証拠が開示されるのを待っていいだろう。開示されたら、公判までにそれらを読み込み、反論のシナリオを練っていくのだ。

その川崎の男性の供述については、接見で山本美紀に関係の詳細を訊《き》くことになる。検察がその調書を出してくる以上は、彼女ももう沈黙している意味はない。

「では」と、鹿島が言った。「次回の打ち合わせ期日を決めましょう」

矢田部と倉本は、カレンダーを見ながら、今後の予定を素早く組み立てた。

昨日、類型証拠の開示請求をしているので、それが開示されて謄写の手配が行われるのは、来週木曜日となるだろう。謄写が上がってくるのがいつになるかは、検察官に問い合わせることになる。おそらく年末ぎりぎりだ。

年末年始の休みをはさむことになるが、この証拠を検討するのに年明けから一週間。つまり来月十一日ごろが、第三回の打ち合わせ期日だと都合がいい。

それを言うと、奥野豪も同意した。次回の打ち合わせ期日は、一月十一日、この会議室で同じ時刻からと決まった。

接見室に現れた山本美紀は、少し顔がふっくらしているように見えた。運動不足でむくんでいるのかもしれない。顔色はさほど悪くはないので、体調を崩したせいではないと思うが。

矢田部がそれを訊くと、彼女は答えた。

「なんでもありません。とくに不調でもないです」

苛立《いらだ》ちを感じさせる声だった。最初の逮捕から数えると、拘禁状態はもう三カ月になる。すんなり慣れることのできる事態ではないのだし、精神にかかるストレスは一般人の想像を超えたものがあるはずだ。繊細な人間なら、もう何かしら身体《からだ》に不調が出ていてもおかしくはない。そのストレスが、ときとして弁護人に向かうのはよくあることだった。

矢田部は穏やかに言った。

「昨日、公判前の打ち合わせの二回目でした。検察側は、あなたが過去にカネを受け取った男性の供述調書を証拠として挙げています。中身は来週手元に来るので読んでいないのですが、そのことに記憶はありますか？」

「誰でしょう?」

矢田部は、背中がかすかにひんやりしたのを感じた。思い当たることがいくつもあるのか?

それとも、思い当たることはない、という意味の言葉なのか?

矢田部はノートを開いて、その名を読んだ。

「川崎の松下和洋さん。おひとり暮らしをされていたひとです。あなたと接触があったのは、四年ぐらい前のことのようです」

山本美紀は矢田部から視線をそらし、目を伏せた。

矢田部は言った。

「検察は動機を明らかにするために、証拠としてこのひとの供述調書を採用したいと言っています。でも、これは被告の性格を決めつけるものですので、ふつう裁判では許されません。当然それを主張しますが、判事は動機を知るために必要だと判断するかもしれません。証拠とすることに不同意とした場合、証人としてこの人物が出てくることになります。そうなれば、検察の主尋問で、あなたが隠していることについても、あからさまになってしまう。そうなることがわかった以上、いま話してもらえませんか。対策を練ることができますから」

山本美紀は、目を伏せたままだ。口元が小さく痙攣《けいれん》したようにも見えた。葛藤《かっとう》している。松下和洋という具体的な名が出たことで、隠しきれないと感じているのかもしれない。

もうひと押しすべきだ。

「話してください」という言葉を、矢田部はしまいまで言うことができなかった。

ほとんど同時に、山本美紀も顔を上げて言ったのだ。

「お話しします」

山本美紀は、いったん唇をきつく結んでから話し始めた。

それを聴き終えるまでの時間は、およそ二十分ほどだった。

矢田部は聴いているあいだ、メモを取ったりはしなかった。ときおり訊き返す程度で、あとは山本美紀が語るのを黙って聴いていた。途中から彼女は鼻声になり、目には涙をあふれさせた。声はしばしば途切れ途切れになった。

聴き終えたとき、彼女はもうたぶん、隠していることはない、と矢田部は感じた。少なくとも、多少の省略はあったとしても、粉飾はなかったろう。この告白は、真実だ。

「松下さんとは、こういうことでした」と山本美紀が話をしめくくったとき、矢田部は彼女の顔から、これまでのこわばりが消えていることに気づいた。憑《つ》き物が落ちたような、という言葉を矢田部は思い出した。刑事事件の被疑者や刑事被告人となったひとの中には、苦しい告白をしたあとにこのような顔になる者がないではない。でもこれほど大きく、顔が告白前と一変した被告人を見るのは、久しぶりだった。

涙をぬぐい続ける山本美紀に、矢田部は言った。

「それをとがめることのできるひとは、世の中にいません。あなたは自分自身を責めすぎていた。話していただいてよかった」

矢田部は次の打ち合わせのことを思った。この松下和洋の供述調書を証拠とすることに同意するかどうか、少し考える必要がある。少なくとも、絶対に証拠採用を拒む、という方針で臨む必要はなくなったかもしれなかった。

年末二十八日、御用納めの日に、矢田部は検察側が開示した類型証拠のコピー一式を受け取った。矢田部はすぐに事務所に戻って、まず松下和洋という男性の供述調書を読んだ。

読んで、矢田部は安堵《あんど》した。動機の証明、と打ち合わせでは説明しつつ、同時に奥野豪がこの供述調書を山本美紀の「悪性格の立証」に使おうとしたのは明らかだった。ひとり暮らしの高齢男性に近づいては、さまざまな名目でカネを出させていた女、山本美紀。

馬場幸太郎との関係も、それが目的だった、と裁判員に推認させたいのだ。しかし、今度ばかりは山本美紀の色仕掛けも通用せず、カネをなかなか引き出すことはできなかった、焦った山本美紀は、強引にカネを奪うしかなかった……。そう考えさせる証拠が、この供述であると。

　しかし、供述の中で、松下和洋という男性は最後まで自分は詐欺《さぎ》に遭ったのだとは認めていない。山本美紀と親しくなったことはそのとおりだが、カネはあくまでも自分の好意からのものだ、と語っている。

　もちろん社会的立場のある男性は、自分が詐欺にかかったという事実をなかなか認めたがらない。体裁が悪い、と自分が女に大金をむしられた事実を受け入れないことも、ままあるのだ。だから奥野は、証人質問で裁判員たちにそれは詐欺被害だったという印象を与えようと努めてくるだろう。

　この供述調書の中で、松下和洋が山本美紀に渡したと言っているのは百五十万円だ。たしかに大金であり、その事実だけを強調されれば、裁判員の心証は悪くなる。しかし、詐欺だとは思っていない、という松下の言い分は、検察側のシナリオを崩壊させる要素かもしれなかった。その出費には、何かしらの合理的な理由があるのかもしれない。捜査員に対しては、それをすっかり明かしていないが。

　松下を証人として出させるか。奥野はしばしば鋭く被告や証人を問い詰めがちだ。彼が図に乗りすぎたとき、証拠の意味は反転する可能性がある。もちろん自分の反対尋問の技術にもかかってくることではあるが。ここはひとつ、「悪性格の立証」と排除を主張せずに、奥野に使わせてみるべきか。

判断がつかなかった。公判前整理手続期日までに、気持ちを決めておこう。

年が明け、正月気分も消えた十一日、東京地裁で三回目の打ち合わせ期日となった。

この日は、予定主張記載書面と証拠意見書を出せるのはいつかと鹿島に問われた。矢田部は、まだ開示された証拠を検討しきれていないのでもう少し時間が欲しい、と希望するにとどめた。鹿島も奥野も意外そうだった。

鹿島が次の打ち合わせ期日を指定した。そのあと、被告人を出頭させての公判前整理手続期日となる。この手続きは、地裁の法廷で実施される。公判の日程が決まるのは、まだ先のことになるだろう。

新年になって気がつくと、山本美紀をめぐる報道はめっきり減っていた。マスコミは彼女を消費し尽くしたのかもしれない。歓迎すべきことだった。

第一回の公判前整理手続期日は、年明け二月になってからのことだった。

この手続きには、これまでの打ち合わせの出席者である弁護人、検察、裁判官たちのほかに、被告人も同席する。弁護人が証拠の採用について意見を明らかにする。採否については、裁判長の判断である。

山本美紀は、この日、ひっつめの髪でメガネをかけて東京地裁のこの法廷に現れた。グレーのパンツスーツ姿である。パンツスーツは倉本明子が見立てて用意したものだ。公判でも、この姿が基本になるのだろう。彼女の控え目で硬い印象をいっそう強める服装だ。

彼女は、矢田部や倉本たち弁護人が着くテーブルの前のベンチに着いた。女性刑務官が両隣りにいる。矢田部たちと同様、検察側に向かい合う格好である。

法廷左手の一段高い裁判官席に、三人の裁判官たち。裁判官席の下に、書記官たちだった。

矢田部は検察官提出証拠のひとつひとつに同意していった。松下和洋の供述調書まできたところで、矢田部は裁判官たちに顔を向けて言った。

「留保とさせてください」

鹿島が矢田部に訊いた。

「その趣旨はなんでしょうか?」

「動機の立証に当たる事実に限っては争いはありません。ただ、本来的に悪性格の立証につながりかねない証拠であって、問題が多いと考えています」

「検察官の考えは?」と、鹿島は奥野の意見を促した。

奥野が言った。

「けっして悪性格の立証ではなく、あくまで証明予定事実に明らかになっている動機の立証のために必要です。被告人が、公判で松下さんとカネの貸借があった事実を認める保証もありませんから」

　矢田部はすぐに反論した。

「悪性格の立証の意図がなくても、そうつながりかねません。当方としては、検察官が動機の基礎になる事実として証明予定で上げている事実については、被告人質問で顕出する予定でいます。そうなれば、この調書の必要性は乏しいと言ってよいかと考えます」

　鹿島が言った。

「松下さんの供述調書で争いのない部分については、弁護側で同意するのですね」

「はい」

　鹿島はまた奥野に顔を向けた。

「検察官がそれで十分となれば、証人尋問は不要です。かつ、被告人質問で事実関係を認めるならば、松下さんの供述調書も不要という扱いにはなりませんか。裁判所としても、裁判員が悪性格と受け止めることは避けたいのですが」

　奥野が、いくらか不服そうに言った。

「同意される部分を見てから、検討いたしたいと思います」

「それでは」と鹿島。「同意できる部分を検察に提示し、検討いただきます」

　矢田部は言った。

「金銭の授受の件と、その相手が被告人の家事代行業のお客であり、ひとり暮らしのお年寄り男性であることについては、争いません」

　奥野が、矢田部に確認した。

「伝聞性についても、争わないのですね？」

「争いません」

　奥野は、女性検察官の堀真奈美のほうに顔を倒し、何ごとかささやいた。堀も、小声で何か返した。

　裁判長の鹿島が奥野に訊いた。

「検察官は、どうですか？」

　奥野の計算は早かった。彼はもう結論を出した。

「動機の証明には不可欠ですが、証人申請はいたしません。供述調書のみを証拠として申請するのではどうでしょうか？」

　鹿島が言った。

「松下和洋の供述調書の採否は、留保します。被告人質問を聞いた上で判断しましょう」

矢田部は、表情を変えないままに思った。弁護側としては、ギリギリ譲歩できるラインだ。

鹿島が訊いた。

「落合千春の供述調書はどうですか?」

「同意しません」

落合千春が証人として出廷することになる。

「ほかには?」と鹿島。

不同意が二点だけだったので、鹿島は意外に感じているのだろう。

矢田部は上体を倒して、山本美紀の顔を見た。これで手続きは終わるが、何か言いたいことはありますか、と訊いたつもりだった。とくに松下和洋の供述調書を証拠として採用したことについては。

山本美紀は、了承です、という表情でうなずいた。きょうは、彼女は自分の名前を言った以外は、まったく口をきいていない。すべて矢田部たち弁護人に一任だった。

倉本も、矢田部に顔を向けて言った。

「はい」

見落としも主張忘れもないということだ。

矢田部は鹿島に言った。

「以上です」

　翌日の接見で、矢田部は山本美紀に言った。

「証拠の採用については、あれが限度でしたが、松下和洋さんの証人申請を検察が取り下げたことで、山本さんもあまり不安にならずにすむかと思います」

　山本美紀が言った。

「はい。ありがとうございます」

「それでも検察官は、あなたと松下さんとの関係については、供述調書をもとにしてかなり意地悪く訊いてくると思います。くだくだと弁解はしないでください」

「ええ」

「答えにくい質問でも、あっさりと答えてしまいましょう。あとを引かないように」

「はい」

　山本美紀は頭を下げた。

第三章　公判

1

高見沢弘志は、裁判所合同庁舎の正面前庭の外で、そのビルを見上げた。

およそ二十階建てかと見える直方体の高層ビルで、下半分にはろくに窓がない。高い石壁をめぐらしたようだ。上半分の階は、ふつうのオフィスビルのように窓が多かった。門を抜けて前庭に入ると、左手、せりだしの下にひとが大勢集まっている。銀行のATMの前のように、ポールとテープとで行列を整理する順路が作られているのだ。並んでいるひとの数は、およそ百人ぐらいだろうか。大半が若い学生ふうである。

きょう、このビルの中にある東京地方裁判所で、赤羽強盗殺人事件の第一回公判が開かれるのだ。その傍聴券を求めるひとの列である。弘志は地裁の職員と見える男性の指示に従って、列の最後尾についた。

大事件の場合は、日比谷公園に傍聴券の抽選所を作るらしい。数千人の列ができることもあるという。ふつうの市民の傍聴希望者が多いこともあるが、記者席をもたないマスコミが確実に記者を傍聴させるために、アルバイトを雇うからだ、とは、ネットカフェのパソコンで調べて知った。法廷の傍聴席には限りがあり、せいぜい三、四十人程度しか一般市民は傍聴できないようだ。テレビで法廷の様子を見せることもしないという。だから裁判のやりとりを見たければ、傍聴券を手にすることが絶対に必要なのだ。マスコミとしては、記者に審理の様子を取材させるためには、何がなんでも傍聴券を手に入れなければならない。もしかすると、一枚の傍聴券のために、一社で何十人ものアルバイトを雇うのかもしれない。

しかし、きょうの裁判で、傍聴券を求めるひとの数が百人ぐらいというのは意外だった。一時あれほどまでにテレビも週刊誌もスポーツ新聞も取り上げた事件である。動員されるアルバイトの数はもっと多いのかと予想していたのだ。へたをすれば、自分はただの一度も傍聴できず、つまりは山本美紀を身近に見ることもかなわないまま終わることさえ、覚悟していた。

なのに、行列はこの程度だ。すでに山本美紀の逮捕から一年経《た》っている。マスコミも、日本人も、もうこの強盗殺人事件には、というか、首都圏連続不審死事件の被告人には、興味を失《な》くしたのだ。情報をしゃぶり尽くしてしまって飽きたのだ。起訴のニュースがあったころから、テレビからも週刊誌からも、連続不審死事件の話題は潮が引くように少なくなった。最近半年は、そんな報道など見た記憶もなかった。だからきょう傍聴券が当たる確率は三分の一ぐらい。けっして低すぎはしない。期待していい。

十一月六日の朝九時四十分である。

弘志は行列の後方に目をやって、自分がここに来るまでの面倒ごとを思い出した。

「辞めていい！」と、勤め先の社長には怒鳴られたのだ。「正規の社員になりたいって奴《やつ》には不自由してないぞ！　辞めろ、いくらでも休んでろ」

弘志が公判の日程を知ったのは、ひと月ほど前のことだ。寮の近くのネットカフェでときどき調べていたのだが、とうとうその予定が裁判関連のサイトでアップされたのだ。公判初日の日だけがわかったが、たぶん審理は二週間ぐらい続き、結審してから一週間ほどで判決言い渡しではないかとも、サイト上には書かれていた。

弘志は当初、一回だけでも傍聴できればよいと考えていた。一瞬視線を交わすだけなら、それで十分だろうと。しかし、あれだけマスコミが大騒ぎした事件だ。傍聴券を手に入れられるかどうかは、運次第である。一日目が駄目なら二日目にも地裁に行かなければならない。その二日目にも、傍聴券が手に入るかどうかはわからない。駄目なら翌日もまた行ってみるしかなかった。ネット上の情報では、傍聴希望者の数は公判第一回がもっとも多く、被告人質問のある日もまた多くなるらしい。そして最後の判決言い渡しの日。

となると、当初考えていたように、二日休みをもらって傍聴してすぐ仙台に帰ってくるというわけにはいかなくなった。無理をすれば、夜行バスで東京に出て、その日の午後、審理が終わったところで仙台まで帰ってくるという手もあることはあるが。でもまず二日間の休みをもらい、傍聴できるまで、そして山本美紀の目を見つめることができるまで、休みを延長してもらうしかない。

「最悪二週間だって？」と、はじめ社長は瞬《まばた》きして言ったのだった。自分が聞いたことが信じられないかのような顔だった。「その二週間、誰が重機運転すんだよ？ どういう理由なんだ？」

裁判の傍聴をしたいのだ、とは言えなかった。山本美紀という被告人と自分とに関わりがある、と伝えたところで、身内でもあるまいし、と一蹴《いっしゅう》されるか、どういう関わりなのかと根掘り葉掘り訊かれることになるだろう。そして、どちらであれ休みの申請は突っぱねられるように思った。だったら、そのことは黙ったままでいたほうがいい。

「ちょっと言いにくい、プライベートな用事なんです。どう片づくか、いまは見当もつかないんです。早ければ、二日の休みで片づきます。長くなった場合は十四日間なんです」

「ふざけた話だぞ。駄目だ。話にならん」

「絶対に？」

「駄目だ」

「おれ、休まないわけにはいかないんです」

「お前にそんな休みかたされたら、うちの工事はどうなるんだよ？」

「身体が空いたら、そこで飛んで戻ってきますから」

「うちの都合で、この工事、遅らせるわけにはいかないんだ！」

「お願いです」

社長が弘志の目を覗《のぞ》きこんできた。すぐに弘志の決心は固いとわかったようだ。社長は怒鳴りだした。

「辞めていい！　わかった。正規の社員になりたいって奴には不自由してないぞ！　辞めろ、いくらでも休んでろ！」

弘志は社長の目を見つめ返した。彼も本気だ。彼は本気で怒っているし、いまの言葉には何の誇張もない。

「わかりました」弘志は頭を下げた。「辞めさせてもらいます」

「いまどき正社員の仕事放り出して、どうするんだ？　代わりには不自由しないご時世なんだぞ」

「ええ、わかってます」

弘志は頭を下げたまま身体《からだ》の向きを変えて、事務所を出た。ちょうど一カ月前のことだ。

地裁の職員らしいスーツ姿の男が、行列に声をかけている。

「これから整理券を配ります。受け取ったら、当選番号を確かめてください。列の先の方に貼《は》り出します」

行列が動き出した。弘志は黙ったまま列の動きに合わせて前進し、整理券をもらった。六五番だった。

全員に整理券が渡されると、すぐに当選番号が発表された。エントランス脇《わき》のボードに、番号を記した模造紙が貼り出されたのだ。ひとだかりができて、安堵《あんど》の声や落胆の声が聞こえてくる。弘志はその貼り紙の前まで進んだ。

貼り紙の脇で、職員が言っている。

「当選した方は、前に進んで傍聴券をもらってください」

白い模造紙に、番号が三十ほど並んでいる。弘志は六〇番台の番号を探した。

自分の番号は、六〇番台の上からふたつ目にあった。

六五

弘志は整理券を目の前にかざして、照らし合わせた。六五。間違いない。当選している。傍聴券が当たった。

「やった」と思わずもらすと、横にいた無精髭《ひげ》の中年男が、恨めしそうな顔で弘志を見てきた。弘志は整理券を傍聴券と引き換えてもらい、その場を離れた。傍聴券には法廷番号が記されている。四一六号法廷だった。

エントランスでは、手荷物検査が行われていた。空港の検査場のものに似た設備が設置されている。弘志はショルダーバッグを職員に渡し、番号札を受け取った。バッグはベルトコンベアを流れてチェックされる。弘志もひとりが抜けられる大きさの金属探知機のゲートをくぐった。電子音はしなかった。係員が番号札と引き換えにショルダーバッグを渡してくれた。

さほど広くはない庁舎のロビーは、けっこうなひとの数だった。マスコミの記者たちが多いのだろう。その全部が山本美紀の公判の法廷に入るわけではないだろうが、外で待機、という役割の面々もいるのかもしれない。受付のカウンターでは、男女が十人ばかり、書類バインダーに見入っている。事件と法廷番号の案内があるらしい。せっかくなので、弘志は五分ばかり順番を待って書類バインダーを開き、四一六号法廷についての案内を確かめた。

これだ。

「裁判員裁判　強盗殺人　第四一六号法廷」

被告人の名も記されていた。

山本美紀。

受付カウンターの裏手にまわると、長く伸びた廊下があった。両側にそれぞれひとだかりがある。そこにエレベーターがあるようだ。身なりや荷物から、司法関係者ではないかと思われる男女も多かった。検察官とか、弁護士たちだろう。風呂敷《ふろしき》包みを手にした男女もいる。旅行用のキャリーバッグを引いた男女も。カジュアルな服装の男女は、傍聴希望者たちだろうか。

弘志は、少しひとだかりが減ったと見える左手へと進んだ。

エレベーターの扉は通路の両側に向かい合って四基ずつ並んでいる。下層階行きと上層階行きとで区別されていた。下層階行きのエレベーターの扉のひとつが開いたので、弘志はスーツ姿の男たちにまじってその箱に乗り込んだ。

四階でエレベーターを降りて、四一六号法廷を探した。通路の右手に、人がたむろしている。あのあたりだろう。

歩きながら左右を見ていってわかった。法廷は、この中央通路の左右にあるのだ。中央通路から直角に脇の通路が伸びており、その通路に面した壁に、法廷の入り口があるようだ。中央通路と脇の通路とのあいだには、ガラス戸の仕切りがあった。

四一六号法廷に入る仕切りの前に地裁の職員らしき男性がふたりいて、傍聴希望者たちに言っている。

「傍聴券を見せてください。開廷まで、中の通路に列を作ってお並びください」

ガラス戸の間を抜けて脇の通路に入ると、右手手前の壁にドアがある。閉じられているが、その扉の前から通路の奥のほうへ、列ができていた。

ここでも職員が言っている。

「中に、白いカバーのかかった椅子《いす》がありますが、みなさんはそれ以外の席に着席してください。帽子はお取りください」

弘志は通路を奥へと進んだ。真正面はガラス窓だ。外のビルが見えた。列は二十人ばかりで、中にスケッチブックを持った男がふたりいる。あれが、テレビ・ニュースなどによく出てくる法廷内の絵を描くイラストレーターなのだろう。

話題の裁判なのに、みな静かだった。誰も口を開いていない。通路の空気はひんやりとしている。

弘志は通路の奥を見ながら考えた。被告人も、やはりこの通路を使って法廷内に入るのだろうか。だとすると、自分は山本美紀をごくごく間近に見ることになる。彼女が顔を上げてさえいれば、真正面から視線をかわすことにもなるはずだ。ここを通っていってくれたらよいが。

通路を進むと、右手の壁に掲示板があった。この四一六号法廷で開かれる事案についての印刷物が留められている。

事件番号が記してあって、括弧の中に、裁判員裁判とある。

被告人　山本美紀

審理予定　新件

裁判長　鹿島恒彦

そして書記官の名。

その横には、少し詳しい情報。裁判官三人の名と書記官四人の名、それに五人の検察官の名が記された紙が貼られていた。

弘志は、検察官の名を三人、なんとなく頭に入れた。奥野豪、竹谷秀樹《たけやひでき》、堀真奈美だ。弁護人たちの名は記されていない。

列の最後尾に付くと、また地裁の職員が言った。

「まもなく開廷ですが、最初にマスコミの撮影があります。顔が写ってしまうのがいやな方は、撮影がすむまでしばらく外でお待ちください」

誰一人拒む者はなかった。扉が開いて、傍聴人たちは法廷内へと入った。

法廷は、学校の教室をもうひとまわりほど広くしたような部屋だった。天井が高い。真正面、一段高くなった位置に、幅の広いデスクがある。緩く扇型に湾曲しているようだ。デスクの下部にはパネルが張られている。デスクの上には、間隔を空けて四台のパソコンのモニターが立てられていた。そこが裁判官たちの席のようだ。

傍聴席はその裁判官のデスクに向かい合うように並んでいた。前後三列で、一列には五席、四席、五席と椅子が並んでいる。一列目のシートの背もたれには、すべてカバーがかけられていた。そこには、新聞記者たちが着くのだろうか。

弘志は裁判の傍聴はまったく初めてである。どこに着席したらよいのかとまどっているうちに、席は埋まってしまった。空いている席はもういくつもない。弘志はもっとも後ろの列の、中央付近の椅子に腰掛けた。

一段高いデスクと傍聴席とのあいだは、わりあい広めのスペースとなっており、ここにいくつものデスクや椅子、ベンチなどが置かれていた。裁判長の席の真正面にあるデスクは、証言台だろうか。証言台に向かい合っているのは、書記官のデスクだろう。右側、裁判官たちのデスクとは直角に、三人が並んで着ける幅のデスク。ここにもモニターが一台置かれている。その後ろの壁ぎわにはパイプ椅子。

そのちょうど対称になる位置、左側にも同じように三人が着けるデスク。モニター。その後ろにはやはりパイプ椅子だ。

どちらかに検察官が着き、もう一方に弁護人が陣取って向かい合うのだろう。

そのスペースと傍聴席とのあいだは、木製の柵《さく》で仕切られている。柵は腰の高さほどのものだ。証言台と思えるデスクの真後ろ、柵の前にもベンチが置かれていた。

やがて前方の左手、いましがたまで傍聴人たちがいた通路に通じるドアが開いて、三人の男女が入ってきた。男のひとりは小ぶりのトラベルバッグを提げ、あとのふたりは青い風呂敷包みを持っていた。男ふたりは濃紺のスーツ、女性は黒っぽいパンツスーツ姿だ。襟元に何かのバッジ。彼らが検察官か。

最年長と見える男が、右手のデスクの裁判官寄りの席に着いた。歳《とし》は四十代前半だろうか、体格も顔つきも体育会系に見える。短めの髪をワックスで立てていた。

真ん中の席に着いたのは、若手の男性。こちらは細身で、メガネをかけ、前髪を額に垂らしていた。メガネの男性と何か小声で話しながら傍聴席寄りの席に着いたのは三十代らしい女性だ。彼女は、どうやら隣りのメガネの男性よりも地位が上と見える。

弘志の偏見なのだろうが、三人とも国家公務員というよりは、民間企業の社員たちのようだった。とくに体育会系の男は、不動産の営業マンによくいそうなタイプと思えた。弘志が想像していた検察官のイメージとは違っていた。

また左手のドアが開いた。入ってきたのは、やはり女性ひとりを交えた三人だった。三人は法廷中央の左側のデスクに着いた。弁護人たちか。ひとりは四十代後半と見える長身の男。コートを左手にかけ、右手でキャリーバッグを引いている。もうひとりは、三十代なかばぐらいの男で、膨れたブリーフケースを手にしていた。女性は三十歳前後か。長めの髪で、男ものと見えるダレスバッグを持っている。三人とも、黒っぽいスーツ姿という点は、右手についている検察官たちと一緒だった。ただし身ごなしや表情は、検察官たちとは微妙に違っていた。堅苦しくないし、見たところ三人の上下関係もはっきりとしたものではなかった。三人のスーツの胸には、金色のバッジがつけられている。

若手の男性職員が言った。

「ご起立ください」

傍聴人の全員が立った。弘志もならった。

右手奥のドアが開いて、壇上に三人の男女が入ってきた。これが裁判官たちなのだろう。三人とも、法衣というのだろうか、薄手の黒いスモックのような上着をスーツの上に着ている。

三人は正面のデスクに並ぶと、軽く一礼して着席した。周りの傍聴人たちも一礼して椅子に腰を下ろした。弘志もまたならった。

三人のうち真ん中は、メガネをかけたやや年配の男性だった。裁判長だと見当がつく。おそらく鹿島恒彦という判事が彼なのだろう。その左側に、三十代なかばと見える若手の男性。右側には短めの髪の、まだ二十代ではないかと見える女性がいる。左右のこのふたりが、陪席の判事ということのようだ。これもネットで得た知識だが。

裁判長の鹿島が言った。

「最初に、テレビカメラの撮影がありますから」

少しのあいだ、裁判官たちは身動きせず、傍聴人たちも身体を動かしたりはしなかった。

地裁の職員が言った。

「あと五秒です」

やがて傍聴席の後ろで、ひとの靴音が聞こえた。カメラマンたちが、法廷を出ていったようだ。

職員が右手の壁のドアを開けて、外にいる誰かに何か言った。弘志がドアを注視すると、現れたのは山本美紀だった。

弘志は息を呑《の》んだ。四年半ぶりに見る中川綾子。いま知っている名では、山本美紀。顔立ちにはやはり、四年半ぶりの成熟が見える。

髪をひっつめにして、後頭部でまとめていた。額を出している。化粧はしていないようだ。黒いセルフレームのメガネ。白いシャツに暗いグレーのパンツスーツ姿だった。両手を前に突き出した恰好《かっこう》だ。手錠をしている。その後ろに、制帽にブルーのシャツの女性がふたりついていた。拘置所から山本美紀を護送してきた刑務官なのだろう。

山本美紀の腰にはロープがかけられている。ふたりの女性刑務官はそのロープの端を握っているようだった。左手の弁護人たちが着いているデスクの脇まで来ると、刑務官たちが山本美紀を止めて、腰縄をはずした。そのあと彼女は、弁護人たちの席の手前端の椅子に腰を下ろした。ふたりの女性刑務官が彼女をはさむ恰好だった。

山本美紀は背を伸ばし、正面に顔を向けている。表情は硬く、いくらか伏し目がちだ。何も見ようとはしていない顔だった。

いまの山本美紀は、堅い仕事に就いている女性、と見える。自分が知っていた中川綾子とは、かなり印象が違った。知り合ってつきあっていた当時、彼女はだいたいいつもスウェットにジーンズ姿。ときに厚手のジャケットを羽織っていた。会社勤めではないだろうと、簡単に想像がつく身なり。また弘志にはあの春まで、彼女がいつも寒さをこらえているように見えていた。あのころこんなスーツ姿は見たことがないし、それが似合うだろうと想像したこともなかった。

視線が合わないかと期待して見つめ続けたが、山本美紀はほとんど姿勢を変えず、視線を泳がせることもなかった。目がどこにも焦点を結ばぬように、意識しているのかもしれない。

裁判官が、刑務官たちに言った。

「カイジョウしてください」

弘志はその言葉がわからなかった。開場と言ったのか？

刑務官たちは、山本美紀の手錠をはずした。弘志はやっといまの言葉が「開錠」か「解錠」なのだろうとわかった。手錠をはずされた山本美紀は、両の手を軽く握って腿《もも》の上に置いた。

やがて地裁の職員が右手のドアを開け、外を確認した。さきほど裁判官たちが入ってきたドアから、こんどは服装もまちまちの男女が入ってきた。裁判員のようだ。

入ってきたのは八人だった。そのうち六人は前面のデスクに左右に三人ずつ分かれて着席した。男性がふたり、女性が四人だ。残りのふたりは、後ろの壁際《かべぎわ》の席に離れて着席した。

裁判員裁判の場合、補充裁判員も何人か待機するのだという。裁判員の誰かが公判の途中でどうしても審理に加われなくなった場合、補充裁判員がその穴を埋めて審理に参加するのだ。そこまで裁判員と一緒に審理を聞いているから、交代に支障はない。後ろのふたりが、その補充裁判員なのだろう。

裁判員たちの服装はまちまちだ。しかもみな意外にカジュアルだ。スーツにネクタイ姿の男はいないし、女性もけっしてめかしこんでいるふうではない。全員、映画館にでもやってきたような恰好に見える。

弘志は少し安心した。裁判員たちがかしこまった服装ではないということは、裁判はけっして儀式っぽいものではないのだ。

裁判長の鹿島がデスクの左右に目をやり、裁判員たちが着席したことを確かめてから、真正面を向いた。

「では、審理を始めます。被告人は証言台まで出てください」

鹿島の口調には、想像していたようないかめしさはなかった。高校の卒業式の校長のあいさつほどにも、堅苦しくない。言うならば、司会者の口調だ。

刑務官たちに促されて、山本美紀が立ち上がった。

裁判長の席と向かい合う証言台に山本美紀が立ったとき、弘志は彼女がサンダル履きであることに気づいた。

証言台は、三方に低い目隠しがあるようなデスクだった。台の上に、パソコンのモニターらしきものが水平に置かれている。マイクが立っていた。

背を伸ばして立っている山本美紀に、裁判長が言った。

「被告人は、名前を言ってください」

彼女が答えた。

「山本美紀です」

乾いた声。声は小さすぎるということはなく、明瞭《めいりよう》な発音だった。少しよそよそしくも聞こえる。

「職業は？」と裁判長。

「家事代行業です」

その答えかたも、きっぱりとしていた。

弘志は、逮捕され勾留《こうりゆう》されている被告というのは、無職と答えるのがふつうかと思っていた。刑事事件で起訴され、長期間勾留されるとなれば、会社員なら勤めは辞めざるをえないのがふつうだろう。じっさいに仕事はしていないのだから、無職と答えるのが正しいのだろうと。でも、そうではないようだ。逮捕された日までの職業を答えて、まったくおかしくはないのだ。要は自分がどう意識しているかなのだろう。

「では」と裁判長。「あなたの事件について、これから審理をしていきます。椅子に座ってください」

裁判長のその言葉も、けっして威圧的ではなかった。少なくとも、山本美紀が有罪かどうかはまだ判断をつけていないとわかる口調だ。弘志にはそれも意外だった。裁判長はもっと事務的にというか、お役人的にというか、冷ややかに山本美紀に対峙《たいじ》するのではないかと思っていた。これが裁判員裁判であるせいなのかもしれない。あるいは、山本美紀が犯行を否認しているせいか。裁判員の評議の前に、有罪か無罪かを決めつけるわけにはいかないのだろう、きっと。

山本美紀が証言台の前の椅子に腰をかけた。地裁職員がマイクの位置を直した。

裁判長が、また山本美紀を見つめて言った。

「まず検察官に起訴状を朗読してもらいますから、そのまま聞いていてください」

山本美紀が、小さく、はいと答えた。

鹿島が、検察官側の席に目を向けて言った。

「では、起訴状を朗読してください」

「はい」と立ち上がったのは、最も奥の席の、体育会系と見える検察官だった。奥野豪、という名前だろうか。

胸にストラップを下げている。マイクがついているのかな、と弘志は見当をつけた。

奥野は自席で一枚の紙を持ち上げると、裁判長というよりは、裁判官、裁判員の席全体を見渡して言った。

「では、検察官の奥野が、起訴状を朗読します」

奥野は、手にした紙を読み始めた。

「公訴事実。

被告人は、かねてより被告人に家事代行を依頼していた馬場幸太郎、当時六十四歳の管理に係る現金を強取しようと企て、平成二十八年九月三十日午後四時から午後五時ころ、東京都北区岩淵＊＊所在の馬場幸太郎方に、家事代行のため訪問した際、殺意をもって所携の革ベルトを前記馬場の頸部《けいぶ》に巻き付け、その両端を強く引っ張って絞めつけ、そのころ同人を頸部圧迫により窒息させて殺害し、前記馬場方から、同人管理に係る現金三百万円を強取した」

弘志は山本美紀を見つめた。弘志の席は彼女の真後ろだ。山本美紀の表情は見えない。それでも彼女が身を硬くしていることはわかった。

検察官は起訴状朗読を締めくくった。

「罪名、及び、罰条。

強盗殺人。刑法第二百四十条後段」

奥野の口調は、乾いており、無機的にも聞こえた。いっさいの感情をこめていない。どんな事情があるにせよ、という意味をこめた口調なのかもしれなかった。自分としてはこの法律を適用するしかないのです、と。

強盗殺人。

弘志はその言葉を自分の胸のうちで反芻《はんすう》した。強盗殺人というのは、刑法の中でももっとも重い罪に属するのだと聞いていた。有罪の場合、無期懲役か死刑ということになるらしい。

しかし山本美紀は、犯行を否認しているという。となるとこの裁判では、双方の言い分の間を取る、という解決は不可能なのだ。どんな思いで、どんないきさつで、どんな成り行きで、そうなってしまったかは問題にならない。やったかやらなかったかが問題とされ、やったと判断されれば、その重い刑が科せられる。

検察官の奥野が着席すると、裁判長の鹿島がまた山本美紀に顔を向けて言った。

「これから始まる審理で、あなたは質問に答えることを拒むこともできます。また終始沈黙したままでいることもできます。もちろんあなたは、個々の質問に対して答えることもできますが、答えたことはすべて証拠となり、あなたの利益になることもあれば、不利益となることもあります」

弘志は、これが黙秘権というものの説明なのだと思った。

「答えるときは」と裁判長。「検察官や弁護人に顔を向けるのではなく、わたしのほうを向いてください」

「はい」と、山本美紀が答えた。

「あなたは、いま検察官が読んだ公訴事実に対して、述べることはありますか？」

山本美紀が言った。

「わたしは、馬場幸太郎さんを殺していません。おカネを奪ってもいません」

報道で伝えられていたとおりだ。彼女はこの裁判の場でも、否認した。

弘志は、山本美紀がさらに何かつけ加えるのではないかとその背中を見つめ、耳を澄ました。しかしそれだけだった。

裁判長は、弁護人側の席に顔を向けた。

「弁護人はいかがですか」

長身の男が、スーツの前ボタンをはめながら立ち上がった。彼の胸にも、マイクのついたストラップが下がっている。

彼は裁判長だけではなく、左右の裁判員たちも見渡してから言った。

「弁護人の矢田部から申し上げます。弁護人の意見は、山本さんと同じです。山本美紀さんは、馬場幸太郎さんからおカネを奪ってはいませんし、もちろん殺してもいません。山本さんは無罪です」

きっぱりとした、明快な口調だった。

弁護人が着席した。弁護人の口調は、検察官のものとはちがって、まちがいなく感情がこめられていた。山本美紀を救おうという意志が伝わってきた。

彼が山本美紀の無罪を百パーセント信じているかどうかは、弘志にはわからない。弁護人がいま、簡潔で明快に山本美紀の無罪を訴えたのは、弁護を引き受けた以上、とことん依頼人に寄り添い、支える、という職業意識のせいかもしれなかった。

弘志はいま一度その弁護人の、いくらか堅苦しそうな面立ちを見つめた。矢田部、と彼は名乗った。彼が弁護人のチーフ格なのだろう。

裁判長がうなずいて、山本美紀に席に戻るよう指示した。山本美紀は刑務官に促されるように自分の席へと戻った。

裁判長の鹿島が言った。

「それでは審理を始めます。まず検察官から、冒頭陳述を」

立ち上がったのは、また奥野という検察官だった。手にプリントを用意している。

裁判員のうちのひとりが、デスクの上でプリントを一瞬持ち上げたのがわかった。ほかの裁判員たちは、目を奥野ではなく、自分のデスクの上に向けている。弘志は、検察官の主張をまとめたものが、すでに裁判員たちに配付されているのだろうと想像した。

奥野は自分の席で、裁判官や裁判員たちに黙礼してから言った。

「被告人に対する強盗殺人事件について、検察官が証拠によって証明しようとするのは、以下のとおりです」

奥野はプリントに目を落として読み始めた。

「第一に、本件は、平成二十八年九月三十日午後四時から午後五時前後のあいだに、被告人が東京都北区岩淵＊＊の馬場幸太郎さん宅に侵入し、同寝室の電動マッサージ椅子に腰掛けていた馬場幸太郎さんを革ベルト様のもので絞殺、現金およそ三百万円を強奪した強盗殺人事件です」

奥野はいったん言葉を切り、裁判長たちを見てからまた続きを読み始めた。

「第二に本件の争点ですが、被告人は自分はやっていないと主張しています。従って、争われるのは、被告人が本件強盗殺人をしたか否《いな》か、という点となります。

三番目に、被告人が本件強盗殺人の犯人であることについてです。

検察官は、次の五つの点を明らかにすることで、被告人が被害者宅に侵入して強盗殺人をおこなったことを立証します。

まず一点目は、被害者の死亡推定時刻です。一一〇番通報があって警察官が駆けつけ、死体を発見したのは、十月四日火曜日午後三時十五分ですが、被害者が死んだのは九月二十九日木曜日午後八時から翌日三十日の午後八時くらいのあいだと推定されます。

検察官はまず、最初に現場に駆けつけた警察官と、鑑識官、指紋鑑定官、解剖医を証人として呼び、強盗殺人があったこと、そして被害者の死亡推定時刻を明らかにします。

二点目ですが、被告人が九月三十日の午後、一時間三十分ほどのあいだJR赤羽駅周辺にいたことを明らかにします。被告人は午後の三時三十五分に、JRの最寄《もよ》り駅であるJR赤羽駅改札を通過しており、再び赤羽駅改札を抜けてプラットホームに向かったのは、午後の五時八分です。この直前、午後四時五十七分には赤羽駅東口に近いコンビニエンス・ストア前を通過しています。

すなわちおよそ一時間半、赤羽駅周辺におりました。岩淵の現場で犯行を働くに十分なだけの時間です。三十日午後の三時三十五分JRの赤羽駅改札のカメラ映像、同じく午後の五時八分の映像、さらに赤羽駅東口に近いコンビニエンス・ストアの午後四時五十七分の映像で、このことを立証します。

次に三点目、被害者宅には侵入の痕跡《こんせき》がありませんでした。馬場さんみずからが開錠したと見るべき状況です。また、遺体発見時、施錠《せじょう》されていなかったことから、犯人は被害者宅の合鍵《あいかぎ》を持っていなかっただろうと推認できます。

被告人は九月二十九日木曜日に仕事依頼の電話を被害者から受け、三十日金曜日午後四時に被害者宅を訪問する予定でした。つまり被害者の開錠により被害者宅に入ることのできる人物でした。現場、住宅内の、玄関を入った内側の三和土《たたき》と居間とを分ける引き戸で、被告人の指紋が検出されています。被告人、被害者の電話の通話記録、および現場検証報告書で以上の点を明らかにします。

四点目、被告人は、二十九日に被害者から仕事依頼の電話を受けたあと、池袋駅地下コンコースで婦人もの革ベルトを購入しています。さらに埼玉県警に逮捕されたとき家宅捜索で見つかっていた品々にも、犯行の準備を推認させる品々があったこと、この点を立証するために、押収品《おうしゅうひん》のリスト、画像と買い物のレシートを提出します」

弘志はそのとき、弁護人の矢田部が顔を上げたのを見た。それまでデスクに置いた資料に目を落としていたのだが、ふっと奥野に視線を向けたのだ。ここが検察と弁護人双方で問題にするところなのだろうか?

奥野は続けた。

「五点目、被告人に、本件強盗殺人を働く動機があることを立証します。

被告人は生活に困窮しており、家賃の支払いにも窮していたこと、同時に、そのような生活から脱却するため、調理師免許を欲しており、そのために専門学校に通うための入学金、学費、通っているあいだの生活費を必要としておりました。動機について、記しました証拠、証人をもって明らかにしていきます。

その結果、被告人こそがこの事件の犯人であることが明らかになるでしょう」

弘志は自分の気持ちが揺れたことを感じていた。山本美紀の無実を信じているが、いまの検察官の冒頭陳述には、それなりに説得力はあったのではないか？　少なくとも、自分は彼女が危ないと感じた。

奥野が着席すると、裁判長が言った。

「では、弁護人から、冒頭陳述を」

矢田部が、隣りの席の若手の弁護士と何かささやきあった。その声は、傍聴席には聞こえない。いちばん手前にいる女性弁護士が、自分の書類ホルダーを矢田部という弁護士に見せた。

弁護人の矢田部が、うなずいてから立ち上がった。

矢田部は、裁判員たちひとりひとりの顔を見つめるように首をめぐらしながら、語り出した。

「この事件は、東京都北区に住むひとり暮らしの男性が、何者かに殺害され、現金を奪われたという事件です。検察は、被害者馬場幸太郎さんから何度か家事代行の仕事の依頼を受けていた山本美紀さんが、その強盗殺人犯であるとしています。

山本さんは、去年九月三十日午後四時少し前に馬場さん宅を訪れていました。前日に仕事依頼の電話があったからです。でも約束の午後四時少し前に馬場さん宅に着いてインターフォンを鳴らしても、馬場さんは応答しませんでした。玄関の戸が開いていたので、山本さんは三和土まで入り、室内に呼びかけました。やはり返事はありませんでした。山本さんは、馬場さんが近所に外出しているのだろうと考えて、馬場さん宅を出ると赤羽駅近くで一時間ほど、あらためて馬場さんから電話がくるのを待っていました。しかし電話はなく、やむなく帰宅しました。赤羽駅からJRの電車に乗ったのは、午後五時十分過ぎです。

この日の山本さんと馬場さんをめぐる接点はこれですべてです。

山本さんは馬場さんを殺害してはおらず、おカネを奪ってもいません。山本さんは無罪です」

矢田部がいったん言葉を切った。最後のフレーズが、弘志の頭の中で繰り返された。

矢田部はひと呼吸してから、ふたたび陳述を始めた。

「いまの検察の冒頭陳述でおわかりのように、山本さんと本件とを結びつける直接的な証拠があるとは、検察は主張していません。山本さんが、馬場さんの死亡推定時刻の範囲のあいだに一時間と少しの時間赤羽駅の周辺にいたこと、馬場さん宅で指紋が見つかっていること、馬場さん宅訪問前に革ベルトを購入していること、そして生活に困窮しおカネを必要としていたこと、と検察官が挙げたすべては、間接証拠に過ぎません。

ただいまの冒頭陳述では、本件と山本さんを結びつける立証はされないと考えます。

この法廷では、常識に従って山本さんが犯人で間違いないと言えるのか、ということを判断していただくことになります」

矢田部が着席した。

弘志は、そのとおりだと声を出したい気分だった。ほんの少し前、検察官の陳述にもそれなりに説得力があると感じたが、弁護人のいまの言葉を訊《き》くと、やはり山本美紀は絶対に無罪だと思える。裁判員たちも、報道のせいで山本美紀の悪女イメージが植えつけられていたとしても、彼女を有罪とすることはできないのではないか。

弘志はまた山本美紀を見た。いまの検察、弁護人双方の言葉で、彼女自身はどう感じただろう？　無罪の確信を得たか？　まだ不安か？　しかしその横顔からは、何も窺《うかが》い知ることはできなかった。

裁判長の鹿島が口を開いた。

「検察と弁護人双方から話を聞きました」

その口調も、やはり裁判員たちに向けての言葉のように聞こえた。法廷用語というものもあるのだろうが、これは日常語だ。

「審理の争点は、強盗殺人が被告人の犯行かどうか、つまり被告人の犯人性ということになります。このあとの審理の日程は、次のようになります」

鹿島の向かって右側に座る女性裁判官があとを引き取り、手元を見ながら、予定と採用された証拠の数を読んでいった。

弘志はメモは取らなかったが、おおよそのところを頭に入れた。公判は毎日行われるのだ。

今週と来週が月曜から金曜まで。午前も午後もだ。

再来週は月、火、水の三回。裁判員たちによる評議というのは、審理の終わった日かその翌日あたりに行われるのだろう。つまり、ほぼ三週間。一般市民も、裁判がそれ以上長くなるようでは、裁判員を引き受けることは難しい。ぎりぎりの長さかもしれない。

そうして判決の言い渡しが三週間後の木曜日午前中だ。

三週間後。絶対にその日も傍聴に来ないわけにはいかない。勤めを辞めたのは正解だった。というか、やはりそれ以外に手はなかった。そこから先のことは、判決次第だ。それまでは、またネットカフェ暮らし。弘志は昨日から、秋葉原駅近くのネットカフェに泊まっているのだ。

裁判長の鹿島が、法廷の後ろの壁の時計を見て言った。

「ではいまから十時五十分まで休憩とします」

弘志は腕時計に目をやった。二十分の休憩ということになる。

鹿島が立ち上がると、陪席の裁判官たちもこれにならい、さらに裁判員や検察官、弁護人たちも立ち上がった。傍聴人も同様だ。弘志も立ち上がった。

裁判官や裁判員たちが退廷すると、刑務官たちが山本美紀に再び手錠をかけ、腰縄をつけて、一緒に法廷を出ていった。

出ていくときも、山本美紀は周囲の何も見ようとはしていないようだった。雑念を一切入れないことで、この緊張に耐えようとしているのかもしれない。視線は前方に向けられたまま揺れることはなく、焦点もおそらくただ数歩先の床以外には合わせていなかった。

弘志は、ほかの傍聴人と一緒に法廷の外に出た。荷物は椅子の上に置いては行けなかった。すべて持っての退出である。二十分後、審理が再開されたとき、同じ席に着けるかどうかはわからないわけだ。

通路に出て、前後に歩いてみた。もっとも奥のガラス窓の左手には、ガラス戸のついた小部屋がある。何人かの傍聴人がその待合室に入っていって、ベンチに腰掛けた。傍聴人の待合室だった。

通路を戻ると、中央通路寄りにもドアがあった。扉の上に、証人待合室と記されている。中はのぞかなかった。

中央通路に出てトイレに入ってから、ぼんやりと時間をつぶした。十分ほどたつと、中央の通路に出ていた傍聴人たちが、また法廷入り口のある脇通路に入り始めた。弘志も戻った。

傍聴券を地裁職員に見せて脇通路に入り、開廷を待つ傍聴人の列に並んだ。

弘志のすぐ前に立つのは、六十代かと見える細身の男だった。白髪で、オリーブ色のウインドブレーカーを着ている。定年退職者、とすぐに連想した。鉄道旅行とか写真とかを趣味にしているような雰囲気がある。

その男が振り返って弘志に訊いた。

「仕事かい？」

弘志は、問いの意味がよくわからないままに答えた。

「違いますが」

「行列は、意外に少なかったな。よく来てるの？」

「裁判所にですか？」

「ああ、傍聴に」

「初めてなんです」

「ほう」男は驚いたようだ。「最初からこんな事件に当たってしまったのか。運がいいな」

どうやら傍聴マニアとでも思われたようだ。

弘志は言った。

「裁判のことは、何も知らないんです。これからどうなるんです？」

男は教えてくれた。

「きょうはこのあとたぶん、現場検証とか検視報告について、検察側の証人が出てくるな」

「午後も続くんですよね」

「早ければ四時くらいで終わるかもしれないけど」男は壁の掲示板を指差し、担当の裁判官や検察官の名の書かれた部分を示した。「この公判の主任検察官は、奥野豪って言うんだ。弁護人のヤダカンとは、裁判員裁判では一勝一敗一引き分けだ」

「ヤダカン？」

「矢田部完は、陰でそう呼ばれているんだ」

弘志は思わず頬をゆるめた。

「それにしても、検察官と弁護人の対戦成績がカウントされているんですか？」

「わたしが勝手に作っているだけだ。公判を、出演者で観《み》ていくのが楽しいんだ」

「裁判長はどういうひとです？」

「鹿島恒彦ね。儀式めいたことを嫌がる裁判官だな。ざっくばらんだ」

「ずいぶん多く傍聴されているんですか？」

「初日を傍聴して、面白い公判だと思ったら、最後まで聞くことにしている」

法廷の入り口の扉が開いた。傍聴人たちが中に入り始めた。ウインドブレーカーの男も、弘志に背を向けて入っていった。弘志も続いた。ウインドブレーカーの男は、三列目の左寄りだった。

休憩前と同じ席に着くことができた。

傍聴人がすべて着席したころ、検察官と弁護人たちも入ってきて、休憩前と同じ席に着いた。

やがてまた女性刑務官に付き添われて山本美紀が入廷してきた。表情も視線も、さっきまでと変わらない。彼女も、弁護人と並ぶ席に着いた。最後に、裁判官たちと裁判員たちが入廷してきた。

裁判長の鹿島が言った。

「それでは、証拠を取り調べていきます。検察官からどうぞ」

奥野が、いったん胸のストラップに触れて位置を直してから、またプリントに目をやって語りだした。

「まず犯行現場について、証拠番号の＊＊を見ていただきます。モニターをお願いできますか」

奥野は書類ホルダーを持ち、検察官席から証言台の横にある小さなデスクの脇《わき》まで回ってきた。デスクには、小型のライトのようなものが置かれている。プロジェクターなのだろうか。

奥野は、手にしていたホルダーから一枚の紙を抜き出してそのライトの下に置いた。証言台のすぐ前には、ふたりの男女が並んでデスクに着いている。地裁の職員たちだ。ひとりは書記官だろうと、弘志は想像した。

職員のうち、左側にいる女性のほうが、弁護人席の後ろの壁に掛かっている大きな液晶モニターに目を向けた。

弘志もモニターを見た。それまで暗い画面だったモニターに、地図らしきものが映った。街路図のようだ。

裁判官たちは、デスク上のモニターに目をやっている。弁護人たちは、検察官席の後ろの壁のモニターを見た。山本美紀は、一瞬だけ顔を上げたが、すぐにまた視線を真正面に戻した。興味はないというしぐさとも見えた。

奥野が言った。

「被害者馬場幸太郎さん宅周辺の地図です。ＪＲ赤羽駅が左下のほうに、岩淵の被害者宅が右上にあります。画面の中央あたりを横切っているのが、北本通りとなります」

奥野がべつの紙を、デスクの上に置いた。画面が変わった。

「少し拡大した地図です。画面下に北本通り。真ん中あたりに北本通りと並行してあるのが、被害者宅のある道路です。

この道路は画面右手東方向から左手西方向への一方通行です。東側の交差点角に酒屋があり、その西隣が銭湯です。この道路、東の交差点から西の交差点まで、およそ百五十メートルあります。ついで周辺、被害現場の写真を見ていただきます」

奥野は検察官席に戻ると、自分のノートパソコンを操作した。

モニターに映し出されたのは、建物の写真だ。正面から撮られている。看板があるわけではないが、古い商店のような建物に見えた。一階部分が少し道路にせりだしている。べつの言い方をすれば、二階が一階よりも少し引っ込んでいる。画像の右手に、番号のようなものがついていた。

奥野が、どんどん写真を示していく。

「これが建物の前から、道路の東方向を写したものです。左手に銭湯の建物と煙突が見えています。こちらは、反対方向を写したもの。道路の右側はお寺の塀で、左側は被害者宅に隣接する更地。その奥に住宅があって、さらに西側は、道路の両側ともお寺の塀となっています」

奥野は続けた。

「これは正面の玄関です。引き戸で、右手にインターフォンがあります。カメラつきのタイプではありません。

次のこれは、建物左手の、以前は駐車スペースだった部分。現在はこのとおり、スチールロッカーなどが置かれています。奥右手に通用口があります。続いて、建物の中の図面を」

　奥野は、建物の平面図を続けて二枚示した。

　一階と、二階のものだという。

一階には広い三和土がある。かつては店だった部分だ、と奥野は説明した。その三和土の正面にもうひとつ引き戸があって、引き戸の奥がリビングルーム。その右手に寝室。奥に台所とダイニングルーム。もっとも奥には浴室とトイレ。寝室が死体の発見された部屋だ。台所の横には通用口がついていた。二階には、和室がふたつ。

　次いで一階の拡大された平面図が映った。リビングルームと寝室だけを描いたもので、ドア、襖《ふすま》、窓の位置や家具の配置がわかりやすく示されている。寝室の家具では、ベッド、デスク、マッサージ・チェアと記されたものが目立った。

「被害者の死体が発見されたのは、この寝室のマッサージ・チェアの上でした」

　また写真が映った。三和土の奥方向を写したものだ。同じように、奥野はリビングルームを映した。カーペット敷きで、ソファの上が散らかっている。サイドボードの引き出しが抜かれて、ソファの上にひっくり返っていた。

　さらに奥野は、台所、ダイニングルーム、通用口の内と外、それに、トイレ、浴室と見せていった。

　写真のあとに奥野が、また平面図を示した。いましがた見たものと同じものだが、こんどのものには、赤い矢印が入っている。カメラの位置と、レンズの向いた方向を示しているのだという。いま見た写真が、どこから撮られたものかを示したものだ。

奥野が言った。

「いったんモニターを切ってもらえますか。裁判員のみなさんは、そのままデスクのモニターを見ていてください」

法廷内の大モニターから画像が消えた。裁判員たちはデスク上のモニターをのぞいたままだ。弁護人や検察官は、デスクの上のモニターに視線を移した。

「寝室の写真は、色を処理してあります。じっさいの色ではありません。死体を解剖医のいる大学法医学教室に運んだあとの撮影です」

この死体が発見された寝室の写真は、傍聴人には見せる必要はない、ということのようだ。

「大きな椅子《いす》の背もたれが写っていますが、これが電動式マッサージ・チェアです。被害者の死体は、この椅子に腰掛けた状態で発見されました」

奥野は、ひと呼吸置いてから言った。

「次に証人から、死体発見時の状況を聞いていきます」

鹿島が奥野の言葉を受けて言った。

「では、最初の証人に入ってもらいます」

少し間があって、傍聴席のもっとも右寄りの通路を、黒っぽいスーツを着た中年男が進み出た。体格のいい男だ。雰囲気から、弘志は刑事だろうかと思った。外の通路にある証人待合室で待機していたのだろうか。男は地裁の男性職員の指示を受けて仕切り柵の戸を抜け、証言台へと向かった。

鹿島が男に言った。

「証人は、証言台まで進んでください」

男が証言台の前に立つと、鹿島が言った。

「名前を言ってください」

「伊室真治です」と男は応《こた》えた。低いが、聞きやすい声だ。

「職業は何ですか？」

「警視庁赤羽警察署の捜査員です」

やはり刑事だったのだ。

「本籍、住所は、こちらに書かれているとおりですか？」

「はい」

「では、宣誓をしていただきます」

地裁の職員が、伊室と名乗った警察官に一枚の紙を手渡した。

伊室は、その紙を両手で持つと、読み始めた。

「宣誓。良心にしたがって真実を述べ、何ごとも隠さず、偽りを述べないことを誓います」

伊室はデスクの上に紙を置くと、ボールペンを動かし、さらに上着のポケットから印鑑を取り出して押印した。地裁職員が、その紙を受け取って裁判長に渡した。

鹿島が言った。

「ただいま朗読していただいたのは、虚偽の証言をしないという宣誓書面です。証人が故意に嘘《うそ》の証言をすると、偽証罪に問われることがあります。ただ、証人が真実を証言することによって、証人自身の犯罪が明るみに出るなどの場合は、証言を拒否することができます」

たぶん、と弘志は思った。このやりとりは、どの証人についても繰り返される定型なのだろう。伊室という証人についてだけ、裁判長が注意するのではないはずだ。

「では、椅子に座ってください。検察官は質問をどうぞ」

奥野が、自席で立ち上がって質問を始めた。

「伊室さんは、赤羽署の捜査員ということですが、捜査に携わるようになって何年ですか？」

伊室が、着席したまま、奥野ではなく正面を見つめて答えた。

「およそ二十年です」

「その間に、強盗事件、強盗殺人事件というのは何件くらい担当されましたか？」

「強盗事件は二十件前後。強盗殺人事件については、今回の事件を含めずに二件です」

「この事件で、被害者の馬場幸太郎さんが殺された現場には行きましたか？」

「はい。変死体発見という連絡を受け、十月四日の午後、十五時十五分ころに現場に到着しました」

「現場というのは、馬場幸太郎さんの岩淵の自宅ということですね」

「そうです」

「おひとりだったのですか？」

「同僚と一緒です。ふたりでした」

「そのとき、現場にはほかに誰かいたでしょうか？」

伊室が答えた。

「死体を発見したというセールスマンふたりが、住宅の前におりました。わたしが到着した直後に、赤羽警察署の地域課の制服警官もそこに到着しました」

「死体を発見したときのことを話してください」

「はい。セールスマンふたりから、訪ねたら引き戸は施錠されていなかった。入ってみると寝室に死体があった、ということを聞きましたので、わたしは用意しておいたゴム手袋をはめて、玄関の引き戸を開けて、三和土に入りました」

奥野が席から証言台の横に出てきて、さきほど地図を見せた台の上に紙を置いた。壁のモニターに、一階の平面図が映し出された。

「三和土というのは、どこのことになりますか？　指で示してくれますか？」

伊室は横の台のほうに身体を向け、玄関のすぐ内側の空間を示した。

「その三和土では、何か気がついたことはありますか？」

「右手奥のほうに意外に広かったので、ここは玄関かどうか戸惑いました」

「次にしたことを話してください」

「正面の引き戸が半開きでした。死体がある部屋は、正面の部屋の右手だとセールスマンたちに聞いたので、靴を脱ぎ、用意してきたビニール袋を履いて、中に上がりました。同僚があとに続きました。その部屋にはソファやローテーブルがあって、リビングだと思いました。中の様子から、荒らされたとわかりました」

「荒らされたというのは、具体的にはどういうことですか？」

「サイドボードの引き出しが抜かれ、中のものがソファにぶちまけられていました。物色のあとだとすぐわかりました。これは強盗殺人かと思いました」

「誰かが争った形跡はあったのでしょうか？」

「争った様子には見えませんでした。あくまでも、誰かが何かを探した、物色したという形跡です」

「強盗殺人だろうと思ったとき、それは単独犯か複数犯か、ということも想像したのでしょうか？」

「いいえ。でも、多人数の押し込み強盗のような現場ではない、とは、見た瞬間に感じました」

「死体は、その部屋からは見えたのですか？」

「いいえ。寝室の襖は開いていましたが、見えていません。襖を抜けて寝室に入ると、大きなマッサージ・チェアが置いてありました。手前、襖のほうに背もたれの後ろを向ける格好です。そのチェアの正面に回ってみたところで、死体を発見しました」

奥野はまた台の上に平面図を載せた。モニターにもその平面図が映った。寝室部分を拡大したものだ。チェアの上に赤いバツのマークがついている。

「このバツのマークのところに死体があった、ということでいいでしょうか？」

「そのとおりです」

「被害者の様子は、どのようなものだったのでしょうか？」

「チェアに腰掛ける格好です。マッサージ・チェアを使っていたところのように見えました」

「衣類を着ていましたか？　着ていたとしたら、どんな衣類だったのでしょう？」

「部屋着のようでした。いわゆるジャージの上下です」

「パジャマではなかったのですね？」

「ちがいます」

「足を見ましたか？」

「はい。靴下を履いていました」

「被害者の身体《からだ》には、外傷とか、血とかはついていましたか？」

「いいえ。一見してそれとわかる傷とかはありませんでした。服も、血に汚れてはいませんでした。首の部分に、紐《ひも》とかベルトでつけられたような痕《あと》があったので、これは絞殺かもしれない、他殺の可能性が高いと思いました。チェアの下の部分に汚れた染《し》みがありましたが、血ではないようでした」

「そのあと、伊室さんはどうしたのですか？」

「リビングに戻って、それから三和土に降り、靴を履き替えて道路に出ると、携帯電話で上司に報告しました。変死体がある。絞殺されているようだ。本部の鑑識係と、検視官を呼ぶ必要があると」

「そのあとはどうされたのでしょうか？」

「近所の住人から話を聴いていたところで上司も到着、その場に被害者の息子さん、馬場昌樹さんがきたので、何か事情を知らないかと質問しました」

「その息子さんの答えは、どんなものだったのでしょうか？」

「何も知らない。数日前から電話しているが出ないので、直接訪ねてきた、ということでした」

「息子さんは、被害者とは同居ではなかったのですね？」

「別々に暮らしているとのことでした。そこに今度は不動産管理会社の社員がやってきました。被害者を訪ねるところだということで、事情を聞きました。アポがあったそうです。そのときに、前の週にその不動産管理会社が、土地取引の手付け金として現金三百万円を被害者に渡していることを知りました」

「そのあと、伊室さんはどうしたのでしょうか？」

「再びほかの捜査員と手分けしての聞き込みとなりました。このときは死亡推定時刻がわからなかったので、日時を限定せず、この数日、被害者宅や近所で不審なことが起こっていなかったか、不審な人物を見ていなかったか、と訊きました」

「不審なこと、というのは、具体的にはどんなことを想定していたのでしょう？」

「大きな物音がしたとか、言い争うような声、悲鳴を聞いたとか、そのようなことです」

「不審な人物というのは？」

「侵入しようとしていたとか、戸をガタガタ動かしていた、裏手に回ろうとしていた、ひと目を避けて歩いていた、というようなことです」

「いまのことを言葉にして訊《たず》ねたのですか？」

「いいえ。不審なこと、不審な人物のことをまず思い出してもらいました。たとえば、と問い返された場合に、いまのようなことを口にしたのです。不審な車が停まっていたかどうか、ということも聞いて回りました」

「不審なことは、ありましたか？」

「その数日については、ありませんでした」

「不審な人物はどうでしょう？」

「いません」

「近所の住人以外にも話を聞いたのでしょうか？」

「はい。被害者宅の電話の発信記録から、直近に被害者と電話でやりとりした数人に電話をかけました」

「その数人の中に、被告人は含まれていますか？」

「はい。その日のうちに赤羽警察署に来てもらい、事情を訊いています」

奥野が裁判長を見つめて言った。

「検察官からは以上です」

鹿島が言った。

「弁護人、どうぞ」

矢田部が立ち上がった。

「矢田部のほうから少し」矢田部が証人の伊室という捜査員に訊いた。「証人は、被害者宅の三和土に入ったときには、何か異常に気づいたのでしょうか？」

「いいえ」と伊室が答えた。「玄関の引き戸が施錠されていなかった、とセールスマンたちが言うので、それは何を意味するのかと考えましたけれど、三和土はとくに異常はありませんでした」

「リビングではどうです？」と矢田部。

「先ほど申し上げたとおり、荒らされていたので、強盗だろうとまず思いました」

「そう思ったのは、三和土とリビングルームを隔てる引き戸を開けた瞬間にでしょうか。それとも、リビングルームに上がってからでしょうか」

「上がって、室内を見渡してからです」

「内側の引き戸を開けたときは、とくに異常は目に入らなかったということですね？」

「その瞬間は、気づきませんでした」

「次に寝室のほうに入ったということでしたね。寝室のほうは、荒らされている、と見えたのでしょうか？」

「いいえ。寝室は、とくに荒らされているとは感じませんでした」

「マッサージ・チェアの正面に回って死体を見たとき、絞殺と思った理由について、首に紐かベルトのようなものの痕があったからだとおっしゃいましたが、このとき紐とかベルトのようなものは寝室にあったのでしょうか？」

「いいえ」

「首の様子から、絞殺と判断したということですね？」

「捜査員としては現場でそう感じたということです」

「リビングと寝室の窓にカーテンは引かれていましたか？」

「両方の部屋とも、カーテンが引かれた状態でした」

「死体を発見したあと聞き込みをされたとのことですが、住宅街で違和感のあるような不審人物についての情報は、まったくなかったのですか？」

「まったく、というか、全然なかったわけではありませんが、それが誰かはあとで特定できました。結果として、不審人物情報は出てきていないということです」

矢田部は裁判長に向かって言った。

「以上です」

弘志は弁護人の反対尋問が意外に短かったので拍子抜けした。いまの質問で、証言の矛盾とか奇妙さが明らかになったようでもない。

もっといえば、とくに被告にとって有利な証言を引き出したようでもなかった。これがふつうなのだろうか。あとであの傍聴マニアらしき男に訊いてみるべきかもしれない。

鹿島が、デスクの左右に目をやってから、陪席の裁判官や裁判員たちに訊いた。

「裁判員、裁判官で、質問のある方はいますか？」

デスクの左右で裁判員たちがなんとなくお互いの様子を確かめあった。

裁判長が待っていると、左側の席に着いている女性の裁判員が手を上げてから言った。

「ひとつ訊いていいでしょうか？」

「どうぞ」と裁判長。

「あの」と、三十代の勤め人と見える女性は訊いた。「この被害現場の周辺では、これまでは不審者の情報などはなかったのでしょうか？」

「証人、どうぞ」と裁判長が促した。

伊室が答えた。

「事件前の二年間を調べてみましたが、とくに不審者情報などは、警察には届けられていませんでした」

女性の裁判員はうなずいた。

裁判長がまた、質問があれば、と訊いたけれども、もう質問は出なかった。

裁判長が言った。

「証人は退廷してください。では、検察側から、次の証人を」

伊室という捜査員は、証言台の前から下がって傍聴席の内側に戻り、傍聴席の最後部を通って退廷していった。

次に証言台に立ったのは、五十がらみの、スーツを着た小柄な男だった。この男にも、公務員の雰囲気があった。

男は、裁判長の質問に対して名乗った。

「警視庁刑事部鑑識課の川部《かわべ》秀一《しゅういち》です」

川部が宣誓して椅子に腰掛けると、奥野が質問した。

「川部さんは、鑑識の仕事をどのくらい続けられているのですか？」

「二十五年です」

「馬場幸太郎さんの死体が発見されたという連絡を受けたあと、現場で鑑識作業に当たったのですね？」

「はい。赤羽警察署の署長から本部の鑑識課に、強盗殺人のようなのでと出動の要請があり、わたしたちの現場鑑識係が現場に向かいました」

「現場鑑識係だけですか？」

「検視官も一緒です。というか、このような事件のときに必要なメンバーが揃《そろ》ってです」

「現場に到着して、どのようなことを行ったのですか？」

「検視官が死体を診て、他殺であると判断しました。わたしたちは赤羽署地域課の警察官に現場の封鎖を徹底してもらい、それから鑑識作業にかかりました」

「封鎖したのは、建物の屋内だけでしょうか？」

「いいえ。建物の外側を含めて、全体です」

「封鎖してそのあとは？」

「写真係が写真を細かく撮影し、鑑識係が死体周辺から始めて遺留品を探していきました。指紋採取係は指紋の採取作業です。それから司法解剖のために死体を運び出しました」

「死体は、どこに運ばれていったのですか？」

川部は、医学部を持つ総合大学の名を出した。

「そこの法医学教室です」

「現場の様子を教えていただけますか？」

「死体は寝室のマッサージ・チェアの上にありました。両腕は、肘《ひじ》掛けの腕帯の中に入れた状態でした。マッサージを受けている最中に、何か紐かベルト状のものを首に巻き付けられて死んだような格好です」

「マッサージ・チェアというのは、リクライニングするタイプのものですか？」

「ええ。背もたれが元の位置からおよそ二十度後ろに倒れていました」

「かなりくつろいでいる格好ということでしょうか」

「そのとおりです」

「現場の様子について、もう少しお話しください」

「寝室自体はとくに荒らされている様子ではなかったのですが、寝室の手前、玄関を入ってすぐのリビングは、サイドボードの引き出しの中身がソファの上にぶちまけられているなど、物色された様子でした」

「リビングには、ほかに何か目立った点はあったでしょうか？」

「いえ。強盗殺人と聞いていたわりには、むしろ意外に荒らされていないという印象をもちました。たとえば、足跡等も肉眼では見当たりませんでした」

鹿島が口をはさんで言った。

「ソクセキというのは、足あとのことですね？」

「そうです」

奥野がさらに訊いた。

「侵入口などは、すぐに判明したのでしょうか？」

「玄関のシリンダー錠には、こじ開けたような、あるいはピッキングを受けたような形跡はありませんでした。台所には通用口があったのですが、そこにも目立ったものはありませんでした」

「通用口は施錠《せじょう》されていたのでしょうか？」

「いいえ。ロックはされていませんでした」

奥野は、モニターに写真を示した。玄関の引き戸の錠の部分のアップだった。

「玄関引き戸の錠というのは、これのことでしょうか？」

「そうです」

「通用口というのは、これですか？」

写真は、台所と通用口が両方写っているものと、引き戸だけのものと二点だった。

「そこです」

奥野はもう一枚の通用口の写真を示した。外側から撮影したものらしい。

「通用口の外側にも、足跡とか不審な遺留物などはなかったのですね？」

「はい」

「ほかに侵入口となった可能性のある場所はどうでしょうか？」

「裏手のほうも見てみました。浴室につながる廊下の窓も、可能性はありましたが、内側から施錠されておりました。二階の窓から侵入したという形跡もありません」

「ということは、犯人の侵入口は、施錠されていなかった玄関か通用口か、どちらかということになりますか？」

「そのように推認できるかと思います」

「鑑識作業の結果、屋内では指紋は採取されたのでしょうか」

「はい。現場指紋係が何人か分の指紋を採取しました」

「被害者馬場幸太郎さんの指紋は、当然採取されましたね？」

「はい」

「誰の指紋か、特定できない指紋はあったのでしょうか？」

「複数ありました」

「複数というのは、具体的には何人のものでしょうか？」

「誰のものか特定に使えるものとしては、ふたり分です」

「指紋の照合、身元の特定という作業は、誰がするものなのでしょうか？」

「専門の指紋鑑定官が行います」

「採取された指紋の中に、被告人のものはありましたか？」

「ええ、ありました」

「その指紋が採取された場所を、この平面図で示していただけますか？」

奥野が証言台の横のプロジェクターの下に、現場の平面図を置いた。モニターにその平面図が映し出された。川部が身体を横に傾けて、三和土《たたき》とリビングルームとのあいだの引き戸のあたりに指を置いた。

「引き戸ということですか？」

「はい」

「三和土の側ですか？　リビングの側ですか？」

「三和土の側で、引き戸の取っ手の部分です」

「そこにマルを書いて、指紋と、書き込んでいただけますか？」

川部が平面図に、マル印と指紋という文字を書き入れた。

「誰のものか特定できない指紋は、どこで採取されたのでしょうか」

「居間と台所からです」

川部は、居間のローテーブルにAの文字を、台所と、居間のサイドボードのガラス戸と、寝室のデスクに、Bの文字を書き込んだ。

奥野が裁判長のほうに顔を向けて言った。

「検察官からは、質問は以上です」

鹿島が、弁護人席に目を向けて訊《き》いた。

「弁護人は、質問はありますか？」

矢田部が立ち上がって、証人に質問した。

「被告人の指紋が残っていたのは、一カ所だけでしょうか？」

証人が答えた。

「そのとおりです」

「インターフォンのボタン、玄関の引き戸の外側、内側にも、被告人の指紋は出ていないのですね？」

「出ていません。というか、指紋が検出しづらい素材であり、表面ですので」

「弁護人から以上です」

矢田部は着席した。

弘志は意外な思いだった。検察側の証人に対して、質問はこれだけ？　それでいいのか？　もっとも、いまの証言のどこにどう突っ込めば山本美紀が有利になるのか、自分には皆目わからないのだが。

鹿島がまた、ほかの裁判官や裁判員たちに質問があるかどうかを訊いた。誰も質問しなかった。

裁判長は証人に言った。

「では、下がっていただいてけっこうです」

川部が傍聴席の後ろから法廷を出ていった。

次の検察側の証人は、警視庁刑事部鑑識課の指紋鑑定官だった。メガネをかけた、理系の研究者とも見える男だ。杉原道夫《すぎはらみちお》と名乗った。鑑識畑で三十五年の経験を持つという。大ベテランなのだろう。二千五百件の指紋の特定を行ってきた、と杉原は奥野の質問に答えて言った。

次に奥野は、指紋とはどのようなものか、ということを杉原に質問した。やはり裁判員に理解させるための質問なのだろう。

杉原は、高校の教師のような口調で答え始めた。

「はい、ひとはそれぞれ指に紋様を持っていますが、その紋様はひとりひとり違っています。同じ指紋を持つ人間はいません。このことを指紋の万人不同性と言います。またその紋様は終生変わらないという特徴があります。そして、指紋には特徴点という部位があります」

杉原は、指紋がどういうものか、その説明から始めた。テレビのミステリー・ドラマなどで耳にしてきた知識でもあるが、弘志はしばらく杉原の話に耳を傾けた。

五分ほど杉原は指紋の解説を続けたが、やがて締めくくるような口調となって言った。

「この特徴点が十二点一致すれば、同じ人物のものと言い切ることができます。ただし、これがもし七点の一致だったとしても、一致するひとの数は人類の中でひと桁《けた》の人数しかいないと言われています」

奥野が訊いた。

「その指紋の採取とは、具体的にはどのように行われるものですか？」

また専門的な話となった。皮脂とか、アルミ粉末とか、ニンヒドリン溶液とかという言葉が耳に入った。

裁判員も少し退屈した、と見えた。専門的過ぎる内容となったのかもしれない。

三人の裁判官たちにとっては、当然身についている知識のはずだ。裁判官たちも、内心はもう十分と思い始めたかもしれない。

奥野がその空気を察したか、質問を変えた。

「この件で、被告人の指紋と引き戸から採取された指紋は、特徴点十二点が一致したということですか?」

杉原が答えた。

「そうです。引き戸から採取された指紋は、被告人のものです」

「杉原さん自身が鑑定されたのですね」

「はい。わたしが鑑定しました」

「検察官からの質問は以上です」

弁護人の矢田部が反対尋問を行った。

「被告人の指紋は、どの指のものかというところまで特定できたのでしょうか?」

杉原が答えた。

「右第二指です。被告人の右第二指に残っている長さ三ミリほどの古い傷跡とも一致しました」

「事件が起きてから四、五日経《た》ってからの指紋採取だったわけですが、そのくらい時間が経っても指紋というのははっきり残るものなのですか?」

「どこについていたかによります。指紋の採取というのは、隆起線の皮脂を検出することですが、皮脂は時間が経てば分解してしまいます。ただ、硬くて平滑なもの、たとえばガラスとか磁器、金属の表面などについていた場合は、この事件ぐらいの時間の経過ですと、採取可能です」

「採取された指紋が複数あった場合、そのついた順番とか、つけられた時間はわかるのですか？」

「同じ場所から複数の指紋が採取されていれば、皮脂の分解の程度から、おおよその順序は判断できます。べつべつの場所から採取された指紋であれば、順序も時刻の特定も難しくなります」

「この事件では、ひとつひとつの指紋について、つけられた時間はわかりますか？」

「被告人の指紋がついた時刻を供述に従って三十日午後四時と仮定した場合、特定できなかったふたり分の指紋は、それ以前の、およそ四十八時間以内につけられたものという判断です」

裁判員、裁判官からは質問がなく、裁判長の鹿島は休憩を告げた。

「午後は、一時十五分から審理を再開します」

弘志は時計を見た。十一時三十五分だった。

裁判員たちが退廷し、山本美紀も刑務官に連れられて法廷を出ていった。傍聴人たちも出ていくところだ。

審理再開まで、まだかなりの時間がある。それまで、どうしていたらよいのだろう。

ウインドブレーカーの男が声をかけてきた。

「昼飯なら、地下に食堂がある。安いよ」

「そうなんですか？」と、弘志は言った。「関係者でなくても、入れます？」

「ああ。地裁の職員でなくても大丈夫だ。十二時からは混むけど」

弘志は、食事をすることにした。今朝は早めに東京地裁に到着しようと思っていたから、朝食は取っていないのだ。

「地下に行きます。きょうの裁判どうです？」

「どうって？」

「検察が有利なんでしょうか？」

「まだ初日だ。わからんよ。型通りのことをやっているだけだし。面白くないのか？」

「意外にわかりやすいんで助かっていますが」

中央の通路に出たところで、男は胸ポケットから名刺を取り出してきた。

肩書はなく、ただ名前だけが大きく印字された、シンプルなものだ。

中嶋幹夫《なかじまみきお》
住所は大田区だ。

「わたしは日比谷公園で弁当を食べてくる。午後にまた。傍聴券をなくさないよう気をつけてな。あんたの名前は？」

高見沢です、と弘志は苗字《みようじ》を答えた。

「高見沢さん、もしかして被告の関係者か何かかい?」

「いえ、関係者というわけじゃないんですが、知ってるひとです」

「被害者のひとりってわけじゃないよな」

同じことは、同僚の石本にも訊かれたのだった。誰もが連想するのはひとつ、ということか。

「違います」と答えて、弘志はエレベーターの前へと歩いた。

午後の審理に出てきたその証人は、四十歳ほどの男性だった。脂気《あぶらけ》のない髪を額に垂らしている。野口幸也と名乗った。解剖医だという。

奥野が質問した。

「野口さんは、……大学の法医学教室の教授ということで、間違いありませんか？」

「間違いありません」

「法医学者として、これまでも司法解剖を長年担当されてきたのですね？」

「十五年近くになります」

「件数で言うと、どのくらいの数になりますか？」

「おそらく、七百体ぐらいになろうかと思います。わたしの名前で報告書を書いたものは、およそ五百件です」

「こんどの事件でも、馬場幸太郎さんの遺体の司法解剖を担当されたのですね？」

「はい、わたしが担当しました」

「解剖されたときのことを、話していただけますか？」

「はい」野口はいったん小さく咳《せき》ばらいをしてから話し始めた。「その日、十月四日の午後四時前後だったかと思います。警視庁の検視官から大学に電話がありまして、他殺体が発見されたのだけれど、司法解剖を担当してもらえるかということでした。その日は仕事が立てこんではいなかったので了承し、法医学教室の解剖室で、助手ふたりと待機しておりました。遺体が搬送されてきたのは、午後四時四十五分ころだったと思います」

「司法解剖が終わったのは、何時ころだったでしょうか？」

「午後の十一時ぐらいでしょうか」

「死因については、すぐに明らかになりましたか？」

「ええ、一応は。首に圧迫痕《こん》があり」

裁判長が言った。

「圧迫痕というのは何か、説明してもらえますか？」

野口が答えた。

「ロープとかベルトとか、あるいは手などで身体をきつく絞めたときにできる痕のことです。皮膚の下で毛細血管が内出血することでできます」

奥野が質問を続けた。

「死因について、野口さんの所見を聞かせてください」

「首にぐるりと回したような圧迫痕があったことで、死因は首を紐かベルト状のもので絞められたことによる窒息死だろうとまず仮説を立てました。眼球にも、点々状の出血がみられまして、これも絞殺の場合に特有にできるものです」

「首を絞められたことによる窒息死とのことですが、ほかの死因の可能性はあったのでしょうか？」

「いちおう、可能性はすべて検討していきました。でも、外傷はなく、骨折や内臓破裂もありませんでした。失血死や外傷性ショック死は排除されて、やはり窒息死という所見となった次第です。その日のうちに、暫定的《ざんてい》な所見として検視官のほうにはそれを伝えました」

「暫定的、という所見を示されたのはなぜです？」

「その時点では、まだ病理学的な判断は終わっていなかったものですから」

「病理学的な判断というと、わかりやすい言葉に直すとどういうものでしょうか？」

「薬物の摂取や、病死した可能性ということです。心筋梗塞《しんきんこうそく》、あるいは内臓疾患などで突然死したのかもしれない、ということは一応想定します」

「そうではなかったのですね？」

「最終的には、それらの可能性もすべて排除されました」

「首を絞めるのに使われた紐、あるいはベルト状のものについて、野口さんは、幅二センチから二センチ五ミリ前後のベルト状のものと所見を示されていますね」

「ええ」

「この理由というのは何なのでしょうか？」

「圧迫痕からの判断です。最初は、紐、もしくはロープのように、繊維をひねったものも想定しましたが、痕の様子から、紐やロープではなく、平たいベルト状のものだろうと判断しました。その幅は、最低で二センチから、二センチ五ミリの幅はあっただろうと考えています。圧迫痕に付着していた繊維は、警視庁の科学捜査研究所のほうに送りました。牛の革の繊維であると報告を聞きました」

「そのベルトは、首に巻かれていたのでしょうか。それとも、頸部《けいぶ》を圧迫していたかたちなのでしょうか？」

「ひと巻きされていたと考えられます」

「首にぐるりとかかる格好ですね？」

「そうです」

「その痕から、ほかにどのようなことがわかるでしょうか？」

「巻くときの手順がわかりました」

「というと？」

「犯人は両手を広げてベルトの端を持ち、被害者の後ろから頸部に押し当てたあと、右手でベルトを首に巻いたということです」

「それは、犯人の利《き》き腕が右手だったということを意味するでしょうか？」

「そうですね。動かしたのは右手ですから、右手が利き腕と考えることが自然です」

「被害者の首には、被害者が抵抗した痕は見られたのでしょうか？」

「指でベルトをはずそうとしたような痕は見られませんでした。吉川線という抵抗するときにできる痕は、この死体の首にはありませんでした」

「首にはなかった、と限定されるのは？」

「両腕の下腕部に、擦過傷がありました。最初は両腕を縛られた痕だろうかとも思ったのですが、現場写真を見て、マッサージ・チェアの腕帯の中に両腕が入っていたとわかりました。首を絞められて苦しくなった被害者が、腕を抜こうともがいたためにできたのだと考えられます」

「被害者は、マッサージ・チェアを使用中だったということでしょうか？」

「使用中だったか、あるいは腕帯の中に腕を入れたまま眠っていたとも考えられます。どちらであったのかは、判断できません。眠っていたとしても、首を絞められればすぐに首を守ろうと腕を動かすことが自然ですが、被害者の場合は腕を固定したままだったので、それができなかったのだろうと想像できます」

「この方法でひとを窒息死させるには、どのくらいの力が必要か、判断はつきますか？」

「多少小柄な体格のひとでも、力をこめれば可能です」

「小柄な体格のひと、というのは、野口さんはどのくらいの身長、体重を想定しているのでしょうか？」

「身長は百五十センチ前後、体重も五十キロ前後でしょうか」

「ひとの首を絞めて窒息死させるのに必要な力は、どのくらいのものでしょうか」

「十五キログラムです」

「ベルトで首を絞めるとして、窒息死までにどのくらいの時間が必要ですか？」

「通常、六十秒から九十秒で意識がなくなり、筋肉が弛緩《しかん》して仮死状態となります。この時点まで進行すると、回復することはありません。心肺停止までは、数分です」

奥野はいったん自分のノートパソコンに目を落としてからまた訊いた。

「死亡推定時刻についてお聞かせください」

「はい。解剖室に運ばれてきたとき……」

そのあと、弘志には馴染《なじ》みのない医学用語、いや解剖学用語というべきなのだろうか、ともあれ専門的な言葉で野口が説明した。いくつかの言葉については、裁判長がやはり補足したり、わかりやすい言葉で言い直したりしていた。弘志にも、途中に出てきた直腸と死後硬直という言葉はわかった。この証言のあいだは、とくに写真も図面もモニターには映されなかった。

「……といったものの具合から、死後数日経過しているだろうと判断がつきました」

「数日というのは、具体的に数字で言うと何日ぐらいのことでしょうか？」

「二日以上、五日以内ぐらいの幅で申し上げています」

「それは、じっさいの司法解剖にかかる前の所見ということですね？」

「はい。まず外表検査での判断です」

「最終的には、野口さんは死亡推定時刻をどのように判断されたのでしょうか？」

「九月二十九日の午後八時から、翌日の午後八時ころの間だろうという所見です」

「警察官による死体の確認は十月四日火曜日の午後三時十五分なのですが、それよりも四日から五日前のこと、ということですね？」

「そういうことになります」

「死亡推定時刻の幅は二十四時間あります。この二十四時間で、ちょうど真ん中となる三十日金曜日の午前八時に死んだ可能性がもっとも高い、という解釈になるでしょうか？」

「いいえ、それは違います。死亡時刻推定の根拠となる複数の医学的な所見で、相互に矛盾しない時間が、この二十四時間ということです。ただ、さきほど申し上げたように、死後数日たってからの司法解剖でしたので、どうしても幅はこの程度のものになります」

「その死亡時刻の推定は、死体がどのような環境にあったことを前提としての判断なのでしょうか？」

「まず、とくに暖房も冷房も効いた部屋ではなかったこと。涼しい部屋であれば、死体の組織の変化は緩慢になりますし、逆に室温が高ければ、腐敗は早まります。換気状態も影響します。部屋の冷暖房と換気の状況については、警察の鑑識係からの報告を受けました。さらに九月末から十月四日にかけての、東京都内の天候、気温、湿度を所与の条件としています」

奥野が裁判長に言った。

「検察官からは以上です」

裁判長の鹿島が弁護人席に顔を向けた。

「弁護人から、どうぞ」

また矢田部という弁護士が立ち上がった。

「三点ほどお伺いします。死因はベルトのようなものを首に巻き付けられたことによる窒息死とのことで、証人はいま、首の傷から巻いた手順がわかったとのことでした。犯人が右利きであると考えるのが自然だと。その点を、もう少し具体的に説明していただけますか」

解剖医の野口が答えた。

「はい、首のまわりに残っていた圧迫痕は、ちょうど頸部、首の前のほうですね、このあたりで上下に二段となっておりました。二段になっていたのは、長さで言えば八センチくらいです。頭の上から見て、頸部左側からできた痕が、首の後ろに回り、再び頸部左に戻って、上を通るようにして頸部右側へと続いていたわけです。犯人は革ベルトのようなものを被害者の後ろから右手で首に巻き付けたために、痕が二段になったのだと考えられるわけです」

野口が、証言台で革ベルトを巻き付けるしぐさをして見せた。架空のベルトの両端をそれぞれの手で持ち、万歳をするような格好から、その両手を胸の前まで下ろした。頸部に当てた、ということなのだろう。それから胸の前で、右手を大きく水平に回した。首に巻き付けたわけだ。それから両方の手を左右に広げた。

裁判長が野口に、その動作をひとつずつ言葉で説明するよう求めた。野口は、同じ動作を説明つきで繰り返した。

矢田部が言った。

「被害者の死体は、マッサージ・チェアの上で発見されました。つまり、後ろから見ると、首の部分はちょうど背もたれに隠れていたことになります。いまの動作をするには、背もたれが邪魔になりますが、犯人は後ろから巻き付けているのですね？」

「痕を見る限り、そう言えます」

「マッサージ・チェアを使っていたときの犯行だとすれば、被害者の後頭部は背もたれにもたれかかっていたと思えるのですが、その巻き付け方が可能でしょうか？」

弘志は、そのとき検察官の奥野が顔を上げ、何か言いかけたのを見た。質問を遮ろうとしたのか、と一瞬思った。しかし奥野は、言葉を呑《の》み込んだ。発言はなかった。

野口が答えた。

「わたしはあくまでも解剖医として、残った圧迫痕からそのように判断しました。このとき被害者は後頭部をチェアから離していたのかもしれません。あるいは犯人が強引に後頭部に右手を差し入れたのかもしれませんが、法医学的にはそこまで推測することはできません」

「首にいまの方法でベルトのようなものを巻き付けるとして、必要なベルトの長さはどのくらいのものとなるでしょうか？」

「左手を固定し、右手を被害者の頭部をめぐらして首にかけるのですから、最低でも八、九十センチの長さは必要となります」

「最低でも、という意味はどういうことでしょうか？」

「物理的にはその長さがあれば十分かと思いますが、素早く首にかけて回し、体重をかけるとするなら、もう少し長さがあったほうが自然かもしれません」

矢田部がいったん自分のノートパソコンに目を落としてから言った。

「死亡推定時刻の質問です。証人はさきほど、九月二十九日午後八時から三十日午後八時のあいだの、ちょうど真ん中の三十日午前八時に被害者が死んだ確率が最も高いわけではない、とおっしゃいました。そこの点の確認なのですが、この三十日午前八時という時点が最初に導き出され、その前後に十二時間ずつの幅をもたせた、という死亡時刻の推定ではないのですね？」

「違います。先ほども検察官の質問でお答えしましたが、いくつかの医学的な検査の結果を考慮して、互いに矛盾しない時間帯がこの二十四時間ということです。三十日午前八時に死亡した可能性が最も高い、という判断はしておりません」

矢田部が裁判長を見て言った。

「弁護人からは以上です」

裁判長が、ほかの裁判官、裁判員に質問はないかと訊いた。

女性の裁判員が手を上げた。四十歳前後かと見える、メガネをかけた女性だ。専業主婦だろうか。彼女が野口に質問した。

「革ベルトの件なんですが、もし二センチの婦人用ベルトだとすると、少し細いように思うんです。二センチの婦人用ベルト、ということはありうるのでしょうか」

野口が答えた。

「まず、絞殺に使われたものが、婦人用のファッション小物としての革ベルトだとは断定しておりません。素材が革で、平たい帯、つまりベルトのようなものが使われただろうと判断しているだけです」

メガネの女性裁判員は、あ、と小さく口を開けた。自分の勘違いだったかという表情だ。被告が女性であることから、革のベルトと聞いてすぐ、それが婦人用の、ウエストに巻く商品だと思い込んでしまったのだろう。弘志も、やりとりを聞いていて、なんとなくそうしたものを連想していた。でも考えてみれば、革製の平たい帯と言えば、バッグやカメラのストラップとか、工業用のベルトとか、いろいろある。

野口が続けた。

「圧迫痕から判断できるのは、最低でもその幅のベルトだろう、ということです。ただ、死後四日以上経っての司法解剖ですので、痕の境界は不鮮明でした。なので二センチ五ミリまでの可能性を考慮しました」

「二センチより幅の狭いベルトということは？」

「ありません」

鹿島が訊いた。

「ほかに質問はありますか？」

なかった。

鹿島は二十分間の休憩を告げた。

審理再開後の証言台の前に立ったのも、検察側の証人だった。

不動産管理会社の社員だ。スーツを着ており、年齢は四十歳ぐらいか。岡田隆一と名乗った。

奥野が質問した。

「岡田さんの会社、上野アステージ・マネジメントは、被害者馬場幸太郎さんの不動産の管理を担当されていたのですね？」

「はい」と岡田が応《こた》えた。「馬場さんが所有するアパート、集合住宅、土地を管理させていただいていました。うちの社の業務としては、管理だけではなく、小規模な再開発なども手がけているのですが」

「不動産の管理、というのは、具体的にはどういうことなのでしょうか？」

「馬場さんに代わって、賃貸物件の賃借人の募集から、事務手続き、家賃の徴収、物件のメンテナンス等をいっさい引き受けているということです」

「馬場さんの不動産収入は、岡田さんの会社を通じるもので、どのくらいあったのでしょうか？」

「二年前、平成二十七年度は、一千二百万円ほどだったかと思います」

「岡田さんは、昨年九月二十八日に、馬場さんを訪ねていますね？　これはどういう用件だったのでしょうか？」

「馬場さん所有の土地に、コンビニが入る建物を建てるということになったからです」

「建てるのは、馬場さんなのですか？」

「はい、馬場さんはもう自分でローンを組みたくはないとのことでしたので、べつの不動産会社に土地の売却も考えられていました。当社は、リースバック方式を提案させていただきました。建物の名義は地主さまで、当社が借り主になります。すでに岩淵に出店を計画している大手とも調整済みです。この提案に了解をいただいたので、将来建築協力金となる額のうちから、手付け金を持参しました」

「持参ということは、現金だったのですか？」

「ええ。三百万円の現金を用意して、馬場さんのお宅を訪ねました」

「手付け金を現金で、というのは、馬場さんの要望だったのでしょうか？」

「はい。うちに決めていただいたお礼の意味もこめて、ご要望に応えた次第です」

「馬場さんは、その現金の使い道について何か話していたでしょうか。それとも自分の銀行口座に入金するつもりだったのでしょうか？」

「使い道については、とくに伺っておりません」

「その現金を受け取って、馬場さんはどのように取り扱ったのでしょうか？」

「商談中、束の入った紙袋を居間のローテーブルの上に置いただけでした」

「金庫に収めたわけではない？」

「わたしどもが訪ねているあいだは、そのままでした」

「ポーチとか、鞄《かばん》とかに入れてもいなかったのですね？」

「入れていません」

「馬場さんは、土地の売却なりリースバック方式なりを考えた理由については、何か話していたでしょうか？」

「一昨年あたりから、両親から相続した古いアパートではこの先収入も先細りだから、ということを言っていました。いま元気なうちに、有効な手を打って人生を楽しみたいと」

「リースバック方式では、馬場さんの負担はないのですか？」

「ありません。こんどの契約の場合では、うちの会社が建築費を建築協力金という名目で馬場さんに無利息で融資します。馬場さんはこの資金でコンビニとファミレスの複合店舗が入る建物を建てることになっておりました」

奥野はうなずいてから、質問を変えた。

「馬場さんが言っていた人生の楽しみというのは、どういうものか、聞いていますか？」

「具体的には何も」

「何かまとまったおカネが必要になる予定とか計画についても、聞いてはいませんか？」

「予定でも計画でもないと思うのですが、こういう暮らしも飽きた、ということは言っていたことがありました」

「こういう暮らしというのは？」

「あまり外に出歩かず、社交もせず、旅行もしない暮らしということだと思います。自分のいまの生活はそんなようなものだと、そう言っていたことがありました」

「それはいつごろですか？」

「夏ごろ、交渉中に雑談で出ました。それを聞いて部下が、豪華客船のクルーズなどもいいですね、という意味のことを言うと、興味を示されたようでしたが」

「どんなことを言っていました？」

「南国の港町めぐりはいいな、とか、クルーズってひとりで参加すると割高だろう、とか。もっとも、どれだけ本気で言っていたかはわかりませんが」

「岡田さんは、十月四日にも馬場さん宅を訪ねようとしていましたね。このときはどういうご用件だったのですか？」

「手続きを次の段階に進めるご相談で伺うつもりでした。手付け金をお渡ししたとき、火曜日に伺うという約束になっておりましたが、午前中に確認の電話をしてもお留守のようでしたので、そのまま伺おうと部下と訪ねた次第でした」

奥野が鹿島に向かって言った。

「検察官からは以上です」

鹿島が弁護人に反対尋問を促した。

弁護人席で立ち上がったのは、肩までの髪の、黒っぽいスーツの女性だ。

「弁護人の倉本から伺います」と彼女は言った。「馬場さんとの交渉では、競争相手がいたとのことですが、これも上野アステージ・マネジメントと同じような業態の会社だったのですね？」

「そうです」と岡田は答え、会社名を言ってから「赤羽に本社のある会社です」とつけ加えた。

「その会社は、証人の会社よりも先に馬場さんとは交渉に入っていたのでしょうか？」

「交渉とまではいきませんが、アパートの取り壊しが決まる前から、更地にして売ってくれないかと馬場さんに持ちかけていたそうです」

「証人の会社からしてみれば、馬場さんとの関係の中に割り込んできた会社ということになりますか？」

「こういう業界では、ふつうのことです」

岡田は、割り込んできた、という部分は否定しなかった。

倉本が訊いた。

「相手の会社の立場になって考えてみれば、土地売却交渉の中に、証人の会社が割り込んできたということになるでしょうか？」

奥野が裁判長に顔を向け、手を上げて言った。

「失礼。関連がわかりません」

弘志は思った。これは、異議あり、ということなのだろうか。法廷が舞台のテレビ・ドラマなどで、似たような場面を見たことがあるような気がするが。

鹿島が倉本という女性弁護人に訊いた。

「本件に関連のある質問ですか？」

倉本が答えた。

「被害者の周辺に、土地取引をめぐるトラブルがなかったかを確認しようとしています」

　鹿島が奥野を見た。

「証人の答えを聞きます」

　奥野が、仕方がない、という顔でうなずいた。

　岡田が答えた。

「そう思われていたかもしれません」

「リースバック方式でコンビニ向けの建物を建てるという交渉は、いつごろから始まっていたのでしょうか？」

「打診は、アパートの取り壊しのころですが、具体的には一昨年一月ころからです。うちの営業部の者にわたしが同行するようになりました」

「手付け金を渡したのが去年九月二十八日ということは、それまでは交渉は進展していなかったのですね？」

「そうです。最初は馬場さんも、土地を売ってしまうつもりだったようです」

「となると、その段階で相手の会社に、証人の会社とリースバック方式で契約内諾まで進んだということは、伝えねばなりませんね？」

「そうですね。交渉から手を引いてもらわなくてはなりませんから」

「その連絡は、証人の会社のほうから相手の会社にしたのでしょうか？」

「いいえ。馬場さんが、自分から伝えておく、ということでした」

「手付け金を渡した九月二十八日に、そう言ったのですね？」

「はい」

「馬場さんはじっさいに連絡したのでしょうか？」

「わかりません。とくに馬場さんから、伝えておいた、というような連絡をいただいてはいません」

倉本が両手で書類をまとめると、鹿島に言った。

「弁護人からは以上です」

こんどは裁判官のひとり、鹿島の左側にいる若手の裁判官が証人に質問した。

「この計画では、建築協力金というのはいくらぐらいになるものだったのですか？」

岡田が答えた。

「複合型店舗が入りますので、およそ五千万円です」

「競争相手の会社のほうは、土地代金としていくらの提示だったのか、ご存じですか？」

「馬場さんからは、七千万円だったと聞いています」

裁判員からの質問はなく、休憩なしに次の証人尋問となった。

こんど証言台に立ったのは、弁護側の証人とのことだった。三十歳ぐらいの、長めの髪の男だ。黒いスーツを着ている。

男は島田裕哉と名乗ってから宣誓して、椅子《いす》に腰を下ろした。

今度は弁護人の矢田部が先に証人に質問した。

「まずあなたご自身のことからお聞きしますが、どんなご職業ですか」

「いまは、飲食店勤務です」

「一年前の十月四日も、同じお仕事でしたか？」

「いいえ、住宅のリフォームや設備機器のセールスの仕事をしていました」

「十月四日に、北区岩淵の馬場幸太郎さんのお宅を訪ねていますか？」

「はい」

「おひとりでですか？」

「同僚と一緒でした」

「馬場さんを訪ねた理由は何だったのでしょう？」

「住宅の換気設備のセールスです」

「そのとき何があったのか、順を追って話していただけますか」

「はい、車で馬場さんの家の前まで行って、表札で馬場さんのうちだとわかりましたので車を停め、同僚とふたりで、インターフォンを押しました。返事がなかったのですが、戸に手をかけてみると開いたので、玄関に入りました」

矢田部は、一枚の紙をプロジェクターの上に置いた。壁のモニターに、午前中に検察官が示した建物の平面図が映し出された。

「玄関というのは、どこのことでしょうか。指で示していただけますか？」

島田が、これまで三和土《たたき》と呼ばれてきた部分に右手の人差し指を置いた。

「目の前にもう一枚引き戸があるので、あいさつをしながら手をかけました。開いたのですが、ひとの姿は見えません。錠はかかっていなかったのだし、日中でしたので、トイレかなと思って少し待ってから、同僚とふたりで目の前の部屋に入りました」

「図面では、どこになりますか？」

島田はリビングを指した。

「部屋は電気がついていなくて薄暗かったので、スイッチで蛍光灯をつけました。同僚は、家の中を点検しながら台所のほうに行きました。それから一緒に寝室のほうに入ったのですが、ぼくがマッサージ・チェアの上で、死んでいるように見える男のひとを見つけました」

「男のひとが倒れていた場所を示してもらえますか？」

島田は寝室のマッサージ・チェアを指差した。

「男のひとを見つけたあとは、どうしたのですか？」

「これは事件だと思って、家の外に出てから一一〇番に通報しました」

「あなたがリビングに入ったとき、何か異常には気がつきましたか？」

「最初はとくに。ちょっと散らかっているかなとは感じましたが、年寄りのひとり暮らしなら、あのくらいはふつうです。異常とは感じませんでした」

「あなたは、お年寄りのひとり暮らしの部屋を数多く見てきているのですか？」

「はい。仕事が、主にひとり暮らしのお年寄り相手だったものですから」

「この日馬場幸太郎さんを訪ねたのは、あらかじめ電話でアポイントを取っていたからですか？」

「いいえ、事前のアポは取っていません」

「ということは、手あたり次第の、いわゆる飛び込みのセールスだったのでしょうか？」

「違います。お客のリストがありまして、その中に馬場さんが入っていました」

「それは、どういう種類のリストなのですか？」

「高額商品を買ったことがある、ひとり暮らしの高齢者のリストです」

「馬場さんは、どんな高額商品を買っていたのですか？」

「リストには、業務用の電動マッサージ・チェアと、浄水器について書かれていました」

「それは、あなたの勤め先の会社で売った商品なのですか？」

「違います。よその会社が売ったものです」

「その購入者リストを、あなたが持っていたのはなぜですか？」

「上司から渡されました。会社は、どこかリスト業者から買ったのだと思います」

「高額商品を買ったことのある、ひとり暮らしのお年寄りのリストが、業界の中に出回っているということでしょうか？」

「そうだと思います」

「少し戻りますが、あなたはインターフォンの返事がなくても玄関の引き戸を開けて中に入り、さらにあいさつにも応えがないのに、リビングに上がりこんでいますね？　このことに何か特別な理由でもありますか？」

「そのように教育されています」

「教育とは？」

「セールスのときの、客との応対マニュアルです。ひとり暮らしのお年寄りは、すぐには返事ができないことも多い。ドアが開いているなら、点検という名目で上がりこんでしまえば、商談もしやすくなるから、ということです」

「それは、あなたの会社独自のセールスのマニュアルなのでしょうか？」

「たぶん違うと思います。ぼくがその前にいた会社も、同じようなマニュアルを作っていて、同じような教育をしていました」

矢田部がプロジェクターの上から平面図を取り上げて言った。

「弁護人からは以上です」

鹿島が検察官に反対尋問を促した。奥野が、ほかのふたりの検察官たちと額を近づけて何か小声で話した。

弘志は弁護人のいまの質問の主旨を考えた。弁護人は、多少のカネを持ったひとり暮らしの年寄りについての情報が広まっている、と言いたかったのだろうか。高額商品を売りつけようとするセールスマンはほかにもいて、彼らは住人の返事がなくても家に上がりこむものだと。つまり被害者宅に、ほかにも訪問者がいた可能性をほのめかしているのだ。その訪問者らは、電話の通話記録などからは、たどれない。

「検察官の奥野のほうから」と、奥野が立ち上がった。

証人の島田が、ちらりと奥野のほうに顔を向けた。

「あなたが十月四日に北区岩淵に行ったのは、馬場幸太郎さんの家一軒だけを訪ねるためだったのですか？」

島田が、正面を向いて答えた。

「岩淵に行ったのは、そうです」

「その日は、ほかに何軒か訪ねるつもりだったのでしょうか？」

「一軒でも成約できれば、それで止めるつもりでした。午前中は高島平の家を訪ねていたのですが、成約できませんでした」

「それで、午後はリストにある馬場さんを訪ねようと思ったのですね？」

「そうです」

「それは、上司の指示だったのですか？」

「いえ、北区板橋区を重点的に、とは上司に指示されたんですが、具体的に誰を、というのは、リストを見て自分たちで決めました」

「自分たちと言うのは？」

「同行していた同僚と、ぼくです」

「リストはいつ渡されたものでしょうか？」

「前の日です」

「何人くらいのひとの名前が書かれていたのですか？」

「五十人くらい。あ、渡されたのは、東京全域のものじゃありません。北区、板橋、豊島、練馬、足立あたりのリストでした」

「前の日にも、そのリストに載っているひとのところを訪問していたのですね」

「はい」

「その日、十月四日の午後に馬場さんを訪ねた理由は、どんなものでしょうか？」

「まず、説得できそうだと思ったからです。前に買ったというマッサージ・チェアは、上代四十万円ぐらいするものですから」

「ジョウダイというのは？」

「小売り価格ということです」島田はすぐに続けた。「マッサージ・チェアは、そんなに出さなくても十万円以下でそこそこのものが買えます。旅館とかスポーツクラブ用のごつい高機能の商品を買ったひとですから、説得するのも簡単に思えたんです」

「それは、被害者がそういった商品についての知識がないという意味ですか？」

「ま、あまり疑い深くなくて、親身になってやるふりをすれば、高いとわかっていても、契約書に判子を押してくれるひとなのではないかと思いました」

「あなた自身は、そのようなお客さんに何人も高額商品を売ってきているのですね？」

「はい」

「そういうお客に売るときの秘訣《ひけつ》はありますか？」

「いえ、慣れ次第と言いますか、応酬トークがすらすら出るように場数踏んで、話しているうちに、相手の孫とか息子みたいな雰囲気を作れたら、なんとかなります」

「あなたは、被害者となら、そういう雰囲気を作れそうだと期待したのですね？」

「はい。訪ねてみる価値はありそうだと思いました」

奥野はそこで、反対尋問を止めた。

「検察官からは以上です」

また裁判員のひとりが質問した。中年の、堅そうな仕事に就いていると見える男だ。

「証人のような仕事をしているひとのあいだでは、ここはセールスしやすい客だ、というような意味の印を戸口に書いておくと聞いたことがあります。証人もそういうことはしているのですか？」

島田が答えた。

「そういう話を聞いたことはありますが、デマだと思います。ぼくはやったことはないし、そういうものがあるとも教えられたことはありません」

若手の女性の裁判官も島田という男に質問した。

「玄関の戸はロックされていなかったとのことでしたが、インターフォンに応答がないのに施錠《せじよう》されていないことについて、何か異常があるとは感じなかったのですか？」

島田が答えた。

「下町の一戸建ての家の場合、昼間ロックされていないところはけっこうあります。夏場なら、玄関の戸が半開きになっていることも珍しくありませんし」

「その玄関の引き戸を開けて、中に入ったときも、やはりまったく異常があったようには思えなかったのですね？」

「そういえば、引き戸の脇《わき》の床に、新聞が落ちていたような気がします。だけど、年寄りのひとり暮らしなら、そういうこともあるだろうと、とくに気にはしませんでした」

女性の裁判官は、十分ですという顔で裁判長を見た。

質問はそれ以上はなかった。証人が法廷を出て行くと、裁判長が宣した。

「本日の審理を終わります」

裁判官と裁判員、それに補充裁判員たちが起立した。とくに職員から指示はなく、傍聴人たちもばらばらに起立した。裁判官たちが法廷を出てゆくと、ついで山本美紀が、刑務官ふたりに手錠をかけられて立ち上がった。

弘志はほかの傍聴人たちと一緒に出口へと向かいながら、山本美紀を見た。なんとか視線が合わないかと祈った。しかし山本美紀は、この日法廷を出入りするときずっとそうであったように、何も見ようとせず、何にも焦点を合わせようとはしなかった。山本美紀が退廷すると、検察官や弁護人たちも書類をまとめだした。

第四一六号法廷を出ると、職員が傍聴券を求めてきた。傍聴券は一日ごとに回収されるということなのだろう。

中央の通路に出ると、弘志の先に法廷を出ていた中嶋が声をかけてきた。

「あんたは明日も来るのかい？」

弘志は答えた。

「ええ、そのつもりです」

「一回目の公判で傍聴券が抽選になった場合、その裁判はたぶん毎日抽選ってことになる。明日も、籤《くじ》に当たらなきゃならないぞ」

「競争率が下がってくれるとうれしいんですが」

混み合うエレベーターで一階に降りてから、弘志は中嶋に訊《き》いた。

「この裁判、どっちが有利なんですか？」

中嶋は、エントランス・ロビーを出口に向かって歩きながら答えた。

「まだ全然わからない。直接的な物証がない、って週刊誌の記事では読んでいたけど、検察はそうとうの自信を持っているようだったな」

弘志は、落胆した。

「検察有利ですか」

「きょうのところはな。だけど、検察側の証人に対しての反対尋問では、あのヤダカン、そこそこ痛いところを突いていたようにも感じたぞ」

「問題になっているのは、何なんでしょうか」

「きょうの審理の範囲では、殺された時刻と、被告のアリバイ、ってことだろうな」

弘志たちは、金属探知機の右側を通って、建物の外へと出た。

弘志は立ち止まって中嶋に顔を向け、もうひとつ訊いた。

「最後に出てきたセールスの男、弁護人はあの男を呼んで何を証明しようとしていたんでしょう?」

中嶋が答えた。

「被害者が、たちの悪い連中から狙《ねら》われている可能性をほのめかしていたな。裁判員たちにも伝わったろう。誰のものかわからない指紋も出ているのだし」

「検察官の反対尋問の意味もわかりませんでした。あれは、何を聞きたかったんです?」

「想像だけれど、被害者はけっこうおひとよしで、たぶらかそうと近づいてくる人間には弱いってことを印象づけようとしたのかな。じっさい、高額商品をいくつか買っているんだし」

「点検商法って聞いたことがありますけど」

「あのセールスマンもそのくちだ。ましてセールスするのが女だった場合は、と裁判員たちも考える」

弘志は、山本美紀が年配の男性相手に高額商品を売りつけるところを想像しようとしてみた。しかし、まるでイメージがわかなかった。彼女はそんなに器用ではない。口が上手な女性ではない。それがあっさりできるぐらいなら、ネットカフェで仕事探しなどしていなかったろう。最初から歩合制でセールスの仕事をしていたのではないか?

ただ、自分はあのネットカフェで、彼女が困ったことになっている中年女性に親身になって心配していたところを見ている。演技や計算ではなしにあのような優しさを示されたなら、男女を問わず、年配者が彼女に心を開くことも自然に思えた。

だから、と弘志は思った。被害者がもし山本美紀にほだされていたのなら、彼女はたとえカネを欲しがっていたのだとしても、強盗殺人を犯す必要はなかった。借りればいい。つまり、殺人の動機がない。それとも、以前から彼女は被害者に多額のカネを借りていたということだろうか。その返済を求められたから、あるいはその金額に見合うだけのモノなりサービスを要求されたために殺人を犯したのだ、と検察は訴えてくるのだろうか。

「じゃあ」と中嶋が言った。「明日もまた運がよければ、同じ法廷で」

彼は東京地裁の入ったビルの前庭を歩き、桜田通りへと出ていった。

自分はどうするか。

弘志は地裁のエントランスを振り返ってから時計を見た。午後の四時になるところだった。秋葉原のネットカフェに戻るには早すぎる。かといって、東京ではすることもない。どこかで時間をつぶすしかなかった。

夜だけアルバイトできないだろうか、とも考えた。公判が毎日この程度の時間で終わるなら、判決が出るまで、毎日数時間働くことは可能だ。夕方から深夜零時くらいまでの仕事がもし見つかればの話だが。

地下鉄駅の構内では、無料のアルバイト情報誌が手に入る。あれを一冊手にとって、どこかでじっくり眺めてみるか。

弘志は、再び歩いて地裁の前庭を出た。

伊室真治はその日、退庁後に赤羽駅東口の居酒屋に入った。以前、捜査一課の鳥飼とも来たことのある店だ。部下の西村敏が一緒だった。カウンターの席に着いてチューハイをひと口飲んだところで、西村が訊いてきた。

「どうだったんです、裁判は？」

伊室は答えた。

「検察からは、打ち合わせどおりの質問だった」

「死体発見時の状況と、聞き込みのことですね」

「ああ。裁判員からは、あの地域で以前から不審者情報はあったのかという質問があったな」

「ありませんでしたね。岩淵には、それ以前の二年間は」

ふたりの前に、肴《さかな》の器が出た。モツの煮込みだ。西村がひと口、モツを食べてから訊いた。

「ヤダカンの反対尋問では、予想外のことでも？」

「いいや」と伊室は首を振った。「そっちも想定内だった。ただ」

「ただ？」

「答えてから気がついたことがある」

「何をです？」

「弁護士は、不審な人物の情報は何も出てこなかったのかと確認してきた。出なかったわけでもないけれど、すべてそれが誰か特定できたとおれは答えた」

「じっさいそうでしたね」

「ただ、そうとも言い切れない。そこにいたことは確かなのに、三回の聞き込みでも目撃情報が出てこなかった人物がいる」伊室はつけ加えた。「ひとりじゃない」

西村は黙ったままで伊室を見つめてくる。伊室はチューハイをもうひと口喉《のど》に流しこんでから言った。

「三回目の聞き込みが終わるころには、もう鳥飼たちは山本美紀で立件すると決めていた。捜査本部が必要としていたのは、彼女を立件するための情報だけだった。出てきていないのに、そこを無理して掘ってみるという空気じゃなくなっていた」

「埼玉県警が逮捕したとなれば、連続殺人を疑うのが自然でしたし」

「大宮署の北島に言わせれば、あっちはあっちで、警視庁が逮捕するんなら、とフライング覚悟で飛び出したんだ」

「埼玉県警の逮捕で、裁判も併合審理になるのだろうなと予想しましたけど」

伊室が持ち上げたままのジョッキを見つめていると、西村が言った。

「伊室さんがどこに引っかかっているのか、何となく想像できてきたような気がします」

「もう公判が始まっているんだ。何かをしようってわけじゃないけどな」

「判決次第では、どうなんです？」

「どうであろうと、組織としては終わった事案だ」

店の奥のほうで、四人組の若い男性客たちが大きな笑い声を立てた。

その笑い声が静まってから、西村が愉快そうに言った。

「このあと、近所をぶらぶらしてみますか？　河岸《かし》を変えてもいいですよ」

伊室は自分のジョッキを持ち上げて、同意した。いまはそうする以外に、とくにやることもないのだし。

2

公判二日目となった。弘志はこの日も運よく抽選に当たり、傍聴席にいるのだった。

きょうも中嶋と会った。彼は抽選ではずれ、残念そうに弘志のそばから離れていった。べつの公判を傍聴するという。彼ほどの傍聴好きであれば、さほど話題の事件の裁判ではなくても、それなりに楽しみを見いだせるのだろう。

いまこの第四一六号法廷の証言台に着いているのは、年齢三十歳前後かと見える小太りの男だった。フード付きのスウェットに、カーゴパンツをはいている。被害者馬場幸太郎の息子とのことだ。馬場昌樹と名乗っていた。

担当の検察官は、女性だった。堀という名前だ。彼女の質問に、昌樹は答えている。

「はい、その週にまた父さんを訪ねることになっていたんです。いつ行ったらいいか訊くつもりで、土曜日に電話したんだけど出なくて、その日の午前中にも電話したけど」

堀が質問をはさんだ。

「その日というのは、十月四日のことですか？」

「そうです。午前中にも電話したけど出なくて、それでも訪ねたかったので、日本酒買って岩淵に行ったら、父さんのうちの前にパトカーが停まっていたんです」

そこまでのやりとりで、被害者は息子が中学生のころに妻と離婚していたと明らかにされていた。

堀が訊いた。

「その日、お父さんを訪ねる理由は何だったのですか？」

「ぼくの起業の資金を出してくれることになっていました」

「起業というのは、何か事業を興《おこ》すとか、会社を設立するということですか？」

「そうです。その資金を援助してくれることになっていました」

「援助してくれる額については、決まっていたのですか？」

「まず三百万円出してくれると父さんは言っていました」

「この日十月四日に、そのおカネを渡してもらえることになっていたのですね？」

「はい、その前に訪ねたときに、そう言ってくれました」

「その前の訪問というのは、いつのことですか？」

「九月十二日です」

「お父さんは、そのおカネをどう用立てるのか、話していましたか？」

「いいえ、とくには。ただ、貯金を下ろしてくれるんだろうと勝手に思っていましたけど」

「お父さんが、株とか外国為替取引などをしていたというのは、聞いていますか？」

「一時期やったらしいけど、火傷《やけど》したと言っていましたよ。そのあとは、多少興味は持っていたでしょうけど、どれだけ利益を出していたのかは知りません」

「更地にコンビニ向け建物を建てる計画については、お父さんは話していましたか？」

「ええ。聞いていました。自分がローンを組まないでも建てられるんだと言っていました」

「手付け金が入る、ということは、昌樹さんには話していましたか？」

「いいえ」

堀は、いったん奥野のほうに目をやった。奥野が、自分の手元の書類ホルダーを持ち上げて堀に示した。

堀が言った。

「ちょっと質問を変えます。息子さんとしてお父さんの生活ぶりを聞いていたかと思いますが、それはどのようなものだったでしょう。規則正しい毎日だったでしょうか。それとも起床就寝の時刻もその日によって違うような生活でしたか？」

昌樹が答えた。

「けっこう規則正しくやっていたんじゃないかと思います。一度軽い脳梗塞《のうこうそく》で入院したことがあって、後遺症は残らなかったんですけど、それ以降はとくに」

「朝に起きる時刻も、眠る時刻もだいたい同じであったということですね」

「たぶんそうだと思います」

「先ほど、昌樹さんが頻繁に訪ねるようになったのは、孤独死も心配だったからとのお答えでした。それで間違いはありませんか?」

「それもありますが、ひとり暮らしですから、犯罪とか詐欺《さぎ》なんかに巻き込まれたりしないかということも心配でした」

「施錠、戸締まりについて、昌樹さんは何か心配されていたでしょうか?」

「ええ、父さんの家は以前は商売をやっていたこともあって、日中は玄関の戸の鍵《かぎ》をかけないことがふつうだったんです。もう商売はしていないのだし、不用心だから、日中でも玄関の鍵はかけたら、と何度か言いました」

「お父さんは、そのようにしましたか?」

「最近はかけていたと思います」

「横手の通用口は、施錠はどうだったでしょう?」

「うーん」と昌樹は唸《うな》った。「夜はかけていたと思いますけど、ぼくはあっちから出入りしたことはないんで、わかりません」

堀が鹿島に顔を向けて言った。

「検察官からは以上です」

反対尋問で矢田部が馬場昌樹に訊いた。

「昌樹さんは、お父さんの孤独死や犯罪に巻き込まれることが心配で頻繁に訪ねるようになっていた、というお話でした。何か心配になる理由でもあったのですか？」

「はい」と馬場昌樹。「高い浄水器を買ったり、温泉旅館にあるようなマッサージ・チェアを買ったりしていましたから、間違いなく悪質セールスなんかのカモになっているなと思っていました」

「心配してお父さんを訪ねる頻度は、どのくらいのものだったのでしょうか？」

「殺される直前は毎月でした。それ以前も最低でも三カ月に一度は」

「お父さんが脳梗塞で入院したのは、亡《な》くなる五年前のことですが、それ以来三カ月に一度はお父さんを訪ねていた、ということですね？」

「ええと、五年間ずっとそのペースというわけでもなくて、父さんが殺される一年ぐらい前からそのペースになったということです」

「五年間では、合計で何度くらいお父さんを訪ねていました？」

「十二、三回ぐらいです」

弘志は、計算が合わない、と思った。最低でも三カ月に一度という頻度なのに、五年間の合計では十二、三回？　おかしい計算だ。でも弁護人は、そこを追及しなかった。

「お父さんの生活ぶりについて、規則的な起床、就寝だったということでしたが、それを見たことはあったのですか？」

「いえ、父さんがそう言っていたということです」

「鍵をかけるように注意してからのことを伺います。それ以降、お父さんを訪ねたときは、インターフォンで名乗ると、お父さんが玄関口まで下りてきて、引き戸のロックをはずしてくれていたのですか？」

「行く前に電話します。そのときにもうロックははずしているのかもしれません」

「つまり、訪ねたときはいつもロックははずされていたのですね？」

「そう、です」

矢田部が、いったん間を置いてから次の質問をした。

「お父さんが、昌樹さんの起業に対して資金援助をしてくれるとのことでしたが、どの様な業態のお仕事なのですか？」

「飲食業です」

「食堂とか、レストランということですか？」

「喫茶店です」

「どのような種類の喫茶店ですか？」

「メイド喫茶です」

「お父さんは賛成してくれたのですか？」

「ええ、賛成してくれました」

矢田部が鹿島に言った。

「以上です」

矢田部が反対尋問を終えると、女性裁判官が質問した。

「お父さんを訪ねるとき日本酒をお土産にしたということですが、お父さんはお酒が好きだったのですね？」

昌樹が答えた。

「好きでした。訪ねたときは、遅くまで一緒によく飲みました」

「外でもお酒を飲む方だったのですか？」

「ときどきは飲んでいたと思います。赤羽駅近くの居酒屋の話など、よくしていましたから」

「酔いつぶれてしまうまで飲むひとだったのでしょうか？」

「外ではどうだったか知りません。ぼくとは、けっこういい調子になるまで飲むことがありました」

「いい調子というのは？」

「足がふらつくぐらいにです」

女性裁判官の質問はそこまでだった。裁判員からの質問はなく、すぐ次の検察側証人と代わった。

その証人は、赤羽の無店舗型性風俗業で働く若い女性だった。弘志の目から見て、ぽっちゃりというか、いくらか小太りとも言える体型をしていた。スウェット・シャツに、運動着のようなラインの入ったパンツ姿だった。落合千春と名乗った。

女性検察官の堀が訊いた。

「あなたは、九月二十九日の夕方、馬場幸太郎さんの自宅を訪ねていますか?」

落合千春は少しうつむき加減で、視線を堀のほうに向けて小声で答えた。

「はい」

鹿島が彼女に言った。

「証人は、答えるときはわたしのほうを見てください。それからマイクの位置を直しましょう」

地裁の職員が、マイクのアームを少しだけひねって、彼女の口に近づけた。

堀が訊いた。

「馬場さんのお宅を訪ねるのは、このとき初めてでしたか?」

「いえ、二回目です」

「その前はいつだったのですか?」

「三カ月ぐらい前です。六月の二十二日です」

落合千春は、どこか落ち着きがない。おどおどしているように見える。

「九月二十九日の」と、堀は最初よりも少し口調をやわらげて言った。「馬場さん宅への派遣は、馬場さんがあなたを指名したからですか？」

「違います。マネージャーの話だと、誰かを寄越してくれという電話で、わたしでいいかとマネージャーが訊いて、オーケーだったそうです」

「馬場幸太郎さんは、あなたが勤めているお店、赤羽ベルサイユの常連だったのですか？」

「何回か使っていて、お客さまとして登録されているひとです」

「この日は、何時ごろに馬場さんのお宅に着いたのですか？」

「五時三十分くらいだと思います」

「ひとりで行ったのですか？」

「送迎の運転手に送ってもらいました。お宅の手前で停めてもらって降りています」

「お宅には、玄関から入ったのですか？」

「いいえ、インターフォンを使ってほしくないと言われてました。横の勝手口から入ってくれと」

ここでまた馬場幸太郎宅の平面図が示された。落合千春は、左手の勝手口から、中に入ったのだという。

「着いたとき、勝手口で名乗ったのでしょうか？」

「戸を開けてから、あまり大きな声にならないように、ベルサイユから来ましたと名乗りました」

「馬場さんはそのときどこにいたのですか？」

「寝室にいたみたいでした。部屋の奥の方から、入ってきてくれと声がしました」

「それから何があったのですか？」

「居間に出てきた馬場さんがわたしを見て、トモミちゃんがまた来てくれてうれしい、というようなことを言いました。チェンジがなかったので」

堀が答えを遮った。

「チェンジというのは？」

「じっさいに女の子を見て、べつの子にしてくれと言われることです。それがなかったので、わたしは会社に、着きました、と電話しました」

「それからどうなりました？」

「馬場さんが規定の料金を支払ってくれました」

「おいくらですか？」

落合千春の上体が左右に揺れたように見えた。

「あの、答えなくてもいいんですよね」

鹿島が言った。

「あなたに不利になることであれば、答える必要はありません」

「いえ、あの、答えられますけど、二万七千円でした」

「現金ですね？」

「はい、お財布から」

「そのあとは？」

「掃除ができてなくてすまない、というようなことを馬場さんが言いました。時間がなくて、お風呂《ふろ》も掃除できなかったんだと」

そこからひじょうに遠回しなやりとりで、デリヘル嬢が仕事を果たしたというところまでが証言された。本来なら、そこで違法な性的サービスがあったのだと語られてもおかしくはないのだろうが、この裁判とは無関係なことだということか、堀も突っ込んだ質問をしていない。

「そこで仕事が終わったのですね？」

「はい」と落合千春。「わたしが服を、その、服を着てから会社に電話して、終わりましたと言いました」

「それは何時ごろでしょうか？」

「時計を見ましたが、六時四十分ごろだったと思います」

「馬場さんはそのとき、眠っていたのですか？」

「いいえ、起き上がっていました」

「何かあなたに言いましたか？」

「また頼むかもしれないと」

「トラブルなどはなかったのですね？」

「ありません。馬場さんはチップを一万円くれました」

「そのとき、馬場さんの服装は？」

「パンツ」落合千春は言い直した。「トランクスひとつでした」

「そのあとは？」

「わたしはまた勝手口から家を出ました」

「あなたは勝手口から馬場さんのお宅を出てどうしました？」

「すぐに迎えが来るはずでしたから、酒屋のある交差点のほうに歩きました。そこで三分くらい待っていると車が来たんで、乗って会社に戻りました」

「会社に戻ったのは、何時ですか？」

「七時少し前だと思います。ほとんど七時だったかもしれない」

反対尋問は、矢田部だった。

矢田部が落合千春に訊いた。

「あなたが馬場さんのところに派遣されたのは二回目だったとのことですが、ほかにあなたの会社の女性が、何人馬場さんの自宅に派遣されたか知っていますか？」

「あと三人いると思います。マネージャーから聞いたような気がします」

「いつもとくに指名はないのですね？」

「若い子、と条件を言っていると思います。個人の指名はたぶんありません」

「あなたにチップをくれた場所は、寝室ですか？　居間ですか？」

「寝室です」

「あなたが勝手口から出るとき、馬場さんも勝手口までついてきたのですか？」

「いいえ。寝室のほうにいました。きちんと閉めていってくれと、言っていました」

「勝手口の引き戸は、きちんと閉まりましたか？」

落合千春は、一瞬だけ首をひねった。

「いいえ。なんか建てつけが悪くて、ガタガタやってもきちんとは閉まらなかったと思います」

「中から馬場さんがきちんと閉めていたでしょうか？」

「わかりません。そのまま道路に出ましたので」

弁護人からの質問はそこまでだった。

次の証人は、家事代行会社の浦和支店長だったという男だ。スーツ姿の五十代で、辻井道雄と名乗った。

事件の二年半ほど前、平成二十六年の三月に、山本美紀がハローワークを通じて応募してきたのだという。

彼は奥野の質問に答えて言った。

「人手不足は慢性的ですので、募集は随時やっています。山本さんは、求人の基本的な条件については、クリアしているということで、事務所まで面接にきてもらったんです」

奥野が訊いた。

「未経験者可という条件だったのでしょうか？」

「はい。特別な資格が必要な仕事ではありませんので」

「山本さんと面接したのは、いつだったのでしょうか？」

「平成二十六年の三月二十四日でした。午後二時に浦和支店に来てもらいました」

「採用は、支店単位で決めるのですね？」

「そうです」

「辻井さんが面接を担当されたのですか？」

「はい、わたしが面接しました」

「山本さんはそのころ、東京北区の十条に住んでいたのですが、浦和支店に応募してきた理由について、何か話していましたか？」

「埼玉のほうが採用されやすいのではないか、と言っていました。それを聞いて、東京の同じような会社では不採用になっているのかと想像しました」

「面接では、待遇や条件については、詳しく伝えるのですか」

「はい。給与、待遇については、誤解がないようにしっかりと伝えます。応募してきたひとからも、どういう条件で働きたいのか、きちんと聞きます」

「山本さんのほうで出した条件というのは、どういうものだったのでしょうか？」

「ひとつはエリアの件で、城北から埼玉南部にかけてのお客さんのところだと通いやすいということを言っていました。もうひとつは、料理は苦手なので、それを求められないお客がよいと。あとは、とくに。時間帯も、早朝からでも深夜まででもよいと」

「山本さんを採用したあと、すぐに仕事に就いてもらったのでしょうか？」

「うちでは、まず基本的な講習を受けてもらい、それから先輩のアシスタントとして何日か一緒に働いてもらいます。山本さんにも同じようにしてもらって、先輩がひとりで派遣して大丈夫だと判定したところで、お客さまのところに派遣することになりました」

「先輩の評価というのは、どのようなところを見るのですか？」

「まず、社会人としての基本的なマナーです。身だしなみ、言葉づかい、あいさつ、そのほか。つぎに家事のスキルですね。掃除をするときの手順、クリーナーの使い方とか、洗い仕事といった、家事の常識的なところができているかを見ます」

「山本さんは、合格だったのですね？」

「ええ。面接のときに、自分はおばあちゃん子で、おばあさんから家事を教わったと言っていました。だったら、必要なスキルを身につけるのも早いだろうと思ったんです」

「数日間の先輩と一緒の研修のあとは、ひとりでお客さまの家に派遣するようになったのですか？」

「七日目からは、ひとりで行ってもらいました」

「派遣先はどのようなところだったのでしょうか？」

「おもに浦和周辺で、年配のご夫婦のご家庭です」

「年配の方のご家庭に、というのは山本さんの希望でもあったのでしょうか？」

「はい。やはり面接のときに、お年寄りと接するのは嫌いではない、とのことでしたので。うちの若いひとの中には、どうしても年配の方とは合わないという者もいます。ま、若いスタッフにはきつく当たる年配のお客さんもいないではないので」

「三月なかばすぎに試採用されて、山本さんはどのくらいの期間働いたのでしょうか？」

「実質三カ月半くらいでした」

「山本さんのほうから、退職したいと言ってきたのですか？」

「そうです。仕事が想像以上にきついし、給料が安すぎるということでした。生活ができない、と言っていました」

「辻井さんの会社の給料は、業界の相場と較《くら》べて低いのですか？」

「いいえ。高いということはありませんが、業界の標準的なところです。事前に仕事の内容も給料も伝えていたのですが」

「三カ月程度で辞めるスタッフは、多いのですか？」

「早いひとは、一カ月で辞めていきます。三カ月もったなら、あとは長く勤めるのがふつうなんですが」

「辞めたあと、どのようなところに就職するとか、どんな仕事をするとか、そういうことは言っていましたか？」

「いいえ。何も聞いていません」

「辻井さんとしては、山本さんが辞めたいと言ってきたとき、どう対応したのでしょうか？」

「考え直せませんか、と訊きました。わたしも山本さんを未経験で採用したわけですし、もっと辛抱して働いてくれることを期待していました。いずれ時給の見直しもするからと。正直なところ、山本さんがうちを辞めて、よそでうちよりも割のいい仕事を見つけられるとは思いませんでしたし」

「それには何か根拠でもありますか？」

「山本さんの人柄というか、性格というか、あまり器用ではないひとですし、誤解されがちなところもありましたから」

「誤解されがちなところというと？」

「その、ややコミュニケーション能力が欠けているのかなと、上司のわたしもときどき感じることがありました。悪気はないのにお客さまを怒らせたり、誤解させたり、傷つけたりというようなこともあったのではないかと」

「じっさいにそういうことが苦情としてあったのですか？」

「二件ありまして、担当を変えたことがあります」

「担当を変えたときの山本さんの反応はどうでした？」

「一件目のときは、素直に従ってくれたのですが、二件目のときは、それは誤解だ、悪いのはお客のほうだと、かなり激しく反論してきました」

「二件目のお客さんは、どのようなひとだったのですか？」

「年配のご夫婦の、奥さまのほうからの苦情でした」

「激しく反論したというのは、具体的には？」

「話しているうちに、そんなこと誤解です、と大きな声を出しました」

「山本さんがそのような振る舞いを見せることは、よくあることだったのですか？」

「それが初めてです。その一回だけですね」

奥野が鹿島を見て言った。

「以上です」

反対尋問に立ったのは、女性弁護士の倉本だった。彼女が辻井に訊いた。

「山本さんは家事代行のスキルを早く身につけそうだと思った、とのことですが、そのほかに辻井さんが山本さんを採用した理由は、何かあったでしょうか？」

辻井が答えた。

「厳密には採用ではなく、試用ということですが、話をしてみて、きちんとした性格だと感じましたので」

「きちんとした性格、というのは、採用の際に重要になる要素なのですね？」

「ひとさまのお宅に上がって仕事をするものですから。お客さまに、このひとならうちの中のことを任せられると思っていただけることは重要です。当然、そのように感じさせる女性を採用することになります」

「さきほどは、コミュニケーション能力が欠けていると証言されていたと思いますが、でも、きちんとしていて、お客さまの家に派遣しても問題はない、という判断だったわけですね？」

「その、わたしや同僚との円滑な会話のやりとりが、やや苦手みたいなところがありました。できないというわけじゃないんですが、軽口を叩《たた》いたりとか、ぽんぽんと冗談を返すとかはあまりなくて、言葉はだいたいストレートです。コミュニケーション能力に欠ける、というのは言い過ぎだったかもしれません。でも性格は、そういうひとですから、きちんとしていたと言えたのだと思います」

「山本さんは堅い性格で、おしゃべりは苦手だったけれども、お客さまには信頼されるタイプだった、ということになりますか」

奥野が手を上げて言った。

「異議があります。要約不相当です」

法廷内に、少しだけ緊張が走ったようだった。

何が起こった？　何が起こる？　弘志は息を詰めた。

倉本が、裁判長の鹿島を見つめた。その異議は認められますか？　と訊いているような目だった。鹿島が顔を倉本に向けた。

倉本は、鹿島の言葉を待たずに言った。

「質問を撤回します」

鹿島は、また奥野に目を向けた。奥野も同意の表情だ。

倉本が質問し直した。

「二件目のお客さまの苦情というのは、具体的にはどういうものだったのでしょうか?」

辻井が答えた。

「奥さまから、山本さんがお客さまのご主人に対して、なれなれしすぎるというものでした」

「それは、家事代行の仕事をしているあいだのことですか?」

「はい。お客さまの家で接しているときに、ということでした」

「ほかのスタッフには、そのような苦情はないのでしょうか?」

「若いスタッフの場合、奥さまからたまにあります。ご家庭に入っての仕事ですので、奥さまの目には、旦那《だんな》さんと親しすぎるように映るときもあるのかもしれません」

「それは、そのような苦情はだいたい根拠がないものだ、という意味なのでしょうか?」

「感じかたの問題ですね。その、いくらなんでもそれは勘繰り過ぎです、とお客さまに言いたいケースもたまにあります。じっさいにそれを言うことはありませんが」

「山本さんの場合は、どうだったのでしょう。苦情には根拠があったのでしょうか?」

「少しでも誤解されたら、もうそのお客さまのところに同じスタッフを派遣するのは無理です。根拠のあるなしは考えません」

「根拠のない苦情だった可能性もありますか？」

「はい」

「そのように考えられたのは、先ほどお話しいただいた山本さんの性格というものが影響していますか？」

「そうですね。そんな疑いをかけられるようなやりとりを、山本さんがしているとは思えませんでしたから」

「あなたは山本さんの試用期間中に、山本さんを連れてお客さんのところに行った先輩従業員から、山本さんの様子の報告を受けていますね？」

「はい」

「先ほどの性格の点ですが、あなた自身が接して感じた山本さんの性格とは違う報告、たとえばお客さんに軽口をたたいたりとか、ぽんぽんと冗談を返すとかという報告はありましたか？」

「ありませんでした」

倉本は裁判長に顔を向けて言った。

「終わります」

二十分間の休憩があって、次の証人は、板橋の不動産仲介業の男性だった。年齢は三十代なかばだろうか。グレーのスーツを着ている。工藤冬樹《くどうふゆき》と名乗った。山本美紀に、板橋の1LDKの部屋を仲介したのが工藤だという。

工藤が検察官の奥野の質問に答えた。

「はい、店の前の自立型看板に出していた案内を見て、営業所に入ってきたんです。板橋の1LDKで管理費込み七万八千円の物件について訊《き》きたいと」

「それが、平成二十七年の三月末のことですね？」

「はい」

「その部屋にすぐ案内したのでしょうか？」

「いえ、この物件はちょうど別のお客さんが仮押さえということになっていたので、ほかにもあるからと山本さんからご希望の条件を聞きました」

「山本さんが出したのは、どういう条件だったのですか？」

「板橋周辺で、管理費込みで八万円以内。オートロックで、ということでした」

「それは、いわゆる木造賃貸アパートではなく、マンションということになりますか？」

「ええ。板橋周辺なら、この家賃ならマンションがあります」

「最終的に山本さんは、管理費別で八万二千円の部屋と決めましたね。これはどういう理由でしょうか？」

「店の外に出していた物件が、翌日には決まってしまったからです。山本さんは、管理費と合わせて八万八千円はきついと言っていましたが、早く引っ越したいという気持ちも強かったようです。その日のうちに一応ご案内するからと、別の物件を見に行っていたのですが、次の日、最初のご希望の物件が正式に決まったとお伝えしたところ、であればご案内した部屋で決めたいと」

「申し込みが翌日ですね？」

「はい。正式に申し込んでいただいたのが、翌日。契約は一週間ほどあとになります」

「契約はすんなりと進んだのでしょうか？」

「必ずしもそうではありません。この物件は審査がありましたし、前の年の収入証明と、保証人が必要です」

「山本さんの収入証明は、どのような書類だったのでしょうか？」

「確定申告の写しです。それを見て、その前の年の収入が二百二十万円だったので、正直なところ、この収入だとちょっと家賃を支払うのはきついのではないかという印象も持ちました。その懸念《けねん》もお伝えしています」

「山本さんの返事は？」

「去年申告したのはこの収入だけだけれど、自分にはちょっと事情があって申告していない収入もあるので、という意味のことを言われました」

「それを工藤さんは受け入れたということですね？」

「うちの場合、そういう例も少なくはないので」

「入居には保証人が必要と言われましたね？」

「そうなんですが、山本さんは、自分は親族も少ないので、保証会社を使いたいと。その場合、家賃の二パーセント分が上乗せになるのですが、それでもいいとのことでした」

「山本さんの家賃の支払い状況は、どうだったのでしょう？」

「三回、振り込みが遅れました。平成二十八年の五月分家賃と、八月分、それに十月分です」

「遅れた場合、どうするのですか？」

「大家さんから入金がないと連絡が来ると、電話します。たしかに振り込みをしていないということであれば、督促します。いつ振り込んでもらえるかということも、はっきり伺います」

「山本さんは、その三回については、どのくらい遅れたのでしょうか？」

「毎月月末までに翌月分を振り込んでもらいますが、五月はゴールデンウイーク明けまで、八月は四日ぐらい遅れたかと思います」

「三回目は？」

「九月三十日までに振り込んでいただくことになりますが、この日は金曜日で、大家さんから夕方連絡があったので夜に山本さんに電話しました。すると、週明けに振り込むとのことでした。じっさい月曜日の午前中に振り込まれていたので、遅れたのは三日ということになります」

「山本さんがその部屋に入居していたのは、一年七カ月ですね？」

「はい。逮捕されたあとは、弁護士さんを通して解約の手続きがあり、退去しています」

「一年半で三度家賃の振り込みが遅れたというのは、ふつうですか？」

「いえ。うちの扱いのお客さんでは、あまりありません」

「検察官からは、以上です」

ついで反対尋問となった。

矢田部が質問した。

「山本さんの年収では、この物件の家賃を支払うのは難しいかもしれないと思ったとのことですが、それでも審査を通った理由は何だったのでしょうか？」

工藤が答えた。

「山本さんの見た目、第一印象ですけれど、きちんとしたひとだということ。こう言っては差し障《さわ》りがあるかもしれませんが、ファミリー・タイプの部屋もあるマンションですので、ひとりで入居されるという女性のお仕事や、雰囲気のことは気になります」

「というと？」

「ご近所の後々の評判も考えます。やはりその、苦情の出ないような方を優先します。そこの物件は審査書類に不動産会社の評価をお客さまには内緒で書くことになっており、わたしは五段階のB評価としましたが、それが効いたのかもしれません」

「収入が低くとも、山本さんの場合はそれは大きな問題ではなかった、ということですね？」

「滞納されることは心配でしたが、一番の障害というわけではありませんでした」

「賃貸契約の場合、一番の障害というのは？」

「ふつうは、収入の額よりも、きちんとお勤めされているかどうかというところです」

「山本さんは、フリーで家事代行業をされていたのですが、そこはどのように評価されたのでしょうか？」

「会社員ではありませんでしたが、無職ではないということ、独立してその仕事を続けられているということ、またそもそも確定申告するくらいですから、社会人として責任を果たそうという意識も収入もあったわけです。また、より高い家賃の物件に移ろうとしているわけですから、収入が上向く目算があるのだろうと判断しました」

「山本さんが、最終的には最初の希望よりも家賃の高い部屋に決められた理由を、聞いていますか？」

「オートロックと立地ですね。路線がふたつ使えるということと、建物が商店街に面しているので、夜遅くても安心だから気に入った、と聞いています。もうひとつ、台所にふた口のコンロを置けるのがうれしいとも言っていました」

「1LDKのマンションでは、ふた口のコンロは珍しいのですか？」

「いいえ、ごく当たり前です。というか、三つ口のコンロを置くのがふつうかもしれません」

矢田部の質問はそこまでだった。

「弁護人からは以上です」

裁判員のひとりが質問した。婦人ベルトの件でも質問した女性裁判員だ。

「山本さんは、誰かと同居するということで、広い部屋に移ろうとしていたのでしょうか？」

工藤が答えた。

「同居予定の方はいない、とのことでした」

「確定申告していない収入というのはどういうものか、証人は質問したのですか？」

「いいえ、していません」

「どういう収入だと、想像したのでしょうか？」

「単に確定申告しなかった収入があるのだろうと思っただけです。フリーの家事代行の仕事であれば、料金を現金で受け取ることも多いでしょうから」

「わかりました」と、その裁判員は裁判長に向かって言った。

同じことは、ほかの裁判員も気になったようだ。中年の男性裁判員が工藤に質問した。

「確定申告していない収入がある、と審査のときに説明された場合、工藤さんはこれまでは、その収入がどのようなものか、確認することはなかったのですか?」

工藤が答えた。

「ケースバイケースです。何の仕事をしているのかわからないお客さまとか、第一印象でこのひとはその、ちょっと不安だな、というひとの場合は、確認します。その答えの中身次第では、ノーということになります。山本さんの場合は、信じてもいいかなという印象だったものですから、わたしはあえて確認はしませんでした」

「その確定申告しなかった収入というのは、何か違法な収入とかだとは想像しませんでしたか?」

「いえ。犯罪に関係しているなら、わざわざそんなふうには言わないだろうと思いました。節税というか、ま、部分的に所得隠しをしている、という意味のことを言われたのかな、という認識でした。所得隠しも違法行為には違いありませんけども、そのときはあまり気にはしませんでした」

不動産屋の工藤に対する証人尋問は終わった。

次は弁護側の証人だった。

服部陽子《はっとりようこ》という女性で、山本美紀に月に二、三度、仕事を依頼しているのだという。板橋区蓮根《はすね》在住の五十代の主婦だが、夫の経営する設備工務店も手伝っているとのことだった。家には夫の母親も同居している。

弁護人の倉本明子が質問した。

山本美紀に仕事を頼むようになったきっかけ、期間、頻度などだ。家事代行の業者を通じてハウスキーパーを頼んでいない理由についても、彼女は質問した。

服部陽子は証言した。以前お願いしていたハウスキーパーさんから紹介してもらった。そのひとは、京浜ライフリーゼで一時山本美紀と一緒に働いていたことがある。フリーのひとにお願いしたのは、業者だと法律上の規制があってできないことなども、あまり杓子定規《しやくしじようぎ》にならずに引き受けてくれるからだと。

次いで弁護人は、山本美紀の働きぶりについて質問した。

「山本さんは、ハウスキーパーとして、てきぱきと仕事を進めるタイプのひとでしょうか。それともじっくりとひとつの作業に取り組むタイプのひとでしょうか?」

服部陽子は答えた。

「てきぱきタイプです。気持ちがよいくらいに」

「それは、具体的にはどういうところでしょうか？」

「うちに来るとき、玄関を上がるときにはもうゴム手袋をつけています。あいさつの時間ももったいないと言ってるようにです。それでいて、がさつなことはなくて、手際《てぎわ》もいいです」

「雑談をしながら仕事をすることはありますか？」

「いえ。話しかけて手を止めさせるのは申し訳ない、と思うぐらいにパッパッと仕事をやってくれます。仕事中は雑談はほとんどしません」

次いで倉本は、九月三十日当日の山本美紀について訊いた。山本美紀は、九月三十日、馬場幸太郎の家に出向く前に、服部陽子の家で仕事をしていたのだ。倉本が、服部陽子の家に山本美紀が到着した時刻、仕事を終えて家をあとにした時刻を訊《たず》ねると、彼女は答えた。

「約束の五分前、十二時五十五分にうちに着いて、早めに仕事が終わったので、帰っていったのは二時五十分です。山本さんはだいたいいつも、約束よりも五分前には来ていました。手間賃は二時間分、現金でお支払いしています」

次の仕事先については、ひとり暮らしのお年寄り、ということしか聞いていなかった。山本美紀は、翌週の火曜日にまた服部家に来ると約束して帰っていったという。服部家が山本美紀に定期的に仕事を頼んでいる理由は、仕事がしっかりしていることが一番の理由との答えだった。

弁護人質問が終わると、検察官の堀が服部陽子に訊いた。

「山本さんが、ふつうの業者ではできないことなどもやってくれるというのは、具体的にはどのようなことでしょうか？」

証人が答えた。

「義理の母が寝たきりなのですが、山本さんは介護ヘルパーの資格は持っていないけど、入浴や下の世話とか、いろいろやってくれます。家事代行の会社では、絶対にそれはしてもらえません。ただ、山本さんにお願いすると、介護保険が使えるわけではありませんが」

「山本さんは、九月三十日もお義母さまのお世話をしたのですね」

「はい、お願いしました。その日は、むしろそちらの仕事が中心でした」

「二時間分の手間賃は、おいくらだったのでしょうか？」

「無理をお願いしているということで、六千円お支払いしています」

裁判官からも裁判員からも、とくに質問はなかった。この日の審理はここまでだった。

そのあと水、木、金曜日と、三日続けて弘志は傍聴券の抽選にはずれて、週が明けた。

被告人質問がきょうからだ。

きょうは傍聴券が当たりますように、と弘志はネットカフェの狭い空間でシャツを着替えながら祈った。

総武線のガードに近い通りで、牛丼屋《ぎゅうどんや》に入った。朝定食を食べながら、弘志は自分が中川綾子だった当時の彼女と、最後に会った日のことを思い出していた。その前に会ったとき、二週間後の週末は泊まってゆけない。日曜日の昼間だけ会いましょう、と彼女は言った。

横浜駅近くで食事をして、少し繁華街を歩き、それから弘志のアパートに行くことにした。横浜駅で待ち合わせた。

雨の日曜日だった。

弘志は約束の十二時よりも十分早めに着いたので、中央南改札口をいったん出てから中央通路を西口方向に歩き、天気の様子を見てからまた中央通路に戻ってきた。中川綾子が旅行代理店の前に立っている。何か考えごとをしているような表情だった。ひと待ち顔ではない。

近づいて声をかけると、彼女はびくりと身体《からだ》を縮めた。いきなり背中を殴りつけられたかのような反応だった。悲鳴さえ聞こえた気がした。

「びっくりした」と、彼女は弘志の腕を叩きながら言った。「驚かさないで」

「すみません。驚かせるつもりはなかった。何か心配ごとでも?」

「ううん。ちょっと頭がどこかに行ってただけ」

西口のすぐ近くの商業ビルのレストラン街でイタリア料理の店に入った。日曜日の昼どきだったから、入るまで入り口の前で十分ほど待たねばならなかった。食事を終えると、エスカレーターで下の階へと降りた。雑貨や家庭用品を扱う大型の店があった。弘志は、工具売り場に寄ってみたいと、中川綾子を誘った。工具売り場を見たあと、また下の階に降りると、キッチン用品の売り場があった。中川綾子がどことなく商品に興味を示したようだった。何かに長い時間目を留めることもないし、触れてみるわけでもないが、売り場を歩く様子が楽しげだった。

「どうしたんですか」と弘志は訊いた。「台所用品って好きなんですか?」

中川綾子は答えた。

「弘志くんにとっての工具と同じ。いい台所が欲しいなって思うから。子供時代は小さな台所のうちだったし、おばあちゃんのところは、昔ながらの古い台所だった。ステンレスのお鍋《なべ》も似合わないみたいな」

それから彼女は首を振り、唇を嚙《か》んで、真顔になった。自分を無理に現実に引き戻したかのような表情だった。

その日、夕刻までアパートで過ごしたあと、弘志は京浜急行杉田駅まで、中川綾子を送った。

「この次は、来週の土曜日でいいんですよね」

「うん」と中川綾子は、なぜか心ここにあらずという顔で答えた。「土曜日、うん」

改札口を抜けようとする彼女に、弘志は思い切って誘った。

「次は、東京湾フェリーに乗りませんか？　久里浜から金谷までの」

彼女が怪訝《けげん》そうに訊いた。

「どうして？」

「金谷からは、うちが近いんです。うちで飯を食っていってくれたら、うれしいなと思って」

「それってご両親に会うってことになる？」

「ええ。まあ」

彼女はすっと視線をそらした。

「駄目。恥ずかしい」

弘志はあわてて言った。

「ごめん。おれ、くだらないことを言った。忘れてください」

電車の到着を知らせるアナウンスがあった。

中川綾子は視線を弘志に戻して言った。

「でも、本気なら……」

あとに続く言葉が途切れたように聞こえた。

両親に会って欲しいと、本気で言ったのなら、という意味だろうか。それであるなら……

「本気なら何ですか？」

彼女は首を振った。

「ううん、なんでもない」

電車の接近音が大きくなってきた。

「よければフェリー・ターミナルで、九時に待ち合わせるのはどうですか？」

「わかった」と中川綾子は言って手を振り、改札口を抜けていった。

それが、中川綾子と名乗っていた山本美紀を見た最後だった。

3

弘志が東京地裁に着くと、この日はまた少し傍聴希望者が増えていた。百人ぐらいは行列を作ったかもしれない。しかし弘志は傍聴券を手にすることができた。中嶋も一緒だ。

中嶋は、金曜は弘志同様にはずれだったが、水曜、木曜は当たっていた。彼の話では、弘志が傍聴できなかった日には、調理師専門学校の事務職員とか銀行員が証人として呼ばれていたという。ただし検察と弁護側から質問されていたのは、事実関係の確認という程度のことだったとのことだ。裁判の行方を決定的にするような証言ではなかったらしい。

中嶋が言った。

「意味があるのは、きょうと明日の被告人質問だ。こういう否認事件の場合、検察官による反対質問は厳しいものになるのさ。質問というよりは、詰問《きつもん》という調子になる」

弘志は訊いた。

「不意打ちの質問などはあるんですか？」

「まったく不意打ちってことは少ないと思う」

中嶋は教えてくれた。裁判員裁判では、公判が始まる前に、公判前整理手続という段階を踏む。ここで検察側弁護側双方が、何を証明するためにどんなものを証拠として採用するか、誰を証人として呼ぶかをあらかじめ明らかにする。被告人もこの手続きには出頭する。つまり検察側がどの証拠を使って何を証明しようとしてくるか、どんな質問になるかは、その手続きのときに被告人にもわかる。被告人にとってまったく想像外の質問はないだろう。

もっとも、だからと言って、公判は必ずしも整理手続で合意されたとおりに進むわけでもない。いつだって予想外のことはあるし、予期せぬ展開にもなるのだという。とすれば、と弘志は思った。きょうはこれまでにもまして、息を呑《の》むことになるのだろう。

いつもの第四一六号法廷に入るとき、弘志はスーツ姿の初老と言える年齢の男に目を留めた。これまで見たことのない傍聴人だ。中嶋のような傍聴マニアとは違って、場馴《な》れしていないことがありありと見える。銀髪でメガネをかけ、いくらかは緊張した様子を見せている。細身で、顔立ちはどこか堅苦しい印象があった。

弘志は、傍聴席に空いている椅子《いす》を探し、最後列の中央付近のシートに腰を下ろした。中嶋は中段の右寄りだ。

初めて見る初老の男は、最後列、中嶋の斜め後ろに腰を下ろした。

入廷してきた山本美紀は、きょうもグレーの地味なパンツスーツ姿だった。やはり視線は合わなかった。そもそも彼女はいつも、傍聴席にも、検察官席にも、まったく目を向けようとしていないのだ。視線の合いようもなかった。彼女はきょうも弁護側の席の並びの椅子に腰掛けたが、ほかの傍聴人の頭のせいで、弘志からは彼女の顔はよく見えなかった。

やがて山本美紀が証言台に呼ばれ、被告人質問が始まることとなった。最初に被告人質問に立ったのは、矢田部だった。

矢田部が、自分の席で立って、穏やかな声で山本美紀に訊いた。

「山本さんのお仕事を教えてください」

山本美紀が答えた。

「家事代行業です。ハウスキーパーとも呼ばれている仕事です」

「それは、どういうことをする仕事なのですか？」

「個人のご家庭に出向いて、家事を代行します」

「家事というのは、具体的にはどのようなことになりますか？」

「部屋の掃除、食器洗い、お風呂《ふろ》やトイレの掃除、庭の掃除や、ゴミをまとめたり、片づけたり、ということです。洗濯や、乾いた洗濯物を畳んでしまうとか、お宅によっては、買い物、犬の散歩。頼まれれば、たいがいのことはやらせていただいています」

「山本さんは、家事代行業の会社に所属しているのですか？」

「いいえ。勤めたというか、登録したことはありますが、いまは個人でやっています」

「登録したというのは、京浜ライフリーゼ浦和支店で働いていたときのことですか？」

「そうです」

「そこを辞めたあとは、個人で続けてきたのですね？」

「はい」

「時間をさかのぼりますが、その会社で働いていた以前のことを聞きます。山本さんは山梨県甲府市の出身ですね？」

「はい」

「山本さんは、子供のころ、甲府の児童養護施設に入っていますね？」

「はい。父の家庭内暴力がひどく、母とわたしは父のもとから逃げました。わたしは小学校のころ、三年間ぐらい施設で暮らしました」

「そのあとは、またお母さんと一緒に暮らしたのですか？」

「韮崎の母方の祖父母の家と、母親のもとと、行ったり来たりしていました」

「その行ったり来たりの生活は、いくつぐらいまで続いたのですか？」

「十五歳、中学三年生までです」

「中学三年生のときに、何かあったのですか？」

「母が死にました。そのあと、祖父母の家に引き取られました」

「ということは、中学校はお祖父《じい》さんお祖母《ばあ》さんの家から通って卒業したのですね？」

「はい。中学三年は韮崎の学校に通いました」

「高校には進学したのですか？」

「はい。祖父母には甲府の私立高校に進学させてもらいましたが、祖父が亡《な》くなったので、アルバイトをするようになり、高校には通えなくなって二年で中退しています」

「どんなアルバイトをしたのですか？」

「いろいろですが、いちばん長くやったのは、お弁当工場の作業員です」

「その工場の仕事は、何時から何時くらいまでのものですか？」

「深夜十一時から朝の六時まででした」

「そのあと、あなたは結婚しましたね？」

「はい、二十歳のときに結婚しました」

「結婚は続いているのですか？」

「いいえ。離婚して、いまはひとりです」

「結婚はどのくらいの期間だったのでしょうか？」

「三年と二、三カ月です」

「結婚した相手は、どのような男性だったのですか？」

「中学校の同級生です」

「結婚生活も甲府だったのですか？」

「いいえ。夫が諏訪で働いていたので、そちらで暮らしました」

「離婚した理由はどういうものだったのですか？」

「結婚してからわかったのですが、パチンコ好きで、生まれた子供には無関心でした。子供を事故で亡くしたあとはすっかり夫婦仲は冷えてしまい、離婚しました」

弘志は、驚きをこらえた。子供がいたことは知らなかった。彼女から、それを聞いてはいなかった。その子供が事故死したこともだ。若いときに結婚して、相手と性格が合わずに数年で離婚したとは聞いていたが。

しかし、あの時期の弘志に、彼女がそこまで自分の過去のことを明かさねばならない理由もない。自分たちは将来を約束していたわけでもないのだから。

矢田部がさらに訊いている。

「離婚後、家事代行の仕事を始める前は、どのように生計を立てていたのですか？」

「甲府でホテルのベッドメーキングの仕事とか、ビル清掃の仕事とか。農家の収穫の手伝いとかもしました」

「風俗営業の仕事に就いたことはありますか？」

「はい。お店に勤めたことがあります。キャバクラです」

「それも甲府でのことでしょうか」

「仕事を探しに、東京に出てからです」

「どのくらいの期間だったのですか？」

「三週間です」

「三週間で辞めた理由は何でしょうか？」

「わたしには合わないと思ったことです。男のひとと話を合わせて楽しませることが苦手です。お客のひとりがストーカーみたいなことになって、怖い思いをしたことも理由です」

「風俗営業の仕事を辞めたあとは、どのようにして暮らしていたのですか？」

「甲府のときと同じですが、ビルの清掃とかホテルのベッドメーキングとか、そういった仕事です。引っ越し作業とかの仕事もしました」

「そのころはどこに住んでいたのですか？」

「最初は中学時代の友達のアパートに同居させてもらっていました。でもあまり長いこといるわけにはいかないので、そこを現住所ということにして、ネットカフェとか、脱法ハウスで暮らしていました」

「脱法ハウスというのは、どういうところですか？」

「シェアハウスと言っているところもあるようですけど、ひとつの部屋を、ベニヤ板みたいなもので小さくいくつにも仕切って、四人とか五人のひとに貸している建物です」

「ひとり分の部屋の広さはどの程度ですか？」

「布団《ふとん》一枚分と少しです」

「ネットカフェに泊まるよりは安いのですか？」

「どっちとも言えません。寝袋や電灯も自分で持ち込まなければなりませんが、荷物を置いておくことはできます」

「そうしたところに住み、そうした仕事をいろいろ経験した後に、家事代行の仕事を始めるようになったのですね？」

「はい」

「家事代行の仕事の話に戻ります。お客は個人のご家庭とのことでしたが、仕事の依頼は、そのご家庭からどのようにして来るのですか？」

「直接電話をいただいています。お客さんが、べつのお客さんを紹介してくれることがほとんどです」

「家事代行サービスの会社を辞めたときから、そうだったのですか？」

「辞めるときには、それまで仕事をしていた何軒かのお客さんが、引き続きわたしを個人で使ってくれました。それがあったので、辞めることができたのです」

「生活ができないという理由を支店長に伝えて辞めていますが、個人になってからは生活はできたのですね？」

「会社に所属していたときよりは、収入はよくなりました」

「なぜよくなったのですか？」

「お客さんが支払ってくれる時給が、会社に引かれることなくそっくりわたしの収入となります。それに個人の場合は、仕事の内容に融通が利《き》きます。それで時給は登録していたときよりもよくなり、お客さんも広がりました」

「融通が利くというのは、どういうことですか？」

「たとえばホームヘルパーさんがする仕事は、ハウスキーパーの会社では受けることができません。でもわたし個人が受けるのであれば、お客さんのご家庭にご病気の方がいた場合、そのかたの介護のお手伝いなどもします。その分を時給に上乗せしていただけるからです」

「いま山本さんのお客というのは、どのくらいの数いるのですか？」

「定期的に、週一回とか月二回とかという契約の方が十軒あります。そのほかに、この日だけお願いしたいというお客さまからの臨時の依頼が、月に五、六件あります」

「馬場さんは、臨時のお客に当たっていたわけですね？」

「はい。ただ、間は空きましたが、四回仕事に伺っていますので、お得意さまのひとりでした」

「お客は、どういう家族構成のところが多かったのですか？」

「だいたいは、お年寄りのご夫婦です。奥さまの身体が弱り、家事がきつくなって、というところが半分以上でした。共働きのご家庭のところも何軒か」

「馬場さんのように、おひとり暮らしの男性のところはほかにありましたか？」

「もう一軒ありました。そこは月に二回の契約でした」

しばらく山本美紀の家事代行の仕事について、細かな質問が続いた。たぶん、と弘志は想像した。山本美紀の仕事の堅実さや、お客からの信頼についてを、裁判員に印象づけようとしているのだろう。じっさい彼女は、月に二回程度しか休まずに、曜日によっては夜も遅くまで、多くの家庭にハウスキーパーとして働きに行っているのだとわかった。

やがて矢田部は、いったん山本美紀から目をそらし、手元のノートを見てからまた質問した。

「もう一度山本さんと、馬場幸太郎さんとの関係について聞きます。山本さんが馬場幸太郎さんの家で仕事をするようになったきっかけを教えてください」

「平成二十七年の九月だったと思います。馬場さんから電話がありました。家事をやってくれるひとを探しているんだけど、引き受けてもらえるだろうかということでした。仕事の内容について伺い、わたしのほうからも条件を伝えました」

「馬場さんは、山本さんの電話番号をどうして知っていたのですか？」

「わたしと同じような仕事をしているひとが、家事代行するひとを探しているならと、わたしの名前と電話番号を教えてくれたと言っていました」

「山本さんのことを馬場さんに紹介したそのひとは、お知り合いですか？」

「いいえ。ただ、同業の女性だということは聞いています」

「同業のひとからの紹介ということは、よくあることなのですか？」

「あります。仕事を融通しあったり、忙しいときに助けを頼んだりとか。直接の知り合いではなくても、同じ仕事をしている者同士で、なんとなくつながりはできますから」

「初めて馬場さんから電話があったとき、それは定期的に仕事を頼みたいということだったのですか？」

「はい。そういうことを頼めるひとを探している、とのことでした」

「馬場さんは最初の電話で、自分の生活ぶりのことを、どの程度話していたのでしょうか」

「勤め人ではなくて、おひとり暮らしだということ、一軒家なので自分では掃除がひと苦労だということを、話されていました」

「山本さんはすぐに承諾したのですか？」

「とりあえず一度伺いますと答えました」

「とりあえず一度としたことに、何か理由がありますか？」

「ええ。それまでにも何人かのハウスキーパーさんにお願いしていると聞きましたので、前のひとたちが長続きしていない理由もあるのだろうと感じました。気難しいひとかもしれないし、少し用心しようという気持ちがありました」

「じっさいに一度行ってみてどうでした？」

「セクハラめいたことをされかけました。お風呂場の掃除をしているとき、入ってきて、わたしに触った、軽くですが、肩に触ったのです」

「そのとき山本さんはどうしたのですか?」

「すぐに避けて、やめてくださいと抗議しました。これで帰らせていただきますと」

「馬場さんは、どうしましたか?」

「わたしの反応に驚いているみたいでした。誤解だ、そんなつもりはない、ということを言ってお風呂場から出ていきました。わたしはそこで仕事を止めて帰ろうとしたところ、玄関の前で、すまない、仕事をお願いしたい、あんなことはもう絶対にしないからと、ていねいに謝ってきました」

「山本さんは、その謝罪を受け入れたのですか?」

「ええ。わたしは仕事が必要でした。もし次にこういうことがあれば警察に通報しますがと言うと、そうしてもかまわないから続けてほしいと。馬場さんは心底恐縮しているように見えて、掃除の邪魔はしないと寝室に入ったので、その日の仕事を続けました。帰り際に、またお願いしてもいいだろうかと訊かれましたので、はい、と答えました。じっさいに二回目の電話がかかってきたのは三カ月ぐらいあとでした」

「けっきょくどのくらいの回数、馬場さん宅で仕事をしたのでしょうか?」

「四回です。定期的に仕事をするということにはならなくて、二カ月か三カ月に一回電話がかかってきました」

「二回目からは、もう馬場さんからセクハラめいた行為はなかったのですね？」

「ありませんでした。あとになってから、あれはほんとうに誤解だと言われたことがあります」

「馬場さんのお宅での仕事では、家事代行料金としていくら受け取っていたのでしょうか？」

「二時間で五千円。二時間で仕事が終わらなかったときは、三十分単位で千四百円いただいていました。ほかに、交通費として千円です」

「それは、家事代行業の料金としては、相場なのですか？」

「相場よりは少しだけ高いかもしれません」

「支払いは、現金だったのですか？」

「はい。そのつど現金でいただいていました」

「馬場さんが最後に電話をかけてきたのは、いつですか？」

「平成二十八年の九月二十九日です。午後一時過ぎに電話がありました」

「どういう内容の電話でした？」

「急ぎで、きょう来てもらえないかという電話でした。お客を呼ぶので、掃除しておきたいとのことでした」

「山本さんは、引き受けたのですか？」

「いいえ。その日はほかのお宅と約束がありました。明日の午後四時過ぎなら行けますと答えると、馬場さんは少し考えてから、それでもいいということでした。それで、次の日、三十日の午後四時にお宅に伺う約束をしました」

「どのようなお客さんが来るのか、馬場さんは話していましたか？」

「いいえ」

「馬場さんは、ときおり自宅に派遣型の風俗嬢、いわゆるデリヘル嬢を呼んでいましたが、そのことは知っていましたか？」

「直接教えられたことはありません。でも、なんとなく想像していました」

「どのような根拠からですか？」

「ゴミとか、お風呂場の様子とかからです」

「それでは九月三十日のことを伺います。この日は、馬場さん宅を訪ねるようになって何度目になるのでしょうか？」

「五度目です」

「それまで四度訪ねたときも、午後四時でしたか？」

「午前中のことも、二度あったと思います」

「その午前中というのは、馬場さんの希望でしたか？」

「希望されたときも一度ありました。一度はほかの時間帯のわたしの都合が悪くて、午前中にしていただいたのだと思います」

「山本さんは、九月三十日の午後に、馬場さん宅に電話していますね？　十三時三十二分ですが」

「はい、きょう行くが、決めたとおり四時でよいだろうか、と確認するつもりでした。でも、お留守でした」

「馬場さんは、よく約束を忘れるひとだったのですか？」

「行ってみると約束の日と時刻を忘れていたということが、二度ありました。それでその日も行く前に確認しようと思ったのです」

「九月三十日は、馬場さんは電話に出なかったけれども、訪ねたのですね」

「午後四時までは、何か別の用事で外出されているのかと思いました。馬場さんは携帯電話を持っていなかったので、確認は取れなくても行ってしまったほうがいいだろうと思いました」

「馬場さんのお宅に着いたのは何時ですか？」

「午後四時の五分前くらいだったと思います」

「着いて、そのあと何があったかを、順を追って話してもらえますか？」

「玄関前に着いて、インターフォンのボタンを押しました。少し待ちましたが返事がないので、引き戸に手をかけてみました。戸は錠がかかっていなかったので、玄関に入りました。すぐ内側、郵便受けの下のところに新聞が落ちていたので拾い、内側の引き戸のところまで行って、もう一度声をかけました。やはり返事がありません。トイレだろうかと思い、一、二分待って、もう一度声をかけました。やはりいる様子がなかったので、近所に買い物にでも行っているのかと思い、新聞を三和土《たたき》のテーブルに置いてから玄関を出ました。買い物で帰るのが遅れているなら、また電話がかかってくるだろうと思い、ＪＲの赤羽駅のほうに向かいました」

矢田部が、これまでに何度か登場した現場の平面図をプロジェクターにかけて訊《き》いた。

「この図面で、家に行ったとき、どこで何をしたか、教えてもらえますか？」

山本美紀は、玄関に入り、内側の引き戸の前まで進んだあと、三和土のテーブルに新聞を置いて玄関を出たところまでを、指で示した。呼びかけて一、二分立っていたという場所には、丸印をつけた。

矢田部が訊いた。

「このとき、玄関の照明はついていたのでしょうか？」

「暗くはありませんでした。電気がついていたのか、窓からの光だったのかはわかりません。どちらだったか、はっきり覚えていません」

「玄関を進んでから、内側の引き戸を開けましたか？」

「記憶ははっきりしません。お留守とは思っていなかったので、声をかけながら開けたかもしれません」

「開けた、という確かな記憶はないのですね？」

「ありません」

「この日は、三和土からリビングルームには上がったのですか？」

「いいえ。上がっていません」

「仕事をするときのあなたの服装などについて伺います。あなたは、家事代行の仕事をするとき、素手でするのですか？」

「いいえ。自分のゴム手袋を使います」

「ゴム手袋をつけるのは、その日お客にあいさつして、さあ仕事ですよという段になってからでしょうか？」

「お客によっては、お宅に入るときに片手だけ手袋をつけることがあります」

「それはどうしてですか？」

「家事代行をプロに頼むお客さまの中には、家がそうとうに汚れている場合があります。家に入る前に、用心のため、片手、ときには両手に手袋をしてしまうことがあります。またお客さまの中には雑談好きで、なかなか仕事を始めさせてくれない方もいます。そういうお客さまへの、すぐにも仕事にかかりますのでというアピールの意味もあります」

「この日、馬場さんの家に行ったときは、どうでしたか?」

「玄関を入ったときには、もう左手には手袋をしたように思います」

「馬場さん宅を出たあとのことを訊きます。そのあとは、まっすぐ赤羽駅に向かったのでしょうか?」

「電話を待って、駅に着くまでの道で時間をつぶしました。でも電話はありませんでした。五時少し過ぎに赤羽駅から埼京線に乗って、自宅に帰りました」

「五時過ぎにJRに乗って、そのあとはもう馬場さんのお宅には行っていないのですね?」

「行っていません」

「馬場幸太郎さんが亡くなったことを知ったのは、いつのことになりますか?」

「十月四日です。夜に赤羽警察署から電話があって、初めて知りました。馬場さんの電話の通話記録でわたしのことを知ったとのことでした。馬場さんは殺されたということで事情聴取したいと言われましたので、警察署まで行って、いまお話ししたとおり、仕事で訪問したことを話しています」

「山本さんが家事代行の仕事に就く前のことを訊きます。あなたは、中川綾子という名前を使っていたことはありますか?」

「はい」

「いつごろのことですか？」

「東京に出て仕事を探していた時期です。平成二十四年の年末近くから、翌年の六月ころまで、中川綾子という名前を名乗ることがありました」

「その名前を使った理由はなんですか？」

「勤めたキャバクラのお店で、お客のひとりがストーカーのようになって、恐ろしくなりました。その男性から身を隠すためです」

「質問は変わりますが、川崎の松下和洋さんという男性を知っていますか？」

「はい」

ワイドショーに、実の娘だという女性が出ていた。あの件の男性のことだろう。

「松下和洋さんのお宅で、家事代行の仕事をしたことはありますか？」

「はい」

「仕事をしたのは、いつごろのことですか？」

「平成二十四年の十二月から二十五年五月にかけてのことです」

弘志は、それが自分と知り合ってつきあっていた時期であることに気づいた。中川綾子は、食品工場で働いている、と言っていたが、違ったのだ。

「松下和洋さんとは、いわゆる男女の仲でしたか？」

「そうなりました」

「最初に会ったときからではないのですね？」

「違います。紳士的な方でしたし、仕事をしているうちに好意を感じるようになり、四回目に伺ったとき、たしか三月にそうなりました」

三月。自分の部屋にも泊まっていくようになったころだ。同じ時期、彼女は歳《とし》の離れた男とも、性交渉を持っていたのか。弘志は自分の気持ちが暗くなったのを感じた。一連の報道の肝心の部分は、やはり事実だったということか。

それにしても、弁護人はどうしてこんなことを彼女に認めさせるのだろう。印象が悪くなるのに。年寄りを片っ端から騙《だま》していた女、というワイドショーの決めつけに、裏付けを与えるようなものなのに。隠していても仕方がないということだろうか。

矢田部が、淡々とした口調で質問を続けている。まるでそれがたいした意味を持つ事実ではない、と言っているかのように。

「あなたは松下和洋さんから、家事代行の料金以外のおカネを渡されたことはありますか？」

「はい」

「いくらぐらい、どのような名目のおカネでしたか？」

「合計でだいたい百六十万円ぐらいだったと思います。わたしがネットカフェや脱法ハウス暮らしで経済的にとても困っていたので、松下さんは、助けたい、と言って渡してくれました」

「おカネを借りたということでしょうか？」

「いいえ。返済できる当てはありませんとは、松下さんに伝えました」

「松下さんは、それでもいいと言ったのでしょうか？」

「はい。返済は心配しなくてよいと」

「その後松下さんは、そのおカネについて、あなたに騙されたと被害届を出していますか？」

「聞いていません」

「警察官や検事から聞いたこともありませんか？」

「ありません」

矢田部が裁判官席に顔を向けて言った。

「弁護人からは以上です」

裁判長が、二十分後に審理を再開する旨《むね》を告げて、休廷となった。

被告人への反対質問が始まった。

検察官の奥野が、証言台に着いた山本美紀に訊いた。

「山本さんは、去年の九月三十日、東京都北区岩淵の馬場幸太郎さんの家を訪ねているのですね？」

奥野の口調は、意外に穏やかだった。山本美紀を犯罪者と決めつけることなく質問した、と弘志は感じた。

「はい」と、証言台の山本美紀が答えた。彼女の声は、弁護人質問のときよりも硬く感じられた。

「あなたは、平成二十八年九月二十九日の午後一時三分に、馬場幸太郎さんからの電話を受けたということで間違いありませんか？」

「時間を正確に覚えているわけではありませんが、そのように記録されているならそのとおりです」

「このとき、翌日四時に馬場さん宅に伺うことを約束して、翌三十日の午後三時五十五分ごろに、馬場さん宅を訪ね、玄関のインターフォンのボタンを押したのですね？」

「はい」

奥野が、防犯カメラの映像を見てもらうと告げ、モニターに映し出した。

最初のものは、どこかの公共スペースの静止画像だった。すぐにそこは、駅の改札口だとわかった。山本美紀が改札口を抜けようとしているところだ。ジャケットにジーンズ姿。大きめのトートバッグ。必ずしも鮮明な画像ではなかった。

「これは、九月三十日の午後三時三十五分のJR赤羽駅東口改札の防犯カメラの映像です。ちょうど改札口から出ようとしている女性がいますが、これはあなたですか？」

山本美紀は、モニターを少し見つめてから答えた。

「わたしだと思います」

「あなただと、断言はできませんか？」

「わたしが写るとしたら、こんな感じだと思いますが、絶対にそうかと言われたら、わかりません。九月三十日のその時刻にＪＲ赤羽駅の東口改札で撮られたものなら、わたしだと思います」

奥野は次の映像を示した。同じ改札口の映像のようだが、カメラの向きは逆だ。映像の奥方向に、広い通路がある。山本美紀らしき人物が、改札口の内側を歩いている。

「これは午後五時八分の映像です。写っているのは、あなたですか？」

「わたしだと思います」

「自分だと言い切ることはできないのですか？」

山本美紀は、いましがたと同じ答え方をした。

「ほかのひとたちが見て、みなさんがこれがわたしだとおっしゃるなら、わたしなのだと思います」

奥野が次に示したのは、コンビニの店内から外を撮った動画だった。動きは滑らかではなく、コマ落とし映画のようにぎくしゃくとしていた。

「午後四時五十七分の、赤羽駅東口のコンビニの防犯カメラの映像です。少し見てください」

弘志を含めた傍聴人たちは、壁のモニターを見つめた。コンビニのガラス戸の向こうに左手から女性が現れ、少し立ち止まってから右手に移動していった。ガラス戸は地面からひとの胸ほどの高さまで模様がプリントされており、その部分は外は見えない。山本美紀がコンビニの外で何か手を動かしたようだったが、何をしたのかまではわからなかった。

「ガラス戸の外に写ったのは、あなたですね?」

「わたしだと思います」

「このコンビニの前であなたは立ち止まり、腕を動かしたように見えます。何をしたのですか?」

「たしかペットボトルを捨てました。外にゴミ箱が並んでいましたので」

「あなたが馬場さんのお宅を訪ねたのは、午後四時の五分前くらいでしたね」

「はい」

「玄関の中に入って一、二分馬場さんの返事を待ち、そして馬場さん宅を離れたのはいつごろになりますか?」

「午後四時を少し回った時刻だと思います」

「少しというのは、どのくらいですか？」

「長くても、せいぜい四時二、三分ぐらいです。十分以上は待たなかったと思いますので」

奥野は、山本美紀がインターフォンのボタンを押したあとの行動を、細かに訊いていった。先に弁護人が質問した内容と重なっているが、奥野はさらに詳しく訊ねた。

「現場検証の写真では、ここにサンダルがあります。馬場さんは家の中にいるとは思わなかったのですか」

「最初はそう思いました。トイレはダイニングの奥にありますし、それで家の中に声をかけたあと、しばらく待っていたんです」

「声をかけるとき、引き戸を開けてはいないのですね？」

「覚えていません。少しだけ開けたかもしれません」

「サンダルがあるのに、声が聞こえるように、とうとう返事もなかったことを、不思議には感じなかったのですか？」

「ですから」彼女はいらついたように言った。「外出しているのだろうと考えました。別の履物もあったでしょうし」

「このテーブルの上の新聞は、九月三十日の朝刊です。あなたが床から拾ったもので間違いありませんか？」

「わたしは、新聞がいつのものだったか確かめていません。落ちていた新聞を、たしかにそのテーブルの上に置きました」

「拾い上げた手は、左手ですか？」

「覚えていません」

「あなたは右利きですか？」

「はい」

「三和土から道路へと出るとき、あなたはまた玄関の引き戸の取っ手に手をかけていますね？」

「はい」

「どちらの手で開けましたか？」

山本美紀が小首を傾《かし》げてから答えた。

「右手だと思います」

「外に出て、閉めるときはどちらの手だったでしょう？」

「右手、だと思います」

声は少し自信なげだった。

「この日以前にも二度、馬場さんが山本さんに仕事を頼んでいたのに、時間を忘れていたことがあったというお話でしたね」

「はい。ご不在でした」

「そのときは、二回とも玄関は開いていたのですか？」

「いいえ。玄関の鍵《かぎ》はかかっていました」

「そのときは、約束が忘れられたのだと判断して、帰ってきてしまったのでしょうか？」

「いいえ。一度は、家の前で五分ぐらい待っていたところで、馬場さんが戻ってきました。コンビニに買い物に行っていたということでした。もう一回のときは、赤羽駅のほうまで戻って、三十分ぐらいあとに出直しました。そうしたら馬場さんは戻られていました」

「今回は待つだけで戻ってはいませんね。なぜですか？」

「三度目ですし、緊急でという依頼でしたので、すぐに思い出して、携帯に電話をくれるだろうと思いました」

「あなたのほうから電話をかけていないのは、どうしてですか？」

「それは」

少しだけ山本美紀が言葉を探したように見えた。

「わたしから電話をすると、馬場さんを責める調子にならないか心配したんです。馬場さんに、嫌味な電話だと受け取られたら、その日気まずくなるような気がして」

「でも、あなたはこの日昼過ぎには、馬場さん宅に電話していますね？　そのときは、嫌味に受け取られる心配はしなかったのですか？」

「事前の確認の電話なので、そのことは意識しませんでした」

「あなたは最初に馬場さんのお宅で仕事をしたとき、セクハラめいたことをされたと言っていました。そのときは、気まずくはならなかったのですか？」

「わたしが我慢すればすむことでした」

「このときは、馬場さんは、そんなつもりはなかったと言っていたのですね？」

「ええ」

「そんなつもりというのは、具体的にはどういう意味だったのでしょう？」

「言葉にされたわけではありませんが、わたしが、性的なサービスも引き受けると誤解しているわけではない、ということだと思いました」

「馬場さんがあなたに最初に仕事依頼の電話をしてきたとき、どなたかがあなたの電話番号を馬場さんに教えたとのことでしたね」

「馬場さんは、そのように言っていました」

「馬場さんにあなたを紹介したひとを、あなたは知っていますか？」

「直接は知りません」

「直接は知らないひとの紹介なのに、馬場さんの仕事を受けたのですか？」

「はい」

「それはよくあることなのですか？」

「この仕事をしていれば、同業のひとやお客さんを通じて、わたしの名前が伝わることはあります。馬場さんは、わたしの電話番号も知っていました。誰かに紹介されたのは確かだと思いましたし、信用していい話だろうと思ったのです」

「信用していい話というのは、どういう意味ですか？」

「性的なサービスを求められるとか、馬場さんが暴力団関係者であるとか、そういった心配はないだろうということです」

「先ほど、最初の仕事の依頼があったときに、少し用心しようと思った、とのことでしたよね。それは馬場さんがセクハラをすることを心配した、という意味になりますか？」

「気難しいひとかもしれないし、セクハラをするひとかもしれないとは思いました。ひとり暮らしとのことなので、前の方がセクハラをされた可能性はあるだろうとは想像しました」

「ひとり暮らしだと、どうしてセクハラの可能性があるのですか？」

「奥さまやほかのご家族の目がないわけですから、ハウスキーパーの女性にそういうことをするひとかもしれないと思ったのです」

「触られたのは、肩と言いましたね？」

「はい。肩に手を置かれました」

「性的な接触だったのでしょうか？」

「黙っていれば、そうなったと思います。肩に手を置いたのは、わたしがどう反応するか、試したのではないかといまは思っています」

「でも、仕事は続けたのですね？」

「ええ。わたしは、それほど仕事を選べるわけではありません。すぐに謝罪されましたし、そのあとはわたしのそばには近寄らず、寝室にいてくれました。そうであれば、仕事は続けられると思ったのです」

「その日、寝室の掃除はしたのですか？」

「はい。寝室の掃除も、馬場さんのお宅での仕事内容に含まれています」

「あなたが寝室を掃除するときは、馬場さんはどこにいたのですか？」

「ダイニングにいました。そのあとも、ずっとそのようにしてくれました」

「つまり、あなたが寝室以外の家の中を掃除しているときは、馬場さんは寝室にこもっているということですね」

「はい。最初にその日の仕事を指示したあとは、だいたい寝室にいます」

「馬場さんは、そのあいだは寝室では何をしているのでしょうか？」

「机に向かっているか、マッサージ・チェアを使っているか、だと思います」

「そうしているのを見たことがありますか？」

「はい。こちらの掃除は終わりましたと声をかけるとき、襖《ふすま》を開けますので」

「あなたがほかの部屋を掃除中、馬場さんが寝室でマッサージ・チェアを使っていることがあったのですね」

「はい」

奥野は次に、プロジェクターで地図を映し出した。

「九月三十日の山本さんが被害者の家を訪ねたあとのことについて訊きます。あなたは午後四時五分前後に馬場さんの家を離れたあと、馬場さんからの電話を待って午後五時八分までは赤羽駅近くにいたのですね？」

「はい」

「どのあたりで電話を待ち、このコンビニ経由で赤羽駅改札へと向かったのですか？」

山本美紀はプロジェクター台へと移動し、指で示しながら言った。

「行ったときの道と同じですが、馬場さんが赤羽駅の方に行っているとしたら、こちらの道で会えるのではないかと思いました」

彼女は続けた。

「一方通行の道をこちらへ歩き、北本通り方向に曲がって、赤羽交差点の横断歩道を渡り、この道を駅の方向に。コンビニはここだと思います」

「いまの道は、距離で言うと九百メートルほどになります。大人であれば十分前後で歩ける距離です。まっすぐに赤羽駅に向かったとすると、遅くとも午後四時十五分にはコンビニ前に着いていておかしくないのですが、あなたは途中、たとえば喫茶店に入るとか、脇道《わきみち》を散歩するとかして、電話を待っていましたか？」

「馬場さんから、家に戻ったから、という電話があることを考えて、馬場さんのお宅からあまり離れないようにと思っていました。喫茶店には入っていませんが、ゆっくりと歩いて赤羽の交差点を渡り、それからまた北本通り近くを歩いたと思います」

「いま示してもらった経路とは違うということですか？」

「経路はそのままです。しょっちゅう立ち止まって携帯を見て、なんとなくあたりの様子を眺めて、時間をつぶしました」

「自分から馬場さんに電話はかけなかったとのことでしたね？」

「かけていません」

「すると、この日は馬場さんにすっぽかされて、大事な仕事を一件失《な》くしたことになりますね？　入る予定の家事代行料金ももらえなかった」

「結果としてはそうです」

奥野がモニターに一枚の写真を示した。レシートらしきものが三枚、横に並んで写っている。

「これは、家宅捜索のときにあなたの部屋から押収《おうしゅう》された買い物のレシートです。あなたのものだと、確認していますね？」

「はい」

奥野は、左側の短いレシートを示した。商品一点だけを買ったと読める。

「あなたは九月二十九日の午後五時二十分ごろに、池袋駅地下コンコースで、買い物をしていますね。九百八十円の商品です。何を買ったのですか？」

山本美紀は、証言台のモニターに目をやって答えた。

「ベルトです。レディースの革のベルトを買っています」

革のベルト。

弘志は驚いた。

馬場幸太郎から電話があったその日、ということは馬場の家を訪ねる前日ということだが、山本美紀は婦人ものベルトを買っていた？　そのレシートがある！

奥野が訊いた。

「このベルトを買った理由は何ですか？」

「そろそろ新しいものが必要になったからです」

「そのベルトは、使い続けたのですか？」

「いいえ。粗悪品でした。うちで水仕事をしたとき少し濡《ぬ》れて、衣類に染料の色が移ったので、捨てました」

「捨てたのはいつごろですか？」

「買って、二、三日のうちです」

「十月一日か二日ということですか？」

「はっきり覚えていませんが、そのころにゴミとして出しました」

弘志は不安になった。この事件では、犯行に使われた革のベルト状のものが見つかっていないということだった。

いまの証言は、山本美紀の犯行を強く想像させるものではないか？

弘志は弁護人席の矢田部を見た。彼はとくに動揺しているようでもない。検察官からこの質問が出ることは織り込みずみなのか。

次に奥野は、三枚のうち、真ん中のものを示した。銀行の振り込み記録だ。八万八千円が、石橋という人物に振り込まれている。日付は十月三日だ。

「山本さんは、十月三日に＊＊銀行の池袋支店のＡＴＭから八万八千円という金額を振り込んでいますが、これは何の代金、費用ということなのでしょうか？」

「家賃と管理費です。大家さんの口座に振り込みました」

「家賃は毎月何日に支払うことになっているのですか？」

「月末までに、です」

「十月三日に振り込みということは、三日遅れていますね？」

「はい」

「十月三日に振り込んだ理由はなんでしょう？」

「その月末、銀行に行く時間がありませんでした。九月三十日の夜に不動産屋さんから、振り込まれていないそうだがという督促の電話もあったのですが、口座には家賃を支払うだけ残高がありませんでした。すぐに振り込むと返事をしたのですが、現金で振り込みするため、週明けの十月三日になってしまったのです」

奥野はまたべつの写真を示した。黒っぽいトートバッグと、家事に使う細々とした品と見えるものが写っている。

奥野が訊いた。

「これはあなたの仕事用のバッグと、道具類ですね。間違いありませんか？」

「はい」

「九月三十日の防犯カメラの映像に映っていたのも、このトートバッグですね」

「はい」

「写真の左側の白いものは何ですか？」

「ゴム手袋です。仕事をするときに使っています」

「右側に写っている青いものは何でしょう？」

「お風呂《ふろ》掃除のときに履くバスブーツです」

「ゴム手袋とバスブーツは、いつも持ち歩くのですか？」

「ええ。だいたいは自分で持っていったものを使っています」

弘志の不安はいっそう強いものになった。弁護人からの質問でも山本美紀は、持参のゴム手袋をつけると言っていた。でもいま、常に持ち歩いているというゴム手袋とバスブーツの写真を見ると、これは犯罪目的にも使える、という印象が生まれる。指紋や靴跡を残さないようにだ。犯罪が計画的なものであった、とも言えそうだ。検察官が匂《にお》わせたかったのは、そのことだろう。

奥野は、別の画像をモニターに映した。二枚の画像を並べたもので、左側は預金通帳の名義と口座番号が記されたページを撮ったものだ。右側は、出入金の記録ページ。

「これは、あなたの預金通帳ですね。間違いありませんか？」

「そのとおりです」

「こちらの」奥野は銀行の名前を出した。「＊＊銀行の預金通帳では、去年九月三十日の預金残高は二万八百二十円となっています。間違いありませんか？」

「残高が、いつもいくらだったかはひとつひとつ覚えていませんが、そのように記録されているならそうなのだと思います」

また違う通帳の画像がモニターに映った。ゆうちょ銀行の貯金通帳だった。

「これはあなたの貯金通帳で間違いありませんか？」

「わたしのです」

「口座開設が、平成二十七年の三月三十日ですが、このあと五月に、あなたは東京都北区十条のアパートから、板橋のマンションに引っ越していますね」

「はい」

「この口座には、最初の入金はあなた自身からの預け入れで一千円。そのあともすべて自分で入金されたもので、最後の入金は平成二十八年三月三十日、五千円。去年の九月三十日時点での預金残高は、三万二千円と、利息分の端数《はすう》が四円でした。間違いありませんか？」

「こちらもきちんと、いつにいくらの残高があったか記憶してはいませんが、記録にあるならそうなのだと思います」

「こちらの口座では、平成二十八年三月以降入出金はありませんが、間違いありませんか？」

「はい」

「つまりあなたの、平成二十八年九月末時点での預金残高は、合計で五万二千八百二十四円ということですね」

「はい」

「さきほどの十月三日の家賃の振り込みは、現金での振り込みということでしたね?」

「はい」

「いつも家賃は、現金で振り込んでいるのですか?」

「はい」

「何か理由はありますか?」

「わたしの収入は、お客さまから現金でいただいている家事代行料だけです。さほど大きな金額でもないのに振り込みだと手数料がけっこうかかりますから、ほとんどというか、全部のお客さまから、そのようにしていただいています。だから家賃も、お財布の中の現金で振り込んでいます」

「つまり、平成二十八年九月三十日の時点で預金残高は五万二千八百二十四円だったけれども、十月三日に八万八千円の家賃、管理費などを振り込めるだけの現金はあったのですね?」

「はい」

「もう一度、こちらのゆうちょの口座について伺います。この口座を開設した後あなたは、北区十条の家賃四万五千円のアパートから、家賃管理費合わせて八万八千円の1LDKのマンションに引っ越していますよね。間違いありませんか?」

「入居の費用が、三十二万八千円ですが、これをあなたは不動産会社に現金で支払っています。間違いありませんね？」

「はい」

「この費用は、山本さんご自身で支払われたのですね？」

「はい」

奥野はモニターを示した。

「平成二十七年三月のこの引っ越し契約の時点でのこちらの銀行の口座でも、残額は六万四千円です。その前後ひと月以上、入出金の記録はありません。でもあなたは、このとき入居のための費用を支払えるだけの手持ちの現金があったのですね？」

「はい」

「それは、タンス預金のようなかたちで貯《た》めていたものですか？」

「いえ。契約の直前に、お借りしたものです」

「賃貸契約に必要なおカネを誰かが貸してくれたということですか？」

「はい」

「貸してくれたのは、誰ですか？」

「大宮の、大津孝夫さんです」

傍聴席が、かすかにどよめいた。それは、さんざんテレビや週刊誌でも報道された、埼玉県で変死したという男の名ではなかったか？

あちらの事件では、山本美紀は逮捕されたけれども、起訴はされなかった。処分保留として釈放されたのだ。弘志は、あの事件についてはとくに疑うべき理由もなくて、すでに無実が確定したのだろうと思い込んでいた。でも、山本美紀はやはりそのひとり暮らしの男からカネを借りる関係だったのか？　報道はすべてが事実無根というわけではなかった？

奥野が訊いている。

「大津孝夫さんは、いくら貸してくれたのですか？」

奥野の言葉は、相変わらず穏やかなままだった。

山本美紀は、いくらか冷ややかにも感じられる声で答えた。

「四十万円です」

「いつのことですか」

「平成二十七年の三月の二十七日です」

「大津さんが現金であなたに渡してくれたのですね？」

「はい」

「ということは、直接大津さんと対面して、ということですね？」

「はい」

「借用書は書きましたか？」

「いいえ。書いていません」

「ということは、それは何かの対価として支払われたおカネなのではないでしょうか？」

「いいえ。貸していただいたおカネです」

「貸してくれたということは、返済期限も決まっていたのですね？」

「はっきりとは決まっていません。余裕ができたら、少しずつ返してくれたらいいとのことでした」

「返済しましたか？」

山本美紀の答えが一瞬遅れた。

「いいえ」

「大津さんがおカネを貸してくれたというその日は、大津さんが亡《な》くなったその日にあたりますが」

弁護人の矢田部が、間髪を入れずに言った。

「失礼、大宮のそのことは、本件には無関係です」

裁判長の鹿島が奥野に顔を向けると、奥野はすぐに言った。

「撤回します」

弘志は胸が苦しくなってきていた。大宮の事件のその男が死んだ日、山本美紀は男から直接カネを手渡されていた？　弁護人は本件には無関係と異議を出したが、すでに遅しだ。検察官が言葉を撤回したとはいえ、もう裁判員たちには山本美紀の嫌疑は濃厚との印象が植えつけられたのではないか。さいたま地検が処分保留とした事件ではあってもだ。それは当然、この裁判の行方にも影響してくるはずだ。

奥野が、何ごともなかったかのような調子で質問し直した。

「もう一度、馬場幸太郎さんとの関係について伺います。あなたは、馬場さんからは、おカネを借りましたか？」

「いいえ」

「貸して欲しいと頼んだことはありますか？」

「いいえ」

奥野の質問が途切れた。

鹿島が奥野に訊いた。

「検察側からは、あとどのくらいかかりそうですか？」

奥野が答えた。

「あと二十分前後です」

鹿島は法廷後方の壁の時計に目をやってから言った。

「いったん休憩としましょう。午後は一時十分から」

4

昼の休憩後も、弘志はまた同じ席に着いた。中嶋や、初めて見る初老の傍聴人も同様だった。

傍聴席が一杯になると、刑務官に連れられて法廷右手のドアから山本美紀が入ってきた。顔を伏せてはいなかった。視線は水平方向に向いている。顔からいくらか強張《こわば》りや緊張が消えているように見えた。弁護側からの被告人質問が終わり、言い分を言い切ったという思いがあるのだろうか。それとも、検察側の厳しい質問を乗り切ったという安《あん》堵《ど》感だろうか。

弘志が注視していると、山本美紀の視線は傍聴席のほうに向けられた。弘志が知るかぎり、初めてのことだ。彼女が何かに目を留めた。瞳孔《どうこう》が開いたのがわかった。弘志はいぶかった。誰か気になる傍聴人がいたのか？　それも、自分のそばに。自分以外に。

次の瞬間、こんどは弘志と目が合った。表情が変わった。彼女はぎくりとしたようだ。こめかみがかすかに引きつった。すぐに視線はそらされた。彼女は被告人席の前で腰縄を外されて、椅子《いす》に腰掛けた。

弘志の席からは、山本美紀は左手およそ三十度方向にいる。顔をめぐらさずとも、弘志を見ることができる位置だ。しかしもう彼女は弘志にも、最初に目を留めた誰かにも目を向けることはなかった。顔が少し青ざめている。

矢田部が、怪訝《けげん》そうに傍聴席に目を向けてきた。

彼も、入廷してきたとき山本美紀の表情が変わったことに気づいたのだろう。傍聴席の何が彼女を驚かせたのか、確かめようとしたようだった。

検察側による被告人質問が再開された。

奥野が言った。

「次に、川崎の松下和洋さんとの関係を伺います。さきほどあなたは弁護人からの質問に対して、松下和洋さんとのつきあいは平成二十四年十二月から二十五年の五月ころまでと話していました。二十五年三月を最初に、数回、性交渉があったと。それで間違いありませんか?」

山本美紀の答えが遅れた。裁判官たちも傍聴人も、法廷の全員が山本美紀を注視した。

山本美紀が答えた。

「答えたくありません」

法廷内の空気が一瞬ざわついた。

黙秘権の行使、ということだろうか？　被告人の黙秘権行使は、初めてだが。

弘志は弁護人の矢田部の顔を見た。彼もその答えは意外だったようだ。視線を証言台の山本美紀に向けている。

奥野も、怪訝そうだった。ここで山本美紀が黙秘権を行使するとは想定していなかったかのように見える。質問も、新しいものではない。弁護人の質問に彼女が答えたことの確認なのだ。

奥野はしかし、その黙秘を咎《とが》めることなく、次の質問を口にした。

「あなたは松下和洋さんを、誰かに紹介されたのでしょうか？」

山本美紀の答えはいまと同じ調子だった。

「答えたくありません」

「最初の直接のコンタクトは、あなたからだったのでしょうか？　それとも松下さんのほうからですか？」

「答えたくありません」

「知り合ったとき、あなたは自分自身の身元と職業をどのように伝えたのでしょうか？」

「答えたくありません」

「やはり最初に知り合ったとき、松下さんはあなたに何を期待すると言ってきたのでしようか？」

「答えたくありません」

山本美紀はいま、後ろから見てはっきりそれとわかるほどに身を硬くしていた。外敵に襲われたアルマジロのように。

いや、山本美紀の言葉を思い出せば、いま彼女はゾウガメとなったのかもしれない。硬い甲羅の中に身をひそめたのだ。

法廷は沈黙した。弘志を含め、傍聴人たちはどういう事態なのかよくわからない。裁判員たちは、山本美紀と検察官を交互に見ている。

鹿島も、怪訝そうな顔だ。中嶋から教えられたことを思い出せば、公判に入る前の整理手続で、何を証明するためにどんなものを証拠として採用し、あるいは誰を証人として呼ぶかについては、弁護側検察側双方が合意したうえで決めているはず。何かの証拠にもとづく検察側の質問が、被告・弁護側にとって不意打ちであったとは考えにくい。つまり山本美紀もまた、検察側から何を質問されるのか、おおよそ見当がついていたはずなのだ。

あるいは最初から、いまの質問については、黙秘する、と彼女と弁護人は決めていたのだろうか。一部は弁護人の質問で答えてしまっていたし、弁護人の様子を見るかぎり、そうは思えないのだが。

奥野が訊《き》いた。

「あなたは松下和洋さんからおカネを渡されたあと、会う約束を破り、携帯電話にも出なくなり、松下さんとの接触を一切絶っています。何か理由はありますか?」

彼女の答えは同じだった。

「答えたくありません」

奥野は質問を中断した。女性検察官の堀が奥野に何ごとか小声で言っている。

鹿島がその様子を見て、奥野に訊いた。

「まだ質問はありますか?」

奥野が答えた。

「質問を終えますが、答えていただけないのであれば、ここで証拠番号＊＊番の松下和洋さんの供述調書の証拠調べを行いたいのですが」

答えを引き出せなくて失敗だった、という表情ではなかった。むしろその口元は、彼女が黙秘したことを歓迎しているようでもあった。供述調書の証拠調べができるなら、それはそれで悪くない展開だと思っているのかもしれない。

裁判長が陪席の裁判官たちと話しだした。いくらか異例のことなのかもしれない。話し終えると裁判長は言った。

「いいでしょう。被告人はもとの席に戻ってください」

堀が、奥野に書類のファイルを手渡した。

奥野は裁判長に言った。

「では、ここで証拠番号＊＊番の、松下和洋さんの供述調書を朗読します」

弘志は思った。中嶋の言っていたとおりだ。供述調書はやはり証拠として提出されていたのだ。検察官はたぶん、調書の朗読よりも被告人質問でその事実を確認したかったのだろう。黙秘で通された以上、朗読するしかないということだ。でも、その調書はかなり一方的な見方で書かれているはず。山本美紀には、黙秘よりもいっそう不利となる証拠なのではないだろうか。

弘志は弁護人の矢田部を見た。彼は無言だ。朗読やむなしということなのだろう。

裁判長が朗読を認めた。奥野が書類を持ち上げて読み始めた。

「わたしは平成二十四年の十二月の末、インターネットの求人サイトを通じて、中川綾子を名乗る女性と知り合いました。彼女は個人でハウスキーパーの仕事をしているとわたしに伝えてきました。わたしは彼女を自宅に呼んで、家事をやってもらいました」

馬場幸太郎と山本美紀がつながった経緯と似ていた。検察官は馬場幸太郎との場合も、じっさいは同様であったと匂わせたいのかもしれない。そして、弘志にとって意外なことがある。山本美紀が松下和洋と知り合ったのは、弘志が彼女と知り合った時期とほぼ一緒だ。

弘志は山本美紀に目をやった。彼女はまた、先ほどがそうであったように、視線を真正面に向けたまま無表情だ。目の焦点はどこにも合っていない。

奥野は朗読を続けた。

「年が明けた一月なかばころにわたしはもう一度彼女と連絡を取り、家事を頼みました。このとき、雑談の中で彼女が経済的に困窮していること、ネットカフェで寝泊まりしていることを知り、同情して五万円のおカネを渡しました。わたしは次第に彼女の人柄に惹《ひ》かれるようになり、二月にも家事を頼みました。このときも五万円を渡していますが、この二回とも性的な関係はありません。三月にも家事を頼み、そのあと一緒に近所で食事をして親しくなり、その夜に自宅で性交渉を持ちました」

弘志はあらためて鉛でも呑《の》みこんだような感覚を味わった。三月に初めての性交渉。それは彼女が弘志の部屋に泊まるようになっていった時期とほぼ重なる。

あのとき自分は彼女にとって、たったひとりの男ではなかったのだ。そのころ彼女は、大きく歳《とし》の離れた男とも、性関係を持っていた。

動揺するな、と弘志は自分に言い聞かせた。あの時期、弘志自身にもそれが真剣な関係であるのかどうか、確信はなかったのだ。自分は彼女の唯一《ゆいいつ》の男であると誓ったわけでもなく、彼女にも同じことを求めてもいない。求められてもいなかったし、ましてや将来を約束したわけでもなかった。だからそのことに衝撃を受ける必要はないのだ。

そこまで考えてから、突然思いついた。山本美紀がいましがた黙秘を続けたのは、自分にその事実を聞かせたくなかったからか？　けっきょくは明らかになるにせよ、自分の口からは言いたくなかった……。そう思うことは、思い上がりだろうか。

奥野の朗読は続いている。

「四月には横浜駅近くのホテルで会いました。このときわたしは、娘が反対するので入籍はできないが、一緒に暮らさないかと中川綾子に提案しました。彼女は、自分にはいろいろと厄介な問題があるのでできない、と答えました。

わたしは、厄介ごとはおカネで解決できることなのか、できるとしたらどのくらいかかるのかと訊きました。彼女はおよそ百五十万円と答えたので、わたしは自分がそれを負担しようと言い、次回に会うときにおカネを渡すと約束しました。彼女は、一緒に住むことはできないが、それでもいいかと確かめてきたので、わたしはいいと答えました。

五月のなかばにまた横浜駅で会ったとき、わたしは百五十万円の現金を渡し、次に会う日を約束しました。六月の最初の日曜日です。いずれ娘に会わせたいとも口にしました。

でも、当日、横浜の約束のホテルに、彼女は現れませんでした。携帯電話もつながらず、彼女とは連絡がつかなくなりました。

平成二十八年の十一月になって、警視庁の刑事さんがわたしを訪ねてきて、この女性を知っているかと写真を見せられました。わたしが知っている中川綾子という女性でした。わたしはこのとき初めて、彼女の本名が山本美紀であり、赤羽の強盗殺人事件の容疑者であることを知りました」

朗読を終えると、奥野は顔を上げ、裁判長を見て言った。

「証拠番号＊＊番。松下和洋さんの供述調書を証拠として提出します」

裁判長の鹿島が言った。

「ここであらためて休廷としましょう。二時ちょうどから。弁護人から、被告人再質問をされますか？」

矢田部が、はい、と答えた。

裁判長が立ち上がり、一礼した。裁判員たちもひと呼吸遅れて立ち上がり、一礼して退廷していった。弘志もほかの傍聴人と一緒に立ち上がった。

弘志は、さっき山本美紀が目を留めた先にいたのが、銀髪の初老の男だと気づいた。その男はいま傍聴席最後部のスペースを、出入り口に向かっているところだ。うつむき加減だった。彼がその松下という男なのか？

裁判官と裁判員たちは法廷を出て行き、傍聴人たちも法廷後部のドアから退出を始めていた。

矢田部完は山本美紀のほうに上体を傾けて、小声で言った。

「さらりと答えることになっていましたよ」

少し非難する口調となった。彼女は無言だ。反応しようとしない。矢田部に目を向けてもこなかった。

ふたりの刑務官が山本美紀を立たせ、腰縄をつけてから手錠をかけた。女性刑務官が促し、彼女は身を硬くしたまま、ふたりの刑務官にはさまれる格好で法廷を出ていった。

矢田部の右にいる倉本明子も、不可解そうな表情で矢田部を見上げてくる。どういうことなんでしょうと問うている顔だった。

何があった？　と矢田部はいましがたまでの審理の様子を振り返った。松下和洋との関係について自分が質問したときは、彼女は打ち合わせどおり、簡潔に答えた。なのに休憩後、検察官が松下和洋との関係を別の視点から質問しだすと、完全に黙秘に入ってしまったのだ。その様子は、検察官のみならず裁判官や裁判員に対しても居直ったように見えた。好きなように考えたらいい、とでも言ったかのように。

彼女は矢田部の主質問のときに基本的な事実はすでに認めているのだから、検察官質問への黙秘にはさほどの意味はないはずだった。むしろ、素直に短く答えていたほうが、裁判員からは好感を持たれたことだろう。なのに……。

矢田部は思い返した。公判前整理手続で、検察は松下和洋を証人として出廷させたいと主張した。馬場幸太郎殺害の動機を明らかにするためだという。

松下和洋は詐欺《さぎ》に遭ったと被害届を出してはいないが、検察側の証人として出廷すれば、犯罪の常習性や、悪性格の立証という目的に利用されるのは明らかだった。というか、検察側の狙《ねら》いはむしろそこだ。なんとか阻止しなければならなかった。

矢田部は松下和洋を証人とすることを避けるため、供述調書の採用には同意したのだった。だから矢田部の主質問も、いまの奥野の質問も、供述調書を前提としてのものである。公判前の接見で矢田部は山本美紀に、松下和洋との関係について質問された場合は、けっして弁解や言い訳がましいことを口にせず、端的に短く答えてくださいと指示していた。事実を否定することはできないが、答え方次第では、意味を薄れさせることは可能なのだ。

しかし山本美紀は、その調書をもとにしての検察官からの質問には黙秘で答えた。裁判員はまちがいなく、何か重要な事実が隠されている、と受け止めたことだろう。

どうして彼女は黙秘に出た？　弁護人質問と検察官質問とのあいだに、何か状況が変わったか？　むしろ自分の目には、弁護人質問が終わったときは、彼女の緊張が解けたと見えた。自分の言い分を聞いてもらえて安堵したという様子さえ窺《うかが》えたのだ。なのに、検察官からの質問になると、彼女は頑《かたく》なで、突っぱねるような答え方になっていた。

そういえば、と矢田部は思い出した。休憩後、山本美紀が再び入廷してきたとき、彼女はこんどの公判ではたぶん初めてだと思うが、ごく短い時間、視線を傍聴席に向けたのだ。あのとき矢田部は、彼女が何か気になるものに目を留めたように感じた。瞬時、顔が引きつったようにも見えた。それが確かだったという確信はないが、かすかな、ほんとうにごくかすかな印象として残った。

矢田部は、いま後ろの壁沿いに列を作って法廷を出て行こうとしている傍聴人に目を向けた。

新聞記者たちや数人の法廷画家のほかには、ふつうの市民と見える男女、数人の傍聴マニアらしき者がいる。二十代後半と見える体格のいい男は、公判初日から何度か傍聴していた。いつもずいぶん真剣な顔で傍聴しているので、顔を覚えてしまった。山本美紀も、その彼を見たようだった。

その青年の三人後ろに、初老のスーツ姿の男がいる。彼は目を伏せ、いくらかばつの悪そうな顔をしていた。きょうまで、この公判で彼を見たことはなかったような気がする。

彼か？　山本美紀は彼を見て、驚いていたのだったか？　彼は何者なのだ？

矢田部は背を屈《かが》めて、倉本に小声で訊いた。

「松下和洋って、ワイドショーには登場したことはあった？」

倉本が答えた。

「知る限りでは、娘さんだけがテレビに出ていました。ご本人は出ていなかったと思います」

倉本も矢田部の質問の意味に気づいたようだ。首をめぐらして、法廷を出ようとしている傍聴人たちに目を向けた。ちょうどその初老の男は、ドアを抜けるところだった。

倉本が言った。

「審理再開のとき、山本さんはあのひとと視線が合っていました」

倉本も気づいていたのだ。自分だけが受けた印象ではなかった。

矢田部は関係者が出入りするドアから、法廷の外の通路へと出た。通路はガラスドアで建物の中央通路とつながっている。法廷を出た傍聴人の一部は、まだガラスドアの前に滞っている。矢田部はドアの脇まで歩いて、通路を出ようとしているその初老の男に目をやった。

公判前整理手続が始まり、接見のときに、矢田部はワイドショーが取り上げた松下和洋という男との関係について訊いている。じっさいに何があったのかと。山本美紀はずっと言い渋っていたけれども、最後には告白したのだ。おカネを渡された。性関係を持った。それは身体《からだ》を売ったに等しい行為だった、と。内縁の妻となってほしいという誘いを断りながらも男と性交渉を持ち、多額のカネを受け取ったのだから。

ただそのとき、彼女は松下和洋という男について言っていた。

銀髪の、紳士的な男性だった。ガツガツしたオヤジではなかった。好意を持ったことは事実だ。どこか祖父の面影もあるひとだった、と。

この男が、そうかもしれない。

矢田部は男について中央通路に出ると、エレベーターホールの前まで彼を追った。真正面からではないが、男の顔を確かめることができた。歳は六十代なかばだろうか。まっとうな堅気の男と見える。この男なら、紳士、という表現があてはまるかもしれない。

エレベーターホールの前のひとだかりから少し離れて、ふたりの男が立っている。どちらもこの公判で何度か見た。ひとりはたぶん傍聴マニアだ。ほかの公判でも見たことがある。もうひとりの二十代後半と見える男は、この公判以外では目撃した記憶はなかった。山本美紀は、この男にも目を留めて、かすかに顔色を変えたようだった。男のこの身なりと年齢だ。山本美紀にカネを貢《みつ》いだ被害者のひとりということはないはずだ。彼女が言っていたストーカーがこの男だろうか。いや、それでは、彼女が松下和洋との関係についての質問に対して黙秘したことの理由にはなるまい。

矢田部はもう一度法廷に戻った。検察官たちが資料をまとめているところだった。出よう、と矢田部は倉本を促し、法廷を出た。いましがたまでエレベーターの前にあった人だかりは消えていた。

地裁の入ったビルを出ると、通り一本はさんだ弁護士会館に入った。地下一階の食堂に入ってテーブルに着いたところで、矢田部は倉本に言った。

「画像検索してくれ。松下和洋」

法廷では、いちおうインターネット接続は禁止だったのだ。やってできないことはないが、あそこで無理をすることはなかった。倉本がすぐにノートPCとモバイル・ルーターをテーブルの上に取り出した。

やがて倉本がディスプレイを示して言った。

「川崎の、設備業振興組合理事に松下和洋というひとがいます」

スーツ姿の三人の男が並んで写っている。どこかの会議室で撮られたもののようだ。右端にいる男は、確かにいま傍聴席にいた男のようだ。顔はいくぶん若く見えるが、最近の写真ではないのだろう。

松下和洋という名前の一致。川崎の自営業者団体のホームページでの紹介。公判の傍聴。キーワードが三つ揃《そろ》っているのだ。あの初老の男が松下和洋であることは確実だ。彼は、証人として出廷することにはなっていないが、この裁判への、いや山本美紀への強い関心から、傍聴にやってきたのだろうか。

倉本が訊いた。

「傍聴していたのは、この男性ですか?」

「ああ。間違いないな。でも、山本さんは、若い男にも目を向けて、驚いていたようだった」

「そうでしたね。公判の一回目から何度か傍聴している男性です」

「ストーカーだろうか。ぼくは、ストーカーだったという男の歳や風貌《ふうぼう》を聞いていない」

「いつもじっと山本さんを見つめています。あの目の色は執着心かもしれませんが」

倉本が言葉を切ったので、矢田部は先を促した。

「何？」

「弟が、姉さんの身の上を案じているような目にも見えました」

「年下の恋人だったのかな」

その話は山本美紀から聞いてはいなかった。でも、彼女の人生のどこかで、そんな男性がいてもおかしくはなかった。

なんであれと、矢田部は思った。山本美紀が松下和洋との関係をめぐって、反対質問では黙秘に転じた理由はあのふたりだ。どちらかひとりだけが傍聴に来ていたのなら、彼女を非難あるいは攻撃するような質問に対しても、黙秘することはなかったのではないか。一方にだけではなく、両方に聞かれたくはなくて、彼女は答えを拒んだのだ。問題は傍聴席にあのふたりがいることだ。

ノートPCと資料をキャリーバッグに詰めると、倉本も自分の資料類をまとめながら矢田部を見つめていた。不安そうだ。裁判員の共感が完全に山本から離れたのではないか、と訊いている目だった。

矢田部はうなずいて言った。

「次の再質問で、挽回《ばんかい》しよう」

法廷の外の通路で、中嶋が弘志に言った。

「あの黙秘で、かなり心証は悪くなったな」

「そうですか?」と弘志は中嶋の顔を見た。もう少し解釈を聞かせてほしいところだ。

「弁護人質問で肝心の部分は認めてしまっていたのだから、検察官質問で黙秘する理由がわからない。裁判員たちも、あそこでショックを受けたりはしないよ。検察官質問が再開される前に、何かあったのかな」

中嶋は、あの入廷時の山本美紀の表情には気づいていないようだ。もしかしたらおれの顔を見たせいです、とは言わなかった。彼女はあれで動揺したのかもしれない……。

そうして弘志は思った。自分が傍聴しにきたことがまずかったのか? 黙秘したことで裁判員の心証が悪くなったとして、それは自分が公判の傍聴なんぞしたためか? 彼女が捨てた過去からのこのこやってきて、公判に臨む彼女と弁護人の戦術を邪魔してしまったせいか？

二時ちょうどになり、審理が再開された。こんどは弁護側からの再主質問である。

弘志の席は、午前中と同じ椅子だった。あのスーツ姿の男は、証言台を左側斜め後ろから見る位置に腰掛けている。中嶋は最後列の中央寄りだ。三分ほど前の入廷のとき、山本美紀は硬い顔で、傍聴席にはいっさい目を向けてこなかった。

山本美紀が証言台に着席すると、矢田部が胸に提げたマイクに手を触れてから言った。

「松下和洋さんとの関係について、もう少し訊きます。あなたが松下和洋さんと出会ったきっかけは、インターネットの出会い系サイトでしたか？」

法廷内が、しんと静まり返った。彼女はこんどはどう反応するか、誰もが息を呑んで見守っている。

山本美紀が答えた。

「答えたくありません」

弁護人に対しても、黙秘となった。

弘志は矢田部を見つめた。さあ、彼はどう反応する？

矢田部がひと呼吸置いてから言った。

「山本さん」厳しい声だった。「あなたは自分がどんな罪状で起訴され、この裁判を受けているか、わかっているんですか？　あなたはこの法廷で誠実に、真剣に、疑いを晴らす努力をしなければならないんですよ。あなたにはたしかに黙秘権があります。でもあなたの黙秘で守られるものが、この裁判の有罪判決よりも重大なものだということがありますか？」

矢田部の声の厳しさに、証言台の山本美紀も驚いたようだ。顔を矢田部のほうに向けた。弘志はその横顔を凝視した。山本美紀は狼狽《ろうばい》している。どうしてそんなことを？と矢田部に目で問うていた。なじらないで、と請《こ》うているようでもあった。

矢田部は山本美紀のその視線を受け止め、見つめ返している。真剣で、何か大きな賭《か》けに出たかのような表情だ。矢田部の目は同時に山本美紀に、自分を信じろ、と言っていた。

裁判官たちも、検察官たちも、矢田部を見つめている。彼らも矢田部がこのようにいきなり山本美紀をなじりだすとは、想像していなかったのだろう。もしかすると、このような裁判では異例すぎることなのかもしれない。

山本美紀は矢田部に目を向けたまま、何も答えない。

矢田部がなおも言った。

「あなたは何を心配しているんですか？　松下和洋さんとの関係について正直に答えることで、どんな不利益があるというのです？　弁護人のわたしの質問が、あなたをこれ以上の苦境に追い込むと思っていますか？」

　裁判長の鹿島が割って入った。

「弁護人、それは質問ですか？」

　矢田部が鹿島に顔を向けて言った。

「失礼しました」それからもう一度山本美紀を見た。「松下和洋さんは、あなたを訴えていない、被害届も出していないことを思い出してください。あなたには、恥じるべきことは何もないんです。正直に答えるべきですよ、あなたは」

　鹿島が、いましがたよりも強い調子で言った。

「弁護人、被告人は当惑しています。質問でないなら、そこまでにしてください」

「はい」と矢田部が応《こた》えた。「わかりました」

　裁判長の鹿島が山本美紀に顔を向け直して言った。

「最初にも言いましたが、あなたには黙秘権があります。答えたくないことに答える必要がないのはこれまでどおりです。わかりましたか？」

　山本美紀が小さくうなずいた。

　鹿島がもう一度矢田部に顔を向けた。

「質問を続けてください」

　矢田部があらためて証言台の山本美紀を見つめて訊いた。

「あなたが松下和洋さんと知り合ったきっかけは、出会い系サイトでしたか？」

なじる調子はなくなっていた。感情のこもらない、いくらか事務的とも聞こえる口調だ。

再び法廷のすべての視線が、また山本美紀に集中した。

山本美紀が答えた。

「いいえ。出会い系とは違います」

もう声に拒絶の調子はなかった。最初の弁護人主質問のときのように、素直な声と聞こえる。彼女は黙秘することをやめたのだ。

「どういうものでしたか？」

「誰でも書き込めて読める掲示板です。わたしは、女性の仕事をテーマにしているサイトを読んでいて、松下さんが家事をやってくれる女性を探していると知りました」

「それを読んで、コンタクトを取ったのですね？」

「はい。緊急の家事を引き受けますと。一、二回メールでやりとりして、あとは電話で細かなことを打ち合わせました」

「そのときは、本名ではなく、偽名を名乗ったのでしたね？　そうしなければならない理由はありましたか？」

「はい。わたしはそのころ、キャバクラに客としてきていた男性にストーカー行為をされていました。その男性に本名がばれてしまったこともあって、できるだけ偽名を使っていました」

「そのお店で働くとき、本名は使っていなかったということですか？」

「いいえ。年齢確認が必要だったので、身分証明書を見せ、本名の山本美紀で勤めました。でもお店では、アヤと名乗っていました」

「ストーカーは、あなたの本名をどうして知ったのでしょうか？」

「話し上手なお客だったのと、わたしも慣れていませんでしたから、あっというまに本名や携帯の番号を教えてしまったのです」

「ストーカー行為というのは、具体的にはどういうものだったのですか？」

「昼間、携帯に電話がかかってくるようになり、店からあとをつけられ、つきあうように迫られました。ひとが変わったみたいに怖い感じになっていて、わたしは逃げました。実の父親が母にDVをするひとでしたから、そのことを思い出してとにかく怖かったのです。お店の寮を出たあとは友人のアパートに泊めてもらっていたのですが、すぐにそこもその男性にばれてしまいました。そのあとはネットカフェや脱法ハウスに寝泊まりして仕事を探すようになったのです」

「それで本名を使いたくなかったのですね」

「はい、本名を使うことが恐ろしくて、そのころはできるだけ偽名で通していました」

「中川綾子という偽名を使ったことに、理由はありますか？」

「はい。東京に出てきて仕事を探しているとき、葛西のスーパー銭湯でひと晩過ごしたのですが、そこで常連の女性のひとたちと知り合いました。中川綾子というのは、そのひとたちから教えられた名前でした。身元保証もなくて仕事を探しにくい場合は、その名前を使えばいいと教えてもらったのです」

「常連というのは、どのような女性たちなのですか？」

「家もなくて、きちんとした定職にも就けずに働いているひとたちです。スーパー銭湯は、そういうひとたちがときどき利用しています」

「そのひとたちと、中川綾子という名前とは、どういうつながりになるのですか？」

「ハウスキーパーとかいろいろな仕事をしているひとで中川綾子という一種の有名人がいて、ときどきネットに評判が出たりするのだそうです。だからその名前を名乗るとか、中川綾子さんの知り合いだと名乗ると、ネット検索してもらっても信用してもらえるのだと教えられたのです」

「もっと詳しく話してもらえますか」

「中川綾子という名前は、ある掲示板では、家事代行のエキスパートとして出てくるのです。ほんとうにそういう女性がいるのかどうかはわかりません。本人のサイトも見たことはありません。でも、その中川綾子というひとの評判が書かれている投稿は読みましたし、そのひとのつてで仕事を見つけたひとも何人もいるようでした。中川綾子さんが紹介したお客を、感じのよいひとだと評価しているクチコミもあります。なのでわたしは、キャバクラを辞めてあらためて仕事を探し始めたとき、ハウスキーパーを探しているひとに中川綾子という名前でコンタクトを取ったのです」

「それが松下和洋さんですか？」

「そのひとりが松下さんです」

「松下さんが書き込んでいたその掲示板は、純粋に仕事探しのサイトだったのですね？」

「出会い系と勘違いしている男性も中にはいる、とは注意されました。それをよく見極めて、コンタクトを取るときも誤解がないように気をつけなさいと」

「気をつけなさいと注意したのは、誰です？」

「スーパー銭湯で知り合った女性のひとりです。名前は知りません」

「あなたは、京浜ライフリーゼに登録するまで、そのサイトを通じてハウスキーパーの仕事を続けていたのですか？」

「そうです」

「ほかの仕事、たとえば性風俗のような仕事に就くことは考えなかったのですか？」

「考えませんでした」

「どうしてですか？」

「性風俗ではありませんが、キャバクラに勤めたときに、こういう仕事は自分には向かないと思いました。ましてや好意も感じない男性と、その、それ以上のことをするのは、絶対にできないと思っていたからです」

「平成二十五年の六月ころ、松下和洋さんの前から消えて、いっさい連絡を取らなくなったのは何故ですか？」

「わたしは」山本美紀の言葉がいったん途切れた。「松下さんに嘘《うそ》をつきすぎていました。名前も歳も、身の上についても。離婚経験があることも、子供を産んだことがあることも話していませんでした。松下さんが真剣に、入籍はできないが一緒に暮らしてくれないかと言ってきたとき、いまさら嘘をついていたと告白することはできないと思いました。ひどい女だったと知られることが、恥ずかしかったのです」

山本美紀の声がわずかに震えたように聞こえた。泣いている？　と弘志は彼女を凝視したが、弘志の席からは顔は窺えなかった。

山本美紀は続けた。

「ちょうどその時期、ストーカーの男が着信拒否になっていない番号で携帯に電話をかけてきました。寝泊まりしている脱法ハウスも知っていると言われて、逃げることにしました。携帯はこのときに買い替えました」

ああ、と弘志は思わず声を出すところだった。それがあのフェリー・ターミナルのすっぽかしの理由だったのだ！

事情はわかったが、それでも納得はできなかった。その程度のこと、でしかないのに、どうして自分に話してくれなかった？ 自分が信用できなかった？ それを明かすほどの関係ではなかった？ 事実上、ふた股《また》をかけていたことを知られたくなかった？ 弘志の両親に会うことになるのが、重すぎた？

恥ずかしい、という言葉と、それを漏らしたときの彼女の表情が思い出された。あのとき隠しごとすべてを話してもらっても、自分は山本美紀に恥ずかしさを感じさせることはなかったと断言できるのに。

矢田部がそこでいったんうなずくと、言葉の調子を変えた。

「次にお祖母《ばあ》さんのことを少し訊きます。お祖母さんは、いまどこにいるのでしたか？」

山本美紀は、山梨県にある地方自治体が運営する特別養護老人ホームの名を挙げた。

矢田部が訊いた。

「特別養護老人ホームに入っている理由は何ですか？」

「認知症が進行して、ひとり暮らしが難しくなったからです」

「あなたが、家族として入所の手続きをしたのでしたか？」

「はい。ほかには身内はいないので」

「入所したのは、いつごろのことですか？」

「平成二十五年の七月二日です。わたしが韮崎に帰り、ソーシャルワーカーさんと相談して、入所できることになりました」

「入所したあと、費用はかかるのですか？」

「はい。いろいろ軽減措置はとっていただきましたが、それでも月に二万円から三万円かかっていました」

「その費用は誰が負担していたのですか？」

「わたしです」

矢田部はいったんノートPCの画面に目をやってから言った。

「次に、証拠の＊＊番について伺います」

モニターに、検察官質問のときにも映された三点のレシートが表示された。

「この右側のレシートは、九月三十日の日付が入っています。時刻は午後六時十五分。スーパーマーケットの名前がありますが、これはどこのスーパーなのですか？」

山本美紀が、証言台のモニターに目を落として答えた。

「埼京線板橋駅前のです」

「買ったものの二番目に、三十八円という金額が印字されています。商品名を読んでいただけますか」

「もやしです」

「その下には、百十八円という買い物がありますが、これは何ですか？」

「おからです」

九月三十日の買い物。つまり事件のあった日だ、と弘志はその日付を思い出した。検察の言い分なら、彼女が三百万円のカネを奪った日の夕方ということだ。彼女は地元のスーパーでもやしとおからを買っていた。大胆な犯行とはあまりに釣り合いの取れない買い物を、彼女はしていたことになる。

矢田部がべつの画像をモニターに示した。

「これは平成二十七年の三月三十日に口座開設されたゆうちょ銀行の入出金記録です。あなたはこの口座には全部で六回入金していますね。去年の九月三十日の時点では、預金残高が三万二千円。それに端数《はすう》。この口座は、入金だけがあって、一度も引き出しや引き落としの記録がありません。これはなぜですか？」

山本美紀がモニターを見ながら答えた。

「これは、おカネを貸してくれた大津孝夫さんに返済するための口座です。四十万円貸していただいたときにすぐに口座を開き、余裕があるときに少しずつ、五千円ぐらいずつですが、貯《た》めてきました」

「じっさいには三万二千円貯めたところで、止まっていますね。最後の入金は、平成二十八年の三月です。ここで止まった理由はありますか？」

「大津さんから、その後仕事の依頼がなくなったからです。やはり嫌がられてしまったのだろうかと、自分から連絡を取るのは我慢していました。去年七月に思い切って電話してみると、電話はつながっていませんでした。もう連絡するな、という意味だろうと思い、生活も苦しかったので、そこで入金は止めてしまいました」

「あなたが大津孝夫さんが亡《な》くなったことを知ったのはいつですか？」

「去年の九月です。埼玉の大宮警察署の刑事さんに事情聴取されたとき、初めて知りました」

矢田部は顔を裁判長に向けて言った。

「弁護人からは以上です」

傍聴人たちのあいだから、ふうっという吐息が漏れたように感じられた。

検察官による反対質問のときには、山本美紀が黙秘したせいもあって、彼女がカネを必要として馬場幸太郎を殺したのだという印象は強まった。彼女はカネに汚く、片っ端から年配男性に近づいてはカネを騙《だま》し取っていたのだと、自分でさえ思い込むところだった。彼女が自分には見せていなかった一面は、かなり性悪だったのかと、弘志も疑ってしまったことは確かだ。

しかし、いままた印象はひっくり返ったように感じた。彼女が偽名を使っていた理由、松下和洋と知り合ったきっかけ、彼が出してくれたカネの遣い道、そして埼玉の大津孝夫からカネを借りたあとの返済の計画。いまの弁護人とのやりとりではむしろ、山本美紀のつつましい性格や誠実さ、義理堅さが証明されたのではないか？

鹿島が、また二十分間の休憩を告げた。

裁判官と裁判員が退廷してゆき、山本美紀が腰縄と手錠をかけられて、法廷を出ていった。横顔からは、検察官質問が終わったときのような強張《こわば》りは消えていた。

弘志は、あの初老の男を見やった。彼は傍聴席から立ち上がり、法廷出入り口に向かうところだった。少し微笑しているように見える。微笑というのが言い過ぎなら、安堵《あんど》したような顔。心配ごとがひとつ消えた、という表情に見えた。彼はいったい誰なのだろう？　彼女の身内？　それでこの公判の成り行きを案じていた？　彼女の父親であってもおかしくはない年齢に見えるが。

ふいに思いついた。彼が、松下和洋という男なのか？　入籍はできないが一緒に暮らしてくれないかと、山本美紀に懇願したという男。百五十万円を彼女に渡したと供述調書にはあったが、彼は詐欺で彼女を訴えた様子はない。警察なり検察に事実は語ったが、自分は被害者だと主張していたわけではなかった。いっときは内縁関係になることさえ考えたことのある男としては、身内めいた親密さなり共感を山本美紀に感じていてもおかしくはない。だからあの表情なのか。

中央の通路に出たとき、中嶋が言った。

「弁護士のあの剣幕には驚いたな。被告人をあんなに叱《しか》り飛ばすなんて」

弘志はうなずいた。

「それが効いたのか、黙秘をやめましたね」

「この答えを聞いていると、どうして黙秘したのだろうかと思ってしまうな。あまり聞こえのいい話じゃないのは確かだけども」

そうか、と弘志は中嶋から視線をそらした。あれでもまだ、聞こえが悪い、という話なのか。

審理が再開された。検察側の再反対質問である。

検察官の奥野が山本美紀に訊《き》いている。しばらくのあいだ奥野は、山本美紀が馬場幸太郎の家に仕事に行くようになった経緯を、さきほどとは違う角度から訊《たず》ねていたが、あまり質問の焦点が絞られていなかった。攻めあぐねている、と弘志には感じられる調子だった。法廷内の空気が弛緩《しかん》していった。

やがて奥野は、山本美紀がストーカーから逃げた前後のことを訊き始めた。

「そのストーカー行為をしていた男性の名前は、なんというのですか？」

山本美紀が答えた。

「相川《あいかわ》と名乗っていました。アイちゃんと呼んでほしいと言っていましたが、フルネームは知りません。相川というのが、本名かどうかも知りません」

「いくつぐらいの年齢だったのでしょうか？」

「聞いてはいませんが、四十代のひとだと思いました」

「何度くらいお店に来たのですか？」

「四回です。わたしがお店を辞めるまでのあいだに四回来ました」

「その相川さんは、いいお客であったのですか？」

「質問の意味がよくわからないのですが」

「おカネをよく落としてくれるお客でしたか。それとも、全然おカネを出してくれないお客だったのでしょうか？」

「お店に支払っていた金額はわかりません。でも、気前よく注文してくれるひとでした」

「個人的にも、あなたにおカネを渡してくれましたか？」

「いいえ」

「寮までついてきたり、ひんぱんに電話をかけて、自分とつきあえと迫ったわけですか？」

「はい」

「つきあえというのは、どういう意味だったのですか？」

「性的な関係になれ、ということだと思いました。自分のうちで暮らせ、という意味もあったと思います」

「そのことを迷惑に思って、たとえば店のマネージャーなどには相談はしましたか？」

「いいえ。相談はしていません」

「どうしてしなかったのですか？」

「キャバクラというのは、そういうものかと思っていたからです。最初は、男性のお客がそのぐらい執着してくれたほうが、収入がいいのだろうかと思っていました」

「つまり、ストーカー行為は迷惑ではなかったということでしょうか？」

「迷惑でした」

「でも、誰にも相談していないのですね」

「店の同僚の女の子には、言いました」

「その同僚の女性は、どういう反応でした？」

「せっかくそんなに気に入ってくれているのだから引っ張ったら、というのが、そのひとの答えでした」

「引っ張ったら、というのは、どういう意味ですか？」

「繰り返し店に来てもらえ、ということだと思いました」

「お店を辞めて寮を出たあとは、その相川という男性とは、会ってはいないのですね？」

「はい。わたしの居場所はどうしてかすぐにばれてしまいましたが、電話は着信拒否にしましたし、会ってはいません」

「キャバクラを辞めたあとのことを伺いますが、川崎の松下和洋さんから、一緒に住んで欲しいと言われたことは、迷惑ではなかったのですか？」

「驚きましたし、戸惑いましたが、迷惑という気持ちとは違います」

「相川という男性からつきあうように言われたことと、違いはなんだったのですか？」

「松下さんは、女性を見る見方が優しく感じられました。わたしをひととして尊重してくれていると信じられました」

「ネットで女性を探していたひとなのにですか？」

「あのサイトは、けっしていかがわしいサイトではありませんでした。無料の求人サイトです。そのような使い方をしているひとも中にはいたのでしょうが、松下さんは本当にハウスキーパーを探していたんです。何回か家事代行の仕事をしているうちに、わたしのことを伴侶《はんりょ》候補と考えるようになっていったのではないかと思います。身体だけの関係の女性ではなく」

「それがどうしてわかるのですか?」

「直感、としか言えませんが、誠実な方でした。それと、道理をわかってもらえるひとだとも感じました。じっさいにわたしが一緒に暮らすことはできないと断ると、納得してもらえました」

「あなたは、横浜駅で百五十万円のおカネを受け取ったあと、松下さんとの約束を守らず、連絡を絶ちましたね? ひどい女だと知られるのがいやだったから、とさっき弁護人の質問には答えていましたが、あなた自身は松下さんにどのような女性だと思われていたと考えていたのですか?」

「一緒に暮らしてほしいと言われましたし、娘さんに会わせたいとも言われました。なので、堂々と人前にも連れていける女性と見てくれているのだろうと思いました」

「おカネを受け取りながら連絡を絶つことは、かえってひどい女性だと思われるとは考えなかったのですか?」

「一緒に暮らしてほしいと言われたことが、重く感じられました。娘さんに会わせたい、と言われたこともです。このまま連絡ができなくなるならそれもいいかと思ってしまいました」

「百五十万円のおカネを、最初からの合計ではそれ以上を受け取っていながら、雲隠れしても構わないと考えたのですね」

矢田部が手を挙げて言った。

「異議があります。要約不相当です」

裁判長が奥野を見て言った。

「検察官、いかがですか？」

奥野はかすかに戸惑いを見せてから言った。

「いえ、そのように供述していたから、相当な要約です」

鹿島が左右の陪席裁判官たちを交互に見た。男性の裁判官が鹿島に何ごとか言った。

鹿島はうなずいてから奥野に言った。

「弁護人の異議を認めます。検察官は質問を変えてください」

奥野はそれ以上抗弁せずに、質問を変えた。

「松下さんとつきあっていた当時、あなたは自分自身の本名や離婚歴、出産歴などを話していなかったとのことですが、そのほかに出身や卒業した学校、家族がどこに住んでいるかということは、松下さんには話していなかったのですか？」

「話していませんでした」

「時間が空いても、あなたからいつか連絡しようとは考えなかったのですか？」

「まず相川から逃げることが先決でした。それに祖母を施設に入れるために山梨に戻って、することが山積みでした。きちんとお礼を言わなければならない、同居できない理由を話し、わかってもらわなければならないと思っていました。でも忙しさにかまけて、いつのまにか、弁解できないぐらいの時間が経《た》ってしまっていました」

「百五十万円というおカネは、忙しさにかまけて放っておいていい金額でしょうか?」

また矢田部が言った。

「異議があります。論争を挑むもので、議論にわたる質問です」

矢田部の口調は、いましがた異議を申し立てたときよりも強くなっていた。

「異議を認めます」と鹿島は言った。「検察官は質問を変えてください」

奥野が質問を変えた。

「あなたは大津孝夫さんから借りたおカネについては、積み立てて返済を考えていた、と証言していました。松下さんから最後に渡された百五十万円については、返済のための口座も作っていませんが、その理由は何なのですか?」

山本美紀が答えた。

「松下さんは、貸すと言っておカネを渡してくれたのではありませんでした。助けになりたいと言って出してくれましたので、ありがたく好意に甘えました」

「そのおカネは、性的なサービスの対価として受け取ったのだから、返済は考えなくていい、ということではありませんか?」

矢田部がすぐに反応した。

「異議があります。検察官の意見を一方的に押し付けようとするものです。相当ではない質問で、制限されるべきです」

鹿島が言った。

「異議を認めます。検察官は質問を変えてください」

短いあいだに三回、弁護人からの異議申し立てがあった。裁判長もそれを認めた。検察官の質問が逸脱気味ということなのだろうか。

奥野が自分のノートに目を落とした。次の言葉がなかなか出てこなかった。法廷が沈黙していると、やがて奥野は裁判長に顔を向けて言った。

「検察官からの質問は以上です」

この日の審理が終わった。

法廷を出てから、弘志は中嶋に訊いた。

「どうです？　検察は、被告をかなりワルな女に見せようとしていたようですけれど」

「弁護人が異議を連発していたけれど、そういう印象は伝わったろうな」

やはりそうかと、弘志は唇をかんだ。

裁判官と裁判員による被告人質問の日となった。傍聴希望者の数も五十人ほどに減っていたが、弘志はこの日、抽選にはずれた。中嶋は当たりだった。

5

落胆していると、中嶋が傍聴券を差し出してきた。

「使いなさい。わたしは別の公判を傍聴する」

「いいんですか？」

「ああ。きょうは放火犯の裁判員裁判がある。初公判だ。八十歳の女性が被告だ。こちらを聴くよ」

弘志はありがたくその傍聴券を受け取った。

この日は、まず裁判員たちから証言台の山本美紀に対して質問があった。

最初に質問したのは、これまでも何度か、わりあい積極的に質問していた女性だ。

「山本さんは、被害者から最初の仕事の日に肩に触られたと話していましたが、言葉によるセクハラなどはなかったのですか？」

山本美紀が訊き返した。

「たとえばどういうことでしょうか？」

「その、下ネタのようなことを言うとか、山本さんの容姿とか身体《からだ》のことを話題にするとか」

「あったのかもしれませんが、わたし自身は意識していません」

「覚えてはいないのですか？」

「年配の男性のお客は、わりあい無頓着《むとんちゃく》にそういうことを口にしますけど、馬場さんから具体的に何を言われたのかは覚えていません」

その裁判員は、裁判長にうなずいた。十分です、ということのようだ。

次にスーツ姿の中年の男性裁判員が訊いた。

「あなたの仕事用のトートバッグのことでお訊きします。ゴム手袋やバスブーツは自分で用意していくとのことでしたが、ほかにそうした道具や消耗品などで、持っていくものはありますか？」

山本美紀が答えた。

「写真にもありましたが、業務用の染《し》み抜き剤を、小さな瓶に小分けして持っていきます。ウエスという端切れも何枚か。ハンドパッドとかスクレイパーも自分で持っていきます」

「ハンドパッドというのは何ですか？」

「シートタイプのタワシです」

「スクレイパーというのは？」

「わたしが持っていくのは、食器の黒ズミや水アカ落としに使うものです」

「金物ですか？」

「ええ。先の曲がったヘラのようなものです」

次に質問したのは、五十代と見える女性だった。毎日わりあい派手めの衣服を身につけている。この日は、白いシャツの上にベージュのジャケットを羽織っていた。メガネをかけている。弘志が記憶する限りでは、彼女が質問するのは今回が初めてだ。

そのメガネの女性が訊いた。

「最初の日払いの家事代行の仕事は、インターネットの掲示板で見つけたということでしたけど、その掲示板はいまもあるのですか？」

山本美紀が答えた。

「刑事さんからは、見つからなかったと言われました。もうないのかもしれません」

「あなたが仕事を必要としていたときはあったけれども、事件が起こったころにはなくなっていたということですか？」

「いつ消えたのか、わたしは知りません。その掲示板で仕事を探したのは、五年も前のことですから」

「それが出会い系サイトとは違うということは、どうして言えるのですか？」

「真剣に仕事を探しているひとや、ハウスキーパーさんを必要としているひとが書き込んでいたからです」

「でも、中には不純な気持ちで書いている男性も、いえ女性もいたのでしょうね？」

「いたのだと思います。そういう依頼だと匂《にお》わせる言葉を使っているひともいましたから」

「具体的には、それはどういう言葉なのですか？」

「その、サポとか、別、とか、という言葉が入っていれば、出会い系として書き込んでいるひとだと想像できました」

「サポというのは、どういう意味ですか？」

「援助交際です」

「売春ということですね」

「そうです」

「別、というのは？」

「ホテル代は別、という意味だと思います」

「そのような書き込みがあるなら、それは出会い系サイトそのものではないのですか？」

「現実にその掲示板では、ハウスキーパーを探しているひとがいました。わたし自身も、その掲示板でハウスキーパーの仕事を見つけました。不純な目的のひともいくらかはアクセスするのでしょうけど、それだけではありません」

「最初に仕事を探したとき、あなた自身はその掲示板で自分のことをどう紹介していたのですか？」

「自分のプロフィールを上げていたことはありません」

「ハウスキーパーを探しているひとの書き込みを読んで、あなたから連絡をした、という意味ですか？」

「そうです」

「そのときは、自分のことをどんなふうに説明するのですか？」

「臨時的な一日限りの家事代行を引き受けている女性です、と言います」

「年齢も伝えるのでしょうか？」

「訊かれたら、答えます」

「仕事の話がまとまるまでに、自分の写真を送ったりはするのですか？」

「わたしは、送ったことはありません」

その裁判員は、なんとなく釈然としないという表情になったけれども、質問をそこでやめた。

次いで、左陪席の女性裁判官が質問した。

「あなたは馬場幸太郎さんのお宅に四回行って仕事をしたとのことでしたが、馬場さんのご家族やお客と会ったことはありますか？」

「いいえ、ありません」

「ご近所のひとに会いましたか？」

「お宅の中で、という意味でしたら、会ってはいません」

「馬場さんは、自分の家族とか社交生活について、どのようにあなたに話していましたか？　それとも、私生活については、ほとんど語らないひとだったのでしょうか？」

「別の話題の中で少しずつ、ご両親のことや、結婚歴、息子さんのことなんかが出ました。まとめて聞いたことはありません」

「馬場さんは、どんなお友達がいるとか、こんなつきあいがあるとか、社交生活については話していましたか？」

「ほとんど聞いた記憶がありません」

女性裁判官は、これだけですと言うようにうなずいて、鹿島を見た。

「わたしから」と鹿島が質問した。「馬場幸太郎さんは、あなたにその日の日当を支払うときは、むき出しの現金を渡していたのでしょうか、それとも封筒か何かに入れて用意してあったのでしょうか？」

「いつもお財布から現金を出して、渡してくれました」

「金額はあなたが、いくらいくらですと計算して言うのですか？」

「はい。時間がこれこれでしたので、きょうはおいくらです、というように言っていました」

鹿島は両側の陪席裁判官たちを見やって訊いた。

「ほかに質問はありますか？」

陪席裁判官たちは、左右の裁判員たちに顔を向けた。もう挙手する者はなかった。

鹿島が法廷を見渡して言った。

「きょうの審理はここまでとします。次は月曜日午前十時から、この法廷で、論告求刑と最終弁論、そして最終陳述となります」

いよいよ公判も大詰めまで来たということなのだろう。弘志はきょうの裁判官と裁判員による被告人質問の意図がよくわからなかった。きょうの質問は、何を明らかにするためになされたものなのだろう。

たぶん、と弘志は思った。裁判官と裁判員たちは毎日審理が終わったあとに、評議をしてきたはずである。そこで出た疑問や、確認すべきことが、きょうまとめて被告人への質問となったのだ。何かしら質問する理由はある。評議で問題になった点の解明のために、その質問はあったはずである。傍聴席にいる自分には、その意図が見えないにしても、無意味なことが訊かれたはずはないのだ。

なんとなく、という印象で言えば、裁判員たちはやはり、山本美紀が年配者を騙してきたと確認したがっていたように感じた。あるいはその先入観が正しいかどうかを確かめようとしていた、と言うべきか。その疑問は解決されたのだろうか。

論告求刑と最終弁論、最終陳述の日となった。

ビルの前庭で行列を作る傍聴希望者は、先週後半よりも少し増えたように見えた。八十人ぐらいはいたろうか。それでも弘志は抽選で傍聴券が当たり、中嶋も手に入れた。

四階へ向かうときに、中嶋が訊いてきた。

「裁判官、裁判員の被告人質問はどうだった?」

「それが」弘志は正直に答えた。「何が問題になっているのか、質問の意図がわからなかったんです」

「被告は、黙秘はしなかったのか?」

「ええ。失礼な質問に対して、多少ぶっきらぼうなところはありましたけど、答えてはいましたよ」

開廷して、検察官の奥野が立ち上がった。

「検察官は、冒頭陳述で以下のように被告人の犯行を申し上げました。

すなわち、被告人は平成二十八年九月三十日午後四時から午後五時前後のあいだに、東京都北区岩淵＊＊の馬場幸太郎さん宅に侵入し、寝室の電動マッサージ椅子《いす》に腰掛けていた馬場幸太郎さんを革ベルト様のもので絞殺、現金およそ三百万円を強奪したものであると。

被告人は犯行を否認していますので、検察は以下に述べる五点について、本公判において証拠調べを行い、被告人の犯行であることを立証しました。

まず被害者の死亡推定時刻についてですが、被害者の司法解剖を担当した医師の所見で、被害者が平成二十八年九月二十九日の午後八時から、翌九月三十日の午後八時のあいだに、革のベルト様のものにより絞殺されたことが明らかになっています。医学的に推定できる死亡時刻には、二十四時間ほどの幅がありますが、この時間帯は、被害者の生活習慣の検討からさらに狭めて考えてゆくことができます。検察官は、次に述べる根拠から、被害者が殺害された時刻は、三十日の午前八時以降であろうと考えます。

被害者のノートパソコンの起動記録からも、生活習慣のおおよそのところがわかっております。被害者は会社勤めをしているわけではありませんでしたが、おおむね規則的な生活を送り、一日に一度か二度、ノートパソコンを起動して、証券会社のサイトにアクセス、さらに経済記事などを読んでいました。

二十九日は、午前十一時三十二分にパソコンを起動して、およそ三十分間サイトのチェックを行っています。またこの日、被害者宅には午後五時三十分ころに女性客が来ており、この客は午後六時四十五分ごろには被害者宅をあとにしています。つまり二十九日午後八時以降の殺害であろうという医学的な推測は、このノートパソコンの起動記録、被害者宅を訪ねた客の証言と矛盾しておりません。

さらに被害者は脳神経科に二カ月に一度、定期検診のため通院していて、その都度脳血栓再発を防ぐ薬を処方されていました。朝夕食後に二回、服用を指示されているものです。部屋に残されていた薬の量から、被害者は医師の指示どおりに処方された薬を飲んでいたと推測できます。食事も、少なくとも日に二回、さほど不規則ではなく取っていたのでしょう。

来客が五時半から六時四十五分ごろまでですから、この日の夕食は客が帰ったあとと考えることが自然です。司法解剖では、胃は空でした。最後の食事から最低でも二時間以上経過していると解剖医は判断しています。

この夜、夕食に食べたものが完全に消化された時点で殺害されたと考えると、それは早くとも午後九時前後となりますが、その場合被害者がマッサージ・チェアに腰掛け、寝間着ではなく部屋着を着て靴下をはいて発見された事実を解釈することが難しくなります。

来客があってから被害者はシャワーを浴びていて、客を送り出すときは半裸でした。ひとり暮らしのお年寄りが、午後の九時以降、シャワーも終えていたのに、わざわざ部屋着を着るでしょうか。被害者が寝間着ではなく部屋着を着ていたということは、犯行は二十九日夜ではなく、翌日になってから行われたと考えるべきでしょう」

そこで奥野はいったん言葉を切り、ひとつ咳《せき》をしてから続けた。

「次に、被害者宅には、侵入の痕跡《こんせき》がありませんでした。これは警察の現場検証報告、及び最初に現場に到着した警察官の証言から明らかです。すなわち玄関は住居内にいた被害者によって解錠され、犯人は被害者住居内に入ったと考えられます。

そして被告人は、前日にハウスキーパーの仕事を依頼する被害者からの電話を受けて、この日午後四時五分前に被害者宅を訪ねたことを認めています。

また、被害者は殺されたとき、マッサージ・チェアに腰掛けていました。来訪者はいましたが、それは被害者が向かい合って応対する必要のない人物でした。セールスマンや近所のひとが相手では、家の中に招じ入れておきながら、自分は寝室でマッサージ・チェアを使うということはできなかったでしょう。つまり犯人はまず、被害者に解錠を求めることができる人物、知り合いであるか、この日訪問することをあらかじめ被害者が知っていた人物でなければなりません。そして、向かい合って応対する必要もない人物でした。

被告人は、それまで被害者宅にハウスキーパーの仕事に出向いたとき、居間やダイニングを掃除する場合は、被害者は寝室でマッサージ・チェアを使っていたと供述しています。被害者がロックを外して家に入れる人物で、しかもその人物が住居内にいるあいだ被害者がひとりでマッサージ・チェアを使うことのできる相手は、家事代行でこの日被害者宅を訪れた被告人以外に存在しません。

次に、現場からは、被告人の指紋が発見されていることを想起していただきたいと思います。被告人の右手第二指の指紋は、玄関の三和土《たたき》と居間とを分ける引き戸の取っ手の部分から採取されました。被告人は三和土から中に呼びかけたとき、自分が引き戸に手をかけて開けたかどうか記憶がないと供述しています。しかし、引き戸の取っ手に手を触れたけれども、開けなかったと考えることは困難です。被告人は引き戸を開けたのであり、さらに居間に入った、という事実を推認させるものが、この指紋です。

また被告人は、帰る際に三和土に落ちていた新聞を拾い、三和土の奥にあるテーブルの上に置いたと供述しています。しかし新聞からもテーブルからも被告人の指紋は採取されておらず、玄関引き戸の内側の取っ手からも指紋は検出されておりません。被告がたしかに触れたはずのものから指紋が検出されなかったという事実は、時間の経過や偶然のせいと考えるよりは、その手は物理的に指紋が残らない状態であったと考えるほうが自然です。

被告人は清掃用のゴム手袋を常に持ち歩いていました。合理的な推認としては、左手だけではなく、両手に手袋をはめていたために、馬場さん宅を出るとき、新聞にもテーブルにも玄関引き戸の取っ手にも、指紋が残らなかったのです。つまり被告人はじっさいにこの日、室内清掃の仕事を始めたのです。

それは、家の中には被害者がいて、被告人を住居内に招き入れて仕事の開始を了解したということにほかなりません。居間やダイニング、それに寝室から被告人の指紋が検出されなかったことは、被告人が住居内に入らなかった事実を示すものではなく、通常の仕事のときのように両手にゴム手袋をしていたために、指紋が残らなかったと考えるべきでしょう。

次に犯行時刻について申し上げます。

被告人は被害者が留守のようであったために、遅くとも午後四時二、三分ごろにはいったん被害者宅を離れ、JR赤羽駅方面へと歩いて時間をつぶしたと供述していますが、確認できるのは午後四時五十七分の赤羽駅近くのコンビニの防犯カメラ映像です。被告人がコンビニ店頭のゴミ箱に何かを捨てたところが映っていました。

被告人がJR赤羽駅改札口を抜けたのは、午後五時八分です。つまり、およそ五十分ほどの時間、被告人は被害者宅と赤羽駅近くとのあいだにいました。犯行を働くに十分なだけの時間です。

また警察官の証言によれば、前夜からこの日夜まで、ほかに被害者宅を訪れた人物は確認されておりません。死亡推定時刻のあいだに被害者宅を訪ねたのは、被告人ただひとりです。

次に犯行に使われた凶器が、革のベルト様のものであることも、司法解剖と科学捜査研究所の鑑定から明らかになっています。

被告人はこの前日、つまり九月二十九日、被害者から仕事依頼の電話を受けたあと、池袋駅の地下コンコースで革製の婦人用ベルトを購入しています。被告人はこのベルトは粗悪品であったために、十月一日か二日ころに捨てたと供述しています。被告人は、買ったばかりの新品の革ベルトを、買って二日後か三日後には捨ててしまっているのです。粗悪品だから捨てた、という理由は、被告人のつましい消費生活とは不釣り合いな、不自然な行動と言わざるを得ません。

最後に殺害の動機について申し上げます。

被告人には、被害者を殺害しておカネを奪う動機がありました。

被告人は平成二十八年の九月末ころ、引っ越してまだ一年半ほどの１ＬＤＫの部屋の家賃を月末までには振り込むことができない状態でした。ふたつの銀行口座の残高を足しても、家賃には足りない額だったのです。すでに二度、振り込みが遅れたことがあり、被告人はなんとしてでも家賃を支払うために現金が必要でした。

被告人は、現金を持っていた、九月三十日には銀行に行く時間がなかっただけだと供述しました。時間はなかったでしょう。

たしかに九月三十日は、午後の早い時間は別のお客の家で家事代行の仕事をしており、その上、午後四時には馬場さんの家で仕事をしなければなりませんでした。でも、この日の予定は急に入ったものではありませんでした。現金を持っていたなら、九月二十九日に支払ってもよかったのです。二十八日に支払ってもよかったでしょう。

どうして現金を持っていたのに、九月三十日に間に合うように家賃を支払わなかったのでしょうか。すでに二度、振り込みが遅れてしまったことがあったのに、どうしてマンションの家賃を、現金があるのに間に合うように支払わなかったのか、被告人はこの点について合理的な理由を話していませんでした。

それはどうしてか。現金などなかったからです。

家賃相当の現金が必要だっただけではありません。仕事が増えることを見込んで被告人は一年半ほど前に家賃四万五千円のアパートから、1LDKのマンションに引っ越していますが、期待していた収入増はなく、慢性的な困窮が続いていました。故郷の施設に入れた祖母のためにも、より多くの現金が必要でした。九月三十日の時点で、被告人にはまとまったおカネを手に入れねばならない切迫した理由がありました。

被害者の馬場さんは、一年のあいだに、九月三十日当日を含めれば五回、仕事を依頼してきていました。

最初の仕事のときセクハラめいたことをされましたが、被告人はこのとき限りで縁を切ることもなく、仕事を続けてきています。馬場さんと被告人とのあいだには、仕事を頼み、引き受けるうえで必要な信頼関係が存在しました。

ふつうのひとならば、お客さんからおカネを借りるなんてことはないかもしれません。でも、被告人はそれまでにもお客さんからおカネを借りていました。援助を受けていました。

なんとかこの日を切り抜けるために被告人が思いつくのは、馬場さんに家賃を支払うためのおカネを借りるということだけだったのではないでしょうか。お祖母《ばあ》さんを施設に入れなければならなくなったとき、引っ越ししようとしたときに、仕事の関係で知り合ったひとからおカネを受け取った、あるいは借りたときのようにです。

具体的なやりとりがどのようなものであったかは、馬場さんが亡くなってしまっている以上、わかりません。しかしながら、金銭的に困窮し切羽詰まった被告人が、これまでお客さんにおカネを借りてきた経験のある被告人が、何度も仕事を頼んでくれている馬場さんとのあいだで、おカネの借用に関するやりとりをしなかったほうが、不合理ではないかと考えます。

馬場さんが亡くなったのは九月三十日、その週明け十月三日には、被告人は家賃を振り込めたのです。この間にそれだけの現金が被告人の手元に入ってきたのです。それがどこからきた現金なのか、考えられるのはただひとつ、被害者の馬場さんが所持していたおカネがそれに充《あ》てられたのだろうということです。

馬場さんは犯行の二日前、九月二十八日に三百万円の現金を不動産管理会社から受け取っていました。この現金は、馬場さんのどの銀行口座にも入金されておらず、受け取った身内もなく、被害者宅の金庫の中にも、被害者の財布、バッグ等の中にも入ってはいませんでした。奪われたのです。そしてこの現金を奪うことのできた人物は、ただひとりです。

以上、検察官は、被害者の死亡推定時刻と、この時間帯に犯行を行うことができたものは誰か、指紋が一カ所からだけ採取されたことの意味は何か、凶器は何か、その動機は何であるかということについて、申し上げました。

ひとり暮らしの、資産家の年配男性が殺害され、現金およそ三百万円が奪われたこの事件について、本公判において犯人が、犯行を否認する被告人以外にはいないことを立証したと確信します。

検察官は、被告人を強盗殺人の罪で無期懲役に処するのが相当と考えます」

奥野が着席した。

法廷は静まり返っている。しわぶきひとつ聞こえなかった。

検察官の論告に、法廷内の大半が、説得力を感じたのだろう。

弘志でさえ、検察官の主張はそれなりに合理性があると感じた。いまの論告を聞いた裁判員たちが全員、山本美紀が真犯人であると確信したとしてもさほどおかしくはない。いや、いまの時点で評議するなら、裁判員たちはやはり彼女が犯人だという結論を出すのではないか。プロの裁判官たちはまた別かもしれないが。

法廷の静寂を破るように、裁判長の鹿島が言った。

「弁護人から、最終弁論をどうぞ」

矢田部が立ち上がり、ひと呼吸してから口を開いた。

「冒頭陳述でもそうでしたが、先ほどの論告でも、検察は山本さんと本件とを結びつける直接的な証拠を提示していません。語られたことはすべて間接証拠、状況証拠です。

まず犯行が行われた時刻についてですが、検察官は九月三十日の午後四時五分ほど前からおよそ五十分間ほどのあいだであると主張されています。被告人が馬場幸太郎さん宅を訪問したのが午後四時五分ほど前であり、つぎに山本さんの居場所の確認ができる防犯カメラの記録まで、およそ五十分の間があり、この時間内に犯行が行われたとしています。

でも検察が主張するその犯行時間帯は、最後に被害者の生存が確認されたとき、すなわち九月二十九日の午後六時四十五分ごろ、来客が帰った時点からおよそ二十一時間から二十二時間後です。山本さんはその二十二時間のあいだに馬場さん宅を訪問したひとりに過ぎません。司法解剖でも、死亡推定時刻はさらに後ろに幅があります。死亡推定時刻の下限である三十日午後八時に犯行が行われた可能性も、医学的には否定されていません。べつの言い方をするなら、犯行は山本さんが馬場さん宅を離れたあとである、という可能性です。

馬場さんの寝室にあったノートパソコンの起動記録から、検察官は馬場さんの生活が比較的規則正しいものであったとし、発見されたときに部屋着を着ていたことを、犯行が九月三十日の日中に行われたことの証明としました。

しかし起動記録を見ていくと、馬場さんは深夜の二時、三時にパソコンを起動させ、インターネットに接続していることが、殺害から遡《さかのぼ》っての半年間に八回あります。通院している病院では誘眠剤は処方されていないのですから、不眠に悩んでいたのではなく、むしろ積極的に夜更《よふ》かしをすることもあったと考えねばなりません。夜更かしをするつもりになっているとき、ひとは必ずしも早々と寝間着に着替えるとは限りません。九月二十九日は、その前日に三百万円という現金を受け取っており、夕方には異性の来客もありました。馬場さんにとって、日常とは少し異なった日であったと考えてよいでしょう。ふだんどおりに就寝しなかったかもしれないのです。

逆に、起動記録では、半年のあいだに午前中に起動しなかった日は四回だけでした。四回目は九月三十日で、あとの三回はほぼ二カ月間隔です。

いずれも脳神経科の定期検診の日で、馬場さんは朝早くに病院に向かわねばなりませんでした。つまりそれ以外の日の午前中の起動こそが、日常的な習慣でした。でも九月三十日は、定期検診の日でもないのに、馬場さんはノートパソコンを立ち上げていません。この日が、馬場さんにとって日常とは違う日だったのです。何か異常なことが起こった日、と言い換えることもできるでしょう」

弘志は、このノートパソコンの起動記録の証拠調べを聞いていない。傍聴券が当たらなかった日にあったのだろう。たぶんその起動記録は、検察官が被害者の規則正しい生活を立証するために使った。つまり検察側が出した証拠だったのだろう。でもこの最終弁論では、弁護側が起動記録を反証の材料として使っている。起動記録を弁護側のように解釈すれば、なるほど真犯人がほかにいる可能性はありうる。

矢田部が続けた。

「また、山本さんの馬場さん宅訪問は、前日の馬場さんからの仕事依頼の電話によって決まったものであり、馬場さん宅の固定電話の通話記録が電話会社には残っているのです。馬場さんに何かあれば、その記録が調べられることは明々白々なのに、山本さんが仕事で訪問したときに犯行を犯すことは不自然です。

そして居間と三和土を分ける引き戸の取っ手に指紋が残っていることですが、山本さんはインターフォンに馬場さんから応答がなく、玄関が施錠《せじょう》されていなかったために内側の三和土まで入って、あらためて室内に向けて呼びかけて留守かどうかを確認しています。このとき、引き戸を開けたかどうか、山本さんの記憶ははっきりしていませんが、留守かどうかの確認をする必要があったのですから、無意識に開けていても不自然ではありません。またこのとき室内を目にしたとしても、素人《しろうと》の目には多少散らかっている程度にしか見えない荒らされようでした。山本さんはとくに異常を感じることもなく、引き戸を閉めていたのです。

山本さんの指紋が引き戸の取っ手以外に残っていなかったことを、検察官は山本さんが両手にゴム手袋をはめて犯行に及び、はめたまま現場を後にしたためであると主張しました。

ひとが素手で触れたものや場所すべてに指紋が何日も残るわけではありませんが、山本さんは三和土で馬場さんの応答を待っているあいだに、すぐにも仕事に取りかかれるよう持参した自分専用のゴム手袋をはめていました。仕事先についてすぐに作業の支度をするのは、山本さんの習慣です。この日は、馬場さんからの応答がなく、山本さんは数分間、三和土で待っていたのです。そのとき何もせずに突っ立ったままでいることのほうが不自然です。

山本さんは身支度を始め、じっさいに三和土の床に落ちていた新聞も片づけているのです。ほかの場所や、玄関引き戸内側にも山本さんの指紋が残っていなかったことは説明可能です。そして長く見てもおよそ十分弱、待ちましたが応答はなく、山本さんは留守なのだと判断して、馬場さん宅をあとにしたのです。

三和土の右手にあるテーブルの上には、九月三十日の新聞朝刊が載っていました。山本さんが三和土から拾って、テーブルの上に置いたと供述しているものです。広げられた形跡のない状態で、この新聞からは馬場さんの指紋も山本さんの指紋も検出されませんでした。山本さんは右利《き》きですが、このときはまだトートバッグを持っている状態で、両方の手を自在に使えるわけではありません。そうして新聞を拾い上げることが、自分が請け負っている室内片づけ、室内清掃の一部であるという意識が働けば、このとき山本さんはすでにゴム手袋をつけていた左手を使ったことでしょう。新聞から指紋が採取されなかったことは、なんら不合理ではありません。

新聞についてさらに言えば、もし馬場さんがこの朝ふつうどおりに起きているならば、それは居間なりダイニングなり、三和土から上がった室内にあるのが自然です。三和土のテーブルに、広げられた形跡もなく、馬場さんの指紋もない状態で置かれていたということは、この朝馬場さんがふつうどおりに起きて日常生活には入っていなかったことを示しています。

もうひとつ重要な点があります。馬場さんの家の勝手口の存在です。

ここも引き戸であり、九月二十九日の来客は玄関ではなく、この通用口を使って馬場さん宅に出入りしています。道路側からはそこに通用口があることはわからず、親しいひとしか使っていなかったと考えられる出入り口です。ここがふだん施錠されていたかどうかは、証拠調べでも明快な答えは出ていませんでした。もし施錠されていなかったとすれば、事情を知るものであれば馬場さんに気づかれることなく、住居内への侵入が可能でした。

以上のことから推認できることは、山本さんが馬場さん宅を訪れたとき、犯行はすでに行われていたということです。馬場さんは、山本さんがインターフォンを押したとき、すでに殺害されていました」

矢田部がいったん言葉を切り、手元の書類を持ち替えてから続けた。

「司法解剖と科学鑑定から、馬場さんの絞殺に使われた凶器は革のベルト様のものとされています。しかもそれは発見されてはいません。検察官は、山本さんが前日に婦人用ベルトを買って数日後に捨てたことを指摘していますが、そのベルトの長さは八十センチ。女性が男性の首に巻いて絞めるために使うにはかなり無理のあるものです。また山本さんが訪問前日に買ったその婦人用ベルトと、凶器である革ベルト様のものとの同一性を、検察は示していません。

また山本さんが奪ったとされる現金三百万円の行方についても、検察はなんら説明していないのです。山本さんが家賃八万八千円を振り込むために使ったと示唆《しさ》していますが、残りの二百九十万円以上のおカネはどこに行ったのでしょうか。山本さんが逮捕されたとき、所持品からも家宅捜索でも発見されることはなく、山本さんが使ったという証拠も提出されてはいないのです。

山本さんには動機があるとして、検察は山本さんの経済的な困窮を挙げました。それが事実であったとして、その困窮がいきなり仕事のいわばお得意先、依頼人である馬場幸太郎さんを殺害することにつながるでしょうか。山本さんの仕事は家事代行業であり、以前から馬場さん宅を訪れて家事を代行していました。この日も馬場さんから仕事依頼の電話を受け、訪問しているに過ぎません。

おカネを奪うために馬場さんを殺害したとして、その犯行はすぐに発覚し、山本さんの訪問が明らかになります。重要参考人として警察から取り調べを受けるのは確実です。その状態で、たとえ家賃の支払いに窮していたとしても、山本さんが仕事の依頼人である馬場さんの殺害に及ぶでしょうか。山本さんが経済的に困窮していたことと本件強盗殺人とのあいだの関連は、薄いとしか言いようがありません。

先ほどお話ししたように、山本さんが、馬場さんの死亡推定時刻の範囲のあいだに馬場さん宅を訪ね、一時間弱その現場周辺にいたこと、馬場さん宅で指紋が見つかっていること、馬場さん宅訪問前に革ベルトを購入していること、そして生活に困窮しおカネを必要としていたこと、と検察官が挙げた点はすべて、状況証拠に過ぎません。検察は先ほどの論告でもついに、山本さんが馬場さん殺害の犯人であることの直接的な証拠を示すことはできなかったのです。

刑事事件の裁判では」矢田部の口調が変わった。「検察は被告人が有罪であることを立証しなければなりません。少しでも被告人が犯人であることに疑いが残れば、法廷は有罪としてはならないのです。

証拠を検討した結果、常識に従って判断し、被告人が起訴状に書かれている犯罪を犯したことは間違いないと考えられる場合に、有罪とすることになります。逆に、常識に従って判断し、有罪とすることについてほんの少しでも疑問があるときは、無罪としなければならないのです。

弁護人からは、以上です」

矢田部が着席した。

検察官による論告のときと同様に、法廷内は静まり返っている。

弘志は、論告では検察官の言い分にもたしかに理があると感じた。いま弁護人による最終弁論を聞くと、こちらもまたそのとおりだと思える。

ただ両者とも、言い分を完全に立証したとは言い切れないのではないか。山本美紀を有罪だとする検察官の論告は弁護人が言うとおり状況証拠だけであるし、弁護人の無罪の主張も、疑いを完全に否定するだけのものではなかったように思えた。

弁護人自身が認めているように、ほかに真犯人のいる可能性もある、というだけだ。このような場合、裁判官や裁判員はどのように判断を下すのだろう。弁護人が最後に念を押すように言っていたが、疑問が残る、ということで無罪の評決となるのだろうか。でもその評決を受けて無罪の判決が出たとしても、それは彼女の無罪が完璧《かんぺき》に証明されたわけではない、ということだ。つまり、グレー。

沈黙する法廷を見渡して、鹿島が言った。

「それでは被告人から、最終陳述をしてもらいます」

山本美紀が証言台に立ち、鹿島にうながされて口を開いた。

「わたしは馬場幸太郎さんを殺害してはいません」

しっかりした、明瞭《めいりよう》な口調だった。芝居がかったようなところも微塵《みじん》もない。

「わたしは、自分の人生に、恥ずかしい部分があるところを認めます。貧しくて、追い詰められていたころ、好意を示してくれた男性と、そのひとの希望や期待に応えることはできないにもかかわらず、性的関係を持ちました。その方からは祖母やわたしの生活の再建のために大金を出していただきながら、後ろ足で泥をかけるように、一方的に連絡を断ち、そのひとの前から消えました。そんな生活だったために、いっぽうでわたしを真剣に想《おも》ってくれているひとにも、自分自身のことを正直に話すことができず、そのひととも連絡を断って、結果としてもっと自分が恥ずかしくなるような人生にしてしまいました。

このことについては、自分はどんなに非難されてもかまいません。そのとおりでしたと、ただ頭を下げて謝るしかありません。

わたしには恥ずかしい過去があります。裁判でそのことに触れられたとき、自分がやったこととはいえ、思い出させないで、と叫びたい気持ちになりました。

でも、わたしはひとを殺したことはありません。馬場幸太郎さんを殺してはいませんし、馬場さんからおカネを奪ってもいません。わたしは、馬場幸太郎さんが殺されたことには、関わっていません」

山本美紀はそこで鹿島に向かって深く頭を下げた。

少しのあいだ、法廷全体が沈黙していた。誰もみじろぎもしなかった。

やがて法廷にひとの呼吸の気配が戻ってきた。鹿島が言った。

「それでは、本日の審理を終わります。次回は、三十日午前十時から。判決を言い渡します」

裁判官と裁判員たちが退廷すると、傍聴人たちも地裁職員に退廷をうながされた。山本美紀は腰縄をつけられ、手錠をかけられて、男女の刑務官にはさまれる格好で退廷していった。法廷を出る列に並んでいた弘志とは、視線は合わなかった。

フロアの中央通路に出たときに、中嶋に目を向けた。中嶋は弘志のまなざしの意味をすぐに察したようだ。口を結び、小さく首を傾けた。難しいかな、と言っている顔だった。そうなのかと、弘志はうなだれた。

6

判決言い渡しの日が来た。

この日、弘志は八時十五分に地裁の入ったビルに到着したが、前回のときよりも多くの傍聴希望者が前庭に列を作っていた。初公判の日に次いで多いようだ。傍聴は無理かもしれない、と弘志は弱気になった。でも、判決がどう出るにせよ、きょうは傍聴席にいたかった。なんとかもう一度、視線だけでも交わしたいのだ。

列に並んで整理券をもらったが、番号ははずれだった。激しく落胆していると、中嶋がそばに立って、整理券を渡してくれた。当たっているので、やる、と言う。

弘志は戸惑いつつ言った。

「またもらうわけには」

「わたしは暇つぶしだ」と中嶋は、弘志に整理券を押しつけて言った。「あんたはちがう。どういういきさつがあるのかは知らないけど、この法廷での彼女の言葉は、最後にはみんな、あんたに向けてのものだったように聞こえた。信じていい」

中嶋の意外な言葉に黙ったままでいると、中嶋は手を振って飄然《ひょうぜん》とした様子でビルのエントランスに向かって歩いていった。きょうも別の公判を傍聴するつもりなのだろう。第四一六号法廷に入り、開廷を待っていると、やがて法廷に裁判官と裁判員たちが入ってきた。

裁判員は、きょうは六人だった。これまでは裁判員たちのうしろにふたりの補充裁判員が着席して審理を聞いていた。審理が終わったので、もう補充裁判員が参加する必要はなくなったのだろう。

弘志は裁判官や裁判員たちの顔から、判決を予想しようとしてみた。でも、判断はつかなかった。顔に安堵《あんど》が見えたからといって、それは無罪判決を意味するわけではないだろう。単にひと仕事終えたという思いが表情に出ているだけかもしれない。逆に、苦しげな、あるいは不服げな顔だったとしても、それは自分の思いが通らなかったから、ということかもしれない。有罪判決を出したことの苦渋のせいとは言い切れない。三人の裁判官は、いつもと変わらずほとんど顔には感情を表してはいなかった。

鹿島が言った。

「それでは判決を言い渡します。被告人は、前に出てください」

きょうもグレーのスーツの山本美紀が、証言台の前に立った。証言台に向かうときの彼女の顔は硬かったが、初公判の日ほどには拒絶的な様子ではなかった。

鹿島が山本美紀に訊《き》いた。

「山本さんですね」

いくらか温かげにも聞こえる声。心配しないでください、とでも言っているようだ。

「はい」と山本美紀。

いまのが氏名確認だったのだろう。

鹿島は手元に視線を一度落としたが、すぐに山本美紀に目を向け直した。

「被告人山本美紀の強盗殺人事件に対する判決を申し上げます。

主文。被告人は無罪」

言い終わった瞬間に、傍聴席最前列から六、七人の男女が立ち上がり、法廷後ろから出入り口へと向かった。ほかの傍聴人たちも、どよめいた。意外だという驚きなのか、やっぱりという安堵のどよめきなのかはよくわからない。その両方かもしれない。弘志自身はまちがいなく、やった、という歓喜の思いを漏らしていた。

無罪。

一審だから、まだ無罪確定とまでは言えないのかもしれない。でも、無罪だ。釈放されると考えていいのだろうか？　その場合、釈放はきょうのうち？　このまま東京地裁で釈放されるのだろうか？　それとも拘置所に戻ってから釈放の手続きとなるのだろうか。

法廷内のざわつきが落ち着くと、鹿島が言った。

「これから判決理由を述べます。被告人は椅子に座って聞いてください」

地裁職員が椅子の位置を直し、山本美紀がこれに腰をおろした。

弁護人の矢田部も倉本も、表情はさほどゆるんでいない。判決理由を聞き終えるまでは、まだ喜ぶべきではないとでも考えているのかもしれない。

対して検察官の奥野は、かなり不満そうだ。唇をへの字に結んでいる。その隣りの女性検察官の堀は、苦笑いと見える顔だ。

鹿島が、判決理由を朗読し始めた。

「本件公訴事実は、被告人は平成二十八年九月三十日、東京都北区岩淵＊＊の馬場幸太郎方に於《お》いて、同人を革ベルト様のもので絞殺し、現金およそ三百万円を奪ったというものである。

しかしながら、当裁判所は関係各証拠を検討した結果、当該公訴事実については合理的な疑いが残るものと考える。以下、理由を述べる。

検察官は、本件の凶器が革ベルト様のものと考えられること、被告人が事件発生に近い時期に革ベルトを購入したことや、事件後にこれを被告人が廃棄した事実を被告人の犯人性を基礎づける事情として主張している。しかしながら検察官が論告で指摘する凶器の革ベルト様のものは発見されておらず、また奪ったとされる現金およそ三百万円の行方も不明である……」

矢田部の最終弁論のときとは違い、言い回しはかなり難しく、堅苦しかった。弘志はなんとか言葉すべてを聞き取ろうとしたが、理解できない語も多かった。ただ、全体は矢田部の最終弁論の展開と似ていた。九月三十日に山本美紀が被害者宅を訪問し、赤羽を離れたのは一時間弱後であること、指紋が残っていたこと、革ベルトの購入や家賃の支払いの事実といった点についてだ。鹿島はこれらの事実が、検察官の指摘するように山本美紀の犯行を推認させるには十分ではないことを指摘した。

また鹿島は、赤羽駅近くのコンビニの防犯カメラ映像と、赤羽駅改札口での映像の撮影時刻について触れた。コンビニから赤羽駅改札までは距離にして百六十メートル。記録されている映像は、四時五十七分と五時八分である。信号待ちなどがあったとしても、コンビニのゴミ箱に何かを捨てた後、山本美紀はなお十分近くも赤羽駅周辺にとどまっていたことになる。犯行後の犯人が取った行動としては不自然であると。もし山本美紀が犯人であるなら、できるだけ早く赤羽駅から立ち去ろうとしたのではないかということだ。これは矢田部の最終弁論では指摘されていなかった部分だ。

死亡推定時刻についても、鹿島は解剖報告、パソコンの起動記録、着ていた衣服から、山本美紀の被害者宅到着以前と考えるべきとの見解を示した。

つまり彼女が被害者宅を訪れ、呼びかけたときには、すでに被害者は寝室のマッサージ・チェアの上で殺害されていた、ということだ。矢田部の最終弁論をそっくり採用している。

さらに鹿島は、被害者が悪徳訪問販売やリフォーム商法の対象にされていたことに触れた。

資産のあるひとり暮らしの老人として、被害者についての情報が流れていたと推認しうるから、必ずしも強い接点を持たない第三者の耳にも入り、カネ強奪目的の侵入を誘発したと考えて不合理ではないと。以前にもリフォーム詐欺《さぎ》のセールスマンなどが被害者住居を点検していた場合、防犯対策の弱い部分についても、情報は知られていたろう。被害者宅の様子を知っていた者は、必ずしも身近な者ばかりとは限らない……。

これは最終弁論では指摘されていなかった点だが、評議では裁判官と裁判員たちはこの点についてかなり議論したということなのだろう。

判決理由の朗読は十五分ほども続いたろうか。弘志には、かなり精緻に無罪判決の理由が述べられていると聞こえた。

検察側も素直に受け入れる以外にはないのではないか、と思えるほどだ。もちろん検察側が、いったん起訴した以上、控訴しないはずはないだろうが。

鹿島が言葉を途切れさせて、法廷内を見渡した。いよいよ締めの言葉が来るのだろうと想像できた。

鹿島はまた手元に視線を落とし、少し高い調子で言った。

「これらの事実を考慮すると、被告人が馬場幸太郎を殺害して現金を奪ったと認めるにはなお合理的な疑いが残ると言うべきであり、そうすると被告人が本件強盗殺人の犯人である点については証明がないこととなるから、刑事訴訟法三三六条により、被告人に対し、無罪の言い渡しをする」

鹿島はまた顔を上げた。視線は山本美紀に向けられている。彼女は鹿島に小さく頭を下げた。

鹿島が何かの書類を地裁職員に渡して立ち上がると、陪席の裁判官たち、そして裁判員たちも立ち上がった。

傍聴人たちも全員が起立した。鹿島は一礼すると、ほかの裁判官や裁判員たちを引率するような格好で、法廷から出ていった。

証言台から山本美紀が弁護人席の前の椅子に戻ってきた。矢田部が何か山本美紀にささやいている。彼女はうなずいて、口を開いた。声こそ聞こえなかったけれども、ありがとうございます、と言ったようだ。

刑務官は、もう山本美紀に腰縄をつけず、手錠もかけなかった。ただ目でうながして、退廷させようとしている。

法廷右手の出入り口へと向かうとき、山本美紀が傍聴席のほうに顔をめぐらしてきた。

弘志と目が合った。彼女はもう、最初に視線が合ったときのように驚きはしなかった。ここに弘志がいることを承知していたかのような表情だった。メガネの奥の目が、うるんでいるように見える。

弘志は、声には出さずに、口の動きで言った。

「いい？」

待っていていいか、の意味だった。

山本美紀は、一瞬、戸惑った様子を見せてから、弘志と同じように口の動きだけで応《こた》えた。こう読めた。

「本気なの？」

「本気です」と弘志も返した。「待っていたんだ」

すぐに彼女は、弘志の前を通りすぎ、右手のドアを出ていった。こころなしか、背筋が伸びていた。

弘志も退廷するために身体《からだ》の向きを変えると、矢田部と倉本が自分を見つめていることに気づいた。怪訝《けげん》そうな顔だった。いまの口の動きだけでの会話を、目撃されていたのだろう。ふたりとも、この男は何者なのだ？　という目をしている。何を話していたのだ？　とも、疑問に思っているかもしれない。

ほかの傍聴人の列について法廷を出ると、弁護人たちが出入りするドアから、倉本が出てきた。弘志を認めると、まっすぐに近づいてくる。

「失礼ですが」と彼女が言った。

「はい？」と弘志は立ち止まった。

「山本美紀さんのお身内の方ですか？」

「身内ではありませんが、知人です。彼女はきょう釈放されるんですね？」

「はい。どんなお知り合いか、うかがってかまいませんか」

弘志は一瞬ためらってから答えた。

「山本さんとの将来を、真剣に考えたことがあります。四年以上前のことですが」

「お会いになりたい？」

「もし彼女がオーケーなら」

「お名前を」

「高見沢です。会ってもいいか、彼女の気持ちを確かめてもらえます？」

倉本は名刺を渡してきた。

「この携帯番号に、あとで電話をいただけますか」

彼女の名刺にはこう書かれていた。

「上野協同法律事務所
弁護士

倉本明子」

そして事務所の固定電話のほかに、携帯電話の番号。

倉本は言った。

「山本さんの意志によっては、会えないかもしれませんが」

「承知しています」

「では」と、倉本は踵《きびす》を返して、いましがた出てきたドアへと向かっていった。

弘志には、彼女と会えないとはもう考えられなかった。会える。釈放された彼女と、無罪判決を喜びあうことができる。そして、ひとしきり裁判のことを話したあとには、四年半前、中断されたままになっているひとつのことを、話題にできるだろう。

本気なら、と彼女はきょうも言った。そのあとに続く言葉を、こんどこそ確かめることができるだろう。


赤羽警察署二階の刑事課のフロアの隅で、伊室真治と西村敏は、腕組みをしてそのテレビ・ニュースを観《み》た。ちょうど正午前の時間帯だ。民放のニュースは告げた。

若い男性アナウンサーが言っていた。

「一年前に起こった赤羽資産家強盗殺人事件で、きょう東京地裁は、山本美紀被告に無罪判決を言い渡しました」

同じフロアにいる数人の捜査員も、この番組を見つめている。彼らが、意外だ、という声を漏らした。

次いで画面には赤羽警察署が映った。ワゴン車が敷地内に入ってくる。一年前、山本美紀を逮捕したときの映像だ。

「この事件は」とアナウンサーの声が映像に重なる。「平成二十八年の九月、北区岩淵の資産家の男性が殺され、多額の現金が奪われたもので、当時ハウスキーパーとして被害者宅に出入りしていた山本美紀被告が逮捕され、今月から東京地裁で裁判が始まっていました」

画面が切り替わり、法廷画家が描いた山本美紀の似顔絵が映った。

「山本被告の周辺ではほかにも何人かのお年寄りが不審死しており、第二の首都圏連続不審死事件として注目を集めていました。

「大宮の事件では、さいたま地検は山本容疑者を処分保留としましたが、東京地検はきょうの無罪判決を不服とし、控訴する意向です」

次のニュースとなった。観ていた捜査員たちが、テレビの前から離れた。

伊室が自席に戻ろうとすると、強行犯係長の新庄正男が近づいてきて、小声で言った。

「会議室に来てくれ。西村もだ」

新庄のあとについて、フロアの脇《わき》にある会議室に入った。

新庄がいまいましげな顔で言った。

「あの若造が引っかきまわして、このザマだ」

山本美紀の無罪判決について言っている。伊室には、新庄が「若造」と罵倒《ばとう》した者が誰のことかもわかる。

伊室たちが黙ったままでいると、新庄は続けた。

「埼玉県警に気を取られ、要らぬ競争心まで燃やして、捜査の対象を早々と山本美紀に絞り込んでしまった。先入観なしに捜査を続けていれば、違うものも見えてきたはずなんだ。なのに、一課のあの若造ときたら、いや、ほかの連中もだけど、これはでかい事件になると、はしゃぎすぎた」

いままで新庄が、捜査の方針についてこんな非難めいた言葉を吐いたことはなかった。たしかに組織の中間管理職としては、絶対に口に出してはならないことだ。彼はひょっとすると、山本美紀が犯人ではない、と最初から思っていたのだろうか。

「物証が出ない以上」と新庄。「何度も捜査の方針を見直すタイミングはあった。なのにあの若造たちときたら、埼玉県警さえ直接証拠をつかんでくれれば、併合審理でこっちの事案は多少グレーでも絶対に有罪にできると思い込んだ。阿呆《あほう》だ」

伊室が口をはさんだ。

「そういうことを、わたしたちに言ってしまっていいんですか?」

新庄が伊室を見つめ返してきた。

「お前たちも、そう思っていないか？」

伊室は答えなかったが、顔には答えが表れたはずだ。

新庄は続けた。

「せめてさいたま地検が処分保留としたときに、方針を見直すべきだった。だけど、捜査本部はもう山本美紀で立件すると突っ走っていた。あのとき、あいつらが頭を冷やしていたら」

新庄は横を向いて、コンクリートの壁を右の拳《こぶし》でこつりと叩《たた》いた。

「どうであれ、組織としての捜査だった。建前としては、捜査に間違いはなかった、と言い続けるしかない。だけどさいわいに」新庄は苦笑めいた顔を伊室たちに向けた。「署長も、刑事課長も異動していった。いま、うちには当時の決定に責任を持っている幹部はいない。おれはお前たちが、地域で何か情報を耳にしてきたら、耳を貸すつもりはある」

伊室は西村を見た。西村も愉快そうだ。新庄が何を指示したのか、もう理解している。

新庄が言った。

「正直に言え。前から、そのつもりはあっただろう？」

伊室は、はい、と短く答えて、西村の腕を叩いた。

「行こう」

この部屋に来たのは二度目だ。

無店舗型性風俗営業店「赤羽ベルサイユ」の事務所だ。ＪＲ赤羽駅南口に近い繁華街の中にある。

店長代理の斉藤泰樹は、伊室たちに応接セットを勧めてから、オフィス・チェアを半回転させて伊室たちに向き直った。

「無罪でしたね。警察は、そうとうに頭に来てるんじゃないですか？」

「べつに」と伊室は答えた。「送検までがうちらの仕事だった。あの判決で頭に来ているのは、東京地検だ」

「きょうは何か？」

「馬場幸太郎のところに落合千春を派遣した夜のことを、また訊きたいんだ」

斉藤は、意外そうな顔となった。

「再捜査ってやつですか？」

「違う。世間話だ」

「どういうことです？」

「あの日たしか、忙しくて送迎ドライバーに、バイトを使ったとか言っていたな」

「そうでしたっけ？　一年以上前のことだと、はっきりは覚えていませんが」

「女の子は時間で管理してるよな。運転手はどうだ？」

「待機して送迎するだけの仕事ですからね。事務所のそばにいてくれたらそれでいいんです。タイムカードもなし」

西村が横から言った。

「当日の日報なんて、見せてもらえるかな」

チェーン店なのだ。売り上げや女の子の出勤状態などは、ふつうの企業と同様に本部に報告しているだろう。この赤羽ベルサイユにも、日報というか、管理簿のようなものがある。

斉藤は伊室と西村を交互に見て訊いた。

「世間話ですよね？」

伊室は答えた。

「ただの雑談ついでの話だ」

斉藤はためらいがちにデスクの前の棚に手を伸ばし、分厚い書類ホルダーを取り出した。

「生活安全課からの指導には、きちんと従ってるんです」と、斉藤はホルダーを開き、少しページを探してから伊室に差し出してきた。

落合千春の勤務状態を確認するため、捜査の初期に伊室も一度見ている書類だった。出勤した従業員の名と、派遣状況が記されている。

女の子の派遣記録の横には、苗字《みようじ》が記されていた。斉藤が、その名前が送迎したドライバーだと説明した。トモミこと落合千春のその日最初の派遣記録の横には、宮内の名。これは最初の聞き込みのときに聞いている。

伊室がその日の記録をざっと下に見ていくと、ドライバーの名は三人ある。宮内、瀬田、加藤だ。

「名前が三人あるぞ」

斉藤は横からそのページをのぞきこんで言った。

「そうでした。あの日は、夜になってからドライバーの手配がつかなくなって、ときどきバイトさせていた加藤って若いのを呼んだんです」

「木曜でも忙しいのか？」

斉藤は、ようやくその夜のことをはっきり思い出したという顔になった。

「宮内ってのが、女の子を送っていったあと、戻ってくるのが遅れて、客を待たせることになりそうになったんです」

「何時ごろ？」

「十一時過ぎ。十二時前くらいだったかな。うちの稼ぎどきですよ。赤羽周辺のホテルだけならいいんですが、うちは王子あたりからも呼ばれることが多くて」

「その日も、王子の客がいたのか？」

「ええ、たしか」斉藤は書類ホルダーを手元に引き寄せ、目を落として言った。「地下鉄駅で言うと王子神谷。なじみ客ですけどね。トモミじゃない別の子の指名で、宮内に送らせたんです。電話が十一時十分でしたね」

王子神谷か。伊室は周辺の地図を思い描いた。現場とは北本通りを使って移動しやすい。赤羽署の前を通ることになるが。

「どうなった？」

「こっちも急いでいたんで、近所にいる加藤ってのに手伝わせたんです」

「けっきょく宮内は？」

「十二時ぐらいには戻ってきましたけどね」

伊室は計算した。王子神谷に女の子を送りに行って、赤羽に戻ってきたのが五十分後？　遅すぎる。

「宮内は、落合千春の男かい？」

「いえ。だけどそれなりに親しくてもおかしくない」

「というと？」

「女の子たちにとっては、送迎の運転手って頼りがいのあるマネージャーみたいな存在ですからね。ひと仕事終えてくたになっているときに、愚痴でも何でも、話を聞いてくれる男なんですから」

「女の子とドライバーの組み合わせは決まっているのか？」

「いいえ。そのとき空いてるドライバーに送迎させるだけです」

「宮内は、いまも店に？」

「もう来ていません。半年以上も前に、うちでのバイトは辞めてます」

「辞めた理由は？」

「さあ。長く続けるような仕事じゃないし、嫌になったというだけでしょ」

「落合千春は、いまは？」

「彼女ももう辞めました。この仕事は続けているんだと思いますが」

「宮内のいまの居場所を知ってる？」

「いいえ。送迎ドライバーには、履歴書出させたりしませんからね。こぎれいなクルマを持っていれば十分なんで」

「落合千春は、大塚にそのまま住んでいるのかな」

「どうでしょうかね。辞めたのはもう一年以上前になりますけど」

斉藤が、べつの書類ホルダーに手を伸ばした。

落合千春は、午後の二時三十分に捜査車両の後部席に乗り込んできた。新大塚駅に近い、彼女のアパートの前である。まったく化粧っ気のない顔で、スウェットの上下だった。

彼女は言った。

「事件は解決したんでしょ？ また何か別のこと？」

山本美紀に無罪判決が出たニュースは、耳にしていないようだ。

伊室は、運転席の後ろの席で、身体を千春のほうにひねった。

「ちょっと思い出してもらいたいことがあるんだ。宮内涼太《りょうた》と、親しかったろ？」

千春はわざとらしく顔をしかめた。

「あのひとが何かやったの？ もう関係ないんだけど」

その言葉で、かつてはかなりの仲だったとわかった。斉藤は、そこまでとは思っていなかったようだが。

「いや、違うんだけど、あの馬場幸太郎の家から帰るとき、宮内とはどんな話をした？」

「どんな話って、一年も昔のことだよ」

「客が死んだんだ。事情聴取も受けた。あの前後のことは、いろいろ記憶してるだろうと思って」

「他愛のないことしか言ってないよ。送迎のときになんて」

「その他愛のないことでいいんだ。馬場幸太郎の家からの帰り道、どんなことを話した？」

「もしかして、ひとり暮らしのオヤジはうざい、ってことを話したかもしれない」

「うざい、って言うのはどうしてだ？」

「最初のときからプライベートなことをいろいろ訊いてきたし」

「たとえば？」

「いくら稼いでいる、とか、それで十分なのか、とか。それに、カネ持ってる自慢。不動産で食べてるんだ。コンビニにも貸す。そのうちマンション建てて、その最上階に住むんだとか」

「あの夜も？」

「そう。だけど、この仕事してると、カネ持ってるって自慢する客は飽きるぐらいに見てきてる。自分は青年実業家だとかね。笑っちゃうよ。ロスでIT企業経営してる若手実業家が、赤羽のデリヘル使うかって」

「そんなに卑下しなくてもいいさ。そういうことを宮内にも話したんだな？」

「そう。ボロ家の裏口からこっそりデリヘル嬢呼んでおいて、何がマンション最上階に引っ越すだよねって」

「宮内は、相槌《あいづち》を打ってくれたんだな?」

「うん。クソオヤジが、ってね。カネ持ってるなら見せてみろって言ってやれって」

「あんたも一緒になって笑ったんだな」

「ま、あたしの基準なら、三百万円現金で持っているんだったら、立派な金持ちだけど」

「三百万、見たのか?」

「ううん。だけど、クルマ一台買えるくらいのカネはいつだって持ってるって、馬場さんは言ってたよ」

「それも宮内には言った?」

「覚えてないけど、話の流れで言ったかも」

運転席から、西村が訊いた。

「あそこは、そんなにボロ家だったか?」

落合千春は、西村に顔を向けて答えた。

「だって、裏口、ガタガタで、鍵《かぎ》もかけられないのかと思うぐらいだったよ。帰るときも、馬場さんは鍵を締めなかったみたいだし」

「どうしてわかる?」

「そんなような音はしなかったもの。そのまんま眠ってしまうのかなと思った。事情聴取でも、裁判でも言ったよ」

伊室は確かめた。

「その勝手口の件も、宮内には話したのか？」

「そうだね。思い出してきたけど、涼太もいまの刑事さんと同じようなことを訊いてきた」ふと、千春の顔が曇った。「なに、これ。涼太があやしいってこと？　山本って女がやったことなんでしょ？」

伊室は千春の問いには答えずに逆に訊いた。

「宮内はいま、どこにいる？」

そこは環状八号線から新河岸川側に折れた一画だ。周辺はたぶんかつては軽工業エリアだったのだろう。そこに割合最近、集合住宅も混じって建つようになった。しかしまだ小さな工場や作業所、倉庫なども散在している。行政上の地名は、板橋区東坂下だ。目指す店の看板は、かろうじて二車線の狭い通りの左手に見えた。軽トラックが、看板のある建物の前に停まっており、小型のフォークリフトがトラックの荷台から木箱を下ろしているところだった。

倉庫の手前で西村が捜査車両を停めた。

看板には小豆《あず》沢《さわ》商会、と書かれていて、その下に記された取り扱い商品も読めるようになった。

工業用革ベルト全般
西村がちらりと助手席の伊室を見つめてきた。西村が何を考えたかはわかる。工業用革ベルト。

凶器として使われた革のベルトで、十分な長さのものが必要だとしたら、ファッション製品以外のものも考えるべきだったのだ。

工業用革ベルトの中にならば、長さも強度も十分なものがあるはずだ。もっともきょうはこの店で、宮内涼太が働いていたかどうか、取り扱い商品がどんなものか、それを確認するだけでいい。正式の再捜査ではない以上、まだそこまでしかやっておけることはない。

それにしても、と伊室は嘆いた。悔やまれるのは、新庄が言っていたように、捜査の方針を早々と山本美紀の犯行として絞りこんだことだ。先入観なしに、もっと広く周辺情報を探っていけば、被疑者として送検した彼女に対して一審無罪という事態にはならなかったろうに。山本美紀もマスコミに取り上げられ私生活をさらされることもなく、ひとりひっそりと暮していただろう。

しかし、捜査の方針がねじまげられる前、初動捜査の段階で集めておいた証拠や供述の中に、真犯人を示すものは確実にあるはずだ。いままでは、残された証拠の意味の虚心な解読さえ許されなかったが。

伊室は時計を見た。午後三時二十分だ。一審無罪判決が出てからまだ五時間というあたりだ。


高見沢弘志は、自分の腕時計に目をやった。午後三時二十分になっていた。もうそろそろだろうか。

上野駅に近いコーヒーショップの二階だった。弘志は、弁護士の倉本明子に指示され、この喫茶店にきているのだった。山本美紀が釈放されたあと、彼女の意志を確認したうえで、弁護士事務所で会わせることになるから、と。

でももうこんな時間だ。遅れているのではなく、拒絶されたということなのだろうか。その思いが強くなってきている。コーヒーは二杯目だが、さっきからもう何の味もしない。

もう一度腕時計に目をやろうとしたとき、倉本明子が店に入ってきた。悪い報《しら》せを持ってきた、という顔ではなかった。安堵できそうだ。

弘志は立ち上がった。倉本はすぐに弘志に気づいて近寄ってきた。

「お待たせしました」

「どうでした?」と弘志は訊いた。「会ってくれるんですか?」

「ええ。高見沢さんのことを話すと、とてもうれしそうでした。むしろ、山本さんのほうが、会って迷惑にならないのか、心配しています。まずは事務所へいらしてください」

店を出て、倉本と並んで歩いた。

倉本が大股《おおまた》に歩きながら言った。

「高見沢さんは、ご結婚は?」

「していません。ひとり身です」

「いまはどちらにお住まいなんですか?」

「仙台の震災復興の工事現場で働いていました。重機の運転をしているんです」

「毎日傍聴されていましたけど」

「傍聴のために、会社を辞めたんです」

倉本はひとつのビルの前まで来ると、そのエントランスに入った。弘志も続いた。

エレベーターの前で、倉本がまた言った。

「山本さんは心配していました。あんなに恥ずかしいことが公判でわかってしまったのに、まだ会ってくれるんだろうかって」

「何の件を心配しているんだろう」

「松下さんとのこと」

「身体を売っていたわけではないと、わかりましたよ。騙《だま》したわけでもなかった。それに」

エレベーターの扉が開いた。中に入って倉本が三階の階床ボタンを押した。

「それに？」と倉本が弘志に続きを促した。

弘志は、矢田部の質問に山本美紀が答えた言葉を思い出した。

「相手が好きでなければ、そういうことはできないと言っていたじゃないですか。気にする理由にもならないです」

「一緒にご両親に会う約束をすっぽかして消えたのだ、と伺いました」

山本美紀はあの誘いをやはりそう受けとめてくれていたのだ。なのに、拒絶はしなかった。

「あのとき身を隠した理由も、公判でわかりました」

エレベーターが止まり、扉が開いた。廊下の右、突き当たりのドアの前に、弁護士の矢田部が立っている。彼はかすかに微笑していた。

「お入りください」と矢田部が言って、ドアを開けた。倉本もドアの反対側に立って、手で入室をうながした。

弘志はちょうど、ふたりの弁護士が作ったゲートを抜けて部屋に入る格好となった。

部屋の奥、窓を背にして、山本美紀が立っていた。法廷にいたときと違い、メガネをはずし、まとめていた髪をゆるめている。白いパンツにシャツ姿。表情は複雑だ。はにかんでいるようでもあり、不安をこらえているようにも見えた。

弘志は部屋の中に足を踏み入れ、彼女の前に進みながら言った。

「無罪、信じていた」

山本美紀の顔が、ふいにくしゃくしゃに崩れた。彼女は両手で顔を覆《おお》った。

東京地方検察庁は、山本美紀の無罪判決を不服として、東京高等裁判所に控訴した。

そのニュースが伝えられた日の夕刻である。赤羽署の伊室に電話がかかってきた。埼玉県警大宮署の北島徹也からだった。

北島は、あいさつも抜きで言った。

「例の山本美紀の事案で、ちょっと訊きたいことがあるんだ。いいか」

伊室は受話器を右手に持ち替え、周囲をさっと見渡しながら答えた。

「さっき、控訴のことがニュースになっていたが、その件か？」

「いや、そっちじゃない。あの件は、組織としても、おれの気持ちの中でも片づいている。ただ、あの女、たしか中川綾子という名前で詐欺もやっていたとか聞いたような気がするけど、間違いなかったか？」

「詐欺の被害届は出ていない。詐欺は立件されていないぞ」

「中川綾子という名前を使っていたのは確かか？」

「ああ。公判でも、そのことは認めていると聞いた。それがどうかしたか?」

「浦和署に、きょう詐欺の被害届が出たんだ。おれの同期から問い合わせがあって電話した」

「きょうの届け?」

「ああ。浦和の男やもめの小金持ちの親爺《おやじ》が、親しくなった女に八十二万円の現金を騙し取られたって。正直言うと、詐欺の要件を満たしているかどうか微妙なんだが」

なるほど、伊室や北島が担当した事案と、外形的には似ていないこともない。ただ、被害金額が小さく細かいとは感じるが。

伊室が黙ったままでいると、北島が続けた。

「その六十男は、息子に自分の会社の経営をまかせてから山に登るようになったんだ。ネットでも山岳会のようなところを探して入会、グループで登るようになった。そこで女と知り合った。出会い系に引っかかったわけじゃないし、女は清掃会社でつましい暮らしをしている三十代だったそうだ。日帰りの山登りだけが趣味だという。親爺はすっかり信用して親しくなった。気がついたら八十二万騙し取られて、女は消えていたんだ」

というこことはつまり。

「その名前が?」

「中川綾子っていうんだ」

「中川綾子」と、思わず伊室は繰り返していた。

北島が訊いた。

「こちらの取調べで、山本美紀は大津がその名前を出して電話してきたと言っていた。山本美紀は、誰か実在する女の名を騙《かた》っていたということはないか？　ほんとうにそういう女性がいて、その女になりすましたってことじゃないのか？」

「違うな。住所不定だった当時のことも調べたが、彼女はホームレスのような女性たちから教えられて、適当に名乗ったってことだった。家事代行をしている女としてネット上に名前が出てくるんで、検索したら引っかかる」

「本人のサイトか？」

「いや。無関係の職探しサイトなんかにだ。伝聞の中に出てくる名前だ。だけど単純な男なら、ネットの中の中川綾子と、目の前にいる中川綾子とは同一人物だと信じてしまう」

「だけど、じっさいにはいないのか？」

「いないのだと思う」と伊室は答えた。「実在しないという確証は摑《つか》んでいないが」

隣りの席で、西村敏がふしぎそうな顔で伊室を見つめてくる。

北島が伊室に言った。

「そうか。やっぱりそうなのか」

北島が礼を言って電話を切った。

伊室はしばらくのあいだ、受話器を握ったままでいた。中川綾子の名前を使っていた女が、ほかにもいた……。

もしかして、と伊室はふいに思った。いま、いない、と北島には答えたが、中川綾子という名前は実在するのではないか？　それは誰かが犯罪の実行時にのみ使う偽名ではなく、ネットの中にだけ存在する架空の人物の名でもなくて、いまこの瞬間、中川綾子という名前自体を属性の一部として生きている女が、じつはどこにでも、何人もいるのではないか？　この状況は、あとからあとから現れては男たちを惑わせ、またふいに姿を消す中川綾子の分身を、男たちそれぞれがさまざまな理由で追っている、ということではないか？

中川綾子。

それは自分が自分であることすら放棄せねば生きられない状況にある女性たちによって、使い回されている名、ということはないだろうか。過酷な境遇にある女性たちが、ひそやかに伝えられているその名を自分自身のありようとして選び取れば、本来の自分はとりあえず殻の中に収めて守り、生き延びることができる。早い時期、その名を使ってサバイバルした女たちが、ときおり伝聞として、具体性のない情報をネットに書き込みすることで、その名に少しずつ信用を付与してきたからだ。

山本美紀はじっさいにその名を使い、川崎の男と接触を持って信用を得た。彼女の場合、岩淵での殺人事件との関わりで過去が暴《あば》かれることになったため、その偽名を使っていたことも伝えられた。でも、それも一瞬だった。テレビのワイドショーは偽名よりも本名で、あることないことを並べ立てた。いまとなっては、彼女がどんな偽名を使っていたかなど、覚えている者はごく少数だろう。中川綾子の名は死んではいない。まだ生きていて、使える名だ。だからじっさいに、使っていた女がいたわけだ。

だからこれからも、中川綾子は現れる。心寂しい男たちの前に現れては、消える。多くの場合、その存在はおおっぴらになることなく、男たちの苦い記憶の中にのみ残る。気の毒な女がいたな、と。不思議な生き方をしている女だったな、と。自分はいっとき、奇妙な関係をあの中川綾子という女と取り結んだと。

次いで、男たちはとくに根拠なく思うかもしれない。彼女はもうその名では生きていないと。そんなはかなさ、影の薄さが、彼女にはあったと。

受話器を置いてから、伊室はさらに思いついた。

だからこうも言える。中川綾子というのは、固有名詞ではないのだと。

謝辞

この作品中の弁護士活動と公判場面の描写については、連載時から髙橋俊彦弁護士に多くの助言とご教示をいただきました。単行本化にあたっても、あらためて監修をお願いしています。この作品がもし、法廷小説として臨場感があると感じていただけたとしたら、それはひとえに氏のおかげです。心からの謝意を表します。

しかし、作品全体の記述の責任は作者にあります。ここに描かれている司法や法廷のありようは、作者が小説として誇張を加え、あるいは省略し圧縮して再構成したものです。百パーセント現実そのままではありません。末尾ながらこの点をお断りしておきます。

佐々木譲

解説

細谷正充

安心感と、ワクワク感。佐々木作品を手に取ると、いつも別ベクトルの、ふたつの感情を覚える。なぜか。安心感の理由は、作者の名前である。私が、佐々木譲の作品を初めて読んだのは、一九八四年十二月にコバルト文庫から刊行された『そばにはいつもエンジェル』だった。これは面白いと思い、既刊本もすぐに目を通し、『あこがれは上海クルーズ』に痺《しび》れた。以後、現在まで新刊が出るたびに読んでいるが、一冊として失望したことがない。だから佐々木譲の本というだけで、お楽しみの時間が約束されたという、安心感を覚えてしまうのだ。

もうひとつのワクワク感だが、多彩なジャンルに起因する。ホラー小説・恋愛小説・戦争冒険小説・青春小説・歴史時代小説・警察小説……。数多《あまた》のジャンルを自在に横断する作者だからこそ、どんな物語が出てくるか予想がつかない。だから新刊を手にすると、今度は何をやってくれるのかと、ワクワクせずにはいられないのだ。もちろん本書もそうである。作者が得意とする警察小説と、初となる法廷小説を組み合わせた、ハイブリッドな作品なのだから。ちなみに作者は、新潮社のPR誌「波」二〇一六年十二月号に掲載されたインタビュー「逮捕から始まるドラマを書く」で、

「警察小説をずっと書いてきた身として言えば、警察小説では、真犯人の逮捕で事件が解決し、主人公の刑事たちもそれで達成感が得られます。しかし、現実の事件を見ていけば、決して犯人の逮捕で事件が終わるわけではないと気づいてきたのです。誰かが殺されたという事実があって、犯人が逮捕され起訴されたとしても、法廷で適用される法律は必ずしも殺人罪とは限らないし、冤罪《えんざい》という可能性もあります。特に否認事件の場合は、裁判という場でもう一度解決しなければならない。逮捕のその先のドラマを書いてみたいと思いました」

と語っている。この言葉を知れば、期待は高まる一方である。

『沈黙法廷』は、北海道新聞を始めとする各紙に、二〇一五年四月二十六日から翌一六年六月二十二日にかけて連載（「河北新報」夕刊は、二〇一五年五月一日から翌一六年九月二十八日）。単行本は、二〇一六年十一月、新潮社より刊行された。

東京都北区岩淵にある一軒家で、悪徳リフォーム業者が、部屋のマッサージ・チェアに座った状態の、独居老人の死体を発見した。家の主人の馬場幸太郎だ。鑑識によれば

絞殺されたらしい。警視庁赤羽警察署刑事課の伊室真治と部下の西村敏は、さっそく捜査を開始する。その後、伊室は警視庁捜査一課の鳥飼達也と組み、さらに事件を追う。やがて馬場家に家事代行業で出入りしていた、山本美紀が容疑者として浮かび上がる。任意同行のため美紀の住所を訪ねた伊室たちだが、タッチの差で、埼玉県警大宮署の刑事に、身柄を攫《さら》われた。大宮署は別の事件で、美紀に事情聴取しようとしていたのだ。

埼玉の事件も、独居老人を殺害した容疑である。事情あって、なんとしても犯人をあげなければならない大宮署は、状況証拠しかないにもかかわらず、美紀を引っ張ったのだ。これに焦《あせ》ったのが警視庁の刑事だ。埼玉の事件は検事の判断で美紀の起訴が見送られたが、鳥飼の主導により幸太郎殺しの犯人として逮捕した。こちらの事件も状況証拠しかないことを危ぶむ伊室だが、大勢には逆らえない。美紀は起訴され、硬骨の弁護士・矢田部完が国選弁護人に名乗り出た。美紀と縁のあった、三人目の老人の死も明らかになり、マスコミが狂奔する。その騒ぎも過去のものとなった頃、裁判員裁判が開廷するのであった。

本書の前半は警察小説である。伊室を中心に、捜査の過程が丹念に描かれる。すぐさま現場に駆け付けた伊室たちが、やってきた近所の人々や、幸太郎の息子の昌樹、不動産管理会社などの話を聞くことで、徐々に状況が見えてくる。併せて昌樹が、ちょっと怪しいことも匂《にお》わせる。このあたりのストーリーの運びが、まことに素晴らしい。ベテラン作家の巧というべきか。また、捜査の過程で、被害者の実像も露《あらわ》になっていく。小金持ちで好色だが、性格は悪くない。どこにでも居るような老人の肖像が、否応《いやおう》なく刑事たちによって暴《あば》かれていくのだ。殺人事件の被害者になることで、このように人間性を裸にされるのかと思えば、なんとも物悲しい気持ちになる。そう感じるのも、作者の筆力があってのことである。

一方、物語の展開に目を向ければ、埼玉県警大宮署の刑事の登場により、ギアが一段上がったように感じられる。それまでも面白かったのだが、さらにストーリーに没入できた。互いに煽《あお》られる形で、刑事たちの行動がエスカレート。曲折を経て、ついに幸太郎殺害の犯人として美紀が逮捕される。ここから警察小説から法廷小説に移行していく。といっても法廷場面の前に、裁判の準備である公判前整理手続が詳細に描かれる。この点について作者は、先のインタビューで、「取材をして驚いたのは、日本の裁判では公判前整理手続で非常に綿密にストーリーが作られるということです。弁護側と検察側の駆け引きはここから始まっていて、実際の公判より面白いかもしれないとさえ思いました」といっているのだ。公判前整理手続をクローズアップしたことで、従来の法廷小説とは一味違う味わい深さが生まれている。ここも本書の読みどころとなっているのだ。

そして法廷小説の部分で重要な役割を果たすのが、高見沢弘志という若者と、弁護士の矢田部完だ。実はこのふたり、本書の冒頭で登場しているのである。そのことに関連して注目したいのが、二〇〇八年十二月にマガジンハウスから刊行された『幻影シネマ館』だ。三十六本の架空の映画を、ストーリーからスタッフ・キャストまで論じた、ユニークなフィクションだ。ＳＦ作家のスタニスワフ・レムに、『完全な真空』という架空の本の書評集があるが、それの映画版といえよう。この中の、ミシェル・ファイファー主演の『ルーシー・ルーシー』（監督がブライアン・デ・パルマにされているので、名前を二重にしたタイトルが、いかにも〝らしく〟思える）の項で作者は、

「ホラーとか、この手のジャンルの映画や小説の面白さは、なにも『展開が読めない』というところだけにあるのではない。観客の（読者の）、まさかこんなことはあるまい、という否定的な予測が、つぎつぎと的中してゆく、という面白さもあるのだ。『え、やっぱりそうか』という驚きと、『でも、では？』という新たな疑問が、好奇心を引っ張る。この映画を観て、「途中で全部わかっちまったよ」などと、したり顔で言う観客がいたとしたら、そいつは未熟者である」

と書いている。架空の映画に託した作者自身のサスペンス論であり、物語の方法論であろう。この一文に留意しながら、本書の冒頭を見てみたい。

高見沢弘志は、恋人の中川綾子を千葉の館山で暮らす両親に紹介しようと、フェリー

のチケットを取った。しかし約束の時間に、綾子は現れない。彼女に連絡も付かず、勤務先に電話すると、そのような人はいないといわれる。綾子とは、何者なのだろうか。

そして矢田部完は、捕まったホームレスを釈放させるために赤羽署を訪れたとき、伊室と一瞬だけ目を合わせる。このとき伊室は矢田部を、手ごわい弁護士だと感じる。ちなみに高見沢と矢田部のエピソードは、どちらも今回の事件の数年前のことだ。

警察小説の部分で、事件の容疑者として美紀が現れると、多くの読者は彼女が中川綾子だと気がつくはずだ。さらに矢田部が彼女の弁護士になることも、容易に想起できるだろう。しかし法廷場面になっても、美紀の心の底は、なかなか見えない。否定的な予測というわけではないが、まさに〝『え、やっぱりそうか』という驚きと、『でも、では？』という新たな疑問が、好奇心を引っ張る〟のである。山本美紀とは、いかなる人間であったのか。克明に描き出された法廷場面の果てに、たどりついた場面は、大いに満足すべきものである。

ところが本書は、これだけで終わらない。ラストで再び警察小説に戻り、意外な事実が明らかになる。さらに最後の最後で、ある人物の正体に対する〝解〟まで示される。この〝解〟は、あまりにも現代的で、それゆえにリアルな不気味さがあった。裁判を通じて明らかになる美紀の足跡を中心に、老人の孤独、警察やマスコミの暴走、厳しい若者の雇用状況など、幾つもの問題が提示される。私たちは、いかなる社会に生きているのか。本を閉じた後、真剣に考えずにはいられないのだ。
なお本書は、WOWOWで連続ドラマ化されている。二〇一七年九月二十四日から十月二十二日にかけて、全五話で放送された。山本美紀役の永作博美が好演。また、脇役《わきやく》陣に芸達者が揃《そろ》えられている。テレビドラマ向けの改変もあるが、こちらも骨太の物語を堪能できた。DVDや動画配信で容易に見ることができるので、本書と併せてお薦めしておく。

（令和元年九月、文芸評論家）

この作品は平成二十八年十一月新潮社より刊行された。

佐々木譲著 **制服捜査**

十三年前、夏祭の夜に起きてしまった少女失踪事件。新任の駐在警官は封印された禁忌に迫ってゆく――。絶賛を浴びた警察小説集。

佐々木譲著 **警官の血**（上・下）

初代・清二の断ち切られた志。二代・民雄を蝕み続けた任務。そして、三代・和也が拓く新たな道。ミステリ史に輝く、大河警察小説。

佐々木譲著 **暴雪圏**

会社員、殺人犯、不倫主婦、ジゴロ、家出少女。猛威を振るう暴風雪が人々の運命を変えた。川久保篤巡査部長、ふたたび登場。

佐々木譲著 **警官の条件**

覚醒剤流通ルート解明を焦る若き警部・安城和也の犯した失策。追放された〝悪徳警官〟加賀谷、異例の復職。『警官の血』沸騰の続篇。

佐々木譲著 **警官の掟**

警視庁捜査一課と蒲田署刑事課。二組の捜査の交点に浮かぶ途方もない犯人とは。圧巻の結末に言葉を失う王道にして破格の警察小説。

佐々木譲著 **獅子の城塞**

戸波次郎左――戦国日本から船出し、ヨーロッパの地に難攻不落の城を築いた男。佐々木譲が全ての力を注ぎ込んだ、大河冒険小説。

沈《ちん》黙《もく》法《ほう》廷《てい》

新潮文庫　さ - 24 - 19

令和元年十一月一日発行

著者　佐《さ》々《さ》木《き》譲《じょう》

発行者　佐藤隆信

発行所　株式会社新潮社

郵便番号　一六二—八七一一
東京都新宿区矢来町七一
電話　編集部(〇三)三二六六—五四四〇
　　　読者係(〇三)三二六六—五一一一
https://www.shinchosha.co.jp

価格はカバーに表示してあります。

乱丁・落丁本は、ご面倒ですが小社読者係宛ご送付ください。送料小社負担にてお取替えいたします。

印刷・株式会社光邦　製本・加藤製本株式会社

ISBN978-4-10-122329-2 C0193